La voz de los muertos

La voz de los muertos

Julián Sánchez

Rocaeditorial

Primera edición: mayo de 2011

© 2011, Julián Sánchez
© de esta edición: Roca Editorial de Libros, S. L.
Marquès de l'Argentera, 17, Pral.
08003 Barcelona
info@rocaeditorial.com
www.rocaeditorial.com

Impreso por Rodesa
Villatuerta (Navarra)

ISBN: 978-84-9918-223-0
Depósito legal: NA-1155-2011

Para Loli, mi madre

PRIMERA PARTE

Escenario

1

El teléfono móvil suena de madrugada y, adormecido, a oscuras, tanteo la mesilla de noche en su busca. Acabo por encontrarlo, como siempre, y como siempre lo hago tarde, pues su desagradable melodía se detiene apenas unos instantes antes de que mi mano llegue tan siquiera a rozarlo. Una idea concreta se fija en mi memoria, por entre las sombras del ya huidizo sueño que hasta entonces estaba viviendo: esta llamada, idéntica a tantas otras recibidas a lo largo de veinte años de carrera, va a suponer un antes y un después, uno de esos retos que jalonan una trayectoria y configuran un destino diferente a cualquier otro que antes estuviera previsto.

Me incorporo con esa vieja ilusión, como siempre lo hago. Mi mente inconsciente tiende a dominar mis actos incluso cuando estoy despierto, luego es lógico que durante las noches el mundo de los sueños se apodere por completo de mí. Completamente despejado al cabo de apenas quince segundos, me desplazo a oscuras por la habitación, hacia el lavabo. No lo hago gracias a ese conocimiento profundo que los años de pertenencia a un lugar concreto del entorno confieren. No. Hay algo más en esta movilidad que creo elegante. Sí, cualquier observador diría que mi soltura resulta extraña, que mis movimientos son en extremo precisos. Lo son. Tengo una especial sensibilidad a la luz, incluso en circunstancias de casi completa oscuridad percibo mi entorno. Y al hacerlo así me siento fuerte, seguro, diferente, al contrario de lo que les sucede a la mayoría de los mortales, siempre temerosos ante la peligrosa sensación de poder chocar con cualquier obstáculo, tanteando a ciegas en la oscuridad.

Alcanzo la taza y me siento para orinar, todavía a oscuras. La sensación de vaciar la vejiga resulta placentera. He bebido bastante durante la cena, un aburrido compromiso imposible de evitar donde el único placer real consistió en ensimismarme en mi interior mientras hacia el exterior simulaba divertirme tanto como los demás comensales. Aplausos, discursos, chistes, jarana: del restaurante a un bar de copas, luego a otro, y a otro; más tarde, obligado por el grupo, a otro con chicas ligeras de ropa…, así hasta que la sensación de vacío se hizo tan poderosa como para proporcionarme las fuerzas suficientes y esfumarme con habilidad, como si nunca hubiera estado allí, como un fantasma debe de pasar junto a los vivos, a lo lejos, sin rozarlos.

¿A qué hora habré llegado a casa? No tengo ni idea. Pero me siento muy cansado, no debo de haber dormido más que un par de horas. Enciendo la luz, frente al espejo. Sigo con los ojos cerrados unos segundos, dejando que la luminosidad de la bombilla, suave al estar cubierta por la tulipa, vaya impregnándome las pupilas. Esto sí que me disgusta, los cambios bruscos de luminosidad. Nunca me gustó en exceso el sol, y los lugares muy iluminados como los bancos o los centros comerciales me resultan incluso hirientes. Voy entreabriendo los párpados, un movimiento suave pero continuo, y mis ojos azules se encuentran a sí mismos en el espejo. Sí, me veo a mí mismo, como siempre: nunca logro separarme de mi rostro, ¡cuántas veces hubiera deseado ser como un lagarto y poder desprenderme de la piel según transcurren los años, cuando el paso del tiempo nos hace tan viejos como sabios!

No. Me contemplo: el del espejo sigue siendo David Ossa Planells, con su misma mirada ensoñadora, la languidez de los labios, una ceja arqueada pero no escéptica, solo aburrida. Barba que crece, cinco días sin afeitarme. Un rostro que solo muestra su verdadera edad a estas horas, cuando llega la mañana y te coge desprevenido, con las defensas bajas. Más tarde pareceré otro, más joven, más fuerte, más competente.

Siento un horrible sabor de boca a alcohol, tabaco nunca, ni de fiesta, lo odio. Un rastro de dolor de cabeza: me siento heroico, debería tener un gigantesco tambor resonando en el interior del cerebro, pues no tolero bien el alcohol, me causa más problemas que beneficios. Ducha. Una ducha para aclarar la mente y regresar al mundo de los despiertos, de los conscientes. La tomo con rápida eficacia, con movimientos precisos: el agua recorre mi cuerpo, casi hirviendo, y hace aumentar velozmente la temperatura de la piel, las manos presionan los músculos ya algo envejecidos pero todavía más que bien definidos, el cuerpo entero fibroso. Dejo que la espuma se deslice desde el cabello hacia el resto del cuerpo y concluyo el aseo con dos minutos de agua helada capaces de desmontar a cualquiera que carezca de semejante costumbre.

«El mundo es mío.» No me conformo con pensarlo, realmente lo siento cada vez que la energía del nuevo día se me desboca por dentro. Secarme con fuerza, para recuperar el calor. Ahora la ropa, algo ligero y un jersey ancho que oculte la placa y la pistola; nunca una americana, me desagrada el aspecto oficioso de policía. Desayuno, imprescindible: medio litro de leche, algunos sobaos que me mandó días atrás mi hermano desde Santander. Desayunar fuerte me es más necesario incluso que la ducha. Qué menos que ofrecerse a la vida con el deseo de sentirla, aunque te esquive, aunque se ría de ti, aunque juegue luego con tus intenciones. Todo es actitud. Actitud, aptitud, confianza, certeza… ¿Todo ilusiones? Sonrío al pensar esto.

Bajo por la escalera cuando el móvil recupera mi atención. Una segunda llamada me urge. La ignoro. Sé de quién se trata, nadie más tiene ese número, excepto algunos compañeros y, lógicamente, la comisaría. No me molesto ni en comprobar la llamada entrante. A estas horas supone trabajo y, en mi caso y en este momento, equivale a muerte.

Muerte. Mi enemiga. Mi rival. Mi futuro, como será el de todos. Pero un futuro que ha de llegar en su momento, sin brusquedad, no de esta manera, con violencia. Contra esa muerte, la que llega de improviso, solo puedo combatir, con la esperanza de encontrar una explicación, un culpable, pero, especialmente, un consuelo para los allegados. Restaurar la confianza, el orden, ese es el objetivo. Y cuando la víctima carece de allegados, yo ejerzo ese papel. ¿Quién no merece que se llore?

Coche. Movimiento. Las seis de la mañana, el reloj del automóvil así lo indica. No amanece, aún es pronto, estamos en enero aunque no lo parece, no hace frío: maldito cambio climá-

13

tico; me gusta la lluvia, me gusta el frío, cada estación tiene su significado, hoy en día todo se borra, los contornos de lo material y de lo inmaterial tienden a esfumarse, a confundirse, a confundirnos. Circulo con alegría. Vivo junto al hospital de Sant Pau: desde mi casa se divisan las crecientes torres de la Sagrada Familia, que se yerguen desaforadas hacia los cielos en busca del Padre Amado. Antes eran más hermosas, eran solo una promesa. Cuando las promesas se cumplen comprendemos que el sueño es mejor que la realidad: ojalá el templo expiatorio hubiera seguido siendo el mismo que Gaudí dejó sin acabar. Calle Mallorca hasta Pau Claris, giro a la izquierda, directo hacia la Via Laietana. Un camino sin dificultad, no hay tráfico, la ciudad duerme, excepto los que velan, los que cuidan, los que protegen. Decido no respetar los semáforos, pero no coloco la sirena en el techo: me gusta la sensación de avanzar saltándome los discos rojos, me siento un pillo, como si tuviera otra vez quince años, como aquella vez de veraneo que le quité a escondidas las llaves del coche a mi padre para irme con mis amigos al pueblo de al lado, ¡menudo corte cuando nos cazó la Guardia Civil, menudo paquete! No hubo multa, pero sí un guantazo de órdago de mi padre, suficiente para colmar los deseos de orden del hombre del tricornio en la casa cuartel de Calafell. Lo recuerdo y me río de nuevo, menos que una carcajada, pero bastante más que una sonrisa. Quién iba a decirme que acabaría siendo un «compañero», como llamamos entre nosotros a los miembros de las fuerzas y cuerpos de seguridad del Estado. Es una palabra sagrada para todos los policías de todos los cuerpos.

A la altura de la plaza Urquinaona, un coche de la Guardia Urbana me lanza destellos luminosos, se aproxima con energía, he cruzado la Gran Via casi sin mirar y con el semáforo completamente en rojo. Extraigo la sirena y la enseño por la ventanilla. Los urbanos son rápidos y lanzan un nuevo destello, esta vez como cómplice despedida: paso franco a los nuestros. Llego a la comisaría. La Via Laietana es un desierto, me gusta contemplarla a esas horas, cuando muestra su verdadero ser, ese que esconde durante el día, repleta de tráfico y de turistas; ya no quedan barceloneses, o hay pocos, todo son extranjeros cargados con cámaras de fotos, fáciles presas para los descuideros del barrio. A veces los he visto actuar en vivo, circulan disimulando por la calle Condal, o en Plateria, o por Ferran. Cuando conoces sus hábitos te recuerdan un poco a los buitres: señalan el lugar en círculos cada vez más pequeños, según descienden hacia los despojos, con prudencia; una vez incluso detuve la mano de uno de ellos en el momento que iba a introducirse en el bolso de una japonesa. En el barrio le llaman el Rata porque es pequeño y escurridizo. Me miró sorprendido, todo un señor inspector deteniendo un robo de poca monta. Lo dejé ir con una sencilla mirada, la japonesa ni se apercibió del peligro pasado. El Rata, perplejo, confundido más por la intención secundaria que por la acción en sí misma, se retiró agachando la cabeza: esos turistas están hoy protegidos, dadles paso libre, tendrán una tarde tranquila.

No es un juego. Actúo así sin poder evitarlo. Parece un juego, pero no lo es. O eso creo. Soy imprevisible. Mis superiores también lo saben. Solo uno de ellos me conoce mejor que los demás: es el único en quien tengo una confianza total, el comisario Rosell. Él sabe. No todo, solo parte, como también sabe mi subinspector: Joan Rodríguez. Únicamente ellos. Para los otros podría ser el mejor jefe, todos me aprecian, pero tengo un «don»: me meto en la cabeza de los malvados y los rastreo como ni el mejor de los sabuesos podría hacer, ayudado por esa parte de mí que me hace diferente de los demás, es algo inherente a mi ser, en el fondo pienso que quizá no soy muy diferente a ellos, por eso logro tan alto porcentaje de éxitos. Con mi historial podría aspirar a algo mejor. He tenido ofertas en ese sentido, pero no lo deseo. Además, me resultaría muy difícil trabajar en otro lugar que no fuera mi comisaría de barrio, mi sistema de investigación es demasiado peculiar para funcionar en un entorno tan amplio y regular como el de las unidades de investigación especializadas.

La calle me gusta, aunque la muerte, la de las minúsculas, me repele, me hiere. ¿Un despacho? ¿Dirigir a mis compañeros? Adoro mi ciudad. Me enloquece Barcelona. Necesito su contacto, sentirla en la piel, abrir los poros a su contaminación y dejar que, junto al hollín de los coches, entre la otra, la contaminación del alma, la que corroe, la que corrompe.

Aparco el coche frente a la comisaría. El número de guar-

15

dia, un joven recién salido de la academia, me saluda formal, se cuadra. Pido con un gesto vago que se relaje, aunque entiendo al chaval, es inevitable, aún piensa que el respeto depende exclusivamente de las formas, es muy joven.

—El subinspector Rodríguez le está esperando.

—Gracias.

He llegado. Me espera un nuevo caso. Me espera un nuevo reto. Me espera, de nuevo, la muerte, mi vieja enemiga.

$\mathcal{A}$hí llega mi jefe, el inspector David Ossa. Sorprendente su buen aspecto, dinámico, centrado, tanto que no puedo evitar señalarlo:

—A veces pienso que duermes con un ojo abierto. Te he llamado no hará ni veinte minutos y llegas duchado, y seguro que hasta desayunado. Y además, ¿no era anoche cuando ibais a celebrar el ascenso de Gerardo a la Unidad Central de Inteligencia?

—Fue anoche, sí.

—Lo que te digo, tienes más de lechuza que de persona.

—Qué tenemos, Joan.

Como siempre, David apenas pregunta, las más de las veces parece afirmar. Es una extraña forma de mantener una conversación en la que se recaban datos; nunca le he preguntado sobre esta peculiar manera de interrogar. Como todo en esta vida, tendrá su explicación. Algún día lo averiguaré.

—Aún no estamos seguros. Nos llamaron unos vecinos hará dos horas, los del piso superior al escenario. Oyeron lamentos, quejidos, sufrimiento. Sintieron miedo. Enviamos una patrulla, nadie abrió la puerta. No contestaban al timbre. Decidieron usar la palanca y forzar la entrada. La casa estaba a oscuras, la luz no funcionaba.

—¿Dónde?

—Un piso viejo, de esos enormes de techos altos, detrás de la plaza Reial, en Escudellers.

—Sigue.

—Entraron con prudencia, el recibidor parecía normal. Pero el número veterano desconfió, dijo que olía a sangre.

—¿Quiénes eran?

—La patrulla de Grimau y Clemente: un veterano de los serios y un joven recién incorporado.

—Continúa.

—Grimau pidió refuerzos incluso antes de pasar al pasillo. Avanzaron con la pistola desenfundada, Grimau delante y Clemente a su lado. El viejo no se fiaba de llevar detrás al chaval, demasiado novato, con una pistola bailoteando detrás de su cabezota. Esas casas, con la luz de las linternas, impresionan, demasiado espacio oscuro y apenas un rayo de claridad para iluminar la negrura.

—Muy poético.

—Y tú, muy simpático. Llegaron a la altura de la primera habitación y encontraron un rastro de sangre que venía desde el interior de la casa hasta la puerta. Estaba entreabierta y Grimau la empujó con el brazo para abrirla. Le costó hacerlo, como si hubiera algo en suelo, tras la puerta, que impidiera deslizarse la hoja. Con las linternas iluminaron un cadáver; Grimau decidió regresar al recibidor y reclamar los refuerzos con urgencia.

—Espera, espera. Primero, el cadáver. Cómo sabía que estaba realmente muerto.

—Grimau consideró que se trataba de un cadáver, básicamente, porque estaba destrozado.

—Concreta.

—Destrozado. Hecho pedazos. No es una imagen, es una descripción literal.

—Bien, ahórrate la ironía y dime por qué tanta urgencia para los refuerzos.

—Desde el pasillo observaron con las linternas que había otras tres puertas y que en cada una de ellas podía verse un rastro de sangre idéntico al primero. Según Grimau, aquello hedía a sangre. Había demasiada. Es un veterano de sesenta y dos años, tiene callo y ha visto de todo, no son sus primeros muertos. Pero esto fue demasiado. Se sintió impresionado, dijo que aquello estaba más allá de su experiencia. Decidió retirarse, controlar la entrada y no pisotear el pasillo estando a oscuras para no confundir posibles pruebas.

—Eso sigue sin explicar su urgencia.

—Bueno…, dice que sintió miedo. Pero pongo la mano en el fuego por él: ese hombre es historia en el cuerpo.

—No lo defiendas, no es necesario. Conozco bien a Grimau y sé bien lo que vale. Cualquiera puede sentir miedo, y más si te quedan meses para la jubilación. ¿Dónde están?

—Te esperan allí. Después de comunicar con la comisaría montaron guardia en el rellano hasta que llegaron dos coches de refuerzo, solo entones aseguraron el escenario. Únicamente faltas tú. El forense iba de camino, supongo que ya estará allí. Del juez de guardia, lo de siempre: están de guardia, pero son los últimos en llegar.

—Vamos.

Cuatro rastros. ¿Cuatro muertos? Un cadáver destrozado. Hecho pedazos, eso me dijo Grimau cuando hablamos por teléfono, así se lo he transmitido a David. ¿Será posible? Esto es demasiado, espero que nos estemos equivocando, que todo esto sea menos de lo que esperamos. De no ser así superaría cualquier otro escenario que yo haya vivido antes. ¿Le ocurrirá lo mismo a David? Me lleva casi veinte años de experiencia y se trata de uno de los mejores inspectores de policía del país. Pero esto no, esto es demasiado. En cualquier caso una cosa sí tengo clara: un escenario semejante solo podría resolverlo alguien como él.

David conduce por la Via Laietana. Voy sentado a su lado, soy su mano derecha, el hombre en quien confía. Los primeros vehículos comienzan a circular con rumbo al trabajo con su carga de personas normales, ajenas a esta tragedia. David instala la luz en el techo, no es que tenga prisa, ya que sigue conduciendo a una velocidad moderada, me da la sensación de que fundamentalmente siente curiosidad, así se mueve con mayor agilidad. Gira en Jaume I. Ahora atraviesa la plaza Sant Jaume y ahí está Raurich. David reduce la velocidad, esta calle es casi peatonal, no vaya a aparecer un imprevisto peatón y tengamos un disgusto. Raurich atraviesa la calle Ferran. Al otro lado cambia de nombre y se llama Escudellers. Apenas tiene cien metros en este lado, ¿dónde es? Ahí, los coches zeta señalan el portal. Han cortado la calle con cinta para impedir el paso a los peatones. Más allá hay un coche civil aparcado, el forense ya habrá llegado. Bajamos del automóvil, los números se cuadran.

19

«Ha llegado el jefe, todo va a ir bien, podemos respirar un poco»: juraría que puedo captar sus pensamientos, al fin y al cabo es lo mismo que pensaría yo si estuviese en su lugar. Uno de ellos está sentado en el suelo, con la espalda apoyada en la pared, un compañero habla con él, parece mareado, ¿quizás ha llorado? Sí, se nota el nerviosismo, más que notarse se palpa, es frecuente que así sea, incluso los vigilantes pueden sentir inquietud si falta su ángel guardián. Ahora que ha llegado tendrán un rumbo que seguir. Pero esta vez parecen demasiado inquietos, resulta extraño, esta vez hay algo especial en la atmósfera de lugar. ¿Qué será?

¿Cuatro cadáveres?

El cabo sale en este momento por la puerta, se acerca, su paso es también nervioso, como si quisiera venir hacia David y a la vez no hacerlo. Mi jefe toma la iniciativa.

—Cabo.

—Inspector Ossa.

—Sitúeme.

—Llegamos como refuerzo tras una petición de radio de Grimau a las 4.55. Como apoyo a los compañeros entramos con prudencia en la casa. Era zona expuesta. Según Grimau no había garantía de seguridad, aunque en los diez minutos que llevaban de espera no oyeron nada. Seguimos el protocolo de intrusión asegurando el piso en dos sectores y avanzando de habitación en habitación.

—¿Todo despejado?

—Sí. Bueno, estaban los cadáveres.

—Cuántos.

—Cuatro.

—Estado.

—Pues… estaban, estaban… Bien, estaban muy dañados.

David guarda silencio analizando sus palabras. Cuatro. Sí, maldición, cuatro. Pese a haber estudiado la historia criminal reciente de la ciudad realmente no he conocido nada semejante. Sigamos con nuestro asunto. También el cabo está tocado, y no me extraña. David no dice nada, sigue su costumbre, y yo soy una sombra a su lado. Pero si para nosotros se trata de un silencio reflexivo, para el cabo resulta incómodo, forzado. Está esperando una salida. Tardo unos instantes en comprender su apuro, toda mi concentración se centra en analizar el entorno: en este primer momento hay algo que no cuadra, todo resulta en exceso anormal. David parece reaccionar de repente, dispuesto a facilitar la labor del cabo.

—¿El forense?

—La forense. Con un equipo completo. Llegó poco antes de las seis. Ha comenzado el análisis del escenario.

—¿Y Grimau?

—Arriba, esperando su llegada.

—Subamos.

La forense. María Urquijo. Tenía que ser ella. En realidad debí saberlo nada más ver el coche. No es nada ostentosa, siempre utiliza el más pequeño disponible. Es la guinda que faltaba para adornar el pastel. David: el inspector; María: la forense. Son pareja. No lo sabe nadie, en realidad no debería saberlo ni yo. Pero lo sé. Esas cosas siempre se saben. Mi relación con David es muy buena. Aunque somos reservados en lo personal, los detalles de una convivencia diaria tan estrecha no pueden obviarse. Llamadas. Correos. Sonrisas. Una evidente complicidad.

Pasamos adentro. Observo un esbozo de incomodidad en David, una nube pasajera que no tarda en desvanecerse. ¿Será ese el precio de su salida nocturna o quizás hay algo más? Subimos. Escaleras arriba. Tercer piso, sin ascensor, no hay portero ni vecinos a la vista. Parece la letra de un tango. Discépolo comprendía el alma humana, por eso sus tangos llegan tan adentro. Cómo me gustan los tangos, desde que era un chaval y mi padre los escuchaba en casa, realmente los adoro. Desconchones. Alguna pintada, no grafitis, simples trazos de mano inexperta, de chaval gamberro disimulado entre la comunidad. Suciedad, menos, pero la hay. ¿Vecinos ausentes? Eso también es raro, suelen asomarse; otras veces los agentes ya los estarían interrogando. Ahora no se ve un alma que no vaya de uniforme. El edificio es como tantos otros del barrio: fue señorial un siglo atrás, ahora está en una zona ocupada por emigrantes o por gente modesta del país; pocas son las familias de toda la vida que continúan residiendo en Ciutat Vella, y eso que en

21

este lado de las Ramblas todavía se mantiene cierto nivel: la plaza Reial no es el vertedero de desperdicios humanos que fue allá por los años ochenta. Rellano del tercero, dos puertas: una cerrada, la otra abierta. Cuatro números montan guardia. Grimau y Clemente nos están esperando. El viejo se ha quitado la gorra, la tiene en la mano, está muy arrugada, con toda seguridad la ha retorcido. Todos se cuadran, pero sin ninguna energía: expresan una cansada formalidad. Conozco a mi jefe, sí, sé bien lo que hará ahora, querrá hablar con Grimau a solas, lo hace con su acostumbrada naturalidad, ordenando sin que los destinatarios de sus órdenes lleguen siquiera a percibirlo.

—Aquí hay demasiada gente, obstaculizamos a los forenses. Ustedes despejen esta zona, esperen abajo. Grimau, acérquese.

—Inspector.

—No quiero un informe al uso. Solo dígame por qué no siguió el procedimiento.

Una breve pausa, le cuesta arrancar, una vez que lo consigue las palabras surgen a borbotones.

—No sabría decirle. Entramos en la casa tras forzar la puerta con la palanca y olí la sangre, el pestillo estaba echado, la palanca lo rompió. La casa estaba caliente, como si los radiadores hubieran estado en funcionamiento toda la noche, rompí a sudar, mucho. Entramos para comprobar si estaba despejado, pero la luz no funcionaba, así que pedí refuerzos, aquello me daba mala espina, no estaba claro que, en caso de haber sucedido lo peor, no fuera a estar el responsable dentro. Avanzamos por el pasillo hasta la primera puerta, allí encontramos un cuerpo, lo iluminamos con nuestras linternas. Y entonces…, yo…

—No se preocupe. ¿Por qué retrocedieron?

—Sentí miedo.

—Bien. Eso ya me lo ha dicho el subinspector Rodríguez. Pero lo que quiero saber es qué tipo de miedo sintió.

Grimau lo mira, sorprendido por la pregunta, también a mí me ha dejado algo descolocado, pero menos; al fin y al cabo trabajo codo con codo con David desde hace cierto tiempo: estoy acostumbrado a lo que muchos llaman excentricidades. En realidad son solo aparentes manías que no enturbian lo operativo.

Siempre me ha sorprendido su querencia a esas preguntas extrañas que, sin embargo, acaban por guardar un sentido, por poseer un orden propio, seguro que eso también ocurre ahora. Grimau, desorientado, no sabe o no puede contestar. David se muestra compasivo, otorga algunas pistas.

—Oscuridad. Silencio. Incertidumbre. Muerte. Peligro.

—No, no. No era nada de eso. Bueno, un poco de incertidumbre siempre se siente cuando entras en un escenario sin despejar, pero no más que otras veces. Al fin y al cabo íbamos armados.

—Siga.

—Era algo como... Como si todo lo que hubiera dentro fuera demasiado grande para nosotros, como si, como si..., como si nuestro lugar no fuera aquel, como si aquello no estuviera destinado a nosotros. Lo siento, me cuesta, no puedo explicarme mejor.

Qué extraño. David asiente, muestra una leve sonrisa, su conformidad serena el ánimo de Grimau, sus manos estaban de nuevo retorciendo la boina según hablaba. Un cerco de sudor impregna ambos sobacos y parte del cuello de la camisa azul, y el jersey no llega a ocultarlo, sino que lo acentúa. Realmente se le ve muy tenso. ¿Qué habrá querido decir?

—Está bien. Quédese tranquilo. Váyase a la comisaría y realice el informe antes de marcharse a casa. Joan, entremos.

Le sigo como una sombra, en silencio, soy una esfinge, un mellizo. No, un mellizo no, no nos parecemos; mejor: un gemelo dicigótico. Me divierte esa palabra. Recuerdo la medicina forense, de la época de la facultad. Me fascinaban las clases prácticas en la facultad, junto al hospital Clínic, aquellos legendarios frascos de los sótanos repletos de deformidades, de seres tan extraños que difícilmente podían llamarse humanos. Uno de los frascos contenía dos de esos fetos, se daban la espalda: así me siento muchas veces con mi inspector. Somos un binomio, cada uno ve una parte del total; a veces coordinamos nuestra percepción y todo va sobre ruedas; otras veces nos cuesta más y no logramos entendernos. Sé que mi silencio siempre le estimula, aunque al principio le parecía incluso abyecto, hasta que aprendió a conocerme y a comprenderme.

23

Hoy valora mi atención, subordinada a la suya, siempre en estado de alerta, hurgando en los detalles. Nunca le estorbo. Siempre estoy atento. Soy un hombre fiel. Un hombre en quien puede confiar.

Entramos. La luz está encendida. El escenario nos está esperando.

3

*E*l recibidor está ocupado. Huele a sangre, sí, y la hay en abundancia. El suelo está repleto de huellas rojizas, los refuerzos no pudieron evitar pisarla al asegurar el escenario. Mal asunto. Veo una gran toalla, en una esquina, completamente empapada, allí se habrán limpiado los pies antes de salir a la escalera. Comprendo a Grimau. Otros dos policías esperan dentro. No están solos. Otro cabo, Anglada, y dos civiles más, los ayudantes de la forense. Anglada me saluda, le indico que guarde silencio llevándome la mano a los labios, quiero intentar captar los detalles, comprender la atmósfera. Demasiada gente para semejante espacio, estamos apiñados, más que en el rellano. Los forenses a lo suyo: sacan fotos de la ventana que da al patio de luces. Los cristales están enteros, la manilla echada, no está forzada, eso es mala señal: si se detienen en puntos de acceso tan al principio de la investigación, quiere decir que hay problemas a la hora de determinar por dónde accedió el o los posibles asesinos… ¿Accesos o salidas? Veremos.

Avanzo por el pasillo de la derecha. Han tendido una cinta junto a la pared que nos permite avanzar hacia la sala, es estrecha, vamos en fila de uno. Un largo plástico fijado apresuradamente con esparadrapo cubre el suelo, apenas interfiere en los rastros de sangre, que van pegados a la pared contraria del pasillo. De ese plástico nacen otros cuatro plásticos afluentes que penetran en las habitaciones. Me detengo frente a la primera puerta. Un flash nace al fondo: en el salón debe de haber otro forense tomando testimonios gráficos. Dentro veo a una mujer en cuclillas, con los zapatos envueltos en fundas de plástico; nos da la espalda, parece estar recogiendo algo con unas pinzas y en la mano derecha lleva un bote de cristal de gran tamaño. Es esbelta. Recuerdo su piel, blanca, suave, tantas veces acariciada. Apenas lleva una blusa. Realmente el calor es insoportable. Me quito el jersey para atármelo a la cintura y las mangas me cubren la pistola. Por detalles semejantes han muerto compañeros, pero aquí no hay ya peligro alguno, la muerte estuvo pero ya se fue. La forense no se ha apercibido de mi presencia, no le veo el rostro, pero conozco su concentración, adivino los finos labios fruncidos, los párpados sin pestañear, una profunda meditación asegura cada gesto, cada movimiento, hay algo religioso en su actitud, es una devota de su oficio tanto como yo lo soy del mío. Tengo que hablar con ella. Deseo hablar con ella. Y necesito hablar con ella.

—Hola.

La forense se incorpora, no sin antes dejar delicadamente el frasco en el suelo y las pinzas en su interior. Escoge con cuidado el lugar donde pisar antes de moverse y se da la vuelta. Su belleza es peculiar, la esconde, la oculta, ¿quizá la preserva? Lo sé, es esto último, no en vano la conozco mejor que cualquier otra persona en este mundo, conozco algunos de sus secretos, no todos. María es reservada en cualquier circunstancia, un pozo sin fondo, no cabe olvidar que es una mujer madura. Ellas siempre esconden un interior inabarcable para los hombres. María dice que no es así, que lo que realmente ocurre es que los hombres y las mujeres tenemos códigos separados, somos conjuntos disjuntos. Los hombres también somos complejos. Sus labios se entreabren, las palabras surgen melodiosas, la voz es algo grave, poco femenina dicen algunos, pero sólida, tiene fundamento, revela sus cimientos, hay hondura en ella.

—Tú, David. También Fuentes estaba de guardia, pero tenías que ser tú. Este caso solo podía ser tuyo.

—Dime, María. ¿Qué ha pasado?

—Me parece que tendrás que esperar por lo menos cuarenta y ocho horas para tener el informe preliminar.

—Tanto.

—Sí.

—Necesito una aproximación.

—Me temo que hay más preguntas abiertas que respuestas disponibles.

—Hazlo.

—Todo comenzó en la sala. Eso creo. Sígueme.

María toma la delantera, estamos en su terreno, en este momento es la reina. Sé mucho de su trabajo, soy mucho más que un forense aficionado, pero mi papel ahora es otro. Según la sigo, nuestros pasos van acompasados, una sombra con otra sombra detrás, un baile silencioso. Me doy cuenta de un detalle, ¿cómo es posible que mi mente no lo haya captado hasta este instante? No es cierto, sí lo había captado, pero no había procesado la información: la luz está encendida. Grimau dijo que no funcionaba. Levanto la barbilla para comprobar la fuente de luminosidad, el pasillo tiene dos flexos, en cada habitación hay una fuente de luz propia, desde el techo. No lo comprendo, pero decido guardar esta información hasta que María haya acabado su trabajo. Pasamos junto las habitaciones, me obligo a no mirar en su interior, me cuesta un verdadero esfuerzo no hacerlo. Llegamos a la sala. Es enorme, como todo el piso, de otra época, quizá tenga unos cuarenta metros cuadrados. Todo está en aparente orden, pero cubierto de sangre: verdaderos chorreones salpican las paredes, aquello ha debido de ser una salvaje orgía de destrucción, una masacre. La palabra «sacrificio» se forja espontánea en mi mente. Otro fotógrafo busca elementos concretos y dispara su cámara, ajeno a nuestra presencia.

—Aparentemente aquí comenzó todo. En el centro de la sala se encuentra la mayor concentración de sangre, es un charco de unos tres metros cuadrados. La alfombra está empapada y es gruesa, puede que contenga unos dos litros, quizá más. Hay un charco secundario en aquella esquina, junto a la ventana: quizás alguien intentó acercarse a la ventana y lo ejecutaron allí.

—¿Por qué dices «ejecutado»?

—Lo dije sin pensar, pero quizá no vaya desencaminada. Quiero decir que empleo la etimología de la palabra en su sentido culto. Quien o quienes lo hicieran completaron una acción compleja elaborada desde su mismo estímulo inicial, a esto me refiero. Todo parece muy exacto, como verás al reconstruir la secuencia de los hechos.

—¿Cuántos asesinos?

—Para eso no hay respuesta. ¿Cuántos hombres serían necesarios para matar a cuatro personas de aproximadamente unos treinta y cinco años si estas se resisten?

—¿Hombres?

—Sí, claro. Hace falta fuerza. Enseguida te lo demostraré.

—Quizá se trató de muertes voluntarias. Un ritual. Un sacrificio, como dijiste antes.

—En su forma externa, podría serlo. Pero hay muchos interrogantes que no lo permiten confirmar. Observa la paredes, la mayoría de los chorros de sangre son demasiado altos, el o los instrumentos tuvieron que ser empleados por personas incorporadas, posiblemente en movimiento, golpes laterales o hacia arriba, como si emplearan una espada o un hacha.

—Espada, hacha.

—Son ejemplos. No hay armas reconocibles. De momento no hemos encontrado nada.

María y Joan me conocen bien, respetan mi silencio. Observo el gran salón. Mi mirada se desliza, ordenada, fijando los detalles. Tengo una memoria compleja, no solo fotográfica, sino que tiendo a establecer relaciones automáticas, para lo que debo estar profundamente absorto en los objetos incluso nimios; así funciono. Comienzo, por tanto, a observar. Las cortinas están echadas, surcadas por sangre, nadie pudo ver nada desde el exterior; una pena, incluso de madrugada hay personas desveladas, aburridas, que se asoman a las ventanas para ver cómo la noche desgrana lentamente sus minutos: personas perdidas, personas abandonadas, muchas veces testigos que ofrecen salidas a los hombres de la ley. No habrá nada semejante, estaremos solos con los datos.

Mi mirada sigue realizando su trabajo. Las marcas suben hacia el techo, y no son precisamente pocas, se forma un dibujo enrevesado, parece querer decirme algo, pero esas formas se me escapan, quizá la solución llegue más tarde. Hacia abajo ahora. Los muebles. Una esquinera. Una librería repleta de trastos y con unos pocos libros. Una mesa con cinco sillas y un florero encima. Un sofá en forma de ele, enfrente un televisor,

viejo modelo, pero de pantalla grande. Otro elemento de extrañeza. Todo está en orden. No hay muebles movidos, no hay sillas caídas, los cuadros están bien colgados. Cuatro personas
muriendo una tras otra, o todas a la vez, ¿sin lucha? Entonces,
solo puede tratarse de un ritual, qué si no. María me está mirando, no tiene que señalar lo obvio, comprende que lo he captado. Otro elemento de extrañeza: si los cuatro murieron en la
sala, si todo está en perfecto orden, ¿los asesinaron sobre la alfombra, en el centro de la sala, excepto el de la esquina? ¿Para
qué trasladarlos hasta las habitaciones? ¿Qué permite a cuatro
personas morir de semejante manera? Nada parece encajar.
Los vecinos oyeron gritos, gemidos, por eso telefonearon
al 112. Quien muere gritando no muere entregado, nadie se
deja matar quietico si puede huir; si está atado o agarrado, se
puede entender, pero ¿sujetar a cuatro personas a la vez?

—Vayamos a la primera habitación.

—Id vosotros. Dejadme aquí un minuto aquí, solo.

Es entonces, cuando María y Joan abandonan la sala,
cuando sucede. Siento un escalofrío, intenso, poderoso, nace en
mi espalda, en el eje dorsal, baja por la columna hacia las piernas, se extiende hacia los brazos, alcanza las manos, llega a las
rodillas; la piel se me eriza con una intensidad increíble. Recuerdo aquellas veces que, aún siendo niño, acompañaba a mi
madre a la peluquería y alguna de las jóvenes aprendizas me
masajeaba el cuero cabelludo, pero si aquello proporcionaba
placer, este escalofrío es de temor, la respuesta instintiva de un
animal. Ahora no es un hombre quien contempla el salón,
surge una reacción atávica, y como tal, no puedo racionalizarla
ni comprenderla, solo experimentarla.

Mi cuerpo está comprendiendo. El escalofrío se mantiene,
persiste. Mi parte racional, siempre presente aunque en segundo plano, pese a estar ahora adormecida, pugna por recuperar el control, por acabar con esta situación extraña. Los flashes
del fotógrafo iluminan sin descanso la habitación. Según se sucede la serie de fotografías, la habitación parece cobrar una dimensión diferente. Otro recuerdo infantil, poderosísimo: me
tumbaba en la cama y, después de mirar de frente la bombilla,
cerraba los ojos en una habitación a oscuras, entonces las dimensiones de esta se modificaban, los contornos de los objetos

29

impregnados en la pupila refulgían con fuerza, como si su verdadera luz interior surgiera solo entonces, como si lo real no fuera lo real, como si lo real fuera lo apenas entrevisto.

La sensación se acrecienta, los segundos parecen congelados, me parece que debo intentar mantener el escalofrío, como si fuera una llave. La puerta cerrada de las preguntas ofrece un resquicio para que observe. El tiempo se ha detenido, quizá pudiera no solo eso, quizá pudiera volverlo atrás, juraría que depende de mi voluntad. Me esfuerzo, lo intento, y todo parece retroceder: las manchas desaparecen, las paredes quedan limpias, también las cortinas, y el techo, veo entonces unas formas borrosas, son cuatro, están de pie; hay algo más, un nuevo flash, hay otra forma, el escalofrío se acentúa, todo mi cuerpo parece deshacerse, jamás sentí semejante sensibilidad, ¿qué me está pasando?

Una voz rompe el hechizo. Me llama María. Las imágenes se esfuman; intento retenerlas, asirlas, se me escurren. Entonces siento una burla, quienquiera que fuese parece reírse, como si esperara tal resultado, como si deseara que hubiera sentido su presencia. Es una suave carcajada. Hiere el tono, hiere dentro, hiere hondo.

Abro los ojos. Cualquiera que pudiera observarme diría que mi mirada es extraña. Un nuevo escalofrío, apenas un eco de los anteriores, recorre mi espina dorsal.

Esta vez sí tuve razón al despertarme. Existe un reto. Un destino. Este caso será único.

4

*D*avid se acerca, parece sorprendido. Observo en su rostro una mezcla de decisión y abatimiento. Hasta ahora todos estamos manteniendo una coraza destinada a soportar este malsano escenario, jamás he visto nada igual. Si yo, que soy forense y estoy acostumbrada a la contemplación de los cuerpos humanos destrozados, apenas puedo mantener mis defensas alzadas, ¿qué será de los demás? Algunos de los policías han tenido que marcharse al exterior. No, no es nada sencillo permanecer aquí. Aquí está, le invito a pasar a la habitación. Comienzo mi exposición.

—Primera habitación. Un varón. Lo han desmembrado. El tronco permanece en el centro. Las extremidades, brazos y piernas, están junto al tronco, pero las han invertido. El lado derecho a la izquierda, el izquierdo a la derecha. La cabeza, también cortada, mira hacia el suelo. Todavía no he podido procesar nada, este escenario va a consumir todos los recursos del departamento durante los próximos dos días. Tuve que despertar a nuestro director para informarle de lo ocurrido y solicitar la colaboración de otros compañeros.

—¿Raza?

—Blanca, como los otros. Parece que nacionales.

—Sigue.

—Segunda habitación, una mujer. Idéntico procedimiento.

—Continúa.

—Tercera habitación, otra mujer. Hay cambios. El cuerpo ha sido destripado, las vísceras están al descubierto. Se ha levantado el esternón para despejar el camino hacia los pulmo-

nes y el corazón. La caja torácica está levantada aparentemente
por un sistema de palanca. Eso no ha podido hacerlo un instrumento de corte, en principio hace falta algo más especializado.
La presión sobre las costillas ha sido similar, su ángulo de elevación es casi idéntico. La abertura del abdomen presenta un
corte en forma de U invertida desde las costillas flotantes hasta
la zona pélvica.

—Dime si faltan órganos internos.

—No a simple vista. Pero no se hizo con delicadeza, es un
revoltijo, está repleto de cuajarones de sangre medio coagulada. Aún no puedo asegurarlo.

—Y, para acabar….

—Cuarta habitación, hombre, igual que en la anterior. Es la
única que he comenzado a procesar, llevaba con ello quince minutos cuando llegaste.

—¿Algo interesante?

—Sí. Faltan los ojos del hombre. Los párpados están cerrados pero se aprecia la depresión característica causada por su
ausencia.

—Le sacaron los ojos y le cerraron los párpados.

—Eso es.

—Qué considerado.

— ¿Considerado? ¿En singular?

—Sí. Solo hubo un asesino.

—No puede ser. Según la hora de la llamada y la llegada de
la primera patrulla no pudo hacerlo un hombre solo.

—Por qué.

—Veamos. Llamaron al 112 a las 4.25. A las 5.00 llega Grimau, fuerza la puerta y solicita refuerzos. ¿En treinta y cinco
minutos semejante carnicería? No, espera, treinta y cinco no,
resta por los menos otros cinco, necesitó tiempo para cambiarse y huir.

—Puede hacerse en treinta minutos, incluso en menos
tiempo.

— ¿Semejantes heridas? Es casi imposible.

—Hace falta fuerza y conocimiento, no solo precisión. Pero
es posible. Yo podría. Tú no.

—Es posible… Por eso dije antes que debió de hacerlo uno o
varios hombres. Varones. ¿Uno solo? Me parece poco probable…

Υ

Joan toma notas de todo lo que digo, sé que será pulcro en la transcripción de mis datos. Es un hombre estricto, formal, quizá demasiado, pero también un profesional de primera. David lo defiende a ultranza, dice que será de los mejores, que cuando aprenda a conducirse en el grupo con idéntica perfección a la que emplea en las investigaciones le aguarda un futuro brillante. Escribe. Lo hace a gran velocidad. Las páginas de la pequeña libreta pasan y pasan según quedan repletas con su particular letra abreviada, un lenguaje secreto que solo conocen los iniciados. ¿Se está refugiando en sus anotaciones? Eso creo, ese debe de ser su escudo. Yo hago una cosa parecida: mi escudo es mi perfecta profesionalidad. Sí, todos debemos de hacerlo, existe aquí un influjo malsano. La mayoría de ellos se han dado cuenta, serían unos inconscientes si no lo hicieran, quizá lo hacen sin saberlo, es un mecanismo automático, se distancian, taponan las emociones. Cualquiera, incluso el más curtido, tiene que mantener una distancia.

Sí, la atmósfera de este lugar esta viciada. Demasiada sangre. Lo sucedido es excepcional, nunca vi nada semejante en Barcelona, ni quizá haya pasado algo parecido en toda España. Asesinatos sí: la matanza de Puerto Hurraco, la España Negra, incluso algún enfrentamiento entre bandas rivales con varios muertos, pero nunca así, con este ensañamiento. Mi recuerdo profesional se prolonga quince años atrás, el tiempo que llevo trabajando en el Instituto de Medicina Forense. Examino mis sentimientos. Son confusos. Observo el nacimiento de un pequeño miedo. No puedo sino pensar en por qué ocurren estas cosas, quién y por qué puede haber hecho algo semejante. Pero estoy divagando, perdiendo el control, y David reclama mi atención, sigue centrado, buscando, inquiriendo, exhibiendo su capacidad.

—Explícame cómo hicieron esas heridas.

—¿Te refieres a la evisceración?

—Sí.

—No sabría decirlo. Los bordes son completamente irregulares, se aprecian disrupciones en la línea de corte, quizás una sierra, un cuchillo serrado, algo así. Fue una acción brutal, pero no alocada; sajaron solo la dermis. La sangre coagulada impide observar más, de momento.

—Sabemos muy poco.

—Cierto. Dame tiempo.

—¿Accesos y salidas?

—Aquí sí tengo datos. Acceso principal: puerta de la vivienda. Rotura por palanqueta de asalto, lo hizo el número veterano. Al hincar el extremo en la juntura y hacer palanca rompió el cierre y, lo más importante, hizo saltar el seguro, es de los clásicos, con cadena, ya casi no se ven. Esto indica que si la puerta hubiera sido vía de acceso, no lo fue de salida. ¿Qué asesino se entretendría en introducir la mano para ajustar el cierre justo antes de cerrar la puerta?

—He hablado con Grimau; él pensó que todavía estaba en el interior.

—Una idea muy razonable.

—¿Y las ventanas?

—Intactas. Existen dos patios de luces, se accede a ellos desde los cuatro dormitorios en las habitaciones de la mano derecha de la casa, cada uno con una ventana. El piso es realmente grande. Las otras dos ventanas están en el pasillo, coinciden con el patio del edificio contiguo. En la cocina, a mano izquierda, una salida de humos, un hueco estrecho de apenas dos por un metro de lado. Hemos comprobado las ocho. Ninguna de ellas revela, en primera instancia, rotura. Las manillas están en su sitio. No hay rastros de sangre en ninguna de ellas. Además, estamos en un tercer piso. En los patios de luces no hay más que las tuberías del desagüe. Podrían utilizarse para trepar, pero, entonces, ¿cómo explicar que las manillas estén en su sitio? En cuanto a las ventanas del pasillo, allí no hay soporte alguno, no hay tuberías, apenas algunos cables que parecen de la antena de televisión.

—Háblame de las terrazas.

—A ambos lados, son las clásicas del barrio, apenas un balcón con espacio para algunas macetas. Los dos ventanales del escenario estaban cubiertos por las cortinas, al estar estas surcadas por regueros de sangre se constata que no fueron movidas. Tus hombres las apartaron al asegurar el escenario pensando que el o los asesinos pudieron esconderse allí, pero no encontraron nada. Luego las dejaron, más o menos, tal cual estaban antes. Las manillas también parecían intactas.

—La otra mano.

—Lo mismo, nada de entrada.

—Nada encaja. Si entró, tuvo que salir. Solo pudo hacerlo por las ventanas o por la puerta. No podemos descartar ambas opciones. Descartemos, de momento, la puerta, esto implica que huyó por las terrazas o las ventanas.

—No lo creo. Además, tendríamos que explicar las manillas bajadas. Y encima debería haber rastros de sangre. Es imposible que nadie pudiera perpetrar semejante carnicería sin quedar completamente empapado en ella, ya has visto el estado del salón. En cuanto al pasillo, los rastros iniciales parecen evidentes. Parece que llevaron los cuatro cuerpos a rastras hasta las habitaciones. Después, los tuyos emborronan buena parte de la entrada y del pasillo hasta el momento en que colocamos los plásticos deambulatorios. Apenas he podido hablar con tus hombres, pero me dijeron que, cuando irrumpieron en el recibidor, estaba limpio de sangre. Quizás el o los asesinos pudieron cambiarse de ropa. Llevar protección plástica. Un equipo de cirugía. Cometer los asesinatos y después desprenderse de él en la última habitación antes de abandonar la casa. Llevárselo consigo, junto con las armas utilizadas.

—Muy poco probable. Dudo que de verdad creas eso.

Guardo silencio, dedico unos segundos a reflexionar. Y por fin contesto:

—No.

Una respuesta clara. Desconozco lo que ocurrió, pero sí sé lo que no ocurrió. Desorientada. Como antes dijera, esto carece de sentido. Cada pregunta genera un enigma, cada enigma parece irresoluble.

David medita. Nuestra conversación parece haber llegado a un punto muerto. Su rostro refleja absoluta calma. Sé que es el fiel espejo de su mente, lo racional domina ahora, con tranquilidad, sin estridencias. No pregunto, no quiero interrumpir, casi nunca lo hago, solo oriento a mi interlocutor proporcionando información. Las cosas siempre fluyen por sí solas. Todo el mundo desea realizar su trabajo lo mejor posible, yo siempre trabajo para los demás, nunca para mí. David es el centro de la

35

acción, una fuerza de gravedad que acapara los datos por el mero hecho de encontrarse aquí. Recuerdo una frase suya, tras una larga noche de conversación: «Cuanto menos hablo, más averiguo». Por eso pregunta tan concisamente, tan seco, tan directo, sin interrogantes, casi como si sus preguntas fueran afirmaciones.

Ahora se pone en marcha. Joan y yo lo seguimos. Se acerca a las ventanas, querrá examinarlas.

—Estas manillas… Son ventanas viejas. Recuerdo la casa de mi madre, un viejo piso del Eixample, en el centro de Barcelona. Las hojas de las ventanas son similares; pueden cerrarse si se ejerce presión desde el exterior. Si la manilla está elevada, al hacerlo cae por su propio peso cuando ambas hojas chocan y queda alojada en su lugar. Ya viví algo parecido años atrás. María.

—Dime.

—Voy a poner en marcha la recogida de datos externa. Tenme al corriente de las novedades.

—Descuida.

Nos despedimos sin hablar, una mirada basta: los amantes sabemos es al margen de las palabras donde reside la auténtica comunicación, no necesitamos más. Seguido por Joan, su eterna sombra, desaparece de mi vista. Regresa al rellano. Su trabajo, igual que el mío, debe continuar, ahora ya por separado.

5

—*J*oan.

—Sí, jefe.

—Quiero que averigües varias cosas. La primera, la luz. Quiero que hables con los hombres del operativo de refuerzo y que te expliquen cómo encendieron la luz cuando entraron en la casa. Habla uno por uno y, sobre todo, por separado.

—¿Y la segunda?

—La temperatura. Allí dentro estábamos por lo menos a treinta grados. Los radiadores estaban fríos, comprobé personalmente los de la sala y del pasillo. Quiero saber la hora de encendido y apagado de la caldera y la temperatura media que alcanza. No hay portero, localiza al presidente de la comunidad.

—¿Algo más?

—Sí. Envía parejas a cada uno del resto de los pisos del edificio, que averigüen si oyeron algo, aunque te dirán que no. Otros dos al tejado, que vayan con cuidado, posible vía de huida. Manda otro equipo a la entrada. Los patios de luces deben de tener un acceso, hay que investigarlo. Por último, al edificio de al lado, a los pisos contiguos a este. E intenta averiguar la identidad de las víctimas.

—Y tú, ¿qué?

—Yo, ¿qué de qué?

—¿Dónde te encuentro?

—Espera y escucha. Anglada.

—Señor.

—¿Han hablado ya con quien realizó la llamada?

—No, señor.

—¿Por qué?

—Esperábamos sus instrucciones, inspector.

—Tampoco ahora han seguido el procedimiento.

—Disculpe, inspector, no ha sido por mala fe. Ocurre que tengo a todo el equipo un poco alterado, esto nos ha superado, nunca habíamos visto nada semejante. Me está costando que todo funcione con normalidad. Es por eso.

—Anglada.

—Inspector.

—Quiero la máxima reserva sobre el escenario. Hable con sus hombres. Necesitamos cuarenta y ocho horas de tranquilidad antes de que esta noticia salte a los medios. Chitón. ¿Podrá hacerlo?

—Sí, inspector, yo respondo de los míos.

—De acuerdo, póngase a ello. No quiero un solo chisme acerca de lo ocurrido. Silencio total. Joan, antes que nada habla con la comisaría, pregunta por Rosell, que lo localicen y despierten, si es preciso. Explícale someramente lo sucedido. Quiero que se aplique el protocolo Q. Dile que no es una recomendación, dile que lo reclamo como una necesidad imperativa.

La mirada de Joan es elocuente: esta idea mía lo ha cogido por sorpresa.

—David, hace por lo menos diez años que no se utiliza.

—Existe para algo. Llegó su momento. Voy al piso de arriba. Ocúpate de lo dicho.

Sí, todo resulta excepcional. Nada es como debería ser. Incluso el más pequeño detalle cae fuera de lo normal. Para qué disimular, el protocolo Q es tan inusual que nació para un caso como este. Se trata de cubrir con un verdadero manto de silencio cualquier referencia a lo sucedido durante cuarenta y ocho horas, no emitir partes ni convocar ruedas de prensa, mantener al margen a los periodistas. Puede que eso levante una gran expectación a posteriori, pero María necesitará calma, registrar este escenario precisa máxima atención, no puede sentir una presión inadecuada que conduzca a emborronar posibles pistas o conclusiones. Vale la pena hacerlo. Y no podría con un circo rodeándola en todo momento.

Antes de subir doy un vistazo a la escalera, corroboro así mi teoría: no hay nadie, excepto policías. Los vecinos, los curiosos, siempre los hay, siempre revolotean, está en la naturaleza de la mayoría de la personas: curiosear, fisgonear, estos los más, pero hay otros, los morbosos, los que buscan la emoción, los que se revuelcan en la desgracia ajena; dónde, dónde se han metido, por qué no aparecen, son como los caracoles tras la lluvia, uno sabe que están allí, escondidos, y que cuando reciben el estímulo oportuno surgen de la nada, nos rodean, nos acosan, buscando su ración de morbo; no, peor aún, son como yonquis en busca de su dosis.

Esto resulta lo más extraño de todo. Si antes sentía cierto desasosiego, ahora se ha acrecentado, me sucede a veces, pequeños detalles modifican mi estado de ánimo, pero lo percibo a tiempo y no me dejo llevar, esta investigación requiere un estado de atención tendente a la sutileza, no ha lugar la melancolía que en otros casos sí resulta positiva.

Llego frente al cuarto segunda. Pulso el timbre. Pasan treinta segundos. No abren. Vuelvo a pulsar. Otros treinta segundos. Ahora se abre, apenas una rendija. Recibidor a oscuras. La línea de luz de la escalera revela a un señor mayor, envuelto en una bata rojiza y ajada, pantalón de pijama, zapatillas. Abrirá la puerta, pero no va dejarme pasar fácilmente: prudencia, algo de miedo, inseguridad. La edad no perdona, nos vuelve frágiles a todos.

—Inspector Ossa. Abra la puerta, tenemos que hablar.

—Usted dirá.

—Se llama usted…

—Me llamo Pere Gavaldà Esteve.

—Llamó usted al 112 sobre las 4.30.

—Sí, fui yo.

—Dígame por qué lo hizo.

—Oímos gritos, no sé qué hora era. Al principio no hicimos caso, pero se repitieron y luego fueron más fuertes. Pensamos que sería alguna discusión, algo sin importancia, pero más tarde aumentaron, gritaban sin parar, así que decidimos llamar al 112.

Oímos, pensamos, decidimos. No está solo en la casa. Habla alto, más de lo normal. El viejo utiliza gafas, un modelo antiguo. Observo al vuelo la presencia de un aparato amplificador en la patilla de las gafas correspondiente su oído derecho, el que queda en el lado interior de su recibidor. Las bisagras de la puerta están colocadas a la derecha de la hoja, de no haber valorado su posible sordera quizá no lo hubiera visto. El viejo debió de enterarse de poco, debió de ser la otra persona. He de comprobarlo: pronunciaré la siguiente frase en voz baja, poco más que un susurro, hay que cotejar el alcance del aparato. La repetiré subiendo paulatinamente el tono hasta que la entienda, eso me permitirá evaluar si es con él con quien debo hablar o con la otra persona.

—Vive usted con su mujer.

—¿Qué ha dicho?

—Vive usted con su mujer.

—¿Cómo dice? ¿Podría hablar más alto?

—Le he preguntado si vive usted con su mujer.

—Sí, ella se llama Montserrat Casas Fonts. Somos mayores, ya ve, ¿sabe?, ella está encamada, apenas puede valerse por sí misma.

—Debo hablar con ella.

—¿Es realmente necesario?

—Lo es.

—Es que… Verá usted, inspector, ocurre que mi esposa, ella, está un poco nerviosa. No ahora, bueno, ahora sí, claro, pero quiero decir que también está algo nerviosa sin necesidad de haya pasado esto, como no puede moverse desde hace un par de años, pues… Quiero decir que no es la de antes, ahora tiene manías, está un poco rara, algo trastornada, no sé si me explico.

—Perdone que insista, es el procedimiento habitual.

—Bueno, si es el procedimiento… ¿Me permitiría un par de minutos para encender la luz, incorporarla, ya sabe, esas cosas?

—Faltaría más.

—Pase al recibidor y espere a que le avise, por favor.

Asiento. Espero a que encienda una pequeña lámpara, en una esquina del recibidor. Entro entonces. El señor Gavaldà me deja allí y emprende el camino del pasillo, también a mano derecha. La disposición del piso es calcada a la del escenario: los dormitorios se sitúan uno tras otro. Otra lámpara, hermana en pobreza a la anterior, proporciona el único, discreto y escaso punto de luz del pasillo. Miro en derredor mientras espero. Cierro los ojos. El olor llega. Antes, en el quicio de la puerta lo había percibido confuso, el olor a viejo, a polvo, a decrepitud, a basura acumulada, no mucha, pero sí la suficiente, a orines. Gavaldà y su esposa ya están condenados, su tiempo ya se fue, están en la cuenta atrás, son muertos en vida y no lo saben, o tal vez sí. Abro ahora los ojos: lo que veo es el reflejo de lo que fue, todo ha caído en la languidez característica de sus propietarios, la misma casa envejece con ellos, morirá con ellos. Voces. Una más fuerte, casi un grito, revela enfado; la otra, ya conocida, suplica calma, intenta explicar. Las razones no parecen servir. Los gritos de la señora Casas se suceden.

Ahora llega un nuevo aroma. Cera. Aceite. Nuevos recuerdos infantiles. Sé de qué se trata. Veo luz a la altura de la cuarta y última puerta, la situada junto al salón. Allí está encamada la señora Casas. Este matrimonio será de los clásicos, seguro que dirán «señora de Gavaldà». La luz no es fija. Oscila. Las sombras que emanan de su interior bailan graciosamente por entre la oscuridad del pasillo, pequeñas, juguetonas. Disminuyen los gritos, se extinguen; el viejo lo ha logrado, camina ahora por el pasillo, llega al recibidor, me habla mientras gesticula exageradamente, sus gestos son elocuentes, golpea repetidamente con el índice en su frente.

—Sígame. Recuerde que está trastornada, ya se lo he dicho. Por favor, sea paciente, se altera con facilidad.

Asiento, lo tranquilizo con la mirada y una franca sonrisa. Vamos allá, veamos qué tiene que contar la señora Casas.

6

El papel del pasillo está gastado, con humedades. En el techo cuelga algo de pintura que, resquebrajada, ha cedido. Hay grietas. Las puertas de las otras tres habitaciones están entreabiertas, apenas se adivinan algunos muebles, bultos informes. Un cable pelado cuelga y revela que, en tiempos, hubo allí una lámpara. Gavaldà camina con una suave cojera en su pierna izquierda. Le sigo. Dejamos atrás el punto de luz del pasillo. Nuestra sombra ahora nos precede, se estira, se alarga, penetra en el salón, el mismo salón que, tres metros más abajo, ha sido punto focal de la masacre. Llegamos a la habitación. Gavaldà franquea el paso, entra. No me sorprendo, esperaba algo así, no podía ser de otra manera. Una gran cama con cabecera de rejilla metálica. Un grueso colchón de lana, antiguo, por lo menos con veinte años de servicio a cuestas. La mesilla de noche, bajo una lámpara diminuta, todavía menor que las anteriores, con bombilla de vela, apenas alumbra; mesilla de madera con mármol, a juego con el mueble auxiliar, con espejo, ya roñoso. Son buenas piezas, de los años cincuenta: un brocante les sacaría un buen precio una vez restaurados, se llevan en las espaciosas masías que los burgueses redecoran para sus fines de semana de ocio. El mármol, repleto de velas votivas, bastantes de ellas flotan en sus pequeños recipientes de aceite. Sus llamas trazan ese baileteo de fuego que tanto me agrada desde crío. Decenas de estampas de santos y vírgenes pueblan el mueble, rodean un sagrado corazón, es una figura hermosa, protegida con una cúpula de cristal: la mujer es devota, puede que más, apuesto a que mucho más, enseguida lo comprobaré. En la mesilla, una

Biblia. Sobre la cama, un gran crucifijo de metal repujado, con escenas de la vida sagrada. La miro. No parece alta, pero está gorda, mucho, quizá noventa o cien kilos. Está situada en el centro de cama. Su marido no duerme allí, lo hará en la habitación de al lado. Viste una bata rosa gruesa, de felpa. La mitad de su cuerpo permanece cubierta bajo un edredón de puntilla, seguro que lo hizo ella, debió de tardar años en tejer los cientos de cuadraditos regulares que componen su dibujo. En las manos, un rosario. Sus dedos artrósicos, retorcidos como culebras, desgranan las cuentas. Sus labios murmuran la letanía en automático. Siento sus ojos mirándome, ajenos a las palabras que emanan incansables, susurradas, por su boca.

Hiede a orines. Hay una escupidera medio llena entre la mesilla de noche y la cama, su líquido es espeso y oscuro, más negruzco que amarillo, seguro que orina sangre. Huele a sudor, su aroma impregna a la anciana, es agrio y potente, poco podrá asearla su marido, solo con esponja y por partes; la grasa del cuerpo marca así su territorio. Y huele a algo más. Huelo a mi enemiga: a esta mujer no le queda mucho tiempo. Ese era el aroma que percibí cuando el señor Gavaldà abrió la puerta; estaba oculto, disimulado, lo había captado vagamente, era más que un olor, sobre todo en el recibidor, cuando esperaba. Lo sé. La muerte vendrá muy pronto de visita para aliviar un final de lamentable decadencia.

La señora Casas hace un gesto con la mano. Me invita a acercarme y, palmoteando el colchón, cerca de la almohada, me indica que tome asiento junto a ella. Sus labios siguen maquinalmente la oración. Obedezco, impelido por una mirada entre dulce e inquisitorial, qué extraña mezcolanza. Habla. Su voz es ensortijada, es rasposa, resulta maravillosamente críptica. Tenía que ser así. Y lo que va a decir creo conocerlo de antemano, como si ya lo hubiera vivido antes, tal es la certeza sentida que casi me levanto y me marcho, seguro de poder cumplimentar el informe sin equivocarme ni en una coma. Una imagen: Sibila, la mujer con el don de la profecía. Un lugar: *to αδυτον*, el lugar sagrado de acceso prohibido. Me siento transportado a otro escenario, a otra época. Pero todo esto no es más que una locura, es mi imaginación desbocada, cuesta abajo y sin freno, afectada por lo que he visto hace unos minutos. Basta de ton-

43

terías, hay que centrarse. Mi razón me dice que esta idea es aberrante, que en esa mujer solo puedo encontrar decadencia, confusión mental, quizá con suerte pueda confirmar algún extremo sobre la hora en que comenzaron los gritos, poco más que eso. Pero ese particular instinto que siempre me distingue y acompaña parece iluminar a la anciana, como si ella poseyera alguna clave. Es imperativo escucharla. Aquel recinto de desechos está dispuesto para mí, es una afortunada casualidad encontrarlo. La señora Casas es la que habla, ha usurpado mi derecho de policía, es ella quien me interroga.

—Dime quién eres.

—Soy el inspector David Ossa.

—¿A qué has venido?

—A hablar con usted.

—¿Por qué?

—Usted oyó unos ruidos esta noche. Avisó a su marido. Él telefoneó a la policía.

La anciana me mira con una atención demente, su mirada se está centrando, las pupilas se contraen, los dedos dejan reposar el rosario, parece que regresa del reino de la demencia.

—Sí, sí, lo recuerdo. Oí gritos. Pensé que eran mis sueños, en mis sueños habitualmente los oigo.

—¿Quién grita en sus sueños?

—Mucha, mucha gente, muchas personas. No sé quiénes son. Nunca veo a nadie conocido.

—¿Por qué gritan?

—Gritan porque sufren. Yo rezo, rezo por ellos, rezo para dejar de oír sus gritos dolientes.

—¿Cómo supo que no era un sueño? ¿Cómo supo que estos gritos eran auténticos?

—Has dicho que te llamas… David.

—Sí.

—David, ¿por qué piensas que los gritos de mis sueños no son auténticos?

Atención aquí, hay que darle carrete, no vaya a cerrarse en banda. Prudencia y mano izquierda.

—Le pido disculpas. Me expresé mal. Quería decir que cómo supo que esos gritos eran diferentes a los de sus sueños.

—Eso es sencillo. Estaba despierta.

—Era muy tarde, de madrugada. A esa hora solemos estar durmiendo. Quizá se confundió.

—¡No! Soy una vieja y tengo todo el cuerpo deshecho, pero todavía sé lo que me pasa. No suelo dormir por las noches. Tengo que rezar, siempre estoy rezando, ¡si no lo hago, los sufrientes seguirán pagando sus penas!

—Entiendo, estaba usted despierta. Me gustaría que me dijera exactamente qué es lo que oyó.

—Oí…, oí una voz. Era una voz severa. Era una voz que ordenaba. Después, llegaron los gritos, muchos, todos a la vez, miedo, gemidos, lloros, también eran sufrientes. Recé, pero los gritos continuaron. Llamé a mi marido, que me dijo que no oía nada, que me durmiera; pero los gritos continuaban. Sé que también grité, mucho, le dije que llamara a la policía, me agité, quise levantarme, él me sujetaba, apenas podía detenerme. Al final consintió en llamar para que me tranquilizara.

—Entonces su marido no oyó nada.

—Mi marido es muy bueno, me cuida, me atiende, pero está sordo, sordo por fuera y sordo por dentro. Él no sabe, él no oye, él no ve nada que no sea lo de siempre. ¿Tú sí ves? Sí, tú ves, te miro y me doy cuenta de ello. ¿Verdad? ¡Tú ves!

Ha levantado la voz, su mirada enfebrecida revela la medida de su enajenación. Creo que este es el límite de una conversación coherente, no será mucho más lo que pueda averiguar. Pero hay algo que me retiene allí clavado, quizá no sea más que el respeto a la ancianidad.

—Sí, señora Casas, yo sí veo. Siga. Ha dicho que los gritos fueron todos a la vez.

—Comenzaron a la vez, varias voces, varias personas, tres, cuatro, no menos. Distinguía las voces: había dos hombres, también una mujer, quizás otra, gritaban, ¡gritaban de miedo! Luego llegó el dolor. Unos dejaron de gritar antes; el último fue un hombre, tardó un rato en callar. Luego los ruidos desaparecieron. Estaba intranquila. Entonces debí de dormirme, no recuerdo que rezara, no estaban mis dedos en el rosario.

—Y después…

—Después esas voces se presentaron en mi sueño. Había muchas más de las normales, cientos, miles, era un coro, pero no era un coro angelical, cantaban su dolor, pero era diferente

45

a otras veces, estaban esperando, y entonces llegaron los nuevos, también gritaban. Si antes gritaban de dolor y miedo, ahora gritaban de desesperación. Recé con furia, recé con ganas, mis rezos fueron poco a poco apagando los gritos, después descansé y esperé.

—¿Qué esperaba, señora Casas?

—¡A ti! Te esperaba a ti. No conocía tu nombre, pero sabía que vendrías. Tenía que contarte lo que había pasado. Esa era mi misión. Por eso he seguido viva aquí durante dos años, atada a esta cama, sin poder moverme, para dar testimonio, para elevar la palabra, he sido la testigo. Ahora podré morir en paz.

El rostro de la señora Casas, según habla, se ha perlado con gotas sudor. Está congestionada, cierra los ojos, parece descansar, su respiración se espacia, en un momento parece que se va a detener, no ocurre, se regulariza, pasan largos segundos entre cada inspiración y espiración. Sus dedos vuelven a desgranar las cuentas del rosario. Es un acto maquinal independiente de su voluntad, se ha convertido en un reflejo involuntario, como respirar. No morirá esta noche, sería excesivo. Eso solo pasaría en una novela de quiosco, en una novela *pulp*, pero será pronto, su tiempo ya pasó. Me incorporo y camino unos pasos hacia la puerta. El señor Gavaldà sigue en el umbral. Se detiene. Antes de marchar debo, por absurdo que parezca, saciar mi curiosidad.

—Señora Casas.

La anciana contesta con los ojos cerrados. Su voz suena curiosamente rotunda, plena de fuerza: la voz serena de quien ha cumplido su cometido.

—Dime.

—La voz que oyó, la que definió como severa, dígame de quién era.

—Tú ves, lo has dicho antes, tienes que saberlo.

—Sí, veo. Pero quiero escuchárselo a usted.

—Era ella. Ya sabes. Tú la conoces. ¡Dime que la conoces!

Qué demontre querrá decir. ¿Qué locura es esta? Y qué hago yo preguntando semejantes estupideces.

—Sí, la conozco. Sé quién es. Solo una cosa más: explíqueme quiénes son esos sufrientes que gritan en sus sueños.

—Quiénes van a ser, hijo: son los muertos. Los muertos que nos llaman. Los muertos que esperaban la llegada de sus nuevos compañeros. Solo podemos escucharlos los que estamos ya muy cerca del final. Por eso solo yo los oí. Nadie más pudo hacerlo. ¡Nadie! Por eso tenía que esperarte. Por eso tenías que venir. Solo tú puedes combatir este mal.

Cuánta locura. Me siento culpable por haberle dado cuerda. Pero tenía que hacerlo. Las voces de los muertos... ¿Eso ha dicho? Está loca, sin duda: demenciada. Y llega entonces un recuerdo concreto, enormemente poderoso. No podía ser otra cosa. Una voz. ¿Una voz? Las voces de los muertos. Sí. Ya hace tanto tiempo que...

No, no, mejor frenarlo y no seguir por ahí. Mejor no pensar en nada más ni decir nada más. Habrá tiempo para ello. La cabeza de la señora Casas cae hacia su derecha, se apoya en el almohadón. El señor Gavaldà me suplica con un gesto que abandone el dormitorio: debemos dejarla descansar. Tiene razón, la noche ha sido larga para todos, merece más que nadie la paz del sueño de los justos. Antes de despedirme, el señor Gavaldà me ha preguntado por la conversación, desde el umbral del dormitorio no alcanzaba a distinguir más que un murmullo, su sordera es evidente. Le explico algunas vaguedades, no vale la pena preocuparlo. La respuesta del viejo es directa:

—Recuerde que está en las últimas, demenciada. Siempre fue una beatorra, ahora no hace más que rezar y rezar, y su cabeza está casi siempre perdida. La de tonterías que tengo que oír. Me paso el día comprando velas para ese altarcito que he tenido que improvisar.

Mi respuesta es cortés:

—Estése tranquilo, no los molestaremos más. Yo mismo realizaré el informe. Habremos cumplido con el procedimiento, no se preocupe.

Gavaldà, aún algo intranquilo, me despide; la gruesa puerta se cierra.

Las voces de los policías suenan por la escalera. Andan cumpliendo su misión, las puertas de algunos pisos están abiertas, interrogan a los vecinos. Otros hablan, piden y dan instrucciones por el hueco de la escalera. Se oye el crepitar de las radios, es el típico barullo de los escenarios recién asegurados y en pleno proceso. Atención: todo este confuso sonido no se oía con la puerta cerrada, es muy gruesa, también lo son techos, suelos, paredes, no en vano el edificio tiene más de cien años, entonces se construía con otra solidez. Si las paredes son tan gruesas, es muy difícil que el sonido las traspase. Incluso hay fuertes voces provenientes del escenario, los cuatro forenses reciben instrucciones. María los coordina. Están en diferentes habitaciones. Nada de eso se oía arriba. Reflexiono. Realmente las víctimas tuvieron que gritar mucho para que la señora Casas las oyera. Y si las oyó morir, alguien más debió de hacerlo. Tengo que recabar primero esta información. Mi mente está inquieta, sé que todo lo sucedido en el cuarto segunda carece de todo sentido, que Gavaldà ha de tener razón, que sencillamente su mujer oyó los gritos por encontrarse desvelada, como tantas otras noches, y que fruto de su demencia obligó a su marido a telefonear al 112. Sí, eso dice mi razón. Y, sin embargo…

7

—¿*E*so es todo?

—Sí, subinspector.

El cabo Anglada me acaba de informar acerca de la temperatura; siguiendo las instrucciones de David le encargué que averiguara ese dato. La verdad es que no damos abasto, por más que intentamos dirigir nuestros esfuerzos en la dirección correcta cuesta enormemente mantener la atención de todos los compañeros, también yo estoy hasta arriba. Ahí viene David, se nos acerca, ¿qué habrá averiguado arriba? Asiente mirándome y se dirige a Anglada.

—Cabo.

—Sí, inspector.

—¿Tiene ya el informe sobre los vecinos?

—Sí. Nadie oyó nada. A la mayoría de ellos los hemos despertado nosotros al llamar a sus puertas. Solo el vecino del tercero primera se despertó cuando llegó la unidad de refuerzo, allá sobre las cinco.

—Y no intentó salir para ver qué pasaba…

—No. Dijo que se asomó por la mirilla, pero que se asustó y se volvió al interior. A esperar. Eso dijo.

—Bien.

Ya han colocado la cinta destinada a impedir el paso a quien no esté relacionado con el trabajo por realizar. María y los suyos van a sudar la gota gorda con semejante estropicio, no le arriendo la ganancia. Todo está hecho una porquería, la sangre pisoteada durante la intrusión ha formado una película pringosa que borra cualquier posible rastro en el recibidor;

aunque reconozco que bastante hicieron los refuerzos con no enredarlo todavía más. Habla David; es más una reflexión en voz alta que una demanda de opinión, aunque al hablar me esta mirando:

—Nadie oyó nada.

—Sorprendente.

—Sí. Pero las paredes son muy gruesas.

—David, tengo la información que me pediste.

—Espera un momento… Ya que estamos aquí comencemos por analizar entradas y salidas, quizá sea prioritario.

Entra en el piso, le sigo. David se detiene a observar el cierre de seguridad. La palanqueta arrancó de cuajo el soporte del marco, con clavos y todo. Debe comprobar que pudiera cerrarse desde el exterior, y sí, es posible, introduce la mano y prueba, hay suficiente holgura para ello. Después nos acercamos a la ventana del recibidor, que ya ha sido examinada. La abre, por el exterior hay el suficiente relieve como para poder agarrarla y tirar, coloca la manilla hacia arriba y cierra de golpe. La manilla cae sobre el cierre.

—Idéntico que en casa de mi madre. Estas ventanas antiguas son todas iguales.

Se asoma al primer patio de luces: cierta claridad ilumina el cielo de Barcelona anunciando el amanecer. Las tuberías de los desagües están próximas a la ventana, realmente hubieran podido utilizarse para huir.

—Mira, Joan. ¿Quizá por aquí?

Me asomo. El espacio es suficiente, sí, pero ¿lo hubiera podido hacer yo? No lo sé, haría falta una notable fuerza y, aún más, una gran determinación para realizar semejante subida o bajada: solo un hombre joven o en perfecta forma física lo hubiera logrado. Ahora, las tuberías. Hay poca luz. Uno de los forenses pasa frente a la habitación. David reclama su presencia, se acerca y le pide su linterna; se la entrega, es pequeña pero su luminosidad resulta increíble, y emite una intensa luz blanca que me recuerda los faros de los coches más modernos; realmente la noche se torna día con semejantes cachivaches. El haz de xenón se desliza sobre las tuberías. Son oscuras, parecen repletas de polvo acumulado tras decenas de años sin limpiarse: ¿quién va a ser el memo que se asome a un patio de luces para

50

adecentar los desagües por donde descienden las heces de los moradores del edificio?

—Sostenme.

David da un salto y se coloca sobre el canto de la ventana. Su cuerpo se asoma hacia el exterior. Le sujeto las piernas. Apoyado sobre sus abdominales alcanza la tubería, lleva un pañuelo en la mano, lo desliza sobre ella, un surco irregular desvela que, efectivamente, nadie la ha empleado como vía de escape. Cualquier cuerpo que hubiera trepado por allí habría dejado un rastro más que evidente.

Realizamos idéntico procedimiento en el otro patio y obtenemos el mismo resultado. Ahora, la cocina. Este no es patio de luces propiamente dicho, no es más que un simple hueco para evacuar humos, incluso la ventana es de menor tamaño. ¿Podría un hombre aprovechar la proximidad de sus paredes para hacer palanca con el cuerpo apoyando la espalda en un lado y las piernas en otro y huir? Pudiera ser. Pero la prueba del algodón no engaña: si en las tuberías de los patios hay suciedad, polvo, aquí hay una verdadera capa de mierda, de grasa acumulada, de hollín. El rastro sería aún más evidente.

Pasan los minutos y todo se complica. David marca nuestro siguiente objetivo.

—Veamos las terrazas.

Primero, las de la mano izquierda, es el salón noble, junto a la cocina, dan a la calle del Vidre, justo junto a la arcada que delimita la plaza Reial. En este lado no hay presencia policial. Algunas personas, las más madrugadoras, caminan en ambos sentidos: la plaza Reial es un imán para el barrio, centraliza toda la actividad.

—Bien, veamos. El asesino pudo haber saltado a la terraza contigua, sí, y de allí pasar a la siguiente, claro, hasta llegar a la altura del arco de la plaza Reial, pero, una vez allí, la pared se alisa, la distancia hasta la siguiente terraza es demasiado amplia, yo diría que es inalcanzable. ¿Qué opinas?

—Sin duda. Hay demasiada distancia.

—Puede que hacia abajo.

—Hum. ¡Menudo salto! Serán unos tres metros y la superficie para aterrizar es muy estrecha, no más de metro y pocos centímetros… Muy, muy difícil.

51

—Vayamos a las de la mano derecha, las que dan a Escudellers; ya imagino el resultado, pero hay que hacerlo.

Esa parte del escenario es terrible. Nos detenemos un instante al llegar al mismo punto donde una hora antes María comenzó a presentarnos su informe. David se queda extático mirando alrededor, como si intentara corroborar una idea, juraría que es justo lo que está intentando, observo que cierra los puños. Su expresión se crispa como si adivinara un peligro. ¿Qué pensará? Respira hondo, parece recuperar el pulso, regresa a su intención original y alcanza las terrazas, descorre las cortinas, abre el enorme ventanal y sale al exterior.

—Las terrazas de este lado son casi idénticas a las del otro. Por aquí tampoco pudo salir.

—David.

—Esto nos lo va a complicar aún más.

—Eso parece.

Nos dirigimos al recibidor, María nos detiene en la cuarta habitación, donde se encuentra el cadáver sin ojos. Se ha untado crema de eucalipto bajo la nariz, el olor a vísceras y sangre es realmente muy fuerte. Me sorprende que haya tardado tanto tiempo en hacerlo. Tiene noticias, son interesantes, extraigo la libreta y vuelvo a tomar notas.

—La posible arma homicida, o una de ellas, ha aparecido.

—¿Cómo no la viste antes?

—Estaba bajo el cuerpo de la víctima. Por eso. La hemos encontrado al manipular el cuerpo.

—¿Qué es?

—Parece una especie de cuchillo. Hoja ancha, unos cinco centímetros en la base, treinta de larga, con borde de sierra en un lado y con filo en el otro. Está empapada en sangre; apuesto a que encontraremos el grupo sanguíneo de las cuatro víctimas.

—Dime si justifica por sí misma las posibles heridas de todas ellas.

—En un primer análisis, sí. El borde serrado parece coincidir con lo irregular de las heridas causadas en la evisceración, lo comprobaremos en el laboratorio.

—Bien. Recuerda, adelántame los resultados.

—Oye, David.

—Sí.

—¿Sabías que este cadáver, en concreto, estaba algo desplazado en comparación con los otros tres?

—Sí. Grimau dijo que fue al abrir la puerta cuando notaron resistencia, parte del cuerpo impedía el paso de la hoja. Me fijé en que los otros tres estaban, más o menos, situados en el centro de la habitación.

—Ajá.

—¿Has pensado que, quizá...?

—Sí, lo he pensado. Incluso antes de encontrar al arma, con más motivo ahora. Todo es posible. Este podría haber asesinado a los otros y, después, ocasionarse la muerte a sí mismo, sí, pero ahora te toca contestar a ti si crees que realmente podría infligirse semejantes heridas sin desmayarse.

—No. Bueno, lo dudo. Quizá sí. Técnicamente es posible, hay precedentes, el suicidio ritual de los japoneses, llamado *seppuku* o *harakiri*. Los suicidas son capaces de resistir mientras el cuchillo traza el movimiento en sus vísceras de izquierda a derecha. Quizás alguien drogado hasta las cejas pudiera resistir tanto dolor, pero, la verdad, no lo creo. Sería necesaria una increíble fuerza de voluntad para poder soportarlo. Y además, ¿dónde están sus ojos? Alguien debió de llevárselos.

—María.

—Dime.

—Cuando realices la autopsia en el Instituto Anatómico Forense los encontrarás en el interior de su estómago.

—¿Qué?

—¿Cómo?

María y yo hemos reaccionado automáticamente. No puedo hablar por ella, pero yo todavía estoy intentando «comprender» el significado de esa frase, es sencillamente imposible que nadie pudiera saber algo así con tan solo ver el cadáver los pocos instantes en que ha estado junto a él. Ella abre la boca como para decir algo, pero vuelve a cerrarla. Comprendo que estamos en uno de esos raros momentos en que una sencilla declaración puede romper la razón de quien la escuche, cuesta reajustarse, regresar a la realidad para corroborar lo escuchado. Yo lo hago antes, pues llevo trabajando con David el tiempo suficiente para saber que esto no es excepcional, que a veces me sorprende confirmando hechos improbables para los que carecía de la información necesaria, que tiene un instinto especial capaz de diferenciarlo de todos sus compañeros.

—¿En el estómago? ¿Cómo puedes saber eso?

—Lo imagino.

—Pues, o tienes mucha imaginación, o algo hay de este caso que tú conoces y los demás ignoramos.

—Apenas sé nada. Pero será la guinda que adorna el pastel. Compruébalo. Ya lo verás.

Sale de la habitación para dejar que María, intrigada, continúe con su trabajo. Caminamos hasta la escalera. Allí la atmósfera es más respirable: la temperatura desciende, por lo menos, cinco grados respecto al interior. Podría preguntarle por su declaración anterior, pero no lo haré. Sé que sus necesidades son otras, todo en su justo momento.

—Vamos, Joan. Siembra nuevos enigmas.

—Pues sí. Primero, la temperatura. Hay una caldera central, de gas, la instalaron hace dos años. Tiene un programa automático que funciona, según sea la temperatura exterior, hasta las once de la noche. Actualmente está programado para que se regule hasta los veintiún grados. El funcionamiento de anoche fue el normal, como el de cualquier otro día. Como las paredes son muy anchas, la temperatura se mantiene bastantes horas después del apagado. Pero, claro, nunca hubiera llegado hasta treinta o treinta y tantos grados de no existir una fuente suplementaria de calor.

—Fuente que no había.

—La temperatura pudo ser producto de una elevada actividad física. Y quizá no se tratara más que de una percepción de Grimau, la tensión, el miedo… Más tarde nos concentramos un gran número de personas en el piso, quizá se trate de esto. Ya sabes que hay estudios sobre ello.

—Sí, es posible. Ya veremos. Háblame sobre los patios de luces.

—Y de paso, la azotea superior, todo en el mismo paquete por un módico precio. Las llaves de acceso a patios y a azotea están en manos del presidente de la comunidad, que a la sazón es el señor Pérez, del primero primera. Típica llave antigua, grande, pesada. Que él sepa, nadie más tiene copia. Pero hay que tener en cuenta que esas llaves pasan de presidente en presidente. El turno del edificio es anual. Cualquiera hubiera podido copiarla.

—¿Rastros?

—No hay. Desde abajo no parece que se hayan utilizado como vía de escape. Tendrán que pasar los de Científica, pero descártalos.

—Eso pensaba. Edificios contiguos.

—Nada. Nada de nada. Nadie escuchó nada. Ni arriba, ni abajo, ni en los pisos contiguos. ¿Qué te dijeron en el cuarto segunda?

Parece meditar qué decir. David escoge cuidadosamente las palabras, lo sé porque su expresión es levemente más pausada que la habitual, solo una persona muy cercana podría captar estos matices.

—Nada importante. Tan solo que escucharon los gritos, se asustaron y llamaron al 112, eso es todo. Son personas mayores. Quiero que los mantengas al margen, yo redactaré su declaración.

—Como tú digas. ¿Algo más?

—Venga, Joan. La luz del escenario.

—Caramba, ya casi se me olvidaba. Bien, hablé con Anglada y sus hombres según me cruzaba con ellos. Todos coinciden: Grimau les dijo antes de entrar que la luz no funcionaba, penetraron en el escenario con las linternas, Anglada iba en segunda línea y accionó el interruptor del recibidor de manera automática, dice que no fue consciente de ello hasta que se encendió la bombilla.

—¿Hablaste con Clemente?

—Sí, claro. Confirma que cuando entraron no había luz. Grimau probó el interruptor del recibidor, pero él también lo intentó con el del pasillo, recuerda que iba por detrás del veterano. La luz no funcionaba.

—¿Comprobaste el funcionamiento del cuadro de luces?

—Lo hice.

—¿Y?

—Está en perfecto estado. No es de los más modernos, pero tampoco es de los años veinte. También comprobé los inte-

55

rruptores en repetidas ocasiones. Funcionan sin problema alguno. No falló el contacto ni una sola vez.

—Entonces la luz del piso no funcionaba cuando entró la primera patrulla y volvió a hacerlo cuando lo hizo la segunda. ¿Dónde está situado el cuadro de luces?

—Donde están casi siempre, en el recibidor, en este caso entrando a la derecha.

—Bien, vamos a procesar rápidamente la información. Entrando a la derecha. La hoja de la puerta oculta precisamente ese lado. Pudo accionarse después de que la primera patrulla saliera a la escalera. Si así fuera, el asesino estaba dentro mientras esperaban los refuerzos, y entonces la intuición de Grimau resultaría válida. Desde el principio he tendido a fiarme de Grimau, cómo no creer en esas sensaciones. La intuición rara vez engaña si se cimienta en la experiencia. Además, esto resulta congruente con que el seguro de la puerta estuviera cerrado. Pero esto implica dos nuevas preguntas: ¿para qué iba a querer el asesino proporcionar luz a sus posibles contrincantes? Y ¿por dónde escapó?

Nada añado. Enigmas, enigmas, enigmas. Uno detrás de otro. Tal y como dijo María, tenemos muchas más preguntas que respuestas, y según profundizamos, aumentan las primeras sin hacerlo las segundas.

—Para acabar: identidades.

—Aquí sí puedo ofrecerte datos. El piso está alquilado a nombre de Ignacio Pozales y Meritxell Umbría, de treinta y ocho y treinta y cinco años, respectivamente. Él es técnico municipal: sustituciones, no tiene una plaza en propiedad. Ella trabaja en una librería. Al corriente de los pagos de comunidad. Eran gente normal, no generaban problema alguno. De momento no sabemos si los cuerpos se corresponden con ellos, pero es probable. De la otra pareja, nada hasta ahora. No hemos encontrado documentación alguna.

—Bien, gracias.

—Mira, ahí llega el juez.

—En fin. Más vale tarde que nunca.

—David.

—Dime.

—Es tu viejo amigo Pascual.

—No.

—Sí. Todo tuyo, que te aproveche. Mientras le cuentas alguna milonga me ocuparé de coordinar el protocolo Q con Anglada, o nos pillará el toro y la noticia saltará a la prensa.

—Sí, bien.

Pascual. Con lo mal que le cae a David. Mala suerte. Lo que nos faltaba.

57

8

Vaya por Dios. El juez de guardia es, en efecto, Pascual, un histórico. Tiene cerca de los cincuenta y cinco años, lo que, en breve, le evitará tener que continuar en la rotación de guardias nocturnas. Ahí viene. Sube las escaleras con elegante parsimonia, su perenne aspecto de dandi evidencia el sentido de la urgencia que para él ofrece la guardia. Son las ocho. Al fin y al cabo solo llega con dos horas de retraso tras que se haya asegurado el escenario. Aunque tampoco hubiera sido muy diferente la hora de su aparición si el crimen hubiera ocurrido sobre las doce de la noche.

El juez es un hueso. No me pondrá las cosas fáciles, en parte por tener que haberse levantado tan pronto, en parte por hastío y escepticismo, y en parte por tocarme las narices. Nos conocemos de instrucciones anteriores y nunca nos llevamos demasiado bien. También es mala suerte, con la de jueces que hay en Barcelona. Hay que compensar la buena suerte de tener a María de forense, es la ley del equilibrio, la vida misma.

—Buenos días, juez Pascual. Me alegro de verle.

—Buenos días, inspector Ossa. No puedo decir lo mismo. Dígame por una vez que tenemos entre ambos un caso sencillo y, por ende, hágame feliz, aunque solo sea para variar. Si la respuesta es afirmativa la alegría sí será recíproca. En caso contrario, ya puede imaginárselo.

—Me temo que no será el caso.

—¿No? Mire usted por dónde hubiera podido jurarlo en cuanto supe que estaba usted a cargo de la investigación. En fin, vayamos al grano, acompáñeme al interior.

—Le han explicado algo sobre el caso.

—Por encima, un asesinato múltiple.

—Sígame.

«Me alegro de verle.» La ironía no es sutil, la sutileza vendrá más tarde. No me agrada el juez Pascual, no, pero sí me gusta la esgrima verbal que nos vemos impelidos a ejecutar a partir de nuestra mutua antipatía. En realidad, en otras circunstancias no profesionales, me hubiera caído bien: sí, es serio y formal, es el residuo de una época donde la dignidad judicial alcanzaba rango de sagrada. Hoy en día se están perdiendo todas las formas: Pascual no las emplea como defensa, Pascual las vive, son parte de su ser íntimo; es una lástima que dificulten nuestro trabajo, pero no puedo evitar deleitarme con estas fintas y contrafintas, ¡qué le vamos a hacer!

Vamos allá. La temperatura del recibidor ha disminuido, el trasiego de personas que entran y salen ha sido continuo y la temperatura del piso se ha equilibrado con la de la escalera. Como corresponde, yo delante; me sigue el juez. Solo podemos pasar por las zonas protegidas. La sangre aparece enseguida, con la luz encendida impresiona mucho más, el rojo es chillón, la gran concentración de sangre retrasa o impide en buena medida la oxidación que la oscurece. El recibidor es un verdadero desastre, un revoltijo confuso que dificultará el trabajo. No puedo ver el rostro del juez, pero seguro que expresará desagrado ante este escenario. ¡La que le espera dentro! Pasamos frente a las puertas, sobre cada cadáver trabaja un forense, apenas se aprecia su estado. María está en el primer dormitorio, junto a la sala, acompañada por otra mujer, más joven, posiblemente una novata que recibe un máster de doce meses concentrado en una sola noche. Está en cuclillas, frente a la puerta, ya se ha vestido con las protecciones adecuadas, qué pena, su figura se esfuma, se vuelve amorfa, pero sé que sus ojos brillarán con pasión. Ambas manos están sosteniendo la cabeza cortada a unos cincuenta centímetros de suelo, la levanta manteniendo su posición original. La ayudante fotografía el rostro del cadáver, la boca y los ojos están abiertos. Percibe nuestra presencia, nos mira; su cara no muestra emoción alguna, pero yo conozco el escepticismo que siente al contemplar al juez.

—Juez Pascual, perdone que no me levante. Como puede

59

ver, tengo trabajo entre manos. El inspector Ossa le informará sobre lo que sabemos. Cuando tenga listo mi informe, se lo haré llegar. Gracias.

Y, así, tajante, lo despide. Trabajo entre manos, ¡qué cachonda! A ella tampoco le gusta la actitud general del juez, está deseando perderlo de vista, que se jubile anticipadamente. Sus motivos son otros, me los contó tiempo atrás: «Es un mal bicho, cuántas veces me ha mirado con lujuria en los ojos, casi un viejo verde, una vez tuve incluso que pararle los pies». Qué gracia: «Tengo trabajo entre manos», para contarlo en el Londres con unas cervezas en la mano, rodeados por los compañeros, la carcajada está asegurada; de verdad que es un ángel, un ángel rodeado de cadáveres, menuda imagen; es fuerte pero real, no entiendo cómo no vamos a más, hasta el final, por qué ambos mantenemos nuestras últimas barreras alzadas cuando de futuro se trata. El sexo, la compañía, son buenos, los mejores, pero ninguno damos el paso. Llevamos así varios años, quizá sea un error. Cómo pasa el tiempo, tú en tu casa y yo en la mía, mira qué modernos somos. Pero no me engaño. No funcionaría. Existe un motivo. Poderoso como ningún otro. Y radica en mí, no en ella. A veces creo que María lo percibe y por eso no avanza, prefiere seguir como estamos a arriesgarlo todo a un cara o cruz...

Pascual ha sacado un pañuelo del bolsillo de la chaqueta, seguro que perfumado, se tapa la nariz con él. El olor de las vísceras expuestas es ahora elevado, la sangre ha perdido fuerza. Pocas personas han podido oler nuestro interior, no es en realidad mal olor, pero es muy intenso, diferente, se corresponde con lo que vemos, esos intestinos enroscados, amoratados, qué batiburrillo. Este escenario que resulta excesivo para mi larga carrera profesional también lo será para Pascual. Aprovechémoslo. Un buen toque de humor. Pero su respuesta es rápida y fría.

—Está acatarrado, juez.

—Será que hace frío y me gotea la nariz, siempre fui muy sensible al mal tiempo.

—Bueno, no se preocupe, parece que las nubes se irán pronto, han anunciado una semana de sol.

—Simpático inspector Ossa, seguro que tendrá usted algo más interesante que explicarme antes que fijarse en mi sensibilidad olfativa. Y no olvide que no hay peores nubarrones que aquellos que se derivan de un mal trabajo de investigación.

—No tenga duda, hay cosas que contar.

—Pues comience. Y no sea prolijo, que bastante trabajo tengo en el juzgado.

Se lo explico. Me cuido muy mucho de comentar los aspectos irracionales, las sensaciones, las intuiciones. Es un relato aséptico de los hechos. Avanzamos dormitorio por dormitorio. Los cuatro cadáveres son analizados. Pascual realiza las preguntas adecuadas. No me gusta el juez, pero desde luego es un profesional competente. Ya se lo he explicado todo, es ahora él quien se regocija en la suerte.

—Así que tiene cuatro asesinatos con un posible carácter ritual, un asesino que no ofrece pistas, un orden horario imposible, sin prueba de salida del criminal. Qué bonito, inspector, estoy convencido de que aquí, en esta fresca montaña donde me hallo, podremos realizar una muy adecuada instrucción del caso con todas estas informaciones mientras nos seguimos sonando la nariz. Supongo que, a estas alturas, tendrá ya sus primeras ideas sobre este escenario, que no dudo que serán tan originales como su legendaria capacidad de observación.

—En ello estamos.

—Tendré mucho gusto en recibirle pasado mañana, a las nueve y media, para que tenga a bien ilustrarme sobre los detalles del caso. Mientras, pueden levantar los cadáveres. Que tenga un buen día, inspector, que tenga un buen día.

Esta vez es Pascual el que se lleva la partida. No hay pistas, no hay pruebas: la cosa está difícil, el juez puede abusar. Pero la ironía de María no será olvidada fácilmente, es de las que se recordarán durante años. En fin. Todos los primeros trámites ya están en marcha. Esto funcionará por sí solo durante las próximas treinta horas. Al igual que el juez, ya tengo en el zurrón todo aquello que puedo saber a estas alturas. De nada me sirve permanecer aquí. Habrá algunas cosas que comprobar, que averiguar. Hora de marcharse. La investigación debe continuar.

61

SEGUNDA PARTE

Infancia

9

—*B*uenas tardes. Pasen, por favor, siéntense.

Ernesto Sabaté, psicólogo clínico, especialista en psicología infantil, invita a los padres del chaval a entrar en su despacho. Va a ser una entrevista difícil. El temperamento del padre es volcánico, la madre resulta más tranquila y comprensiva, también parece más atenta al exacto significado de sus palabras. Tendrá que controlar los excesos del hombre y ganarse el apoyo de la madre para sacar adelante esta reunión.

Los padres del chaval se sientan frente a la mesa. Está despejada, apenas unas carpetas en un costado, un interfono y un recipiente con bolígrafos al otro, papel en blanco justo en el centro. En el año 1980 no hay ni ordenadores ni impresoras que simplifiquen el trabajo y que ocupen, hasta invadirlo, el espacio correspondiente al escritorio. Si el doctor Sabaté necesita tomar notas, lo hará mano, aunque teniendo en cuenta el carácter del padre prefiere recapitular más tarde el contenido de la charla. Sabe que, si escribe, distraerá más su ya dispersa atención.

—¿Desean tomar algo, un café, un refresco?

—Un café, solo, gracias.

La madre no pide nada, ha sido el padre quien necesita tener en sus manos un objeto que manipular mientras habla. El doctor sabe que el padre, sin llegar a poder ser considerado un compulsivo, necesitará descargar parte de su nerviosismo en el hecho de manosear el vaso.

—Ana, traiga un café solo, por favor —dice el doctor Sabaté tras accionar el interfono.

Υ

Ha transcurrido casi un año desde que ocurrió el incidente que motivó el inicio del tratamiento del niño, que ha cumplido recientemente los doce años. Es un caso complejo. El doctor Sabaté no ha encontrado en toda su experiencia una influencia traumática semejante a la vivida por su paciente. Un caso único que, sin duda, merece repercusión internacional..., si consigue proporcionarle una curación definitiva, cosa que, hasta el momento, no ha logrado por medio de los sistemas tradicionales. Hoy tiene algo que proponer a los padres, una novedad terapéutica que considera ya la única alternativa válida para solucionar el caso. No será fácil que acepten, pero no hay otra salida. Hay que intentarlo, por el bien del niño.

—En primer lugar, y antes de entrar a contemplar posibles alternativas terapéuticas, quisiera que me explicaran si el sistema de trabajo que planteamos hace un mes para dejar a solas al niño a la hora de dormir ha dado resultado.

Los padres se miran. Como es habitual, es ella quien comienza a hablar.

—No. Hemos intentado hacer todo lo que nos dijo, pero no hubo manera. En cuanto nos alejábamos, y pese a haber hablado con él explicándole racionalmente qué era lo que íbamos a hacer, se agitaba, inquieto, y no tardaba en llorar. Lo intentamos varios días, espaciando el tiempo en que volvíamos a asistirlo, pero, aunque a las dos semanas conseguimos prolongar el tiempo de soledad hasta los diez minutos, nos fue imposible llegar a apagar la luz del pasillo. Realmente no estaba dormido, solo estaba esperando, en silencio. No hubo posibilidad de que transigiera con esto. En cuanto lo hacíamos, lloraba y abandonaba la habitación para venir corriendo a la sala, completamente fuera de control. No pudimos mantener este sistema más allá de veinte días.

—Tiene que ayudarnos, doctor, tiene que ayudarnos, esto no puede seguir así, pobre crío, llevamos un año entero en esta situación. Hemos intentado ya seis sistemas diferentes para que el crío mejore, pero no lo conseguimos, no hay manera de poder dejarlo solo; necesitamos estar constantemente con él. Esto no es vida.

El padre no ha tardado en intervenir. Una suave llamada en la puerta precede a la entrada de la enfermera, que se aproxima a la mesa y deposita el café entre ambos progenitores. Después, se retira. El padre toma el café y le da varios sorbos, indiferente a la alta temperatura del líquido. Ya ha expresado la angustia del niño y, pese a enunciarla en segundo lugar, la más importante, la suya propia.

—Este sistema que les he propuesto se basa en los estudios de un joven doctor barcelonés que está obteniendo bastantes éxitos afrontando trastornos del sueño. Pero, la verdad, y aunque teníamos que probarlo, ya imaginaba que su resultado probablemente no iba a ser positivo. El trauma es demasiado profundo.

—Y si pensaba que no iba a resultar, ¿para qué hemos perdido un mes en intentarlo?

Respira hondo con todo disimulo el psicólogo. Tiene que recordar la situación de extrema angustia que vive esta familia, su sensibilidad debe de ser mayor que nunca.

—Pedro, no olvide lo vivido por su hijo. Ha sido una experiencia de un nivel traumático que difícilmente podrían haber tolerado muchos adultos. Tenemos que intentar cualquier posibilidad razonable que haya dado resultados anteriormente. Pero, dicho esto, no olvide tampoco que, por pura cuestión de lógica, encontrar el tratamiento adecuado para este caso concreto es realmente difícil. Desde el principio estuvimos de acuerdo en evitar cualquier aproximación farmacoterapéutica. Demasiado joven, la medicación puede traer algunas mejoras inmediatas, pero derivar en posibles desajustes cerebrales a largo plazo.

—Es cierto. —La madre toma el brazo del padre, un apretón significativo que aborta la continuidad de la queja. Ella es el verdadero fundamento de esta familia—. Pedro, necesitamos tener paciencia. Pero, doctor, reconozca que tampoco hemos obtenido grandes progresos. El niño asiste al colegio, participa en los deportes, pero apenas habla ni se relaciona con los demás.

—No lo vea usted así, Montserrat. Esos dos progresos que ha mencionado son, sencillamente, espectaculares. Cuando regresaron de Santander el pasado agosto no decía ni una sola palabra, el efecto del *shock* había sido devastador. Las sesiones de psicoterapia han dado frutos, parciales, sí, pero trascendentes. Diría que incluso inimaginables. No era fácil que recobrara un ritmo de vida normal, y apenas tardó mes y medio en regresar al colegio.

—Sí, sí, tiene razón en todo, pero esto no nos vale, nuestro hijo ha cambiado de una manera tremenda. ¡Ya no es aquel chaval alegre que se relacionaba con todos sin problemas! En el colegio era uno de los líderes de la clase, le votaron como delegado de curso en los dos últimos años, destacaba en todo lo que hacía. Ahora... ha cambiado. Permanece al margen de todos, no se relaciona con los demás. Apenas habla en casa. Se refugia en su cuarto, con los libros. A veces lo escuchamos hablar solo, bajito, cuando cree que no podemos oírlo, y niega luego haberlo hecho. No sabemos qué podemos hacer para reencontrar a nuestro hijo. Y quisiéramos recuperarlo.

El lamento del padre es sincero. Quiere a su hijo, es uno de esos padres de las nuevas generaciones que intenta dejar de ser como fueron los suyos propios para convertirse en algo diferente, aunque desconozca cómo hacerlo correctamente. Pobre familia. Realmente desea ayudarlos. El artículo para la *International Review of Psychology* carece de importancia ante su angustia.

—Estamos intentándolo con todos nuestros medios. Y aún quedan posibilidades. Pero antes, recapitulemos. Los miedos del niño a la oscuridad y a la soledad son de carácter fóbico. Sus conductas son, respectivamente, manifestaciones de autofobia y de nictofobia llevadas a su grado más extremo. Y debo decir que, si no logramos reducirlas en los próximos meses, probablemente vayan a acompañarlo a lo largo de toda su vida, con todas las limitaciones que eso conllevará para su futuro en la etapa adulta. Probablemente degeneren en una compleja neurosis que pase de lo fóbico a un comportamiento obsesivo-compulsivo. Tenemos que tomar medidas inmediatas antes de que su estado se haga crónico e irrecuperable. Es el momento.

Los padres se miran, desazonados ante la dura descripción del psicólogo. Los tiene donde quería llevarlos. No le quedaba otro remedio que ser inflexible con ellos para poder obtener su consentimiento en la única terapia que le queda por realizar.

—¿Qué queda por hacer?

—Hay un tratamiento posible, al margen de las pastillas. La hipnosis. Con ella alcanzaremos la raíz del problema y, probablemente, una mejora sustancial. En este momento no hay otra alternativa. La psicoterapia no ha sido suficiente ante la magnitud del trauma. Tenemos que realizar sesiones de hipnosis.

Los padres se miran de nuevo, esta vez estupefactos. No hubieran podido imaginar nada así. ¿Hipnosis? Les suena a engaño, a feria, a café teatro, con esos hipnotizadores de pega que, conchabados con algunos ganchos, adivinan objetos en los bolsos, números de DNI, fechas de nacimiento. El padre se mesa los cabellos, mueve la cabeza. Su control, siempre inestable, se acerca al límite. El doctor interviene rápidamente.

—No cabe otra solución. Pueden pensarlo, si lo desean, durante un par de días. Pero no más. Montserrat, Pedro, hemos llegado al límite de lo que sabemos sin obtener los resultados deseados. Les aseguro que con la hipnosis probablemente podríamos lograr una enorme mejora. Piénsenlo. Les aseguro que, en el poco probable caso de no obtener el beneficio buscado, el niño no se verá afectado en nada. Es el momento y la oportunidad. Todos podrían recobrar la paz, el niño y ustedes.

No hay mucho que pensar. Los padres aceptan las sesiones de hipnosis. Ojalá en ellas encuentren la cura.

69

10

El niño se desliza por la ventana con infinito cuidado. Es un primer piso, pero la casona está construida sobre la ladera de la montaña. Lo que en el frontal son tres metros de altura equivale en las ventanas de la parte trasera apenas a un metro. No hay peligro de caída, pero ejecuta el descenso con calma. Su acción tiene mérito, pues habitualmente es algo descuidado, de reflejos acelerados; no suele medir el alcance de sus movimientos. Ahora es diferente, el control resulta preciso cuando se infringen las normas de la casa. Quiere evitar cualquier sonido sospechoso. Recoge el macuto que contiene los elementos fundamentales para su aventura y se lo carga a la espalda. Ha medido bien su tamaño y contenido, no resulta pesado y lleva lo necesario.

Una vez que está en el jardín se desliza por entre unos parterres de mimosas. Los árboles son jóvenes pero están en flor. El enramado es denso y cubre perfectamente su pequeño cuerpo. Las mimosas se expanden hacia el exterior de la finca. Paralelo a ellas, va un camino que llega al cobertizo de los aperos. El niño camina agachado por el lado contrario. Detrás del cobertizo, una valla de apenas metro y medio; tras ella, la libertad. Apoya la mano en su canto y salta sobre ella: una acción limpia. Esto sí está más de acuerdo con su manera de actuar, le gusta la acción, el movimiento. Desde allí observa la casona. Hay actividad en su interior. Los desayunos han comenzado, un guirigay de niños y mayores pululan por la cocina y la sala cargados con vasos y platos, sobaos y tostadas, aceite, magdalenas: el desayuno es un acto familiar. Todos colaboran, pero en esta ocasión no van a contar con él. Se supone que se quedará en su dormitorio, castigado. Su madre le ha acercado un desayuno ligero un rato antes: un par de tostadas con mermelada, un vaso de leche de vaca cruda hervida y algo de zumo de naranja. Después, la soledad del dormitorio, justo castigo a sus excesos del día anterior, mientras toda la familia se va de excursión hasta el mediodía. Menuda injusticia. Lo que más altera al chaval es que el verdadero culpable se haya escapado de rositas; que paguen justos por pecadores hiere su corazón aún puro. La rabia que siente es indescriptible.

Esa rabia ha cimentado su determinación. Nunca se le hubiera ocurrido la empresa que ahora acomete, burlar un castigo, escapar de la casona, planear una aventura, sin haber observado antes la descarada sonrisa de sus primos cuando era públicamente amonestado por sus padres. Qué dolor. Han pasado horas, una tarde y una noche entera, y todavía lo siente en su interior. Una palabra le hiere sobre las otras: «cobarde». Su primo no se ha cansado de recordárselo cada vez que pasa frente a la puerta del dormitorio.

71

La casona está en La Florida, apenas una aldea situada sobre la sierra del Escudo, en Cabuérniga, un conjunto de quince o veinte casas, situada muy arriba, a unos cuatrocientos metros sobre el nivel del mar. Es fruto de una herencia por parte de la rama paterna. Apenas hace dos años que pasan allí parte del verano, de regreso a las raíces, la familia toda unida; si no de golpe, sí por partes. La casona es grande, tiene muchas habitaciones, lo que permite que los cuatro hermanos Ossa puedan acudir, si así lo desean, con toda su parentela.

Son los hermanos varones, los mayores, Luis, Ernesto y Pedro, los que están en la casona. Gastaron un buen dinero en su restauración, estaba muy deteriorada. El tejado estaba hundido en parte, y la clásica humedad cántabra se había adueñado del interior. Nada que el dinero no pudiera arreglar. Su madre, Ana Peñalver, viuda reciente del abuelo Miguel Ossa, solo deseaba ver a sus retoños unidos durante el verano, ya que en el invierno cada uno vive en diferentes ciudades, a excepción de Marisa, la única que sigue residiendo en Santander.

Estos tres hermanos han acudido con sus familias completas. El chaval, David, con once años, es el tercero en edad de los nietos de Ana. Alegre, extrovertido, simpático, tiene actualmente un grave problema: al vivir en Barcelona, con una madre de la tierra, Montse, estudia en el primero de los colegios que imparten las clases íntegramente en catalán, todo un atrevimiento en 1979. Esto hace que su acento sea muy diferente al de sus primos, que aprovechan la situación para tomarle el pelo y dejarlo algo aislado. En realidad no lo hacen por eso. Sucede que el chaval les cae simpático a los mayores, y nada perdona menos un niño que sentir como otro lo desplaza, aunque solo sea en parte, del cariño de sus padres. Es, además, algo más pequeño que sus compañeros de juego: a Lipe, el hijo mayor de Luis y Eva, que tiene ya trece años, le está cambiando la voz y una sombra de vello oscurece su labio superior; Pelayo, el hijo mayor de Ernesto y Covadonga, tiene doce, y es el fiel escudero de Lipe, como suele suceder. Los dos mayores aman los juegos al aire libre, son bastante brutotes. Tampoco David les anda muy a la zaga, pero siempre encuentra un rato para leer, por la tarde, a la hora de la siesta; le encanta sumergirse en las páginas, vivir las aventuras de sus novelitas, una colección que junto al texto añade ilustraciones para incentivar la imaginación de los pequeños: *Los tres mosqueteros*, *Las aventuras de Tom Sawyer* y *Huck Finn*, *La isla del tesoro*, *El último mohicano*, *Sandokán* y sobre todo las aventuras del ingenioso Yáñez de Balboa, siempre rescatando al héroe desde un segundo plano con asombrosa eficacia. También lee tebeos: *El Capitán Trueno*, *El Jabato*, *Spiderman*, *La patrulla X*. Cuántas horas de emoción se pasan volando al lado de esta colección de grandes héroes.

Es la tarde del miércoles cuando todo sucede. David está tumbado sobre el césped, con la cabeza apoyada en un cojín, medio cuerpo a la sombra y medio al sol. Tiene un libro inolvidable entre las manos, ya lo ha leído y releído hasta sobar las páginas, *Las aventuras de Allan Quatermain*; qué increíble escena aquella en la que el protagonista adelanta su propio fallecimiento, con qué gloria finaliza su vida, y qué decir de Umslopogaas, eso es un hombre de verdad.

Lipe se acerca y, como siempre, le dice que vaya a jugar con ellos, se burla de sus libros, no entiende cómo puede perder el tiempo con esas historias cuando tiene tan cerca todo un mundo que explorar y donde poder jugar. Cerca, hacia Laberces, hay una casona abandonada, un lugar fantástico donde dejar volar la imaginación. En esos lugares siempre se pueden encontrar objetos abandonados, restos del pasado: basura para los mayores, misterios ante los ojos de los niños. David le dice que lo deje en paz, que ya irá a jugar más tarde, pero esta vez, cuando Lipe se aleja mascullando entre dientes, alcanza a escuchar una frase que le resulta extrañamente molesta: «El catalán de mierda no tiene cojones». Le molesta mucho más lo de «catalán» que lo de los «cojones». Él sabe que sí los tiene, es valiente, siempre da la cara en el colegio con los mayores, con los abusones, con los que se meten con los demás. Ya se ha llevado algún que otro golpe en las inevitables peleas de recreo. Sí, valor tiene. Pero lo otro no acaba de entenderlo, siempre se meten con él por el hecho de ser catalán; de mayor comprenderá que lo de catalán carece de importancia, que se meten con él por ser diferente, y esa es una diferencia accesible, fácil de analizar, hasta un niño puede hacerlo, aunque en realidad no haga sino ocultar cosas mucho más profundas pero aún fuera de su alcance.

David se lo piensa antes de levantarse y contestar. Está a punto de no hacerlo, desea seguir con la lectura, los tres protagonistas van a emprender el viaje por el río subterráneo que les llevará al Reino de los Zuwendis, pero piensa en Quatermain, un hombre como él no dejaría pasar semejante afrenta. David no puede ser menos, es una cuestión de honor. Sí, se incorpora, y de entrada no es mucho lo que dice: «A ti lo que te pasa es que eres un burro y un tonto del haba que no sabe ni leer». Pero resulta suficiente para que Lipe se dé la vuelta y se le acerque: «Oye, catalufo de mierda, eso no me lo repites sin que te parta la cara». Se ha picado. La prudencia aconseja retirada, basta con dar media vuelta y largarse, no hace falta correr: si corres, el perro te ataca. Eso se lo explicó su padre, se debe ir despacito, y con Lipe es lo mismo. A la porra la prudencia, no olvidemos el honor, así que: «burro y tontolaba, memo, que no tienes seso dentro de esa cabezota», esta vez la frase va con propina. Lipe lanza un guantazo con fuerza. David lo esquiva a medias, si le hubiera alcanzado la cara le hubiera marcado los dedos. Lo esquiva, sí, pero el libro sale volando, y el mayor salta ávido sobre él. Incrédulo, David asiste a su destrucción, las hojas se ven rasgadas, la cubierta vuela llevada por el viento, el lomo ve saltar su cosido y las hojas que permanecían pegadas siguen la estela de la encuadernación.

David salta sobre su primo, que se ríe al desmontar el libro. No esperaba semejante empujón y ambos caen al suelo: un revoltijo de brazos intentado conectar un manotazo, piernas que buscan apoyo, los cuerpos giran el uno sobre el otro. Insultos y más insultos, hasta que el peso del mayor se impone. El pequeño queda bajo sus piernas, le agarra los brazos: qué sensación de impotencia. Nada desea más que escapar de su abrazo, le repugna su contacto; mira que ser capaz de destrozar su más preciado tesoro literario... nunca podrá olvidarlo.

Los gritos de los niños hacen que aparezcan los mayores. Su madre Montse y su tía Covadonga son las primeras, están a unos treinta metros, las voces son imperativas: «Suéltalo ahora mismo». Lipe sabe cuándo debe parar y afloja su dominio, pero sigue a horcajadas sobre el tronco de David, hasta que por fin el pequeño consigue zafarse. Cerca de él han quedado algunas de las hojas sueltas, con lágrimas en los ojos intenta recogerlas. El viento, juguetón, las levanta, las aleja. Pelayo aparece corriendo y rápidamente se hace cargo de la situación, ambos primos se ríen al unísono ante la desesperación de David.

Aquello resulta demasiado. Se ríen con saña, celebran la proeza del mayor, es intolerable. David rebusca por el suelo y sus dedos encuentran una de las muchas piedras del jardín. Apenas le cabe en la mano, está repleta de aristas, se levanta y con la piedra en la mano golpea a Lipe en la coronilla. El golpe es fuerte, va cargado con todo su dolor, impulsado por su enorme rabia. Lipe cae al suelo y llora desconsolado.

David sabe que semejante acto es inadecuado. La violencia sobre o entre los niños es un anatema para los mayores, no hay excusa; para cualquier padre aquella defensa resultará desproporcionada y hay testigos; pero el libro era un verdadero tesoro, no se arrepentirá de haberlo hecho. Covadonga atiende a Lipe, que sangra, no mucho: «Cobarde, por la espalda, cobarde, me muero, cómo sangro, cobarde». La sangre asusta al crío cuando corre por su cuello hasta empapar su camisa blanca; sus lloros se recrudecen, llegan los demás mayores; aumenta la confusión, se escuchan numerosos gritos. Pero a David, sobre todo, le hiere la mirada de su madre, que reprueba lo hecho aunque se mantiene serena. Ella será la verdadera jueza, no su padre, que ahora acude. Pedro Ossa grita mucho pero manda poco. Será ella quien dictamine el castigo.

Una hora después se celebra consejo familiar en el salón. Montserrat emite la sentencia: un día de castigo encerrado en su cuarto, y además debe pedir perdón al agredido. David está de pie, delante de Lipe. Los demás los rodean. Lipe sonríe, sonríe, sonríe; su complemento, más atrás, también lo hace. Ambas caras quedan a idéntica altura, y su sonrisa azuza la determinación de David: «No». Los padres se agitan. Pedro grita, pero es Montse quien insiste: «Debes hacerlo». «No» es una palabra definitiva, no cederá. Dos días de castigo. Inmediatamente al cuarto. No hay tele, estamos en 1979, y los libros están en el salón. Condena de aburrimiento. Un nuevo Edmond Dantès encerrado en una suerte de castillo de If cántabro.

Tras mandarlo arriba, su madre sube tras él: «¿No tienes nada que decir?». No, niega con la cabeza manteniendo muy apretados los labios. David es obstinado, no servirá explicarle su pena, es suya y de nadie más, no la entendería. Su madre lo abandona momentáneamente.

En la soledad del dormitorio, mirando por la ventana hacia el infinito, cae la noche y las primeras estrellas comienzan a poblar el cielo cántabro. David Ossa Planells se consuela: al fin y al cabo, Allan Quatermain hubiera hecho lo mismo.

11

*E*n marcha y en silencio. Todavía está cerca de la casona y, más que oído, podría ser visto. Cobarde. En los relatos de cazadores, estos se mueven con delicadeza sobre la jungla, no pisan ramas quebradas, se sitúan contra el viento para no ser olfateados por sus presas. Cobarde. Intenta imitarlos, pero no hay jungla en la colina, solo algunos tejos y acebos esparcidos allá y aquí, restos de la primitiva vegetación de la zona. Cobarde. Dentro de apenas doscientos metros dejará atrás el eje de la casona, y la colina cubrirá su fuga. Un poco más adelante, con fe, ya ha llegado. Cobarde. Ahora sí que está libre. Salta de alegría. Cobarde.

Le persigue la palabra. Lo ha hecho durante toda la noche, hasta en sueños. Ya les demostrará a todos que no hay nada de eso, que de cobarde no tiene un pelo, que ha sido Lipe quien lo ha causado todo. Cobarde. Ya les demostrará que no es un cobarde. De una forma definitiva.

Llega a la cima de la colina. Recapitula la información disponible. Son las diez y veinte, tiene por delante tres kilómetros de marcha hasta llegar a su destino. Calcula que llegará sobre las doce menos cuarto. No irá por la carretera, como hicieran una semana atrás todos juntos, en coche, para que las madres no se cansaran tanto, pandilla de vagas. Todos los críos, incluso los más pequeños, querían haber ido por el monte, les gusta caminar rodeados por la hermosa naturaleza cántabra. Al cabo de media hora habrá llegado al alto de la Florida, desde donde se introdujeron la mayoría de los miembros de la familia Ossa en la cueva del Soplao acompañados por Alberto Ventana, un amigo de Luis, el padre de Lipe, miembro veterano del Speleo Club Cántabro. Estos hombres están explorando la cueva desde que se cerró, unos años atrás. La mina dejó de ser rentable en la producción de galena en el setenta y cinco, y su abandono ha permitido que los espeleólogos intenten cartografiar su planta. Son muchas las expediciones que incluso han pasado días en su interior para desenmarañar las conexiones entre la mina y la cueva que, de manera natural, se superpone a esta.

Recuerda bien la emoción con la que observó a Alberto deslizar la verja que cubre la bocana de Lacuerre. En silencio, solo roto por algún lloro de los bebés, explicó a los padres la necesidad de que los chavales fueran continuamente de la mano, ya que el estado del suelo era pésimo, irregular tras levantarse para extraer los raíles de las vagonetas después del cierre: «Todos de la mano, incluso mejor aún atados, la mina presenta desniveles y hay algunos pozos de cierta profundidad. Y no os acerquéis a ninguna rampa, su suelo no es compacto y tienen cierto peligro». Alguna madre decide quedarse fuera, valiente gana de meterse en un lugar tan húmedo y oscuro, pasar frío, además de los riesgos, menuda tontería. Alberto sigue explicando lo que van a ver, ya han cartografiado parte del sistema, así lo llaman los espeleólogos. Accederán a la galería Gorda y a la galería de los Fantasmas, cuyo nombre resultaría evocador, lleno de magia para un niño cualquiera, pero mucho más para un chaval fascinado por la lectura. Formaciones, estalactitas y estalagmitas, el *karst* minero, concreciones excéntricas; la mayoría de estas palabras resultan incomprensibles para David. Solo sabe que visitar la cueva es lo mejor que va a pasarle este verano: introducirse dentro de la tierra, por una vieja mina abandonada, alumbrados por linternas especiales que ha traído consigo Alberto desde el club, lámparas de gas de gran luminosidad que permitirán contemplar parte de las grandes estructuras interiores. Los niños llevan linternas propias, apenas alumbran, casi de juguete, pero contribuyen a que se sientan exploradores; un casco en la cabeza, y de la mano de Julio Verne, de cabeza al centro de la tierra. La Florida parece el cráter de un volcán islandés.

La excursión se pasa en un suspiro, y eso que dura cerca de

77

dos horas. Muchas maravillas, las que más les gustan a los padres son las menos importantes para los pequeños. Solo estuvieron de acuerdo en el manto de agua, llamarlo cascada sería excesivo a todas luces, que se desliza por una pared en la galería Gorda cayendo hasta formar una laguna que se pierde a lo lejos, cueva abajo. En efecto, a los mayores les han gustado las estalactitas, y esas cosas que tanto alababa Alberto, las concreciones excéntricas, tan blancas, colgadas del techo, que le recuerdan los bosques de arena que hacen en la playa al dejar que se escurra la arena mojada entre los dedos; crecen extrañas hacia arriba. Aquí es al revés, van hacia abajo, surgen en todas direcciones, son graciosas, pero nada más.

No, a los chavales lo que les ha gustado son los restos mineros. Eso de avanzar por un túnel y ver la conexión con otro, con los restos de una vagoneta volcada a lo lejos, o el plano inclinado de la galería Gorda, donde se conectaba la mina con la cueva; llegaron a ver un casco medio enterrado en la escombrera, ¿estaría debajo el esqueleto del minero? O aquella otra galería, ya lejana, pasada la zona llamada de los Fantasmas y luego el Bosque, donde se abre una empinada galería que desciende hacia el segundo nivel minero y donde, debido a la fortísima pendiente, bajaban y subían las vagonetas apoyadas en una estructura de cremallera para evitar cualquier deslizamiento sobre la vía.

Allí, al fondo, la potente linterna de Alberto ha iluminado el resto de otra vagoneta y una antigua lámpara minera intacta, con el cristal en perfecto estado, de aquellas de aceite con base de madera para el candil interior y con forma exterior de calabaza. Recuerda que Lipe y Pelayo hablaron de que les gustaría tenerla, menudo pedazo de recuerdo. Pelayo le dijo que bajara cuando los padres se alejasen un poco. Seguro que podría descender y subir en menos de un minuto; los padres están mucho más pendientes de los pequeños que de los mayores, están ya en la etapa final de la visita y la disciplina se ha relajado un tanto. Lipe dudó. Deseaba tenerla, pero ¿bajar hasta allá? Según las grandes lámparas de gas que llevaban los mayores se alejaban, pudo ver el escaso terreno que iluminaba su linternita. Demasiado para él. Pero no podía reconocerlo, así que evadió la aventura recordándole a Pelayo las advertencias de los padres: no valía la pena ganarse una buena bronca por tan poca cosa, al fin y al cabo solo se trata de una linterna vieja cubierta de polvo.

Esta conversación no pasó desapercibida para David. Supo que Lipe sintió miedo. No le engaña. En cambio, él no tiene miedo, lo que no tiene es ni tiempo ni linterna propia, ha visitado la cueva o junto a su padre, o junto a los chavales. Si la hubiera tenido le habría demostrado a Lipe todo su valor.

Salen al exterior con pena, pero reciben el calor del sol con agrado, qué gustito; vaya fresco que hacía en la cueva. Alberto dijo antes que la temperatura es constante, siempre doce grados. Las madres que se quedaron fuera los reciben con alborozo. La suya también se había quedado fuera: Montse le da dos besos y le acerca un termo con chocolate caliente: quién le hubiera dicho que iba a tomarse esa bebida en pleno mes de agosto. Descansan un rato, cuentan sus experiencias. Las madres fingen emoción ante las descripciones de los niños. Emprenden el regreso a casa. Esa noche Alberto se queda con los Ossa, es agasajado convenientemente por todos, sobre todo por los padres, que aprovechan la feliz ocasión para sacar unas buenas botellas de sidra del nevero natural que, orientado al norte y siempre a la sombra, mantiene casi congelado lo que allí se almacene.

Aunque la hora de irse a dormir suele ser alrededor de las diez, esa noche hay algo de juerga, se canta, se baila, el buen humor es la tónica general. David aún no conoce las virtudes del alcohol, que también las tiene, solo sabe que todo parece brillar para que el día sea completo. Se siente satisfecho, ¿qué hora será?, se le cierran los ojos, está recostado sobre su padre, ahora los más pequeños están arriba durmiendo y los mayores se han sentado en sofás y en sillones para contar historias de hazañas juveniles. El cuerpo de su padre resulta cálido y agradable.

Su mente está ensoñando, es el paso previo al sueño profundo, pero todavía se resiste, tanta felicidad debe saborearse. Está en ello cuando la conversación vuelve a la mina. Alberto explica una vieja historia sobre la posguerra, habla de los maquis, de cómo las montañas cántabras sirvieron de refugio a varias compañías de estos luchadores antifranquistas empeña-

79

dos en caer matando en España antes que emigrar y morir de viejos en tierra ajena. En 1947, la brigada Machado, nombre de resonancia poética, cae en una emboscada. Sus cerca de cuarenta hombres se dispersan, perseguidos por la Guardia Civil. La lucha es a muerte, nadie va a dar cuartel. Los supervivientes de la primera emboscada se dividen en tres grupos, uno de ellos, dirigido por Juanín Fernández de Ayala, se dirige hacia la comarca de Saja-Nansa, hacia Campoo. Esperan poder dispersarse en esa zona, pero la persecución de los guardias resulta implacable. El grupo de quince hombres tiene que dividirse en otros dos. Uno de ellos, el de Juanín, logra escapar hacia Palencia; el otro se ve sitiado en los alrededores de Cabuérniga. El asunto está complicado. Los civiles han recibido refuerzos y el cerco se va estrechando, las cosas se han puesto muy feas. Tienen que replegarse colina arriba, hacia el Escudo. Los guardias remontan las montañas desde los valles de ambos ríos y cortan cualquier posible salida. Por último, el sitio se cierra en las cercanías de la mina; han abandonado su explotación hasta que la seguridad regrese a la región. En la bocana de la Isidra saben ya que no tendrán escapatoria, es cuestión de tiempo que se queden sin munición. Matar o morir. Algunos hablan de entregarse. Los más veteranos les hablan de las torturas. Luego los fusilarán. Mejor morir matando que dejarse prender. Uno de los maquis señala una opción: refugiarse en el interior de la mina. Estuvo trabajando allí un par de años atrás, conoce su interior, existen salidas hacia el este, trochas naturales por donde podrían escapar del cerco, por la Torca Ancha o la Torca Juñoso. Pocos las conocen. La ladera es escarpada y está cubierta de bosque bajo, es factible intentarlo. La mayoría se pone de acuerdo, cualquier hombre elige una posibilidad de vida por remota que sea antes que la muerte cierta.

Entran en la mina. El joven ha recogido algunas lámparas mineras. En uno de los almacenes encontraron un aljibe con un poso de aceite. Con esos escasos pertrechos se introducen en la oscuridad. Los disparos de los civiles los rondan según el túnel se estrecha. Llegan a una curva, la luz escasea, encienden las linternas.

Fuera, los civiles se reagrupan. No entrarán a la brava, con la luz recortándose tras ellos serían un blanco de feria, caerían todos. No, hay soluciones mejores. Si bien el joven maquis conoce la mina y los civiles no, estos pueden hacer algo mucho mejor. Algunos guardias van hacia los pueblos cercanos. Regresan al cabo de apenas dos horas acompañados por algunos hombres que conocen la configuración de la mina. Los interrogan por separado para cerciorarse de que las informaciones son correctas. Los amenazan con la seguridad de sus familias, así que no les queda otra opción que decir todo lo que saben: eso condenará a los maquis.

Dentro han ido avanzando hacia las Torcas, el camino es difícil pero no queda demasiado para llegar. Se las prometen felices cuando un tremendo retumbar se escucha a lo lejos. Las paredes tiemblan. Una nube de polvo avanza hacia ellos con la fuerza de una galerna; las linternas se apagan; los hombres tosen, apenas pueden respirar. Los civiles han volado las entradas. Toneladas de escombros taponan las salidas más ocultas. Recuperados del susto logran encender una linterna, las otras están ya inservibles. ¿Qué hacer? Quizá la rampa del repetidor pueda ser una salida…

Los maquis nunca regresarán a la superficie. Los guardias civiles entran en la mina dos semanas después de permanecer vigilando el resto de las bocanas. Nadie abandonó la instalación. Buscan por todos los rincones factibles, solo alcanzan a encontrar un cadáver cerca de las Torcas, uno de los maquis murió allí, la nube de polvo le hizo caer y se golpeó en la cabeza con una piedra. Del resto, algunos rastros demuestran que deambularon a ciegas hasta llegar al pozo de Lacuerre. Encuentran allí a otro cadáver, probablemente muerto de sed. Ese es uno de los puntos peligrosos del recorrido; dadas su anchura y su profundidad ha sido utilizado habitualmente para verter en él material sobrante de las excavaciones. Tiene más de cuatrocientos metros de caída. Las linternas no alcanzan a iluminar más que unos pocos metros. Nadie duda sobre qué encontrarán el día que la mina recobre su actividad normal y quizás alguien se plantee descender hasta el fondo.

David ha escuchado la historia con estupor. Imagina los esqueletos con la ropa destrozada en rodillas y codos, los cuerpos deshechos caídos en el pozo, un final tremendo para cualquiera: morir por la caída o por la sed, rodeado de oscuridad. Pobres maquis. No sabe bien lo que eran, pero nadie merece morir así.

12

*D*e acuerdo con lo previsto: son las doce menos cuarto y ha llegado a la zona de la Florida. Varios edificios abandonados, en estado de ruina, lo reciben, mudos testigos del atrevimiento juvenil. Avanza entre esos desechos del pasado, restos de una batalla imposible de afrontar, la del paso del tiempo. Según los deja atrás imagina la escena narrada por Alberto la noche anterior: los guardias civiles y los maquis disparándose mutuamente entre la niebla que cubre en parte la colina; en aquella época los viejos edificios estarían todavía en pie. Continúa. Llega a la boca de la mina. Está cerrada, pero recuerda perfectamente dónde depositó Alberto Ventana la llave que permite la apertura del vallado. Lo hizo en un cajetín situado a unos dos metros a la derecha de la bocana. David trepa hasta alcanzarlo. En efecto, la llave está en su interior. La extrae. No solo es la llave de la cueva: es la llave de su rehabilitación.

Su plan es simple. Consiste en acceder a través de la galería principal de Lacuerre siguiendo el camino de las galería Gorda y la de los Fantasmas hasta llegar a la conexión con el nivel inferior, allá donde Lipe no se atrevió a descender por el plano inclinado que conecta los dos primeros niveles de la mina. Allí abajo, la lámpara minera espera una mano amiga que la recoja. Será él, el pequeño David, al que Lipe llamó cobarde hasta quedarse ronco, el que descienda a la oscuridad para recoger la lámpara. Él. Él y no otro. Nadie más tiene lo que hay que tener. Es una frase que ha escuchado a los padres en sus charlas nocturnas. Desconoce exactamente a qué se refiere, pero la relaciona con el más alto nivel de valentía. Después de que Lipe pasó frente a la puerta de su habitación para burlarse con todo recochineo, él forjó el plan en su cabeza, y así se lo insinuó a su primo: «Mucho te ríes ahora, pero ya verás, mañana te demostraré quién tiene más narices. Te traeré aquello que tú no tuviste valor para ir a buscar». Nuevas risas de Lipe y Pelayo.

Ha abierto la verja. Está compuesta por seis barrotes verticales y otros tantos horizontales. Se tiene que asegurar la entrada de aire al interior del sistema, su único objeto es que ninguna persona no autorizada penetre en El Soplao, tantos son los tesoros por proteger que guarda en su interior; cualquier mano ignorante podría causar importantes daños.

Antes de entrar examina concienzudamente su mochila. Esparce su contenido ordenadamente por el suelo. Un abrigo de montaña. Una cantimplora con un litro de agua. Una tableta de chocolate y cuatro rebanadas de pan. Imprescindible, la linterna con dos pilas, la que lleva puesta y otra de recambio. Es un tesoro en sí misma, se trata de una linterna de uso militar procedente de la Guerra Civil; se alimenta con esas pilas cuadradas que ya apenas se usan y está guardada en la casona más por ser un recuerdo de las batallitas del abuelo Ossa que por su capacidad de iluminar. Tiene, además, una característica especial propia del tiempo de guerra: el foco posee una tapa que impide ver la luz a distancia; proyecta la luz hacia los pies de quien la lleva. David ha jugado muchas veces en la oscuridad de la casona con ella. Quién iba a decirle que llegaría a utilizarla para algo más que para proyectar sombras sobre la pared.

Todo está en orden. Se pone el abrigo, recoge la mochila cargándola a la espalda, ¡y adentro! Si todo va bien, al cabo de apenas otra hora y media habrá regresado a la superficie con su tesoro, y al cabo de otra hora y media, en casa, justo a la hora de comer. Como la familia regresará con retraso de su excursión, siempre ocurre así, no llegarán ni a notar su ausencia. Solo una lámpara de mina, que los esperara sobre la mesa, será testigo de su hazaña. Y él, mudo, no dirá nada sobre cómo ha llegado hasta allí. Lipe sí lo sabrá. David está seguro de que no dirá nada, guardará silencio, el deseo de que castiguen al agresor por su aventura no haría sino demostrar su falta de valor. No le delatará.

Adentro. Primeros pasos cuesta abajo. La rampa es algo inclinada, pero se puede caminar sobre ella sin mucha atención. Parte del suelo está apisonado. En otros lugares hay charcos con barro, los esquiva. La luz del mediodía le acompaña más de cien metros, de entrada no enciende la linterna. Llega a la primera curva. La luz aquí es ya escasa. Y según siga el camino, lo será más todavía, imposible seguir sin iluminación. Extrae del bolsillo del abrigo la vieja linterna y acciona el pulsador que activa la corriente. Una luz dorada ilumina apenas el perímetro circular del túnel y, mal medidos, unos dos metros hacia delante. Continúa avanzando. Una mirada atrás. A apenas veinte pasos se pierde toda la luminosidad natural; entonces dependerá por completo del pequeño foco dorado que lleva en la mano.

Adelante. La galería principal tiene unos cuatrocientos metros, que él está a punto de completar. Una galería surge a mano izquierda. Bien, la recuerda. Un poco más adelante se verá otra a mano derecha: es donde observaron los restos destrozados de la vagoneta al fondo. Sigue, sigue. Chaval, eres un valiente, ni oscuridad ni soledad, nada puede contigo. Ahora, la conexión con la galería Gorda. Era aquí, sí. ¿Seguro? Había mucha más luz cuando toda la *trouppe* familiar se desplazaba por los túneles. Sí, es aquí: al comienzo de la galería había una estructura de gran tamaño que recuerda; alcanza a escuchar el sonido del agua cayendo sobre el río subterráneo. Es el camino correcto. Incluso en el suelo llegan a verse huellas, pasos recientes sobre las partes más arenosas del piso, que también las hay.

Al final de la galería Gorda se encuentra la conexión con la galería de los Fantasmas. Es un paso natural, estrecho pero suficiente. Es de donde surgen del suelo caprichosas formas blanquecinas que, vistas de lejos e iluminadas en mayor medida, pueden recordar a esos fantasmas vestidos con sábanas blancas: solo les faltan el arrastrar de cadenas. No se siente impresionado, ni lo estuvo una semana atrás ni lo está ahora. Esta cerca de su objetivo, era al final de esa galería donde se encontraba la rampa de descenso al nivel inferior. Allí le espera su tesoro. Cuesta más caminar por esta zona, pues el suelo es muy irregular. Seguro que no sigue el camino exacto por el que fueron anteriormente los suyos, es una zona ancha y con desniveles. Bien, todo parece marchar correctamente. Observa una

85

rampa ascendente formada por materiales de desecho de la mina. Al parecer, según avanzaban para crear nuevas galerías, arrojaban la tierra sobrante hacia las cavidades naturales. Así se ahorraban el tener que extraerla.

Un poco más. Esa es la rampa. Se asoma. Recobra el aliento; al hacerlo, no se ha dado cuenta hasta ahora, pero está sudando. Llegar hasta allí ha supuesto todo un esfuerzo. Suda a pesar de la baja temperatura de la cueva. La luz de la linterna no alcanza para alumbrar el fondo. Se divisa la parte inicial de la cremallera. Si hasta ahora el camino ha sido solo algo dificultoso, ahora llega la parte realmente complicada. El ángulo de la pendiente es acusado, puede que de cuarenta y cinco grados. David inicia el descenso. Va con cuidado al principio, pero su manera de ser es despreocupada: en cuanto gana confianza, alarga el paso. Es algo que no puede evitar.

Entonces ocurre. En uno de sus apoyos pierde pie, la tierra está suelta, no es compacta, se desliza, intenta recuperar el equilibrio, casi lo consigue, pero no, tropieza y cae, cae hacia delante, rodando primero, de lado después. Es una caída que le parece larga. Siente dolor. A final choca con una superficie dura, rebota sobre ella, yace quieto largo rato.

No sabe cuánto tiempo ha pasado cuando abre los ojos. No ve nada. Se palpa la cabeza, le duele, también un costado. Comprende de golpe su realidad. Está en el fondo de la rampa, perdido en mitad de la mina, sin ninguna luz.

¿Qué puede hacer ahora? ¡La linterna! Es lo más importante. ¿Dónde está? ¡Allí! Una punta de luz asoma a su derecha. Es la linterna, la tapa ha cubierto la bombilla durante la caída, por eso apenas alcanza a verla. ¿Para qué era esa tapa? Lo recuerda de golpe, el portador de la linterna necesitaba luz a sus pies, pero no debía ser visto a lo lejos, pues cualquier francotirador podía tomarlo como blanco guiándose por la luz. Se arrastra hacia ella, manoteando por el suelo. Caramba, ha caído bastante más lejos de lo que parece, pero acaba por llegar a su altura y la coge ansioso con la manos. Gracias a Dios que la ha encontrado. Se incorpora, levanta la tapa y la luz traza un arco luminoso que parece un fulgurar dorado, un halo sagrado, toda una gloria.

Le duele todo el cuerpo, en especial el costado derecho. El abrigo se ha rasgado en parte, como si lo hubieran cortado con un cuchillo. Baja la cremallera, introduce la mano bajo la camisa y se toca las costillas. Nota humedad. Es sangre. La ilumina. Tiene un corte, no es muy profundo pero le asusta. Aparta la mirada. Recuerda la cabeza de Lipe sangrando y cómo se rio él para sus adentros por su falta de valor. No, eso no le pasará a él. Decide tragar saliva y volver a mirar. No va a llorar, no debe llorar. La herida no es muy grande, pese a parecerlo; incluso en puntos la sangre ya está coagulándose. El abrigo ha amortiguado el golpe y ha detenido el corte.

Respira con calma. Da igual cómo se hizo la herida. Lo importante es que se encuentra bien, que tiene en sus manos la linterna, que con tan solo subir la rampa se encontrará donde estaba, incluso podría recoger la lámpara minera según sube, nada se ha perdido. Se sitúa frente a la pendiente y la luz llega a iluminar su gran objetivo: la ha destrozado al caer por encima; de hecho, el cristal de la lámpara ha sido el que le ha causado su herida. Maldita suerte. Con todo, la recoge. La estructura parece firme. La introduce en su mochila. Es su tesoro, la razón de tanto esfuerzo. Se anima a ir hacia arriba, no son más de treinta metros. Un paso. Otro. Otro más. Cuatro, cinco seis, siete. Parece una canción infantil. Ocho, nueve, diez. Y ahora retrocedo, salto atrás, así es la canción. Y así es su realidad. La rampa cede según asciende y David retrocede al punto de origen con las deportivas cubiertas hasta los tobillos por la tierra suelta que provocó su caída.

Diez minutos después, tras otros tantos intentos, ya sabe que no podrá salir por esa rampa. Está atrapado en el fondo del segundo nivel.

No hay salida, y nadie sabe que está allí.

13

*L*os mayores piensan que los niños no conocen la verdadera dimensión de los sentimientos humanos. Menuda idiotez. Es flaca la memoria que proporciona la edad, olvidamos fácilmente las vivencias infantiles, contemplamos condescendientes a nuestros cachorros en sus juegos y peleas como si solo fueran personitas en proceso de elaboración y como si todo lo sentido durante la niñez apenas pudiera dejar huella. Flaca memoria, frágil también. Con qué facilidad olvidamos las penas de la infancia.

David no ha llegado al terreno de la desesperación, pero lo está lindando. Solo por pura fuerza de voluntad consigue mantenerse sereno y centrado. Según su reloj son las seis de la tarde. No debe olvidar darle cuerda. Mira que sus padres…, podían haberle regalado un reloj de esos modernos, que funcionan con pilas y llevan un montón de utilidades, incluso ha visto en el colegio alguno con calculadora, menuda envidia. Seguro que toda la familia ya ha regresado de la excursión a San Vicente de la Barquera: una mañana de playa en los arenales de Oyambre, vaya gozada. A estas alturas ya habrán notado su ausencia. Imagina el enfado de sus padres. Cuando le pille su padre, nadie le librará de un buen bofetón…, y el disgusto de su madre, pobre Montse; seguro que sus cuñadas soltarán alguna puya encubierta sobre la rebeldía del chaval, en especial Eva, la madre de Lipe.

No, sus padres estarán enfadados, pero todavía no estarán preocupados: largarse de la casona y saltarse el castigo no es tan descabellado. Es algo rebelde y todos lo saben. Hasta que caiga la noche no cundirá la alarma. Hay tiempo, pues es verano y anochece tarde. Quizá consiga salir a tiempo para regresar.

Tras muchos más intentos de ascender la rampa, se ha convencido de que debe trazar otro plan. Es lo que hubieran hecho sus héroes. Se acuerda de Tom Sawyer cuando se perdió en la mina: nada de quedarse a la expectativa, hay que tomar medidas de inmediato. Está sentado recuperando fuerzas, pues se siente agotado. Bebe unos tragos de la cantimplora, come un poco de pan y algo de chocolate. Está claro que no saben que está en El Soplao, solo Lipe podría llegar a imaginárselo, pero su primo no es muy espabilado. Tiene que salir de la mina por sí mismo. La rampa está descartada. Tiene que haber otra salida. No puede ser que el segundo nivel de la mina tuviera una única conexión con el primero. Recuerda algo de las explicaciones de Alberto Ventana: la seguridad era básica para los mineros, todo se hacía por duplicado, desde los refuerzos estructurales de las paredes a los accesos. Seguro que hay otra salida. ¿Qué hacer? Explorar. Al fin y al cabo, no puede ser tan difícil, basta con tomar una dirección concreta, siempre a la derecha, y en cada cruce realizar una señal que le indique por dónde ha venido. Así siempre podrá retroceder hasta la rampa del cremallera. Manos a la obra. Inicia el camino a su derecha, retrocede, es mejor dejar una pista, por si acaso alguien viniera: dibuja una flecha en el suelo con piedras sueltas, y coloca sobre una la funda del chocolate: es roja, brillante, se verá desde lejos. Buena pista, también Tom lo hubiera hecho.

Parece sencillo. Siempre a la derecha. Primeros cruces, otras galerías atraviesan su camino. Alcanza a ver una que desciende claramente; parece ir al tercer nivel de la mina, por-ahí-seguro-que-no. En cada cruce realiza una marca en el suelo, es una flecha como la primera, basta con ir al revés.

Toda va bien hasta las nueve. No se ha dado cuenta y han transcurrido otras tres horas. Ahora sí que sus padres estarán preocupados. Qué cansado está. Tiene sueño, tiene sed, tiene hambre. Tomará algo, solo un poquito de cada cosa. Cuando se quiere dar cuenta, ya se ha tragado más de la mitad de la cantimplora. ¿Dónde era? ¿En *Beau Geste*? Perdidos en mitad del desierto, orinaban en las cantimploras para poder tener algo más de bebida: heroico pero asqueroso. Es mejor entrar conquistando una ciudad como Ricardo Corazón de León, a su lado el Capitán Trueno, rodeados por las enseñas de la cristiandad. Vaya par de tipos, no hay sarraceno que se les resista. ¿Qué demonios está diciendo? Debe centrarse, este cruce es nuevo, ¿no? Pero esa marca de ahí la hizo él, es evidente, ya ha pasado por aquí. Entonces, ¿ha dado vueltas en círculo?

Después de observar la flecha ilumina con la linterna el cruce. La luz está disminuyendo alarmantemente. La batería se agota. Nervioso, se desembaraza de la mochila, hurga en su interior, extrae la segunda batería, qué alivio; apaga la linterna y la abre, fuera la vieja pila, adentro la nueva, de nuevo la luz le acompaña.

No había contado con esto. Es cierto que la anterior batería ya había sido usada antes, no sabe cuánto tiempo, y la que acaba de colocar ahora es nueva. ¿Cuánto durará? Su corazón se acelera, más, más, más rápido. Se desboca. Solo con imaginarse allá abajo sin luz, en la completa oscuridad, perdido, solo. No. No pasará. Hay luz suficiente. Encontrará la salida. Pero está tan cansando… Se le cierran los ojos. Sabe que tiene que dormir. Aunque solo sea un poquito.

Se sienta en el cruce con la espalda apoyada contra la pared de la galería. La linterna está entre sus piernas: su círculo de claridad alcanza más allá de sus pies, incluso el techo más próximo. Introduce las piernas en el faldón del abrigo. Es amplio. Las siente frías. Ahora quedan cubiertas. El calor de su cuerpo se expande por ambos miembros. Cabecea. Quizá debiera apagar la linterna, ahorrar así tiempo de batería. Pero quedarse allí solo, a oscuras, qué mala idea… No le da tiempo a pensar nada más. Ha caído dormido.

Un movimiento muscular brusco le hace abrir los ojos. Tiene frío. Al caer de lado, las piernas han quedado al descubierto y las siente heladas, también las manos, le duele la espalda, el suelo es muy duro e incómodo. Pero ¡está a oscuras! Se cerciora de que sus ojos están abiertos, se los frota. No, no está a oscuras: la linterna ha caído al suelo boca abajo, por eso no la veía. La toma entre sus manos. No, maldita sea, se le olvidó apagarla antes de dormirse y la pila está perdiendo intensidad. Ha malgastado buena parte de su energía.

Llora por primera vez. Ya no puede aguantar más. El niño perdido sale a la superficie, imposible ignorarlo. Llora con ganas, con fuerza, con la linterna entre las manos. El calor de la bombilla le quema la piel, pero no la suelta. Cuando pasado un rato se serena, recupera algo de lucidez y apaga la luz. Tiene que ahorrar tanta batería como pueda.

Piensa. Debe pensar. Puede seguir caminando. Las paredes son la guía. Aquello no es campo abierto ni un bosque: siempre queda una pared a cada lado y, tocándola con la mano, puede avanzar sin peligro. Accionar la linterna cada cierto rato para cerciorarse del camino, sobre todo cuando llegue a los cruces o note que la galería se curva, no vaya a pasar una encrucijada sin apercibirse de ello. Regresar a la rampa del cremallera y esperar allí. Es lo mejor. Ya no puede esperar a encontrar otra salida sin luz. Tendrán que ser sus familiares los que le encuentren. Bebe un sorbo. Uno solo. Y traga el último trozo de pan. No toca el chocolate, le secará la boca, decide guardarlo.

Ha tomado una decisión, y es más que razonable para tratarse de un chaval tan joven. Levanta la muñeca para ver la hora, segundo problema, no le dio cuerda antes de dormirse y las agujas están paradas en las seis y media. ¿Qué hora será? No puede ser mucho más tarde de la hora que marca el reloj, como mucho otras tres horas. Da igual, mantiene esas seis y media. Le da cuerda, más por hábito que por otra cosa, e inicia su camino. Ilumina con la linterna. Apaga la luz, apoya la mano en la pared y avanza sin separarse de ella en ningún momento.

Todo parece ir bien. Tres cruces, tres flechas en el suelo. Adelante, ya no puede faltar mucho. Otro cruce, este con dos bocas. Ilumina el suelo. ¿Y la flecha? No la ve. ¿Cómo es posible? Ilumina el techo, se desplaza a ambos lados, intenta recordar si estuvo allí. Cree que sí, pero entonces, ¿dónde está la flecha? Repasa, busca de nuevo, no aparece. Debe de haberse confundido. Marcha atrás, no pasa nada, ¡no-pasa-nada! Tiene que haber una explicación. En el siguiente punto la flecha sí está dibujada, es un cruce con seis bocas, tres túneles, y la dirección que indica es la correcta. ¿Entonces? ¿Puede ser que se haya pasado el cruce en el primer trayecto sin dibujar la flecha? Imposible, es el único que ha visto con seis bocas. ¿O será que se ha desorientado al dibujarla y ha marcado una dirección equivocada? Podría ser. Entonces, bastará con avanzar despacio por cada una de las seis bocas hasta encontrar de nuevo la siguiente flecha. Sencillo. No hay problema.

Una hora más tarde, David está irremisiblemente perdido en el interior del Soplao, sin agua y con la pila completamente agotada. Y la oscuridad, imparable, inevitable, se cierne sobre él.

14

*E*l silencio no existe. Tiene voz. Siempre hay algo que escuchar. O es ajeno a nosotros, o viene desde dentro. Fijaos: desde una filtración de la pared acaba de caer una gota. Escuchad su «plip» con David. Un sonido nimio, apenas perceptible si la luz nos rodea. Imaginad ahora ese sonido durante la noche, recordad esas veces en que, tumbados en la cama, insomnes por cualquier causa, lo habéis escuchado a lo lejos, en el lavabo. No es un sonido pequeño.

Ya se fue el eco de la gota. Tardará otros cien segundos en caer la siguiente. David lo ha contado en treinta ocasiones. Mientras, tiene otros sonidos para escuchar. El primero, su respiración. Cubriéndose con el abrigo ha evitado la mayor parte del frío, pero al tener que permanecer quieto por faltarle la luz, el cuerpo se le enfría. Cuántas veces le preguntó a su madre por el abuelo Marc: ¿cómo podía ser que incluso en verano llevase una gruesa chaqueta de lana? Su madre le explicó que al estar sentado todo el día sin moverse el cuerpo se enfriaba. Ahora lo entiende. Lo ha hecho diez años antes de ser lo suficientemente mayor para averiguarlo por sí solo, y setenta años antes de que le llegue el tiempo de experimentarlo en su propia piel.

La respiración es pausada: inspirar y espirar, aire adentro, aire afuera. Qué bien se lo pasa en clase de ciencias. Le gusta la señorita Marcela, explica con paciencia, nunca se pone nerviosa. Cada sonido es diferente. Inspirar es más suave; espirar, más brusco. Los sonidos van de lo aterciopelado de lo primero a lo rasposo de lo segundo.

Otro sonido: tragar. Cuando sus profesores le miran tras

haber sucedido algo inadecuado en el aula, David disimula, pero sabe que es al tragar cuando tendrán la seguridad de que ha sido él y no otro. El sonido de su deglución resuena poderoso en su cabeza y, según cree, a lo largo y ancho de la clase.

Otro más: «clas, clas»: las uñas chasquean cuando las muerde. Ya no debe de quedarle ninguna sana. Las ha mordido hasta llegar a la piel. El sabor de la sangre llena su boca.

Se pone en pie. Camina. Al hacerlo escucha los rasguños de la manga del abrigo sobre las paredes de la galería. «Riss, riss», susurra la fibra sintética al contacto con la piedra. De vez en cuando se escucha algún «tlic», cuando un punto de fibra se atora con una esquirla de piedra.

Canta una canción: «Al pasar la barca, me dijo el barquero: "Las niñas bonitas no pagan dinero". Como soy bonita no te pagaré…». Se detiene en «pagaré», empieza la canción con más intensidad, y eso que su voz le sonaba bastante escasa, pero mientras los versos se sucedían, la voz, huidiza, se le escapaba abandonando a las cuerdas vocales. No debe cantar allá abajo. La oscuridad no es amiga de las canciones. La oscuridad aborrece las canciones. ¿Oscuridad? No tanta como antes: según pasa el tiempo allá abajo, parece que sus ojos han aumentado la eficacia natural. Juraría que, de algún modo incomprensible, puede intuir lo que hay alrededor. Como si viera un atisbo de las formas que lo rodean, de idéntico modo al que, cuando estamos expuestos a una fuerte fuente de luminosidad y cerramos los ojos, nuestro entorno parece quedar impregnado en la pupila. Es extraño, pero la extrañeza es en este instante parte de su vivencia, no analiza qué le ocurre. Solo tiene tiempo para sus sentimientos, la desesperanza, la incertidumbre, el miedo.

David desconoce cuánto tiempo ha pasado desde la última vez que se encendió la linterna. Solo sabe de su sed, de su hambre, de su agotamiento. Su mente divaga según se desplaza sin rumbo, con los ojos cerrados, chocando con las paredes. Se cruzan las palabras, incoherentes. A veces llora. A veces se ríe, cuenta tonterías, recuerda tebeos de Tintín y de Astérix, habla como si estuviera en la casona, o en el colegio, o jugando con los amigos en el parque. Debe tener la mente ocupada, funcionando a toda mecha, cualquier cosa antes que pensar, antes que escuchar. Debe seguir vocalizando con su boca; si lo hace, evitará pensar en lo que lleva agazapado dentro de sí desde hace horas. No debe dejarle paso a ese pensamiento. Tiene que seguir pensando en cualquier cosa menos en los maquis que cayeron en la sima de la mina. Cuando despertó por tercera vez, ¿o era la cuarta?, oyó sus voces, a lo lejos, le llamaban incluso por su nombre de pila: «David, David, ven, te estamos esperando». Como estaba medio dormido, se sobresaltó. Al principio creyó que era su familia, que deambulaba por la mina en su busca. Pero no, estas voces son diferentes, tienen una cualidad que cualquier ridículo escritor de medio pelo calificaría de sobrenatural, no porque inspiren miedo, sencillamente porque realmente están más allá de lo natural: «Nosotros cuidaremos de ti, David, ven hacia aquí, estamos cerca. Nos haremos compañía». No, no quiere, no quiere ir con ellos, no quiere escucharlos. Canta hacia dentro. Tiene la boca tan seca que no puede ni tragar, quiere caminar en dirección contraria a su llamada, pero no puede evitarlos: vaya hacia donde vaya, oye las voces de los maquis, le rodean. «Un-elefante-se-balanceaba-sobre-la-tela-de-una-araña-como-veía-que-no-se-caía-fue-a-buscar-a-otro-elefante-dos-elefantes-se-balanceaban...» Le encanta esa canción, siempre la cantan en los autobuses del cole. ¿Qué ha hecho? Ha dejado de cantar, está pensando, las voces se abren inmediatamente paso hasta él: «David, ven con nosotros, no tengas miedo. Tenemos mucho que hacer aquí abajo. Muévete solo unos metros más. La sima está cerca. Solo unos pasitos». David «ve» la boca de un enorme agujero muy cerca de él, no quiere acercarse, pero ¡no puede evitarlo!

Cae al suelo. Con las manos se tapa los oídos, se revuelca entre el polvo mientras llora. Las voces lo acosan, atraviesan la pobre barrera de sus manos. Sus manos no puede detenerlas, pues están dentro de él, encima, alrededor. Lo van devorar, se lo comerán vivo, serán sus dueñas. No puede defenderse, está perdido, se incorpora, va a caer.

«Basta.»

Las voces, prudentes, se alejan un poco. Murmuran, sorprendidas.

«Marchaos. Él es mío.»

Un poco más lejos, parecen indignadas. Su murmullo de incomprensión es claro, parecen protestar, se reagrupan, intentan organizarse, pero un enérgico «fuera» las ahuyenta definitivamente.

—¿Quién? ¿Mamá? ¿Eres tú?

«No. No soy tu madre. Pero te cuidaré. Estaré siempre contigo. No tengas miedo.»

—¿Seguro? ¿Sí? ¿De verdad?

También las voces le dijeron que no tuviera miedo, pero sabe que su intención es la contraria. En cambio, esta otra voz no le asusta, esta voz le da tranquilidad. Llora, pero lo hace en calma.

«Sí. Ven por aquí. Camina. Eso es, solo unos pasos más. Así, sigue, pégate a la pared, un poco más. Por aquí. Yo te protejo. Así. Aquí. Has llegado. Ya no hay peligro. Duerme ahora. Tendrás sueños en paz. Yo velaré. Las voces de los muertos no volverán.»

Y no volvieron.

15

El doctor Sabaté observa completamente atónito cómo el doctor Planas ha hipnotizado rápidamente a David Ossa. Menuda eficacia. Aunque el chaval siempre ha cooperado en todos los tratamientos pensaba que la hipnosis le iba a resultar mucho más compleja de lo que ha sido. Su colega no ha tenido más que situarse frente al niño y susurrarle una cuenta atrás; es cierto que antes le ha explicado en qué consiste la hipnosis y cuál es su objetivo. David no es tonto y quiere poder descansar como cualquier otro chaval, sin tener que depender de la luz o de la presencia de sus padres a su lado durante dos horas cada noche. Eso hace que sea receptivo y que coopere. Puede que gracias a esa técnica todos los enigmas que se derivan de su experiencia en la cueva se resuelvan definitivamente.

—¿Cómo te llamas?

—David Ossa Planells.

—¿Cuántos años tienes?

—Doce.

—Escúchame bien: levanta el brazo derecho y extiéndelo hacia mí.

El brazo se levanta, extendiéndose hacia el doctor Planas. Su cuerpo es un juguete. Su voluntad está sojuzgada.

—Bien. Déjalo caer suavemente y mantén después todo el cuerpo relajado. David, ahora voy a hacerte unas preguntas. Hablaré despacio y las haré una por una. Comienzo. ¿Por qué te asusta la oscuridad?

—En la oscuridad oigo las voces de los muertos.

—¿De qué muertos se trata?

—Al principio, de los maquis que murieron en la mina del Soplao. Después, de otros muchos muertos.

—¿Te llaman esas voces?

—No. Pero las oigo.

—¿Te dan miedo?

—Sí.

—Si hay luz cuando vas a dormir, ¿también las oyes?

—Sí. Son más débiles, pero están ahí.

—Y si estás acompañado, ¿las oyes?

—Si estoy acompañado y no hay luz, sí las oigo, también débiles.

—Cuando hay luz y estás acompañado, ¿las oyes?

—No.

—Entonces, para poder dormir, ¿necesitas luz y estar acompañado por tus padres?

—Sí.

El doctor Sabaté apunta la conversación a toda velocidad. El doctor Planas, que ha hecho una pausa, se le acerca y le habla bajito:

—¿Había explicado alguna vez por qué no podía dormir solo y a oscuras?

—¡Nunca! ¡Es la primera vez!

—Entonces, vamos bien. Vayamos hacia el origen del trauma.

El doctor Planas vuelve a sentarse en la silla frente a David.

—David, ahora voy a hacerte una serie de preguntas sobre aquella vez que te perdiste en la mina. La primera: ¿cuándo comenzaste a oír las voces de los muertos?

—En la mina. No sé cuándo.

—¿Las oíste nada más entrar?

—No.

—Intenta decirme cuándo fue.

—No lo sé. El reloj no funcionaba. No había luz.

—¿Las oíste cuando funcionaba la linterna?

—No. La segunda pila se había gastado

—Entonces, aparecieron cuando te quedaste a oscuras.

—Al principio, no. Tardaron en llegar. No sé cuánto tiempo.

—¿Qué te decían?

—Que las siguiera. Querían que fuera con ellos.

—Y tú, ¿qué hiciste?

—Tenía que seguirlas. Se metían en mi cabeza y me hacían seguirlas.

—¿Adónde querían llevarte?

—Con ellas. Abajo. Al pozo.

Ambos doctores se miran. El doctor Sabaté ya no está escribiendo y un escalofrío le recorre la espalda. Conque era eso, por eso no podía quedarse solo. En la soledad de la cueva, delirando por la sed y el cansancio, imaginó una compleja relación de acontecimientos que justifican completamente su estado. Ya tienen información suficiente para concluir la hipnosis. El doctor Planas puede levantar una barrera respecto de esas ideas y bloquearlas por completo. El chaval se curará. Seguro. Sin embargo, el doctor Planas formula una pregunta más:

—David, quiero hacerte una pregunta más. Si las voces te llevaban hacia el pozo, ¿por qué no caíste en él?

—Cuando faltaba poco para que cayera por el borde, apareció otra voz. Las voces de los muertos se fueron.

—¿Qué te dijo esa voz?

—Que no tuviera miedo. Que aguantara un poco más y que la siguiera, que me pondría a salvo.

—¿Quién era esa voz?

—No lo sé.

—¿Era un hombre o una mujer?

—No lo sé. Creí que era mamá, pero dijo que no era ella.

—Entonces, ¿obedeciste?

—Sí. Quería ayudarme.

—¿Confías en esa voz?

—Sí. Dijo que las voces no volverían a hablar. Y no lo hicieron.

—¿Has vuelto a oír a la voz que te ayudó?

—No.

El doctor Planas vuelve a acercarse al doctor Sabaté. Ha recabado los datos suficientes y tiene las ideas muy claras.

—Es una historia extraordinaria. Y su solución es más sencilla de lo previsto. No será necesario realizar un bloqueo. Es mucho más efectivo trabajar afirmando que trabajar negando. Como cree en ella, haré que esa voz se convierta en el garante de su tranquilidad. Observe.

99

David, escucha con toda tu atención. Cuando esta noche, y todas las siguientes, llegue la hora de ir a dormir, recordarás la voz que te protegió cuando estabas perdido en la cueva. Esa voz es tu tranquilidad. Si la voz te acompaña, no sentirás miedo. Podrás apagar la luz porque la voz siempre estará ahí. Podrás estar solo porque la voz siempre estará ahí. Repite estas dos últimas frases.

—Podré apagar la luz porque la voz estará ahí. Podré estar solo porque la voz estará ahí.

—Esa voz es tu protectora. Siempre estará contigo. Y siempre te ayudará. Repítelo.

—Esa voz es mi protectora. Siempre estará conmigo. Siempre me ayudará.

—Bien. Voy a contar hasta cinco. Cuando acabe, te despertarás sin recordar nada de lo que hemos hablado. Te sentirás bien. No tendrás ninguna preocupación. No tendrás ningún miedo. Cuando llegue la hora de dormir, la voz estará contigo. Nunca más sentirás miedo. Uno. Dos. Tres. Cuatro. Cinco.

El chaval pestañea repetidas veces según recupera la conciencia. Se encuentra bien, se siente bien, se toca el cuerpo con las manos, sonríe. Los doctores charlan con él, bromean incluso, están contentos. También él se siente bien, no sabe por qué, pero la alegría de sus doctores resulta contagiosa. En un clima de inusitada felicidad se encaminan a la sala de espera, donde aguardan sus padres, que lo abrazan. Pedro entretiene en un rincón a David mientras el doctor Sabaté le explica a su madre cómo ha ido la sesión y lo que deben hacer esta noche. Él esperará en su casa noticias sobre el niño. No quiere aguardar a la mañana siguiente. Tendrán que telefonearle con cualquier novedad.

Es una situación alegre. El doctor Planas sabe que todo va a ir bien. Esa noche David podrá volver a dormir solo, sin que sus padres tengan que velarlo. Esa noche dejará de oír esas voces que lo atormentan. Será un importante éxito personal haber podido ayudar a un chaval tan fantástico a recobrar su vida normal. Da gusto ser médico cuando se consigue ayudar al prójimo. Todo ha ido de cine. Genial. La hipnosis no va a fallar, el sujeto que la experimenta en libertad nunca miente, y si acepta las indicaciones del hipnotizador, las seguirá con toda seguridad. Así ha sido.

Pero ¡un momento! Una chispa de alarma se enciende en la mente del doctor Planas. Se despide de su colega y de la familia y se encamina al gabinete, donde guarda el expediente clínico completo de David. Al principio camina, luego corre, muy rápido. Las enfermeras con las que se cruza lo contemplan, asombradas. Ha llegado. Entra y cierra la puerta con pestillo, no quiere que le molesten. Busca, busca, pasa páginas. ¿Dónde? ¡Ahí! Ahí está parte de lo que busca. Es un gráfico. Un plano alzado de las galerías del segundo nivel, por donde deambuló perdido el niño. ¿El pozo? Ahí está: sima de Lacuerre. Una señal indica el lugar donde encontraron la mochila de David. Justo al borde la sima, a unos cinco metros. Y otra señal, en el lado contrario de la sima, muestra el lugar en el que los espeleólogos que rastreaban la mina en su busca lo encontraron. Es más allá de la sima, del pozo, como dice él. Solo se puede llegar hasta allí siguiendo la dirección de la rampa del cremallera, tras dar una vuelta absolutamente laberíntica por el interior de la mina. Un camino endiabladamente difícil incluso con luz. Pero cuando oyó las voces, ¡estaba a oscuras! ¡La linterna no funcionaba! Observa la ruta de nuevo. Desniveles acusados. Rampas. Cruces. Algunos pozos de menor tamaño para evacuar restos. Cerca de dos kilómetros de camino intrincado. ¡En una mina y sin luz!

Otros papeles. El informe del club Speleo de Cantabria. Confirman por escrito el lugar donde encontraron al chico. Hay algunas fotos. Se ve la sima, al otro lado de la boca del pozo, de unos cinco metros de ancho; otros dos espeleólogos señalan la mochila. En el informe consta que el chaval debió de apurar la pila para llegar al otro lado de la sima de Lacuerre. Antes debió desprenderse de su mochila, en el otro lado. Imposible llegar sin luz.

Entonces, si no tenía luz, ¿cómo pudo llegar hasta allí? Y, peor aún, ¿cómo evitó caer en la sima? Se recuerda a sí mismo que los hipnotizados no pueden mentir.

Para estas preguntas, el doctor Planas carece de respuesta. Y jamás, en toda su larga vida profesional, podrá llegar a olvidarlas.

101

TERCERA PARTE

Venganza

16

—¡*C*uidado!

El sonido de los disparos rompe el silencio. Nuestros cuerpos tejen un baile intrincado entrecruzándose hacia ambos lados del salón. Salir de la línea de fuego es fundamental. Cae un cuerpo, le ha alcanzado un impacto. Será grave, le dio en el pecho y su cuerpo se ha proyectado hacia atrás. Un calibre grueso, casi seguro un 45, hasta en medio del fuego no puedo dejar de procesar información. Gemidos. Alcanzo a ver el cuerpo del número temblando sobre la alfombra. Eleva el cuello contemplando incrédulo la mancha de sangre que se extiende sobre su pecho. Cae hacia atrás su cabeza, cede ante el dolor y la magnitud de la herida. Será mejor que no lo mire, es mejor no saber que uno puede morir, es mejor confiar en el destino.

—¡Inspector!

—¡Todos a cubierto! ¡Al suelo!

Nuevos disparos. Fuego de cobertura. La puerta por la que se ha asomado repentinamente el adversario recibe varios impactos, pero este ha vuelto al interior del despacho. Me incorporo, sin miedo, no es la primera vez que me veo en medio de un tiroteo. He percibido el flujo de la escena, siempre me ocurre, por eso cuando me desplazo agachado hacia el número herido sé que no corro peligro: es como si el tiempo se ralentizara. Recuerdo aquel viejo juego de ordenador en el que el héroe tenía el don de moverse a una velocidad un tercio superior a la de sus contrincantes, lo cual creaba sensación de cámara lenta que le permitía cobrar ventaja en todos los enfrentamientos armados y salir indemne de ellos.

Esto no es un juego. Es la vida real. Si me veo yendo a cámara lenta, observo en idéntica velocidad al resto. La diferencia está mi mente, percibo las cosas así, la máquina de captar y procesar detalles nimios está en marcha. He accedido a otro nivel de conciencia.

Llego junto al caído. Es Pons, la herida es muy grave: hay astillas de las costillas salpicando la herida, la punta de la bala debía de estar ahuecada. Otro de mis hombres está cerca, es Muñoz. Le hago un gesto y acude: «Ven, corre, te necesito. Todos confiáis en mí, yo arreglaré esto». Coloco el jersey sobre la herida y ordeno al número que presione: hay que frenar la hemorragia. Con otro rápido gesto indico al quinto de los míos, todavía en el pasillo, que solicite refuerzos y atención médica.

¡Abajo, ahora! Bam, bam, bam, tres nuevos disparos resuenan en la sala. Tras los disparos, el adversario asoma la cabeza. Aprovecha que todos se habrán ocultado para ganar líneas de tiro y así intentar cobrar una nueva víctima. Es el ritmo de uno que sabe, de alguien que también ha vivido otras situaciones semejantes. Vaya mierda, tiene a otro de los míos a tiro, tras un sillón. El hombre tiene suerte de tenerme vigilante. En el salón formamos un triángulo equilátero. La pena es que la hoja de la puerta me impide obtener una visión perfecta. No hay tiempo para más, un disparo indirecto, oprimo el gatillo de mi Glock 37 y la bala parte hacia el objetivo. Como esperaba, no hay blanco: impacta en la puerta, junto a las bisagras, y hace saltar esquirlas de madera, que, sin duda, buscarán el rostro del adversario.

—¡López, aquí y ahora, fuera de la línea de tiro!

La orden es perentoria, pero López no precisa demasiada insistencia para levantarse, dar dos pasos y saltar tras el sofá en el vértice contrario a su posición anterior. Aquí está a cubierto, con un gesto de cabeza me agradece el disparo, probablemente le he salvado la vida.

«Agente herido, repito, agente herido. Necesitamos refuerzos, Unidad 34.» La voz de Rigalt cumple su cometido, la radio es nuestra aliada, alerta a nuestros amigos, vendrán al rescate, pero ¿llegarán a tiempo? No quería haber disparado. Al hacerlo he salvado a mi hombre, pero comprendo que he cambiado el ritmo del adversario. Ahora tendré que, o bien exponerme directamente a su fuego, o bien esperar unos instantes para captar el nuevo tempo de la situación. Todo es negativo. No hay elección, mis hombres son poco expertos, no es un equipo de intervención. Se trataba de una inspección rutinaria y los números se van a desenvolver con dificultad ante esta confrontación. Si la situación se prolonga pueden caer otros: eso no es admisible. Mi misión es cuidarlos, soy el responsable de su bienestar, ya tengo bastante con un herido grave.

—¡Muñoz, junto a la pared! López, cubra a Pons. ¡Rigalt, venga aquí!

Se mueven mal, no hay fluidez, lo hacen a tirones, están descoordinados. La pistola del camello asoma su cañón en la puerta del despacho, va a ras de suelo, apenas dos palmos por encima, por fortuna dispara levemente hacia arriba y las poderosas balas del calibre 45 llevan rumbo ascendente. Una de ellas ha atravesado el sofá, podría haberle dado a López si no estuviera tumbado.

Ruedo hacia el extremo izquierdo del sofá, asomo la Glock junto al reposabrazos y disparo de nuevo, dos veces. Vuelvo a llegar tarde. Ese tipo es muy listo. Me ha faltado una décima de segundo, he llegado demasiado justo.

Lo que faltaba. El muy hijo de puta salta atravesando la puerta de lado a lado; es un movimiento veloz, inesperado, vaya tipo más rápido. Ahora el ángulo que le ofrece el salón es total, todos los míos quedan a su alcance; solo yo permanezco relativamente a cubierto al haber rodado hacia mi izquierda.

Muñoz toma la decisión equivocada. Lo hace con buena voluntad, pero esto no es lo suyo, no ha calibrado las fuerzas del adversario. Su pistola canta alegremente, una salva de cuatro disparos de la Brownig 9 mm reglamentaria se esparcen hacia la otra hoja de la puerta, pero no aciertan en su objetivo, pues el ángulo es inadecuado y lo único que consigue es revelar su desventajosa posición al adversario.

Los acontecimientos se precipitan. El adversario dispara otros dos tiros al aire para provocar la prudencia de mis compañeros y a continuación asoma parte de su cuerpo en el umbral de la puerta del salón. En su mano empuña una Sphinx 45, un arma corta, de especialistas, muy poderosa, son pocos los que la utilizan. Por fortuna para Muñoz sigo velando por mis hombres, según él disparaba ya estaba rodando yo por el suelo hacia la puerta, llego a tiempo para propinar una fuerte patada a la hoja de este lado que, merced al fuerte impulso, desplaza el brazo del adversario. Los dos disparos de la Sphinx rozan a Muñoz pero no lo hieren. No será esta vez cuando mates a los míos. Muñoz retrocede aturullado hacia el pasillo. Allí estará a cubierto.

Otro problema. Tengo a mi adversario en el interior del despacho, a mi misma altura, y yo estoy en el suelo, justo tras la pared. Me incorporo, pero ¿qué hacer ahora? ¡Arriba, rápido! Bam, bam, bam, otros tres disparos a boca de jarro hacia la pared. Para qué apuntar si se sabe dónde está el rival y una pared de ladrillo no va a desviar ni un milímetro las balas del 45. ¡Sí, salto! Pero ¿hacia dónde? Si retrocedo, las balas seguirán su camino justo en mi misma dirección. Y si lo hago hacia la derecha, hacia el centro del salón, quedaré completamente expuesto frente a la puerta, un bonito cadáver para la historia del cuerpo, medallas y palabras dulces a la hora del funeral. Valientes ganas de palmarla antes de tiempo.

¿Entonces?

¡Adentro!

Estoy seguro. He captado el ritmo de nuevo. He tenido el tiempo suficiente para conseguirlo. Arriba y dos zancadas potentes. Atravieso el umbral. Mi adversario está todavía apuntando hacia la pared, donde tres agujeros de cuatro centímetros de diámetro dictaminan la potencia de un 45 y lo juicioso de este inesperado movimiento. De nuevo vamos a cámara lenta. Mi brazo izquierdo se eleva hasta la altura del pecho. Solo un brazo poderoso es capaz de sostener el retroceso de una Glock 37 sin precisar el apoyo del otro para sostenerlo. La mano del adversario gira rápidamente hacia la izquierda buscando encañonarme. Estamos cara a cara, lo miro, tiene sangre en el rostro, sangre que se ha enjugado con la manga de la camisa. Mi primer disparo de apoyo sirvió para algo más que para salvar a López. Su boca se abre, e incluso habla: ¿qué estará diciendo? Apretamos el gatillo casi a la vez, ¿quién antes? Dos fogonazos iluminan el oscuro despacho como flashes. Recuerdo el escenario de noventa y seis horas antes. Es la misma impresión de entonces. La luz de los fogonazos es algo dorada: qué hermosa si no matara. Veo venir el acero hacia mi cabeza, tarde para morir, a tiempo para vivir, es mi bala la que un inapreciable instante antes ha surcado el espacio en busca de un cálido cuerpo donde alojarse: cuánto amor siente el metal por la carne deseada, con qué fulgurante poder penetra en ella. La veo, literalmente, impactar en el tórax del adversario. Veo cómo la piel se desplaza primero hacia dentro, como si primero el esternón implosionara, y luego estallara hacia el exterior cuando el grueso calibre revienta los pulmones tras chocar con la columna y convertir el interior del cuerpo en una masa informe.

Huelo el rastro de pólvora que ha surcado el espacio junto a mí, percibo una calidez insultante en la mejilla. Y noto su sabor, no su olor. Su sabor, áspero, me entra por la nariz, cubre todos los rincones del vestíbulo nasal, se me adhiere a cada una de las glándulas pituitarias, impacta poderoso en mi cerebro. También la pólvora es una droga, como lo es sentirse vivo y saber que, esta vez, ha faltado bien poco.

109

¡Inspector, Inspector!	¡Rápido, Pons está perdiendo mucha sangre!	¡Atentos al otro extremo del piso!
¿Está herido?	¡Joder, la ambulancia, si no viene de inmediato...!	¡Rigalt, quiero humo en la radio, hace falta una UVI móvil!!
¡Conteste! ¿Se encuentra bien?	¡Ayudadme, no puedo parar la hemorragia!	¡Dale caña a esa radio!
¡Inspector Ossa! Creo que está en estado de *shock*...	¡Hay que cubrir el lado opuesto!	

Bailan las voces, entrecruzadas
Escucho su armonía
Disfruto
Pero es hora de regresar

Me recuerda esa extraña sensación interior en la que el sonido vuelve tras un colapso auditivo, lo hace con la sensación de precipitado, se nota cómo la sordera finaliza por una presión desacostumbrada; al cabo de apenas unos pocos segundos, vuelves a nacer al sonido. Es parecido, no idéntico, a abandonar el fondo de una piscina tras un minuto buceando; he oído todo lo dicho, solo que atenuado por mi estado de ausencia, es como si mi oído, o mejor, mi conciencia, naciera de nuevo. Tengo que ordenar este caos.

—Bien, bien, estoy bien, no se preocupe. Rigalt, Muñoz, aseguren el resto del piso, sin imprudencias. López, de apoyo a dos metros. Yo me quedo con Pons. Cuando hayan asegurado, Rigalt abajo, a los coches, paso libre a la ambulancia, prioridad total al herido.

Se ponen en movimiento. Me arrodillo junto a Pons. Pobre hombre, pobre hombre. Creo recordar que tiene pareja, otra más de los nuestros. Ha sido él como podría haber sido cualquiera de nosotros. La muerte visita por azar, ¿o quizá no? Pons, Muñoz, Rigalt, López, yo mismo, uno entre cinco, éramos uno entre cinco. La lotería de la vida y de la muerte. Cómo sangra este cabrón, no te mueras, imbécil, no te mueras, tienes que vivir. Ya recuerdo, tu chica es una de las novatas que está en mi comisaría, en Seguridad Ciudadana. Se llama, ¿Eva? No, es algo así, corto: Ana, sí, es Ana. Piensa en Ana, piensa en su cuerpo entre tus brazos, piensa en cómo os amáis, piensa en vuestros sueños y vive, tienes que vivir, ¡no te permito morir! Yo he conocido la muerte como solo lo han hecho unos pocos más, sé cómo es su olor, tú no lo tienes, vivirás, vive, vive por ti, vive por Ana, vive por mí, vive por vivir. Nadie tiene derecho a rendirse, no lo hagas tú, sé que dentro de ti existe la voluntad. ¡VIVE!

Ocho minutos después, llega la UVI móvil. Me apartan a un lado. Estoy completamente salpicado por la sangre de la gran herida de Pons. Me siento agotado física y emocionalmente. Unas manos me examinan la mejilla y el oído izquierdo. Me dejo hacer, me manipulan, ¿así se sienten los bebés? ¿Así me sentí yo cuando fui un crío? Parece que Pons está en buenas manos, es posible que hayan llegado a tiempo, las unidades de O+ corren ya por las sedientas venas del herido luchando por revitalizar el cuerpo destrozado. Va a vivir. Seguro. No puedo equivocarme en esto.

Yo no, es imposible.

Y por fin puedo permitirme respirar.

111

17

—María, David, buenos días.

—Hola, Joan. ¿Qué tal?

—Como tú, hasta arriba de trabajo.

Es María quien me ha saludado. David solo ha esbozado un gesto. Lleva varios papeles en la mano: documentación del Instituto Anatómico Forense que le acaba de entregar María. Está enfrascado en su lectura. Se sientan junto a mí. Estamos en la comisaría de Via Laietana. Tenemos planificada una reunión en la sala polivalente. Han pasado cincuenta horas desde la hora cero de escenario. Estamos sentados a un lado de la mesa esperando la llegada del comisario Rosell, a quien debemos proporcionar una explicación acerca del estado actual de la investigación. Rosell es, aparentemente, un hombre flemático, nada parece alterar su perpetuo estado de calma, pero todos conocemos los esfuerzos que le supone mantener esa fachada. Se cuentan múltiples anécdotas de su juventud que contradicen semejante actitud: parece que en aquella época fue más bien un tipo con poca paciencia.

Pasan unos cinco minutos de la hora prevista, las nueve de la mañana. Se abre la puerta y entra Rosell. Es gordo. Tiene poco pelo y se cubre la calva con ese escaso cabello: un vano esfuerzo. Le sobran unos veinte kilos, que le cuelgan en una barriga de gran gozador de la vida. Grueso bigote. Dedos nicotínicos. El comisario toma asiento frente a nosotros, extrae papel y bolígrafo del bolsillo interior de la americana y nos mira de uno en uno.

—Ossa, tengo que dar una rueda de prensa esta tarde a la

cinco. Después de la expectación causada por la activación del protocolo Q, espero que tengamos algo coherente que contarles a esa manada de buitres. Con cuatro cadáveres en ese estado, más nos vale.

Se dirige directamente a David. Es lógico, se trata del inspector responsable del caso. A mí me valora, lo sé. Me saben competente, pero todos somos conscientes de cuál es mi lugar en este orden de cosas. Joan Rodríguez, ayudante del inspector Ossa. El mejor inspector de Barcelona. Es un mérito del que disfruto en exclusiva. La suerte me acompañó cuando me designaron para este puesto: «Qué suerte, Joan, currar con el mejor», me dijeron muchos compañeros. Curiosamente, ninguno de ellos pertenecía a esta comisaría. Aquí, el trabajo de David se valora, ¡claro!, pero su posición en el grupo es un tanto extraña, hasta anormal, como si lo excepcional de tenerlo en la plantilla se hubiera olvidado, como si fuera uno más. Y no lo es. Eso es lo extraño.

¿Qué dirá David? Una bonita papeleta. ¿Podrá dar un discurso coherente? Todo va a resultar bastante fragmentario. En fin, comienza su exposición, veamos al jefe en acción.

—Te expondré los datos tal cual podemos interpretarlos hasta ahora. El 15 de enero, entre las 4.15 y las 4.45 de la madrugada, se comete un cuádruple asesinato en el tercero segunda del número 18 de la calle Escudellers. Tenemos constancia gracias a una llamada al 112 realizada por los vecinos del piso inmediatamente superior. A esta llamada acude en un primer momento una patrulla de seguridad ciudadana en rotación nocturna. La componen Grimau y Clemente. Llegan hasta la puerta del piso y llaman al timbre. Nadie contesta. Grimau decide forzar la puerta con la palanqueta y acceden al interior. Como la luz no funciona, lo hacen a oscuras, apoyados por sus linternas. Avanzan hacia el interior y, en el primero de los cuartos, Grimau descubre un cadáver. Observa rastros de sangre en el pasillo. No tiene la certeza de que sea zona segura, así que retrocede y solicita refuerzos a la central a través de la radio. Montan guardia en el rellano hasta la llegada de otros dos coches, con equipo completo: son ocho hombres sumados a los dos anteriores. Se dividen en dos equipos y aseguran el piso, no hay nadie. Descubren así los otros tres cadáveres, uno por cada habitación del ala derecha de la casa. Por mi parte, tras contactar conmigo el subinspector Rodríguez, llego al escenario sobre las 6.25. La doctora Urquijo ya se encontraba allí realizando la recogida de muestras.

»Doctora Urquijo, ¿podría proporcionarme una aproximación de su trabajo en relación con este escenario?

—Faltaría más. Nos encontramos con cuatro víctimas, dos hombres y dos mujeres, asesinadas en el salón principal del piso con un cuchillo de diseño antiguo encontrando junto al primero de los cadáveres, contando las habitaciones desde el recibidor. Tres de ellos han muerto de pie, justo en el centro de la sala. Recibieron diversos golpes con el mencionado cuchillo y debieron de morir allí mismo. Los rastros de tipo sanguíneo que marcan las paredes nos permiten establecer la posiciones aparentes de los tres. He llamado a un especialista en rastros de sangre de Madrid para establecer la secuencia correcta de los rastros en función de las heridas determinadas en las autopsias. Está trabajando en ello.

—¿Y el cuarto?

—El cuarto sufre las heridas en un punto más alejado del salón, a unos dos metros, cerca de una de las terrazas. Después, los cuerpos son trasladados a las habitaciones. Allí se les practican diversas mutilaciones por un sistema de copia dos-a-dos por parejas de diferente sexo. Son mutilaciones complejas que incluyen, en el primer caso, la sección completa de las extremidades y la cabeza, y su colocación invertida respecto al eje longitudinal del cuerpo, y en el segundo, la evisceración y apertura de la caja torácica.

—Hum. ¿Quién lo hizo? ¿Un profesional? ¿Médico? ¿Cirujano? ¿Forense?

—Es posible. El arma es burda, pero los cortes son precisos. Sin duda, quien lo hizo poseía ciertos conocimientos anatómicos.

—Vaya por Dios. Los buitres se van a poner las botas. Pero creo haber oído que todavía hay más. Concluya.

—El primero de los cadáveres tenía una pequeña y única variación respecto a los demás. Le faltaban los ojos. Los encontramos en el interior de su estómago. Junto a su cuerpo, parcialmente cubierto por este, encontramos la posible arma homicida.

El resumen ha sido perfecto, María ha concluido la explicación iniciada por David. Sorprendo una mirada entre ambos, y me parece detectar una nota de censura en David, incluso de indignación. ¿A qué se referirá? ¿Qué pretende expresar esa mirada? El comisario se mesa los escasos cabellos con ambas manos y luego se frota los ojos. Sigue frotándoselos unos segundos mientras habla.

—¿Hay huellas?

—De los cuatro, en abundancia. Y también bastantes otras, la mayoría antiguas, casi todas fragmentarias o en mal estado. No creo que saquemos nada por ahí.

—Bien. Ossa, háblame de sus identidades.

—La pareja residente en el domicilio son Ignacio Pozales y Meritxell Umbría, de treinta y ocho y treinta y cinco años de edad, respectivamente. Son barceloneses, ella de cuarta generación; él nació aquí, pero es hijo de emigrantes andaluces. No hay hijos. Los padres de ambos murieron años atrás. Ella trabajaba en una librería técnica. Por su parte él, administrativo interino del Ayuntamiento, parece haberse dedicado a chapucillas diversas justo en el límite de la ley. Algún informador nos ha dicho que se ha dedicado a la venta de droga a pequeña escala, menudeo, poca cosa, pero nunca lo han fichado. Esto es extraño, ya que solemos tener bien controlado el fichero de camellos. En la casa y en los cuatro cuerpos se han encontrado restos de dos sustancias concretas: hachís y, en muy pequeña cantidad, coca. Estaban en el salón, sobre la mesa, y creemos que era más para consumo personal que para posibles ventas. El resto del piso estaba limpio, pero localizamos restos en un cajetín de la sala destinado al efecto.

De nuevo una explicación perfecta. Mi jefe goza de una excelente memoria, no consulta los datos recopilados en la carpeta que puse a su disposición.

—¿Algo más sobre ellos?

—No. He tenido a los cuatro equipos disponibles encima. Trabajos anodinos, familia completamente alejada. Era una pareja muy unida, siempre estaban juntos. Lo único extraño: que ejerciera de camello. No hay enemigos de ningún tipo. Nada donde rascar.

—¿Nada de nada?

—De momento, nada.

—¿Y la otra pareja?

—Misterio. Carecían de documentación. Aproximadamente edades similares a la de los anfitriones. Estamos investigando denuncias de desapariciones, pero, dada su edad aparente, es pronto para que su ausencia suponga alarma en trabajo, familia...

—Bien. Ossa, deme ideas sobre quién sería capaz de hacer algo así.

—Otro misterio. Según los análisis de huellas del escenario, resulta casi imposible establecer la salida del piso de un posible causante. Están descartadas ventanas interiores, exteriores y terrazas. Y en el rellano estaban nuestros hombres. O salió antes de que llegaran los nuestros, por la puerta, o bien no salió nadie vivo de allí. Pero si abandonaron el escenario, tenemos un problema en la secuencia del alumbrado. Consta en el informe.

—Hum... Sí, aquí está, ya lo había leído. Esto, de momento, ni lo comentaremos. Entonces, atendiendo a esa segunda opción, podemos suponer que fueron ellos mismos los que debieron de hacerlo.

La idea del comisario es lógica. Pero el análisis abstracto del escenario indica la dificultad de semejante conclusión. David está completamente de acuerdo en esto. María y yo somos más reticentes, más pragmáticos, solo puede ser lo que es, y no otra cosa. Guardaremos silencio, de momento, para respetar la voluntad de David en este particular. Ni a favor ni en contra. Por su parte, David ha decidido no exponer sus sensaciones, ya que ¿cómo puede defenderlas? Ni siquiera puede hablar, aún, de ideas sobre el particular, solo de impresiones. Es como si se encontrara frente a un cuadro a medio dibujar, el bosquejo del bosquejo sobre el lienzo, imágenes difusas que inspiran una posibilidad, nada más, solo eso; sin embargo, sugieren tanto, tanto... Su razón no está en conflicto con sus sentimientos. Él sabe qué sintió. No lo puede negar. Así me lo dijo. Pero debe ser prudente. Lo que yo sé de él es algo tan especial que difícilmente se puede compartir con nadie más. Y mi silencio es sagrado.

—Seguimos investigando. Es fundamental determinar la identidad de la otra pareja.

116

—Bien. Una pregunta: ¿cuál de los cuatro cuerpos era el que tenía el arma a su alcance?

—El anfitrión, Pozales.

—¿Podríamos considerar que se trató de una fiesta donde un exceso de droga provoca un final inesperado?

Ahora es el turno de María. Esa es nuestra teoría, de ella y mía, quiero decir. Es lo único razonable, pese a las incongruencias manifiestas. Pero si es taxativa en su presentación, condenará las opciones de David y le proporcionará al comisario un resquicio al que poder agarrarse para liquidar el asunto. Y eso es lo que David nos ha pedido que no hagamos. Al pedírselo David, María no se definió en uno u otro sentido. ¿Qué es lo que hará?

—Podría ser. El consumo habitual de drogas puede llevar a alteraciones de la personalidad que, incluso en dosis consideradas habituales o moderadas para los consumidores y sin precedentes de alteraciones conductuales graves previas, supongan la irrupción de una crisis psicótica de consecuencias imprevisibles en aquellas personas con o sin predisposición específica a este comportamiento.

—Una crisis de cuatro cadáveres.

—Sí. Las cantidades de droga presentes en el piso, en especial de coca, no eran elevadas, aunque la analítica demuestra que habían consumido una cantidad respetable, acaso un gramo y medio por persona. Pero es posible. Los psicóticos potenciales pueden realizar acciones inusitadas.

—Más cosas. Si Pozales se dedicaba al menudeo de droga, debía de tener un suministrador, debía de trabajar para alguna de las bandas del entorno. Díganme qué saben de esto.

Ahora me toca a mí, por primera vez llegamos a mi terreno: los alrededores del delito, allí donde solo podemos escarbar los especialistas, los currelas, los que sudamos las investigaciones.

—Menudeaba para Agustí Morgadas. Nuestro confidente en la zona, el Fiti, me lo ha confirmado. No me he andado por las ramas, he hablado directamente con él, dándole caña de la buena. Como es habitual no lo ha afirmado, pero tampoco lo ha negado, lo que equivale en este caso a una confirmación plena. Pasaba cantidades pequeñas, sobre todo para financiarse el consumo, no se trataba de un camello con aspiraciones. Tampoco

117

causaba problemas. En principio, el Fiti dice que Morgadas no tiene nada que ver con estos asesinatos, que no había conflictos con Pozales. He sondeado, en la medida de mis posibilidades, en las cercanías de Morgadas. El capo no quiere problemas con nosotros. Podría incluso estar abierto a cualquier tipo de colaboración razonable.

—¿Y alguna otra banda? ¿Puede ser esto el anuncio de conflictos serios?

—No. No lo creemos. Morgadas tiene en exclusiva Barcelona. O trabajan para él, o le pagan un porcentaje de sus beneficios. No ha habido ni un solo conflicto en las horas posteriores, como no lo ha habido en los últimos quince meses. Si esto fuera el preludio de una guerra entre bandas por el territorio, ya la tendríamos sobre nosotros. Lo descarto.

El comisario Rosell nos observa de nuevo. Está analizando los datos obtenidos, que ha ido apuntando según hablábamos, pero no pierde de vista, en concreto, a uno de nosotros. Rosell está muy pendiente de la conducta y expresiones de Ossa. Llevan muchos años de trabajo juntos, es de esos que lo conocen a fondo, de esos que lo aprecian en lo que vale. Y no solo eso, me consta que, en ocasiones, lo ha defendido con uñas y dientes contra presiones de muy arriba. Años atrás, en el caso del secuestro de los gemelos, incluso peleó contra las recomendaciones del consejero para quitarle la dirección del caso y traspasarlo al CGIC.[1]

Rosell es de los viejos, de los que ya quedan pocos, de los que siguen creyendo en el instinto del policía por encima de cualquier otra jerigonza técnica. Y observando la delicada máscara en el rostro de David, tengo la certeza de que este se reserva parte de la información y que nuestro comisario lo sabe perfectamente. ¿Por qué lo hará? Seguro que David tiene alguna idea descabellada, alguna pista por confirmar, alguna intuición extravagante. Mejor que sea así. Este caso es una patata caliente que no resulta apetecible para nadie. En fin, Rosell contemporizará con los periodistas, les dará largas cambiadas y dejará caer una leve sospecha de «reunión de amigos con re-

1. Comisaría General de Investigación Criminal.

sultado de muerte por consumo abusivo de drogas». Sí, eso hará de momento. Al fin y al cabo, la vulgaridad siempre resulta tan comprensible como reconfortante.

Nos levantamos todos al mismo tiempo. Una despedida informal. Vamos a abandonar la sala cuando Rosell realiza una petición.

—Ossa, quédate un momento conmigo.

David nos mira. Realiza un gesto tranquilizador.

—Esperadme en mi despacho.

Salimos. Los dos hombres se quedan en la sala de reuniones. Y me da verdadera pena no poder asistir a esa conversación. Seguro que su contenido es mucho más jugoso que todo lo dicho hasta ahora.

18

*E*nciendo un cigarro. Lo hago justo debajo del cartel que prohíbe fumar; no lo hago a mala fe, es pura casualidad. Bueno, tampoco estoy tan seguro de que sea así. En realidad siempre me ha tocado las narices esta estúpida norma que nos impide disfrutar de un relajante pitillo cuando nos apetece, y mientras charlaba con estos tres no he podido quitarle el ojo de encima al puñetero cartel. Un psicólogo lo llamaría «provocación inconsciente». Ya. No es que me pase el día fumando, solo son tres o cuatro al día, y ahora realmente me apetece hacerlo. Tengo mis motivos, claro. Y enseguida quedarán en evidencia.

La culpa de todo la tiene este jodido Ossa. La madre que lo parió. Tiene un verdadero imán para los problemas. Y como yo soy su superior, todos acaban por salpicarme.

—Tú dirás.

—David, tenemos problemas en el piso de arriba. El inquilino jefe está cabreado. Que decretaras el protocolo Q les ha revuelto las tripas. La prensa va a estar a la que salta en cuanto tengan acceso a los primeros datos. Se nos van a echar encima, supongo que eres consciente de ello.

—Lo imagino. Pero con un caso semejante lo de la prensa hubiera sido inevitable con o sin protocolo Q. Y la doctora Urquijo necesitaba un buen margen de tiempo para procesar con tranquilidad el escenario.

—Esto lo comparto. Pero extraoficialmente sé que estaría bien visto que dejáramos el caso en manos del CGIC. En realidad esto no haría más que quitarnos un problema de enmedio.

Ossa busca mi mirada, la encuentra y la sostiene mientras

medita su respuesta. Siempre se repite idéntico proceso cuando tenemos un caso de los de verdad. Le miro y percibo sus dudas, y bajo ellas, la certeza de encontrar el camino correcto. Siempre lo mismo.

—Quieres decir que eso te evitaría un buen problema con el Departamento de Interior. Te lo evitaría a ti.

Va al grano, y lo aprecio aún más por ello. Nos hemos ganado esta mutua confianza. Tendré que ser tan directo como él.

—No me queda mucho tiempo. Tú lo sabes. Tengo la jubilación a la vuelta de la esquina. No más de un año. Y preferiría que fuera discreta, sí, como a mí me gustan las cosas, pero sobre todo tranquila.

Ya está. Mensaje lanzado. Y por su respuesta, comprendo que rápidamente recibido.

—El caso es excepcional, esto lo comprendo. Llenará muchas portadas. También comprendo que no tienen jurisdicción para reclamarlo, solo podrían tomar las riendas si el comisario responsable se lo cediera, inhibiéndose en la fase de instrucción, justo ahora mismo. Hasta aquí, bien. Lo que realmente quieres saber es si tengo alguna posibilidad de llevarlo a buen puerto.

Doy un par de buenas caladas antes de contestar. Dejo caer la ceniza en un improvisado cenicero de papel.

—Mira, David, llevamos ya muchos años juntos. Si alguien puede hacerlo en esta ciudad eres tú, y no otro. Eso lo sabemos los dos. Pero este caso tiene una pinta extraña. Y nos va a poner en el disparadero. La rueda de prensa no va a ser nada comparada con lo que me espera en los próximos días. Y con las perspectivas que me habéis dado está bien claro que este expediente no se va a resolver rápidamente. Necesito tener las espaldas cubiertas. Y tú, también. Solo así podremos aguantar bien el chaparrón que se nos avecina.

Bingo. Es justo el final que tenía que escuchar. En efecto, no solo soy yo el que puede verse metido en problemas, también le salpicarían a él. David siempre fue un subversivo, siempre ha ido por libre. Solo un comisario como yo le hubiera dado tanto carrete. Al fin y al cabo, tampoco mi perfil es demasiado habitual. Soy un dinosaurio, ya no queda ninguno de los míos. Mi época ha pasado. Pero no solo es eso, no solo soy yo el extraño. A David han sido tres, ¡tres, ni más ni menos!, las veces que lo ha reclamado el CGIC para formar parte de su plantilla. Debió dar el salto a este centro de investigación, el más importante de toda la policía, hace bastante tiempo. Nunca quiso hacerlo, siempre lo rechazó de plano. ¿Quizá porque difícilmente encajaría? Es posible. Por eso siempre apoyé su deseo de permanecer en esta unidad básica. Y, como es normal, eso no les hizo mucha gracia a los de arriba, fue un desplante que se han guardado para cuando llegara la ocasión. Bien podría ser esta.

Medita largamente antes de contestar.

—No tengo la certeza. Siento que debo continuar. Me lo pide el cuerpo. Es el mayor desafío al que me he enfrentado jamás. Pero no te lo estoy diciendo como policía. Es algo… diferente, no sabría explicártelo de otra manera.

—Esto que dices se corresponde con… ¿una de tus intuiciones?

Esta es una pregunta clave. Los dos sabemos por qué lo digo.

—No. Se trata de algo diferente.

No me esperaba esa respuesta. Mal asunto. Sus «intuiciones» siempre han sido el paso previo a la resolución de los problemas. Por eso, ahora, vacilo. Pero debo darle un margen de confianza. Tampoco en otros casos las experimentó al principio. Confianza. Margen. Sí.

—Bien. Puedo cubrirte un tiempo. Lo del protocolo Q es razonable, puede defenderse sin demasiado esfuerzo. Pero, para actuar con comodidad, no tendremos más que un par de semanas. A partir de ahí, si no obtenemos resultados, la situación se complicará. La presión de la prensa será brutal. Y ni te cuento la de los políticos. Nunca se ha visto algo semejante en Barcelona. Eso es todo lo que podré darte, David. Después… Lo más conveniente sería, en caso de ausencia de pruebas, darle carpetazo.

Asiente. Comprende la situación, sin duda. Y sabe que no puede pedirme más de lo razonable.

—Intentaré que ese tiempo valga, Rosell.

—De acuerdo entonces. Dispondrás de todos los equipos humanos. Tu caso tiene prioridad. Organízalos a tu gusto.

—Gracias.

Me mira fijamente antes de levantarse y asiente, es un silencioso agradecimiento. No hay más que decir. Sale por la puerta. Su mente ya estará pensando en cómo orientar el trabajo, es un buen profesional aunque su don no vaya de la mano con el manual. No, su don es otro, tan extraño e increíble que nadie debe conocerlo, que debe mantenerse en absoluta reserva. Pero esa mirada final iba cargada de ¿preocupación?, ¿decepción? ¿Tan transparente resulto que ha comprendido incluso aquello que no he dicho? ¿Lo verdaderamente importante?

Sí, es cierto que desde la Consejería de Interior se me ha comunicado lo conveniente de cederle el caso al CGIC. El mismísimo secretario, Pere Viladrau, fue quien me telefoneó: una conversación informal. El consejero está muy preocupado, y bla, bla, bla, la misma morralla de siempre. Las elecciones se aproximan y la inseguridad ciudadana será uno de los temas fundamentales en la campaña. Y la tardanza en resolver el caso puede darle alas a la oposición.

Sí, lo razonable hubiera sido inhibirse a favor del CGIC y dejarse de zarandajas. Es lo que hubiera hecho cualquier comisario con dos dedos de frente. Cualquiera excepto uno a quien Viladrau le hubiera estado tocando los cojones durante los últimos quince años. Cualquiera salvo quien tuviera en su equipo a un tipo excepcional como Ossa.

Cualquiera excepto yo.

19

—*D*avid, ya tenemos la identidades.

—Ya era hora. ¿Quiénes son?

—Ana Albert y Jordi Tuneu.

—Más.

—Treinta y dos y treinta y cinco años, respectivamente. Eran pareja. Vivían en la calle Diputació, en pleno *gayxample*. Piso de alquiler, en una finca antigua. Profesionales medios: ella ingeniero técnico; él con un estudio de diseño de moda. Dinero suficiente para caprichos y cuenta corriente más que saneada.

—Cuando hablas de caprichos, ¿te refieres a drogas?

—También a una moto clásica a nombre de él, una Benelli Sei, una preciosa bestia roja, una belleza de finales de los setenta. Un todoterreno. Una escúter de gama alta para ella. Vacaciones en lugares exóticos, eran buceadores: Seychelles, mar Rojo, el Caribe...

—¿Cómo los encontraste?

—Seguimos tu consejo. Coches de los aparcamientos cercanos que llevaran estacionados desde la tarde anterior al escenario. Motocicletas cercanas en radios sucesivos de doscientos, de quinientos metros... Precisamente la escúter de ella ha sido nuestra llave para encontrarlos: estaba aparcada en la bocacalle de Ferran con las Ramblas. Tuvimos suerte y, de entre ciento cuarenta posibilidades, acertamos en la vigésima. Escúter registrada, impuesto de circulación pagado, seguro en regla; falta a su trabajo sin causa justificada desde el lunes, los mismo que su pareja. De ahí a dar con su domicilio, un simple paso.

—Felicidades.

—Qué simpático.

—Si lo sé, no te felicito.

—Una palabra de elogio del inspector Ossa vale por todo un imperio. Bienvenida sea. Me postro a vuestros pies.

—Menos cachondeo y sigue. Dime qué había en casa.

—Pues más bien poco. Un piso ordenado, muebles de calidad, ropa de marca, restos de drogas en un cajón de la sala: coca, algo de grifa.

—Podemos suponer que fueron a la casa de Pozales para reponer existencias.

—Casi seguro. Pozales no era un camello de calle. Sus clientes, de cierto nivel, precisaban cierta intimidad. Nuestros dos invitados, y otros como ellos, obtenían su material directamente en el piso. Seriedad y discreción.

—Y muerte.

—Y muerte, sí.

Setenta y ocho horas después de registrar el escenario hemos conseguido, ¡por fin!, establecer las identidades de los cuatro cadáveres. Joan es un tipo eficiente: le va lo sistemático. Dadle un listado de cualquier tipo para realizar comprobaciones y puedo asegurar que lo tendrá resuelto al cabo de un tiempo sencillamente inusitado. Aunque en este caso haya sido yo quien le ha proporcionado la directriz principal, explorar posibles medios de transporte privados que llevaran a los invitados al escenario; eso tenía su riesgo, ya que ¿por qué no podían haber accedido al escenario en transporte público o, sencillamente, caminando? Sin embargo, cuando prudentemente insinué esta posibilidad, bastó una simple mirada para convencerse. La mirada de mis certezas.

—David.

—Ya.

—¿Dónde te has metido durante toda la mañana? No ha habido manera de que cogieras el móvil.

—Tenía asuntos personales que atender.

—Correcto. Qué menos. Pero podías haber avisado. No pudimos esperarte. Rosell insistió en que comenzáramos el registro. Pedí la orden y Pascual la mandó de inmediato. Rosell no parecía estar de buen humor cuando le dije que no habías aparecido.

—Gracias por el aviso.

Joan me está escrutando: debe de encontrarme algo taciturno, y la verdad, con semejante caso entre manos, no es para menos.

—¿Algo que quieras contarme?

—No.

He estado, efectivamente, atendiendo un asunto muy privado. He ido al cementerio de Montjuïc para visitar a mis padres, Montse y Pedro. Es una costumbre errática que responde a una necesidad repentina. Sí, se presenta así, de improviso, me hace dejar todo de lado y acudir junto a ellos. Lo curioso es que realmente no creo en este tipo de cosas. No creo que haya vida después de la muerte. No creo en un castigo o en una recompensa. Lo que yo creo...

Da igual en qué crea. Probablemente he ido cambiado de creencias a lo largo de la vida. Todos solemos hacerlo; raro es quien no acaba por modificar sus percepciones sobre este particular aunque solo sea debido al advenimiento de la vejez, que, inexorable, nos aproxima a la muerte. Solo sé que es preferible morir en paz a hacerlo con brusquedad, tal y como les sucedió a mis padres. Quizá sea por esto por lo que acudo así, de repente, junto a los míos. Sé que allí no hay nada, solo huesos deshechos, puede que ya ni eso. Polvo, nada más. Pero la sensación llega y no puedo, ni mucho menos quiero, desoírla. ¿Quién me llama? ¿Mi madre, a la que siempre estuve especialmente unido? ¿Mi padre, que fue un buen padre dentro de sus posibilidades? ¿Ambos? ¿O no es más que otra de mis rarezas, elevada ya a rango de costumbre, convertida en realidad debido a su reiteración?

Poco antes de las nueve, cuando estaba a punto de entrar en la comisaría de Via Laietana, noté esa sensación de desazón tan particular. Llega siempre como un recuerdo privado, como una llamada a la nostalgia, viene subrepticiamente y se instala con tal fuerza que no puedo resistirme. Al principio me sentí un poco estúpido al acudir al cementerio, pero a fuerza de repetidas visitas pude comprobar que no era, ni de largo, el único impelido a obrar de tal manera. Basta con pasear cualquier mañana por cualquier cementerio: siempre habrá personas junto a los suyos, algunos cumpliendo el rito, otros atendiendo a la costumbre, otros llorando su pena, y otros, quizá como yo, acudiendo a una llamada. De estos hay pocos. Apenas he visto, en estos diez años, a tres o cuatro personas en idéntica situación. Somos diferentes de los demás. Caminamos con otra energía, desprendemos un brillo peculiar en la mirada. Somos conducidos. Nunca podemos elegir. Como yo hoy.

Mis padres reposan en un pequeño panteón propiedad de la familia materna, la familia barcelonesa. El panteón es ostentoso. Mi familia materna siempre tuvo cierto poder económico. Una cúpula estilo San Pedro permite penetrar en el subterráneo. A ambos lados de la puerta, flanqueándola, dos ángeles; uno con el premio, las llaves del Paraíso; el otro con el castigo, porta una guadaña que lo asemeja más a la muerte que a otra cosa. Su aspecto es severo, pero no dan miedo. No son ellos los que dictaminan, solo obedecen las órdenes de «arriba»; lo que deban hacer lo harán desapasionadamente.

Llegué al cementerio sobre las diez y media. Tuve que esquivar un par de entierros para acercarme al panteón familiar. Una vez que estuve frente a él, analicé mis sentimientos. Es lo que hago siempre. Nunca me siento en paz al ir, y esta vez no es una excepción. Normalmente me basta con llegar hasta allí, contemplar el panteón, sentarme en la escalera un rato, poner algunas flores y cumplir con el rito de la visita. Pero hoy no ha sido así. Seguí estos pasos uno por uno, pero la sensación no se disipó. Pasaron dos horas. Y nada.

Durante un rato, sentado en el pedestal del ángel castigador, observé las figuras. La guadaña pendía sobre mi cabeza. Mira que si la piedra se hubiera desprendido, conmigo justo debajo… Agradecí el calorcito del sol, ese falso sol casi veraniego fuera de temporada. Pensé. Nunca jamás recibí mensaje alguno cuando acudí a esta llamada. Solo sensaciones. Sentimientos. Esta vez, no. La sensación de desasosiego se incrementó notablemente; casi era insoportable. La percibí en los músculos. Se irradiaba hacia las extremidades. Entonces, de repente entendí lo que debía hacer. Me dejé llevar por la sensación. De pie, todavía con los ojos cerrados, evoqué el escalofrío que había sentido en el escenario.

127

Abrí los ojos.

Estaba en el interior del panteón.

Mis padres murieron juntos, y juntos los enterraron.

Frente a sus tumbas me pregunté cómo había entrado.

Me recordaba fuera, ante el umbral del panteón.

No pude entenderlo. La puerta estaba abierta. ¿Quizá lo estaba antes y descendí sin darme cuenta de lo que hacía? ¿Qué había sucedido?

No importó demasiado. Estas cosas son así, me suceden sin más. Hace tiempo que decidí no hacer caso a los porqués y centrarme en sus consecuencias. Allí recibí un mensaje. Un mensaje de amor, un mensaje de los míos, de quienes me dieron la vida. No se trató de un mensaje sin más, no: fue un aviso.

Y pensé en él. ¿Dónde estaba sentado cuando cerré los ojos? ¿Qué imagen evoqué? Rememoro las circunstancias. Y entiendo que el mensaje está bien claro.

Más me vale andar con cuidado.

20

*E*sto comienza a funcionar. David ha obtenido el máximo apoyo por parte de Rosell y tenemos ante nosotros a los mejores subinspectores de la comisaría. Y está yendo al grano. Tras la exposición general viene el reparto del trabajo.

—Tiremos del hilo. Cuatro equipos. El primero: trabajo. Jefes, compañeros, clientes más directos. Lo quiero todo. Sed duros y obtened certezas. Relacionad los datos. Cruzad la información. Aquí tendríamos que saber mucho sobre ellos. Recordad que el ochenta por ciento de las relaciones personales provienen de esta esfera. Para Camino y Lluís. Lluís, tú por delante: borde, arisco, mala leche. Camino, por detrás: sonríe, sé seductora; no te cabrees con esto que voy a decir, pero utiliza tu belleza, tira de escote. Después de que Lluís los joda, pónselo fácil, tú ya me entiendes. ¿De acuerdo?

—Sí.

—Segundo equipo: familia. De arriba a abajo. Incluso la que esté fuera de Barcelona, que la hay. Sed suaves. El palo ha sido muy fuerte. Pero sin dormirse. Para los veteranos, Andreu y Carlos: seriedad y prudencia, usad corbata, eficacia cortés. ¿Correcto?

—Correcto.

—Tercer equipo: amistades fuera del trabajo. Las agendas de los difuntos son claras. Entorno buceo y noche. Amigos moteros. Restaurantes. Bares. Aquí apretad, según veáis. Mejor de más que de menos. Para Jordi y Màrius, que estáis en la edad. Disfrazaos un poquito de colegas y sacadle más jugo al tema. ¿Sí?

—Vale.

—El cuarto equipo lo formaremos Joan y yo. Nos dedicaremos a husmear en el entorno vicios. En torno a Pozales tiene que haber varios hilos de los que tirar. Señora, señores, disponemos de cuatro días para obtener datos. No hay tiempo que perder. Tendré el móvil abierto las veinticuatro horas solo para vosotros. A la calle y leña al mono.

Los seis inspectores y subinspectores se levantan con las carpetas de documentación en la mano: ya van discutiendo por dónde empezar. Rosell ha cumplido. Realmente debe de estar muy achuchado por los de arriba. Es de agradecer que no nos pase la presión, que debe de ser bastante. Él mismo se la echa a sus espaldas. Sé que David lo aprecia muchísimo, casi como a un padre, y de hecho sé que ha sido, junto al ya jubilado inspector Fornells, su verdadero guía en el cuerpo. Junto a los veteranos hay mucho que aprender, en especial si son de los buenos. De los malos, que también los hay, también se puede aprender, sobre todo lo que no debe hacerse.

130   Salimos a la calle. Hoy no necesitamos coche patrulla, tenemos una única visita para comenzar la mañana y, según salga, planificaremos el resto. Caminamos por el Barri Gòtic hacia la calle Ample sin hablar apenas. Esta es una visita ideada por David. Yo no estoy de acuerdo con ella, pero no digo nada. Puede suponerme quemar un contacto valioso. Y, además, no me fío en absoluto de la persona que vamos a visitar. Pero el jefe es el jefe.

Descendemos hacia el Moll de la Fusta por Daguería y Lledó, calles que me gustan, muy populares, y que esconden rincones evocadores. Lugares hermosos por fuera, ¿también lo serán por dentro? Quizás en alguna de esas casas se esconde el responsable del escenario, quién sabe.

La ignorancia es la mejor de las bendiciones. No saber qué pasa en la casa de al lado, no saber qué hace tu marido o tu mujer después de sus reuniones de trabajo, no saber adónde van tus hijos cuando salen por la noche. No saber es de cobardes, pero también de prudentes. No se vive mal con una venda que le tape a uno los ojos.

Llegamos a la calle Ample. Avanzamos hasta el número adecuado. La puerta está abierta. David la empuja, entramos.

La luminosidad de la mañana y la oscuridad interior crean un molesto contraste. Entro, detrás de mi jefe. Hay dos hombres apoyados a ambos lados del portal. David se detiene y espera. Los dos hombres se han quedado sorprendidos, se miran sin saber qué hacer. Uno de ellos se lleva la mano al bolsillo, se lo piensa mejor y la extrae sin nada, casi diría que nos la enseña. Esta no es una visita normal, saben quiénes somos, ¿qué hacer? David acude al rescate con una frase que no admite réplica, una verdadera orden encubierta.

—Vengo a ver a vuestro jefe. No me espera. Avisadle. Esperaré aquí.

Uno de los dos tipos sube, escaleras arriba; el otro guarda el primer tramo de escaleras. Es una situación incómoda en la que cada uno finge distraerse a su manera. El tipo de la escalera se mira las uñas, sin perdernos de vista. Yo cruzo los brazos sobre el pecho mientras murmuro alguna canción. David no hace nada, permanece completamente quieto. Solo pestañea. Sus manos quedan laxas, junto a la cintura, con toda naturalidad. El ascensor desciende con un sonido traqueteante. Se abre la puerta y un señor mayor cargado con un par de bolsas de basura accede al portal. Da dos pasos hacia la salida y entonces percibe la presencia de los tres hombres convertidos en estatuas de sal. Nos mira de hito en hito y, como si se arrepintiera de haberlo hecho, saluda, «buenos días», agacha la cabeza y acelera el paso en la triste medida de sus posibilidades, abandonando a escape el lugar.

El emisario reaparece.

—Adelante. Suban. Detrás de mí.

Obedecemos. En casa ajena no hay que discutir. Seguimos al emisario. Cierra la procesión el otro vigilante. Escoltados, ascendemos cuatro tramos arriba para llegar al rellano del entresuelo. Es un piso enorme, techos de más de tres metros y medio, aún mayor que el piso del escenario. La calle Ample fue el centro de la más florida burguesía en el comienzo del siglo XX. Estos pisos eran su espejo, el reflejo de su poder. Los coches de caballos podían entrar perfectamente en el portal dada su anchura; allí sus pasajeros descendían y seguían hasta el patio interior, donde podían dar la vuelta y orientarse de nuevo hacia la calle.

Puerta del piso. El emisario golpea tres veces, toc-toc, TOC. La mirilla se desplaza y un ojo nos observa. La puerta se abre y accedemos a su interior. Es clásico. De calidad. Hay dinero. También hay dos hombres más. Visten chaquetas, ocultan sus armas. Están un poco inquietos, pero intentan disimularlo. No se suele recibir a dos policías así como así en la casa del principal capo mafioso de Barcelona. Uno de ellos se nos acerca, con una de sus manos extendida. Está pidiéndonos las armas. Otro de ellos, a sus espaldas, desde la puerta contraria, cancela la orden.

—No es necesario. Llevadlos al despacho. El señor Morgadas los recibirá enseguida.

El salón es exquisito. Un gran crucifijo con un Cristo doliente preside el espacio, colgado sobre el escritorio. El ventanal da a la plaza de la Mercè. Las cortinas, del hilo más fino y con bordados a mano, apenas ocultan la hermosa vista. Esperamos de pie. La puerta anexa se abre y el señor Morgadas aparece con su adjunto. Morgadas tiene una edad más cercana a los setenta que a los sesenta, el pelo de un extraordinario color blanco, la piel lisa y sin arruga alguna. Va perfectamente afeitado y pulcramente atildado. El secretario no es un pistolero, su aspecto es de contable, de pasante: el secretario perfecto; incluso lleva una carpeta con documentación. Visten clásico: americanas, corbatas, todo discreto pero de calidad, buen paño, buen corte, muy tradicionales.

—Inspector Ossa, ¿a qué debo este honor? Subinspector Rodríguez, encantado de volver a saludarlo. Pero siéntense, por favor, no olvidemos nunca la educación que debe reinar en toda casa cristiana.

Los cuatro tomamos asiento: frente a frente, los jefes; a los lados, los secundarios.

—Gracias, muy amable.

—Inspector Ossa, déjeme que recuerde… La última vez que nos vimos en persona fue, veamos, sí, creo que en agosto del noventa y nueve. Sí, eso es, ¿me equivoco, Salmerón?

—No, señor Morgadas, así fue, concretamente el día veintidós a las doce en punto. Aunque creo recordar que entonces las circunstancias fueron considerablemente diferentes.

—Sí, claro, qué gracia, ya recuerdo. Salmerón es usted una

verdadera agenda viva; se acuerda hasta de la hora. Pero, pensándolo bien, tampoco es extraño recordar con tanto detalle, al fin y al cabo aquella agradable visita nos costó dos años enteros de privación de libertad. ¡Dos años! Mala suerte recibir un nuevo siglo sin libertad. Salen caras sus visitas, inspector Ossa, sí, salen caras. Pero disculpe, inspector, no le importará que fume mientras vamos hablando, es uno de los pequeños vicios que aún puedo permitirme.

—Faltaría más, está usted en su casa.

—Caramba, qué amable, cuánto se lo agradezco. ¿Quiere uno? Ah, no, ahora recuerdo que usted no fuma.

Guardamos silencio en tanto Morgadas corta el extremo del puro que le acerca el su secretario, aplica una larga cerilla y aspira repetidamente emitiendo largas volutas de humo. Está concentrado en el encendido. Gira el puro entre sus dedos hasta que prende el tabaco. Ahora vuelve a mirarnos.

—Creo recordar que en aquella ocasión no tuve tiempo ni para encender uno de estos vegueros. Es de suponer que esta vez será diferente.

—Así es. Mi visita se debe a motivos laborales, pero esta vez las circunstancias son más felices para usted.

—Bien. Dígame qué desea.

—Información.

—Esto sí que es una novedad.

Aspira de nuevo y lanza un grueso anillo de humo hacia el techo. Se recrea al hacerlo, es un experto. Un segundo anillo, más pequeño, atraviesa el mayor antes de que este se disuelva. El tercero impacta directamente sobre el rostro de mi jefe en una suerte de provocación deliberada.

—Verá, inspector Ossa, quisiera saber por qué tendría yo, precisamente yo, que proporcionarle información al único hombre que ha conseguido llevarme a la cárcel, y perdone que emplee esta expresión, pero es la adecuada, en toda mi puñetera vida. Deme una respuesta convincente y tendrá mi colaboración.

David sostiene la mirada de Morgadas, mueve levemente su cabeza de un lado a otro, como lo haría un animal que observara con curiosidad cualquier detalle sorprendente. ¿En qué estará pensando? ¿Cómo intentará convencerlo?

133

—¿De veras no se lo imagina?

—No, no lo imagino. Pero se entiende: los años pasan y debo de estar ya muy mayor. Me falta agilidad, sin duda alguna.

—Entonces tendré que explicárselo. Para comenzar, señor Morgadas, en cuanto a su arresto, cada cual realiza su trabajo lo mejor que puede. Sus intereses, sus negocios, tal y como usted los realiza y nosotros los calificamos, son: tráfico de drogas, prostitución, chantaje, extorsión, en todas y cada una de sus variantes, y estos son solo los delitos más representativos. Mis intereses, por contra, consisten en proteger a todas aquellas personas a las que usted explota. Es lógico, pues, que tengamos que enfrentarnos. Usted y yo procuramos perfeccionar nuestros métodos, cada uno en función de estos respectivos intereses. En aquella ocasión las circunstancias estuvieron de mi lado e hice lo que debía hacer. Como es normal, si se repiten idénticas circunstancias, volveré a hacerlo. En este juego desempeñamos papeles opuestos. No debe censurarme por ello, aunque comprendo que mi visita no le cause especial agrado.

—En esto estamos de acuerdo.

—Correcto... y recíproco, téngalo presente. Pero, a la postre, y por sorprendente que pueda parecer, ambos tenemos ciertos intereses comunes.

—¿Eso cree?

—Sin duda. Ambos necesitamos cierto orden. Tranquilidad. Nuestro juego continuará, sin duda. A veces la moneda caerá de un lado; a veces, de otro. No debe quejarse por lo pasado, tenga en cuenta que han sido muchas más las veces que usted ha ganado de las que lo he hecho yo. Pero debemos seguir jugando como lo hemos hecho siempre, no como ahora. Ahora es imposible.

—¿Por qué dice eso?

—Usted es un hombre informado. Lee la prensa y ve los telediarios. Además, este es su terreno natural. Ciutat Vella está tomada por decenas de periodistas. Estamos en el ojo del huracán. Se habla continuamente del cuádruple asesinato de Escudellers en todos los medios. No tardará en llegar el momento en que la información sobre este crimen sea escasa y comience a hablarse de la criminalidad del barrio. Se hará hincapié en la inseguridad. Criticarán a la policía. Entonces, ya sabe, acabarán por salir según qué nombres a la palestra. Eso será malo para todos. Necesitamos que los focos alumbren otros lugares. Solo así podremos continuar nuestras respectivas actividades.

Buen argumento. Morgadas observa a David, esta vez apreciativamente. Su mano izquierda tamborilea sobre la mesa; las uñas, redondas y gruesas, impactan consecutivamente sobre la madera, del meñique al índice, pam-pam-pam-PAM. La mano derecha sostiene el puro sobre el cenicero. Da una profunda calada. Una nueva voluta de humo vuela, pero no hacia David. Morgadas ha girado su cabeza para que el humo no impacte en su inesperada y mal recibida visita. Estoy contemplando un duelo, y me congratulo por ello. Una ocasión única, especial. Se observan de nuevo el uno al otro, atentamente, y comienzo a pensar que no sé quién es la némesis de quién.

—Tiene razón. Dígame qué necesita.

—Todo lo que sepa sobre Ignacio Pozales.

A un gesto de su índice, el secretario desciende a recibir instrucciones. Morgadas le susurra algo al oído. El secretario abandona la habitación con ese paso pausado marca de su ser, arrastrando una leve cojera. Regresa al poco, acompañado por un hombre desconocido. Este se agacha para recibir las susurradas instrucciones de su patrón y luego se incorpora junto a él.

—Hábleles de Pozales.

—Sí, señor. Pozales era un externo. Lo usábamos para clientes de piso, para gente reservada. No trabajaba en la calle.

Reconozco la voz de aquel que, en el recibidor, nos invitó a pasar sin necesidad de que nos desarmaran. Este que habla es uno de sus hombres de confianza.

—Por eso no constaba en nuestros archivos. ¿Cuánto hace que estaba trabajando con ustedes?

—Ocho meses.

—¿Cómo era?

—Serio. Cumplía en todo.

—¿Movía mucha cantidad?

—No. No era avaricioso. Solo mordía donde podía hacerlo. Sin embargo…

El hombre de Morgadas duda, parece buscar una confirmación, es Salmerón quien se la proporciona.

—Continúe.

—Últimamente habían bajado las peticiones de material. Concretamente en el último mes y medio.

— ¿A qué era debido?

—Todavía no nos habíamos puesto con ello. Como Pozales no tenía más material del que nos encargaba para ventas concertadas, no nos urgía. Hubiera sido distinto si fuera uno de los fijos. No había nada de que sospechar, no adeudaba dinero ni tenía estoc de producto.

—Comprendo. Y ¿qué piensan ahora de ello?

—No creo que sus clientes habituales le hubieran abandonado. Para esta gente de cierto nivel lo importante es la confianza en su camello. No cambian así como así de suministrador.

—Entonces...

—Es posible que estuviera pasando material de otro suministrador.

Silencio espontáneo. Ocurre a veces. El hilo de la conversación se agota cuando llega el momento de extraer conclusiones quizá demasiado complejas o comprometedoras. En estos casos, todos meditamos lo que diremos a continuación. Las palabras pueden ser armas más peligrosas que las pistolas. Es el momento de la verdad.

—Ya. Un externo de su organización deserta, recibe mercancía de otra fuente y continúa operando en su zona. Curiosamente, al cabo de mes y pico aparece muerto con su pareja y dos clientes en su piso. Qué casualidad.

Morgadas lo mira. Sus ojos se entrecierran. Su mirada parece evaluar la situación. Ambos se sostienen la mirada, juegan con ella, ninguno piensa ceder.

—Inspector Ossa, mi negocio es el que es: no lo niego. Nunca diré pública o privadamente a qué me dedico, pero llevo más de veinte años trabajando como máximo responsable en esta ciudad y nunca, repito, nunca, he tenido problemas semejantes. Cuando hubo que corregir situaciones parecidas se hizo como debe hacerse, ¿cómo dijo usted, fuera de los focos? Sí. Usted lo sabe. ¿Cree de veras que a estas alturas voy a cambiar mi forma de actuar?

—Mi trabajo consiste en considerar todas las posibilidades. Pero le concedo que me resulta poco creíble.

—Se lo agradezco. Pese a todo, uno merece cierta consideración. Bien, esta reunión termina aquí. Tengo otros asuntos que atender. Salmerón mantendrá informado al subinspector Rodríguez en caso de que averigüemos algo más. Buenos días. ¡Ah! Una cosa más.

—Usted dirá.

—No vuelva por aquí, inspector Ossa. No vuelva si no es con una orden. No me gusta recordar. Fueron dos años muy amargos. No quiero volver a verlo. Y tenga en cuenta que yo soy de los que no olvidan.

Morgadas se incorpora y saluda con una leve inclinación de cabeza. David le corresponde de idéntica manera. Abandonamos el salón por puertas diferentes. Seguimos escoltados por sus sicarios hasta el portal mismo del edificio. Regresamos allí a la luminosidad de la calle. Caminamos en silencio hacia la comisaría, pero, de repente, David se detiene, me sostiene gentilmente por el codo, obligándome a que yo haga lo mismo. Deslizo mi mirada por la plaza, siguiendo la de mi jefe. Dos niños juegan a la pelota y gritan, excitados. Una madre pasea con una sillita de bebé y le dice bobadas al crío según camina, el pequeño gorjea feliz. Un viejo recoge con un periódico los excrementos de un chucho diminuto y tras hacerlo le da tiempo a acariciarle el lomo; el animal mueve cariñosamente la cola. Dos prejubilados, apoyados en la ventana de un bar, beben cerveza, hablan de fútbol, hacen bromas, se palmotean la espalda, se ríen. Una señora tira de un cargado carrito con la compra; se detiene unos instantes y arroja unos trozos de pan a las palomas, que acuden desde todas partes hasta rodearla. En un banco, al sol, un inmigrante africano descansa, rodeado por unas pocas bolsas repletas con sus escasas pertenencias, con la mirada perdida en el infinito y el recuerdo anclado en una tierra hermosa ya casi olvidada.

—Joan.

—Dime.

—¿Te has fijado?

—¿En qué?

—Qué tenue resulta la frontera entre la maldad y la bondad. El horror y la belleza están muy cerca el uno de la otra. Y ambos forman parte del mismo todo. Todo tiene su contrapartida. Así es la vida.

137

—Sí.

Sí, así son las cosas. Este es su orden natural. El orden que este caso demencial parece haber roto por completo. El orden que solo David puede recomponer.

21

*E*stoy en el despacho estudiando cierta documentación cuando Joan asoma la cabeza por la puerta. Trae noticias. Son importantes, pero, como siempre, mantiene esa calma que lo caracteriza.

—David, me ha telefoneado Salmerón.

—¿Qué hay de nuevo?

—Una pista. Parece ser que el teórico nuevo suministrador de Pozales tiene su «despacho» en una vieja casa de la calle Rubí.

—Me suena vagamente. ¿Sants?

—No, Gràcia.

—Sitúame.

—De cara a la plaza de la Virreina, cerca de la plaza del Diamant. Major de Gràcia a la derecha.

Me cago en la leche. Tenía que ser en Gràcia. Con lo grande que es Barcelona. Puta mierda.

—Aunque me toca las narices hacerlo, llama a la comisaría de Gràcia y solicita un equipo completo a Vidal. Hagamos las cosas bien. Un zeta con cuatro hombres. Solo se trata de un camello de medio pelo, no hará falta más.

—¿Y la orden?

—Pídesela a Pascual y la envías por fax a la comisaría, para qué vamos a perder tiempo. Yo voy hacia allí y así abreviamos. Según la tengas, me avisas y sales para allá.

—Bien.

—Allí nos vemos.

—David.

—Sí.

—No te compliques con Vidal.

—Ya.

—Querrá tocarte las narices, David, no te lo perdonará nunca.

—Sí, lo sé. Seré prudente. No tenemos tiempo para tonterías. Tranquilo.

Esa es otra historia. Por qué Vidal, comisario jefe de Gràcia, y yo mantenemos una rencilla personal es un chisme viejo que extiende su influencia hasta el presente. Sí, la mano de las rencillas personales es larga, más si están teñidas con sangre. Su fuerza es mucho mayor que cualquier celo o envidia profesional. De no ser por ello me hubiera llevado a mis propios hombres en lugar de solicitar un equipo a Vidal. Con otro comisario hubiera bastado con una simple llamada, con explicarle de qué va el caso, con pedir un apoyo externo y a ponerme manos a la obra. Con Vidal, no. No debo hacerlo so pena de crear un conflicto de competencias, con lo que esto supone: los problemas para Rosell se hubieran multiplicado por tres. Y bastante tiene ya el hombre. Así que no tengo más remedio que presentarme en la comisaría de Gràcia, hacer de tripas corazón y saludar al impresentable de Vidal, explicarle someramente de qué va la fiesta, y después ponerme manos a la obra.

Al coche. Cruzo con la sirena la Via Laietana cortando el tráfico, remonto Jonqueres y, en plaza Urquinaona a la izquierda, tomo por la Ronda de Sant Pere hasta el paseo de Gràcia. No tardo en cruzar la Diagonal. El tráfico se entorpece, la estrechez de Major de Gràcia acaba por conceder un único carril a la circulación. Podría accionar la sirena y abrirme paso, pero decido no lo hacerlo. La verdad es que no me apetece enfrentarme a Vidal. Creo que estoy retrasando mi llegada a conciencia. En fin.

Alcanzo la comisaría, en la calle Nil Fabra. Entro en patio interior y al presentar la placa me ceden paso. Aparco. Desciendo del coche y me dirijo al despacho del inspector jefe. Es un funcionario puro, calcado a su jefe, un tocapelotas de primer orden. Se llama Trias. Nos saludamos formalmente. Trias me indica que ha llegado la orden de registro, pero que el comisario desea verme antes. Asiento. Cumplamos, qué remedio. Vamos al matadero. Trias abre la puerta del despacho. Vidal me espera, sentado. No hay saludo. Al grano.

—Pasa y toma asiento.

Lo hago, en silencio.

—Me gustaría que me explicaras para qué quieres un equipo en mi zona.

La respuesta es rápida, sabía que formularía esta pregunta.

—Ya sabrás con qué caso estoy.

—Claro, cómo no. Lo sabe toda Barcelona. El famoso inspector Ossa intentando resolver un caso imposible.

—Una pista nos ha conducido hasta aquí.

—¿Pista o chivatazo?

—He dicho una pista.

No voy a revelar nada sobre el particular. Mi fuente es privada, sí, pero también dudosa según el criterio de muchos. Será mejor que el nombre de Morgadas no salga por ningún lado.

—Y claro, me pides cuatro hombres en lugar de traértelos de tu comisaría para que no me cabree contigo y no te toque los cojones todo lo que pueda.

—Acertaste.

—Quiero una copia del informe una vez que lo redactes.

—No te preocupes, si sacamos algo en claro, tu nombre constará en el informe. Y si la cosa no lleva a ninguna parte y se queda en sabor local, el que constará será el mío.

Mala respuesta. Esto le ha tocado las narices. Soy injusto con Vidal. Dar por supuesto que se trata de eso resulta ofensivo, pero no tengo ganas de, pese a mi buena voluntad, soportar interrogatorios estúpidos. Vidal enrojece, pero cuando parece que va estallar cambia por completo de actitud y se ríe estentóreamente. No puede permitirse reconocer que lo he sacado de quicio.

—Vaya, vaya. Ossa al ataque, incluso en casa ajena.

—En absoluto. Lo haré tal y como te lo he dicho.

Vidal asiente mientras se acaricia los labios.

—Coge mis hombres y esfúmate. No me apetece perder el tiempo con basura como tú.

Me levanto y abandono el despacho sin mirar atrás. Trias me espera, vamos a una sala de reuniones. Allí, cuatro hombres, tres números y un cabo, me saludan. Son Rigalt, Pons,

141

Muñoz y López. A Rigalt lo he visto antes, es el cabo, me suena de algún curso de formación, un tipo simpático. Pons estuvo destinado en nuestra comisaría de Laietana hace un par de años: me suena que su pareja trabaja allí, otra joven recién llegada. De los otros dos no sé nada, quizá son demasiado jóvenes.

Informo sobre el particular. Se trata de registrar una casa del barrio, donde probablemente se esconde un nuevo distribuidor de droga. En cuanto a mis verdaderos motivos, únicamente les digo que guardan cierta relación con el caso que estoy investigando, pero nada más. Observo y evalúo su curiosidad, pero son profesionales competentes y la mantienen aparte.

Partimos en dos coches, sin sirenas. No hay que avisar a quien no recela: esas sirenas a toda mecha parecen preparadas para alertar a los malos, esta vez no las utilizaremos. Aparcamos con discreción en el otro lado de la plaza de la Virreina y caminamos hasta el portal de la calle Rubí. Es un viejo edificio que antaño fue almacén y que se reconvirtió en tres pisos. El portal está abierto. Llegamos al segundo, es allí.

Una aséptica llamada a la puerta. No contestan. Insisto. Nada. Con un gesto ordeno a Rigalt que abra a la fuerza. La palanqueta hace su trabajo e irrumpimos armados en el interior. Llevamos las pistolas en la mano, atentos a los rincones. No esperamos problemas, pero es mejor prever cualquier posibilidad. Una rápida mirada. Hay desorden. Suciedad. Abandono.

Rigalt y yo vamos en cabeza, no voy a escaquearme, solo faltaba, pero no parece haber nadie. Llegamos al salón. Entra una luz solar sesgada por postigos de madera. Los rayos iluminan una mesa que deja claro a qué se dedican allí: balanzas, un cuchillo, papel de plata, dos bolsas de coca de medio kilo. Los agentes se reparten por el salón. Pons se dirige hacia el centro de la habitación y entonces escucho el aviso de mi voz:

Aquí hay alguien más, ¡cuidado!

Entonces surge un fogonazo. Pons recibe el impacto en el costado derecho, cae.

El resto ya lo conocéis.

CUARTA PARTE

Juventud

22

—¡*E*h, David! ¡Tío! ¿Se puede saber qué estás haciendo? ¡Ven con nosotros!

La discoteca en la que están celebrando el final de los exámenes parciales de primer curso es una de las más importantes de la ciudad. Aquí solo viene gente pija, con pasta, o famosos, y mucha tía buena, algunas de ellas prostitutas de lujo. También se ven deportistas, algunos políticos, empresarios y, claro, los cachorros de la clase alta de la ciudad, que a veces aquí incluso se encuentran con sus padres; en este lugar encuentran el ambiente ideal para acabar la marcha nocturna. Para empezar, unas copas en el bar París, luego otras más en los pubs de Marià Cubí, y a eso de las tres de la madrugada de cabeza a la disco.

Aquí, como hemos dicho antes, no entra un cualquiera. Sin el pase VIP, sin un buen par de tetas o sin ser un personaje popular, no pasa ni Dios. La familia de David es de clase media y no es uno de los agraciados con un pase, pero varios de sus amigos son hijos de lo más granado de la sociedad barcelonesa: abogados, notarios, farmacéuticos, empresarios.

Todo comenzó en el inicio de curso. Las clases de la facultad son enormes, como para trescientos alumnos cada una. Tantos alumnos implican que allí se forme un verdadero batiburrillo de clases sociales, desde algunos alumnos becados desde su infancia hasta algunos hijos de la élite, pasando por una gran mayoría de clase media. Es el azar el que lleva a David a sentarse muy próximo a un grupo de niños pijos. Probablemente nunca se hubieran fijado los unos en el otro de no ser por la pregunta que lanzó al público el catedrático de historia del derecho, cuestión que únicamente se atrevió a contestar David. A partir de ese momento, cuando todas las miradas de la clase convergieron sobre él, incluidas las de sus compañeros pijos de la fila de delante, se convirtió en alumno medianamente popular. Sumando a eso algo de simpatía, un carácter agradable y la buena disposición a ayudar a los demás gracias a su capacidad para tomar buenos apuntes, al cabo de un par de semanas se encontró completamente integrado con los niños pijos.

Y de ahí a salir por las noches con ellos no tardó apenas un mes. Cada jueves, salida universitaria, para después despreciar las dos o tres clases prácticas de los viernes. Hoy han terminado los primeros parciales y están con ganas de comerse la noche entera.

—Venga, tío, vamos a bailar un rato con toda la pandilla, están allí al fondo.

La sugerencia de Javier es buena, llevan un buen punto de alcohol, el justo para disfrutar sin caer en el sopor o en la mala leche. Hasta el momento se lo han pasado de puta madre, no tendría por qué ser diferente. Una mirada al grupo. Allí están Ingrid, Marta, Pedro, Luis, Marc, Nuria, Carlos, Mariló y otros más. Todos juntos están bailando al ritmo de la música, disfrutando como locos de su espléndida juventud, un tesoro que rara vez se valora excepto cuando pasan los años y ya ha quedado atrás.

En cualquier otro momento, David hubiera ido de cabeza a bailar. Ahora no. La música está a tope, tienen que hablarse a gritos en el oído.

—Javi, ve tú. Yo iré más tarde.

—¿Qué dices? ¡Vamos a pasarlo bien!

—Esta vez, no.

—¿Qué te pasa? ¿Te vas a casa? ¡Si aún es pronto!

¿Pronto? Van a dar las cinco, y aunque la disco sigue bastante llena, ya no está a tope como una hora antes. Javi es un tipo fenomenal. No se le ha subido a la cabeza que su padre sea el mejor abogado civilista de la ciudad y que su familia esté forrada. Así pues, se merece una explicación.

—Oye, fíjate en la barra de la derecha.

—Sí, ¿qué…? No me digas más, ¡la morena!

Ha sido rápido. Es la morena, en efecto. Está tomando una bebida, tiene pinta de aburrida, acaba de hacer un gesto a unas amigas que van hacia el baño.

—¡Joder, está buena de cojones!

Lo está. No solo es guapa, sino que además tiene un cuerpazo de quitar el hipo. Ya se había fijado antes en ella. Estuvo bailando en la pista cerca de ellos. Emprendieron el juego de la seducción, las miradas iban y venían, sin pasarse, en su punto exacto. Bailaba sinuosa, llevando el ritmo pero con estilo, resaltando sus curvas. Muy atractiva.

—David, ¿no será una…?

Según lo dice se da cuenta de que no, es demasiado joven. Es cierto que algunas lo son, pero hay algo en su aspecto que confirma lo contrario, no es más que otra niña pija de Pedralbes pasándolo bien, como ellos mismos.

—No, no lo es. No habría perdido un segundo conmigo.

—Oye, tío, ¡que tengas suerte! Pero ¿y Marta?

Con Marta ha habido algo más que palabras. Han tonteado y han salido un par de veces. Lo han pasado bien, pero no se ha concretado nada. Todos lo esperaban, desde solo conocerse se gustaron: es de esas relaciones que acaban por ser evidentes. Pero no han dado el paso final. David se siente libre para hacer lo que va a hacer.

—Ya sabes que no hay nada. Voy a ver qué pasa.

—¡Suerte! ¡Si lo consigues, serás mi héroe!

No piensa nada en Marta según se acerca a la barra. Durante todo el camino ve cómo le mira, a la morena se le ha iluminado el rostro con una sonrisa cuando ve que va hacia ella. Enseguida borra la sonrisa. Tampoco hay que poner las cosas tan fáciles.

La música es menos potente en esta zona: permite una conversación cara a cara. Eso no es lo que quiere David. Prefiere hablarle al oído.

—Hola. Soy David.

—Yo soy Ana.

—¿Estás sola?

—No, he venido con unas compañeras de clase.

—¿Qué estudias?

—Medicina. ¿Y tú?

—Derecho. ¿Habéis salido para celebrar el final de los parciales?

—Sí, imagino que como vosotros.

—Ajá. ¿Qué tal te han ido?

Ana niega con la cabeza, se le forman dos hoyuelos en las mejillas al sonreír, la pregunta le ha hecho gracia.

—¡Un desastre!

—Oye, Ana, ¿vamos a charlar allá al fondo? Aquí hay demasiado ruido, estamos justo detrás de los altavoces.

—Bueno.

David no actúa de acuerdo a una estrategia, está perdido en esos ojos oscuros; la melena, negra como el carbón, se desliza sobre sus hombros, es espesa, sedosa, desea acariciarla. Según toma la delantera es ella quien le coge de la mano y le conduce a un rincón de la discoteca. Una vez que se sientan, de nuevo es ella la que toma la iniciativa. Pone su palma sobre la mejilla de David, la acaricia mientras le mira a los ojos. Él siente que su voluntad se le escurre. Acerca su rostro. De la chica emana un calor delicioso. Sus gruesos labios acarician los suyos. El deseo aparece, imperioso. Nada tiene sentido sino esa urgencia que ambos manifiestan. En otra ocasión él hubiera ido a saco, pero ahora comprende que el tempo lo marcará ella.

En la zona de los sofás apenas hay algún punto de luz. No lo necesita. Ve su rostro a la perfección, como si brillara en la noche. Es su extraño don: la herencia de las cuevas del Soplao obra como siempre lo ha hecho. Cierra los ojos cuando la besa. Su corazón palpita. Su deseo arde.

Más besos, más caricias, con delicadeza, sin prisa alguna. Su cuerpo es un laberinto. Y por fin:

—Vamos a mi casa.

No es una pregunta. Es una simple afirmación. Nadie en el mundo se le hubiera resistido.

—¿Vives sola?

—Mis padres están esquiando en los Alpes. Mi hermana mayor también ha salido, y seguro que acabará en casa de su novio. Podemos pasar toda la noche sin nadie que nos moleste.

—Tengo fuera mi moto.

—Y yo mi Golf descapotable.

David sonríe. Era de esperar. Salen al exterior. David llega a ver a Javier al fondo haciéndole una señal de triunfo. También ve la cara de sorpresa de Marta, que se gira y le da la espalda como si ignorara lo sucedido. No tiene tiempo de sentirlo por ella; no tiene tiempo de nada más que no sea anticipar lo que le espera: las delicias que van a compartir. Esa mujer sabe lo que quiere, y esta noche lo quiere a él.

23

*E*l teléfono suena justo cuando está a punto de salir de casa. Duda un instante. Ya ha quedado, pero quizá se trate de ella. En ese intervalo contesta su madre: «David, es Javier, cógelo». Le da pereza hacerlo, pero, por otra parte, arde en deseos de contárselo todo a su mejor amigo.

—Javi.

150

—¡Tío! ¿Se puede saber dónde te estás metiendo? ¡Llevas una semana entera sin aparecer por clase!

—Bueno, yo…

—¡No me digas que se trata de la morenaza de la otra noche!

—En realidad…

—¡Serás cabrón! ¡Venga, cuéntamelo todo!

Qué tío, parece que tiene un olfato especial para detectar estas historias. Podía haberse puesto enfermo, o estar de viaje. Pero no. Con el olfato propio de los buenos amigos ha captado a la perfección cuál era la situación. En fin, antes o después iba a tener que contarlo. Y tiene tiempo antes de verla. Porque, desde hace una semana, la medida de su tiempo se llama Ana.

—Estamos juntos desde la noche de la disco. Solo nos hemos separado para que yo viniera a casa un par de noches, lo justo para que mis padres no se cabrearan.

—¡Joder, qué tío! Pero ¿vive sola? ¿Te la has tirado? ¡Qué idiotez estoy diciendo, seguro que no habéis parado! ¡Vaya suerte! ¡Venga, cuéntamelo todo!

Es curioso. Otras veces lo hubiera hecho con ganas, incluso

al comenzar la conversación lo estaba deseando. Pero ahora, no. Ana le gusta. Muchísimo. Tanto como para tomarse esta historia en serio. Aunque sabe que no es la adecuada. Aunque hace cosas que le disgustan profundamente. Hubiera podido elegir a cualquier otro y no conformarse con un chaval como él. Pero no lo hizo. David Ossa Planells fue el elegido. Y David es consciente de su suerte.

—Mira, Javi, tengo algo de prisa. Vive en Mandri. Sus padres están quince días de vacaciones esquiando en los Alpes. Tiene la casa libre…

—Ostia, macho, vaya suerte, escucha…

—Javi, ya te lo contaré, precisamente he quedado con ella. Tengo algo de prisa, ya hablaremos, adiós.

Le cuelga dejándolo con la palabra en la boca. Apenas un par de minutos después se monta en su Cagiva Freccia y sale a escape hacia Mandri. La moto es deliciosamente roja, una bala en miniatura: recorre la ciudad a toda pastilla en dirección a la casa de Ana. No tarda ni diez minutos en llegar. Aparca en el exterior. El portero de la casa le abre la puerta. Sí, tiene portero las veinticuatro horas: a ese nivel se mueve su familia. La sonrisa del portero es absolutamente aséptica, no trasluce ironía o cachondeo. Ese es su papel: estar a disposición de sus amos, sin juicios, sin opinión.

Sube hasta el piso, llama al timbre. Ella le abre la puerta. Aún va vestida de andar por casa, con unos vaqueros y una camiseta de tirantes; uno de ellos se le ha deslizado hacia un lado y revela la turgencia de su pecho. Tiene la mirada vidriosa, el aroma del costo flota en el ambiente, y hay algo más, se está frotando la nariz, seguro que se acaba de meter unas rayas de coca, probablemente de la misma que guardan escondida sus padres en la caja fuerte.

A David no le gustan las drogas. Nunca las ha probado, ni por casualidad, y lo que es más importante, tampoco le gustan las personas que las consumen. Pero con Ana todo es diferente, también esto. La vio fumarse el primer porro la mañana posterior a la discoteca. Se sentía embriagado por su presencia, así que lo toleró. Después vio más cosas, y otras que no observó, seguro que peores, las imaginó. Si lo hubiera sabido antes…, pero lo supo después. Y entonces ya fue tarde. Si ella estaba enganchada a las drogas, él se había enganchado a ella, hasta el punto de preferir ignorar todo aquello.

El saludo es un beso, lánguido, sedoso, acompañado por caricias.

—No querrás…

—Ya sabes que no.

Se ríe, le hurta el cuerpo, se le escapa, parece despertar con estas frases.

—David, no sabes lo que te pierdes. Esta es de la buena de verdad. ¿Y a que no sabes lo que más me apetece después de esnifar?

Lo sabe. Cómo no. Lleva siete días sabiéndolo. Y cada vez es mejor que la anterior. Pasan un buen rato en la cama, lo hacen con ganas. Ana está repleta de vida, es toda fuego, hasta el mismo exceso, por eso David está tan colgado. La vida junto a ella es Vida, con letras mayúsculas, y no solo por el sexo: es sencillamente que está llena de pasión. Se le desborda en todo momento.

—¿Adónde vamos esta noche?

Salir, bailar, gozar. Viven una montaña rusa sin final. Parece que necesita salir a divertirse tanto como respirar. Con razón no sacó adelante ni un parcial. A David ya se le han acabado las discotecas, los tugurios, los pubs, han estado en todos los que él conoce.

—A Gràcia. Un conocido da una fiesta. Iremos allí.

En este popular barrio barcelonés vive mucha gente joven. Hay muchos pisos de estudiantes, compañeros de la facultad de otras provincias comparten varios de ellos para ahorrar gastos. Son pisos viejos donde se celebran fiestas estudiantiles: hacerlo es tanto o más obligado que estudiar y aprobar las asignaturas del curso, para poder así mantener la excusa que les permite seguir un año más de juerga financiados por sus padres.

—Los amigos de un amigo han montado esta noche una fiesta en su casa. He quedado en pasar a eso de la una. Conozco el lugar.

—¿Damos una vuelta antes?

—Bien, vamos a tomar algo.

Charlar un rato, ir conociéndola, nada desea más. Sabe que no le conviene, que con una mujer así todos los sueños se vuelven realidad, pero que las realidades se tornan en sueños. No es el camino correcto. Sin embargo, cuando has tomado la desviación, el camino es tan estrecho que no admite vuelta atrás.

Esta vez van en moto. Es más cómoda para moverse por la ciudad. A ella le gusta ir de paquete, disfruta haciéndole ir rápido, mucho más de lo conveniente. Después de tomarse un par de copas, van hacia Gràcia: la casa está en Ramón y Cajal.

Y allí los espera una gran sorpresa que acabará por marcar su futuro. El de ambos. Definitivamente.

Una noche más de juerga, alcohol, porros, baile, risas, una como todas las últimas, que no hubiera sido inolvidable de no haber sido única. Una buena noche en la que David ha conocido a gente nueva, en la que ha conectado inmediatamente con ellos. Eso no es difícil, ya que abordan la vida con idénticos objetivos: divertirse, divertirse y divertirse.

En la casa viven tres estudiantes mallorquines, gente maja. Sus familias se conocen y pensaron que tenerlos juntos contribuiría a su control: nada más alejado de la realidad. Estudian carreras diferentes. El aluvión de gente que pasa esa noche por el piso sería increíble para quien no hubiera conocido uno de estos encuentros universitarios. A eso de las cinco de la madrugada, la gente decide largarse a desayunar, todavía les queda cuerda para rato. Pero cuando van a salir, Ana retiene a David mientras le pregunta a uno de los mallorquines si no les importará que se queden allí, que están algo cansados. La respuesta, cómplice, es un escueto «pasadlo bien… y descansad». Quizá no le hubieran permitido esa licencia a nadie que no fuera ella. Su mirada es magnética. A pesar de que solo se conocen indirectamente, Ana se ha ganado su voluntad.

El grupo abandona la casa. Ana cierra la puerta entre silbidos picantes de los que se van. Se apoya sobre ella y deja caer una mirada lánguida y provocativa.

—Ponme música. Algo agradable.

David anticipa lo que se avecina. Busca el disco adecuado, no tiene claro cuál poner hasta que se encuentra con «Hurricane», de Bob Dylan. No es lento, pero sí evocador, o al menos eso le parece a él.

Y Ana baila, como nunca viera él antes, baila para él, y se

153

desnuda para él, dejando que la melodía se le meta en el cuerpo y la posea, y cuando se ha hartado de exhibir su sensualidad se lanza sobre su hombre, y allí mismo comienzan, de nuevo, lo que más tarde continuarán en la cama de uno de los dormitorios.

Pasan varias horas, David se despierta con la boca seca, le zumban los oídos y le lloran los ojos. ¿Qué hora será? Una leve claridad traspasa las viejas cancelas de madera que cubren las ventanas del dormitorio; fuera ya ha amanecido. David explora la cama con su brazo, con los ojos cerrados, como siempre hace, y un rastro de calor en el colchón le demuestra que Ana se ha levantado no hace demasiado tiempo. Nada anormal. Alguna vez se había levantado con el estómago revuelto: el alcohol y los porros la hacen vomitar. Quizás habrá ido al lavabo. Las mujeres se pasan el día orinando, las jóvenes no son una excepción. Debería dormirse otra vez. Es capaz de aguantar horas despierto cuando está sumido en la plena vorágine de la juerga, pero una vez que se mete en la cama no hay quien le despierte. Cierra los ojos adoptando su posición favorita; es un hecho casi científico que al hacerlo caerá indefectiblemente dormido.

Esta vez, no.

Quiere volver a dormirse, lo intenta con todas sus fuerzas, pero no puede lograrlo. Allí hay… algo inusual, algo indefinible. No sabe qué es, pero sí que, sea lo que sea, le resulta absolutamente inquietante. Comprende que debe levantarse. Tiene que hacerlo. ¡Pero le da miedo! No es su razón la que le habla, sino algo más profundo, algo primitivo.

Esto, a posteriori, resultará comprensible: siempre que experimentamos algo nuevo y carecemos de marco de referencia para ubicarlo, nos coge por sorpresa.

Por fin se levanta, intranquilo, expectante, sumido en una perplejidad desproporcionada, nada que ver con el alcohol o con las caladas que excepcionalmente le diera a un porro la noche anterior. Y entonces sabe lo que ha ocurrido incluso sin verlo. Dirige sus pasos al lugar preciso, sin yerro. Frente a la puerta, desnudo, posa la mano sobre la hoja empujándola muy suavemente. Se abre unos centímetros, el cerrojo no está echado. La luz del pequeño lavabo está encendida. Nadie detiene el avance de la puerta. Empuja de nuevo, con mayor fuerza, la hoja se desplaza hasta el tope. Ana yace sentada sobre el inodoro, también desnuda, apoyada la espalda en la pared, con la cabeza ladeada y los ojos abiertos, vidriosos. Una goma le presiona el brazo izquierdo. Bajo el deltoides la aguja cuelga todavía insertada en la vena radial. La jeringa contiene una mezcla sanguinolenta por el reflujo venoso. Su Ana. Su pobre Ana.

Podría haberla querido, no solo deseado. Podría haberla amado. Pero su destino tenía marcado otro final, y entonces David supo que, de haber seguido juntos, sin duda se habría visto arrastrado hacia ese mundo excesivo donde todo vale y del que tan difícil resulta escapar. A veces solo se escapa de la realidad tal y como lo hizo Ana, aunque ella lo hizo demasiado pronto.

Incluso muerta, en una posición desmadejada, sigue hermosa. Sus pechos, abundantes, erguidos, firmes, de pezones grandes y rosados, mantienen el mismo atractivo de siempre. Los cabellos le caen a un lado del rostro y realzan la belleza de sus rasgos. David se acerca, la abraza. Ya no hay nada que hacer. Junto a la Muerte, abrazado a ella, conoce su aroma. Comprende entonces que se ha despertado por su olor, por ese olor indescriptible que carece de toda posible aproximación.

El olor de la muerte. Supo que era para él. Nadie más lo percibió. Y ya nunca podrá olvidarlo.

155

24

—¡No te puedo creer! ¿Qué es lo que estás diciendo? ¿Dónde…, dónde quedan todas las cosas que me juraste?

Marta llora mientras habla. David se da cuenta de cómo cambia su voz. La pena, la angustia y la incredulidad surgen a borbotones de su interior, la dominan. Quiso pensar que no iba a ser así, esperaba otra reacción, más fría, menos emocional. Se engaña a sí mismo. No podía ser de otra manera. Es lo normal, él apenas puede mantenerse impertérrito, dominarse y no mostrarle sus verdaderas emociones. Es el mayor esfuerzo que ha realizado en su vida.

—¡Contesta! ¡Mírame a la cara, te estoy hablando! ¡Cabrón de mierda!

Le golpea en el pecho, en el rostro, en los brazos. No da fuerte, lo que a él le duele es otra cosa, es causar este injusto dolor, no solo a ella, también a sí mismo. Pero no le queda otra alternativa. Ha tomado una decisión impropia de su edad, de las que marcan para toda la vida, pero tampoco es común ser como es él. ¡No puede cerrar los ojos a lo excepcional de sus cualidades!

—¿Por qué? ¿Por qué lo has hecho? ¿En qué te he fallado? ¡Te odio, te odio!

Le abraza mientras le insulta. David se siente como si le arrancaran la piel a tiras. Tiene revuelto el estómago, verdaderas ganas de vomitar, es la primera vez en su vida que experimenta la angustia del abandono, que conoce sus efectos. Los rubios cabellos de Marta se esparcen bajo sus ojos, le envuelve su calidez juvenil, los estremecimientos de las lágrimas. Todo conspira para que la abrace, para que la consuele, para que la ame. Sus sentimientos vienen y van, sin rumbo. El odio queda aparcado y ahora se muestra el perdón.

—¡Dime que no es verdad! ¡Dime que todo esto es un error, que es un sueño, que es una broma! ¡Te juro que no me importará!

No es una broma. Es una decisión meditada durante mucho tiempo. Es algo inevitable. El origen de todo esto estuvo en Ricard. Y también en Ana. Pobre Ana. Pobre Ricard.

No puede vivir con una mujer a la que ame. Se lo prometió a sí mismo cuando comprendió su don maldito, nunca podrá olvidar el cuerpo sin vida de Ana en aquella casa de Gràcia, aquel terrible olor que le despertó en mitad de la noche y que nadie más captó en momento alguno durante las terribles, demenciales horas posteriores. Policía. Padres, los propios y los ajenos. El dolor. La sospecha.

Y, sobre todo, el olor de la Muerte. Tardó meses en comprender que aquello no había sido casual. Pensó que se trataba de una manifestación psicosomática, de un recuerdo adosado a la muerte de Ana. Sin embargo, dicha percepción cambió el día que volvió a sentir la herida en su olfato.

Lo recuerda como si hubiera sucedido ahora mismo, hace diez segundos; recuerda el lugar, el ambiente, las voces. Facultad de Derecho, vestíbulo, comienzo del tercer curso, dos años después de la muerte de Ana por sobredosis de heroína. Ocurrió junto a las escaleras de acceso al primer piso, donde los chicos se situaban para ver subir a las chavalas de primero y echarles un descarado vistazo a las piernas. Les tocaba entrar en clase cuando ese olor le impactó violentamente. Sus compañeros tuvieron que meterle en clase a empujones, entre bromas. Él fingió que estaba haciendo el tonto, pues en aquella época todavía intentaba ser un chaval bromista y hasta feliz.

Pero no se trataba de ninguna broma.

Estaban en una clase como tantas, aburrida, en la que se toman apuntes de manera mecánica; entonces, David percibió «ese olor». El aroma provenía de una dirección concreta. Y, como atraído por un imán, cuando se produjo el cambio de

157

clase y todos salieron a los pasillos para charlar los diez minutos de rigor, se acercó ese lugar.

Ricard.

Un chaval agradable, tranquilo, de sonrisa fácil, buen estudiante, un antiguo compañero de estudios durante el bachillerato. Estaba charlando con dos amigas, hablaban de algún libro necesario para el curso, David debió de quedarse observándolo con cara de memo, ya que de inmediato atrajo su atención: los tres le miraron e interrumpieron su conversación. El propio Ricard le dijo: «David, ¿te pasa algo?». No supo que contestar, alguna idiotez con la que escabullirse apresuradamente.

Tres días más tarde, toda la clase asistió al funeral de Ricard. Murió atropellado por un coche al cruzar una calle cercana a su casa. Y él supo desde tres días antes que Ricard iba a morir.

¿Cómo puede reaccionar un chaval tan joven ante eso? Por supuesto, no lo habló con nadie. Se mantuvo silencioso y un tanto al margen de sus compañeros una buena temporada. A ellos aquel comportamiento les extrañó, ya que no estaba especialmente unido a Ricard. Poco a poco, todos fueron volviendo a la normalidad, a las bromas, los estudios, las prácticas, las juergas. Él no. Para los más íntimos, los que conocieron la muerte de Ana, estaba claro que la muerte de Ricard había reavivado el recuerdo de aquella preciosa y alocada chica con la que compartió días de gloria tiempo atrás.

Sus amigos aceptaron aquel cambio de actitud, no en vano ya llevaban dos años juntos. Pero toda su alegría había desaparecido. Y él sabía que no estaba loco. Realmente era capaz de saber quién iba a morir.

Una de cada cuarenta personas menores de veinte años no llega a vivir pasados los cuarenta años de edad. Este dato lo había conocido durante en el bachillerato. Cuando su profesor lo dijo en clase, todos los alumnos de la clase se rieron tontamente, como si la muerte no pudiera ir con ellos, tan jóvenes, tan sanos, tan alegres. Entre los dos grupos de tercero de bachillerato sumaban precisamente cuarenta alumnos. Y uno de ellos era Ricard.

Y

En cuanto a Marta, la conoció en la facultad, en el primer curso. Le gustó desde el principio. Se acostaban de vez en cuando, pero lo importante era que estaban bien juntos. No eran pareja, aunque todos esperaban que eso ocurriera antes o después.

Y así fue.

Pasado el estupor causado por la muerte de Ana, fue precisamente Marta la que más le ayudó a centrarse de nuevo en los estudios. Gracias a ella salió adelante sin perder el curso. Se hicieron pareja, cada vez yendo a más, hasta decir las palabras mágicas y hacerlo con todo el corazón. Realmente la quiso con toda el alma. Fue un amor en toda regla, de los que se construyen poco a poco. No quería sino estar con ella, estudiar con ella, pasear con ella, vivir con ella. Hablaron de futuro, de boda, de hijos. Todo parecía encarrilado: una relación en perfecta armonía, sin peleas, sin discusiones, con todo perfectamente claro.

Y entonces sucedió lo de Ricard. Y David decidió cortar radicalmente su relación.

Nadie supo el porqué. Sus amigos preguntaron, indagaron, pensaron en terceras personas. Sus amigas le estuvieron mareando durante más de un mes hasta que mandó violenta y públicamente a la mierda a una de ellas en el bar de la facultad.

Tenía que ser así.

Una persona no puede vivir amando a otras sabiendo que la Muerte las ronda; no la muerte en abstracto, pues todos los nacidos hemos de morir. No, él conocía la Muerte real, y saber que llega y que uno no puede evitarla o combatirla resultó un choque imposible de digerir. Su carácter cambió precisamente por aceptar aquello: había adquirido un don terrible contra el que no podía luchar. Y ese don estaba destinado a ser un completo freno a todas sus relaciones personales.

David cambió por completo. Nada de novias o parejas. Solo sexo ocasional, con desconocidas, cuando el cuerpo lo pedía y las circunstancias eran propicias. Y también un paulatino distanciamiento de sus amigos, por idénticas razones. Eso le costó lo indecible, pero no deseaba querer a aquellos amigos cuya muerte podía causarle tanto dolor.

Acabó la carrera. Después, elección sorpresa: criminología,

159

en lugar de hacer un doctorado o de buscarse la vida en cualquier despacho de abogados. Luego el ingreso en el cuerpo. Pasó a desempeñar el trabajo policial. Llegado el momento manifestaría ese fino instinto que le había acompañado desde su infancia y que no era tal, que no era más que otro fenómeno extraño, algo que no tardaría en conocer. Esto, unido a su capacidad de ver en la oscuridad y su extraña percepción de la muerte, le iba a ser muy útil para resolver lo irresoluble. Pero, sobre todo, iba a generarle la sensación de ser diferente hasta tal punto que esto acabó por traspasar el ser una convicción para convertirse en una realidad capaz de ser apreciada todos sus compañeros, allá donde fuera.

Y mantuvo el amor al margen, hasta encontrar a María. Y aunque no quiso, no pudo evitarlo: le atrajo y sucedió lo que no deseaba que sucediera, e hicieron algo más que gustarse; por mucho que intentó impedirlo, ocurrió. Ella era especial, tan callada, tan sencilla, y también competente y compleja, brillante intelectualmente. Fue una ironía que le atrajera una mujer como ella. Una persona que se pasaba todo el día rodeada de cadáveres; una embajadora de la misma muerte. Se dijo que podría funcionar, a distancia, cada uno en su mundo…, hasta hoy.

Ahora, en el pasado evocado, frente a Marta, David cree firmemente que su destino no es formar una familia o tener una pareja. No existe una posibilidad real de que pueda funcionar, por más que ambos pongan el alma en la relación.

—¡David…!

Marta, su novia, sigue llorando, pero ahora se ha separado de él, está en el extremo opuesto del sofá de su casa, se le ha corrido el rímel y un par de chorretones negruzcos descienden por sus pómulos. Lo contempla como si por primera vez estuviera viendo a la persona que en realidad es. Y comprende que quizá se trate precisamente de eso, porque ahora siente que este David no es el mismo que ella conoció.

—Adiós, Marta.

Se levanta y atraviesa el enorme salón de la casa de sus padres. Vive en lo alto de la ciudad, en la Bonanova, en una casa de dos pisos que habla del poderío económico de los suyos. Su padre es también abogado, es socio en un bufete de los importantes. Tenían un futuro completamente abierto para los dos: iban a trabajar en el despacho familiar. Ella lo había hablado con sus padres. David estaba de acuerdo. Ya nada de eso será posible.

Nunca más cruzará una palabra con ella.

Así tenía que ocurrir, y así ocurrió.

161

QUINTA PARTE

Enigmas

25

—*H*ola, David.
—Rosell.
—¿Qué tal estás?
—Podría estar mejor.

El inspector David Ossa está sentado sobre la camilla de un box de urgencias en el hospital Sant Joan. Los médicos me han informado de que acaban de realizarle una exploración completa del aparato auditivo: presenta una pérdida de aproximadamente un 25 por ciento de audición en el oído izquierdo, y a esto hay que sumarle una leve herida en la mejilla causada por el 45 ACP que por muy poco no ha acabado con su carrera. Nada grave. Según me informan los doctores, la audición regresará al cien por cien dentro de unas doce horas, y en cuanto a la mejilla, eso será cosa de apenas diez o doce días. Peor pronóstico presenta Pons, su herida es grave de veras. De momento nadie le ha informado sobre el compañero, tendré que hacerlo yo; sé que su estado será la principal preocupación de David. Así es: dejando a un lado cualquier otra pregunta, se centra directamente en la situación de Pons.

—Dime cómo se encuentra.

No vale la pena disimular, antes o después se enterará. Vayamos a ello.

—Muy grave. Ha perdido mucha sangre. Y el pulmón derecho está destrozado, el lóbulo inferior quedó hecho papilla, tendrán que extirpárselo. Todavía está en quirófano. Parece ser que saldrá de esta, pero su carrera en primera actividad ha finalizado.

—Gracias por informarme.

—Ya. De nada. Vale. Pero ahora explícame qué ha pasado antes de que Vidal venga a machacarte. Solo por pura casualidad he llegado al hospital antes que él.

—Seguíamos una pista sobre el suministrador de droga de Pozales. Conducía a un piso de la calle Rubí, en Gràcia. Solicité un equipo a Vidal para evitar problemas de competencias y...

—Y resultó que el problema de competencia era lo menos importante de todo. ¡David, ese tipo era un profesional de primera! ¡Y aún tuvisteis suerte de que estuviera solo! Había pruebas de que en esa casa vivían por lo menos tres personas. Si llegan a estar y son del nivel del difunto, ¡no hubierais salido vivos de allí! Joder, esta actuación requería la presencia de dos equipos especiales como poco. Has hecho el primo por completo, y ha estado a punto de costarnos bien caro.

Sí, era un profesional, no cabe la menor duda. Un pistolero, probablemente del Este. Pero, en parte, comprendo a David, ¿cómo podía pensar que un camello de nivel medio pudiera llevar semejante artillería? Nunca hasta ahora nos habíamos enfrentado a una situación semejante en idéntico marco de referencia. Un cuchillo, pues vale; una pistola de calibre 22 o 32, más para darse importancia que para otra cosa, es lo común. Pero ¿un calibre 45 ACP, una Sphinx? Es un arma de mercenario. Y nunca unos camellos plantean esta resistencia, como mucho intentan largarse, que no los atrapemos. Enfrentarse con la policía los deja fuera de juego para mucho tiempo; al fin y al cabo, los camellos, si no han generado problemas, no tardan demasiado tiempo en salir del trullo y regresar a su negocio. Aquí hay algo que no me cuadra, tengo que seguir investigando este asunto. Pero los acontecimientos se precipitan sin darme tiempo a seguir pensando.

Se oyen voces en el pasillo, reconozco la voz del que más grita: es Vidal. Las otras voces serán de los médicos y enfermeras de la planta intentando detenerlo. Es en vano. Salgo del box a tiempo para impedir que el comisario de Gràcia entre hecho una furia. Vidal intenta superar mi grueso corpachón. Está visiblemente alterado. Yo no soy su objetivo, busca a David; sus gritos son furibundos, nada amables: poco menos que lo acusa de las graves heridas sufridas por Pons. No es justo hacerlo, pero tampoco está del todo desencaminado. Aunque nadie hubiera esperado algo así y un equipo de cuatro pudiera ser lo correcto, sí puede considerarse a David responsable. Y, por ende, también lo soy yo, que por algo soy su superior en el mando. Pero Vidal no valora este dato, está completamente obcecado. Me ha faltado previsión, mi mente está trabajando en varios frentes simultáneamente y esto ha provocado un error de graves consecuencias.

Vidal está bajando el tono. Sé bien cómo manejar a mi colega, soy muy bueno en las distancias cortas. Esta apariencia excesiva, tan poco de comisario, no impide que sea un muy buen profesional extremadamente respetado por todos. Tras aguantar el achuchón inicial de Vidal, llega mi momento. No contemporizo y voy al grano.

—¡Corta ya, Vidal! Por si no lo sabes, te diré que si tus hombres siguen enteros y no están acompañando a Pons es gracias a Ossa.

—¡Claro! ¡Aún tendré que darle las gracias!

—¡Menos chorradas, Vidal, menos chorradas! Rigalt me ha explicado cómo transcurrió toda la acción, y Ossa se jugó la vida para sacarlos de la línea de fuego enfrentándose directamente al hijo de puta que alcanzó a Pons. Dos centímetros más a la izquierda y Ossa estaría en el otro barrio. Y luego logró detener parte de la hemorragia masiva de Pons; así consiguió ganar el tiempo que la medicalizada necesitaba. El único de los cinco con experiencia en estas lides era Ossa. Estuvo en primera fila en todo momento y pudo recibir el disparo como lo hizo Pons.

—Ya, claro, todo esto es muy bonito: el comisario protegiendo a su inspector, el infalible Ossa. Es el manual no escrito de la Academia, pero de lo que se trata es de saber por qué cayeron de cabeza en semejante berenjenal. ¡Eso es lo que quiero que me diga ese desgraciado! Y ¿sabes por qué? ¡Porque seré yo quien tendré que hablar con sus padres y con su mujer! ¡Seré yo quien tendré que dar la cara ante la central!

—¿Eso es lo único que te preocupa, dar la cara?

Puta mierda. David no ha conseguido contenerse. Jodido inoportuno. La frase hiere con dureza a Vidal, que, de nuevo, intenta abrirse paso a través de mi inmenso corpachón, pero estoy atento y lo abrazo y lo detengo como si fuera una pluma:

167

parezco un viejo delantero de rugby entrado en años y aficionado a la cerveza. El empuje furioso de mi colega resulta ineficaz ante este abrazo de oso. Empujo y empujo, logro llevarme de allí a Vidal, abrazado como lo haría un niño con un peluche. Lo alejo del box. Nuestras voces van de nuevo acompañadas por las de algunos de médicos y enfermeras, que intentan en vano restablecer la calma necesaria en urgencias.

—¡Te acordarás de esta cagada, Ossa! ¡Me encargaré de que todo el mundo se entere! ¡Y prepárate como le pase algo a Pons! ¡Tú serás el responsable!

A empujón limpio, sin ninguna consideración, lo alejo de la habitación de Ossa, bien lejos, donde no pueda causar problemas. En ese momento, aparecen unos celadores que hacen ademán de sujetarlo, pero Vidal se zafa de ellos y de mí, y camina solo hacia la salida, murmurando por lo bajo las últimas amenazas.

Regreso a la habitación. Desde el umbral veo a Ossa: no descansa, reflexiona; seguro que su inquieta mente medita sobre su decisión, sobre lo acertado de la intrusión en el piso de Gràcia, sobre la herida de Pons. Tomo asiento junto a él.

—¿Estás bien?

—Sí. Aunque me acompaña un incansable zumbido que baila burlón en mi oído izquierdo: un mal recuerdo de esa bala que buscaba mi cabeza.

—Ya. Esta vez ha faltado poco, David. Creo que este es un buen momento para descansar. No te hará bien seguir dándole vueltas a esta historia.

—Tú me conoces, Rosell.

—Sí.

—Entonces sabes que no puedo evitarlo.

—¿Qué ocurre?

—En toda esta historia hay algún detalle que se me escapa.

—Entonces ya sabes lo que debes hacer. Solo existe una manera de analizar una situación como esta. Y tú la conoces tan bien como yo.

—Sí. Debo reflexionar, sí, reflexionar a fondo. Pero este maldito zumbido…

La primera vez en mi vida que lo veo confuso, lejos de su perfecto control: ni cuando era un novato lo vi nunca de esta guisa. Aunque debo decir en su favor que tampoco antes habían estado tan cerca de matarlo, tal y como acaba de ocurrir. Decido ayudarlo. También yo debo saber.

—Bien, David. ¿Cómo llegaste hasta allí? ¿Qué te condujo hasta la calle Rubí? ¿Quién te metió en semejante avispero?

—Esas son las preguntas, claro. Pero me cuesta pensar. Establecer un hilo de pensamientos está fuera de mi alcance; ese puto zumbido no para de sonar...

—Entonces, duerme. Puedo pedirle a la enfermera que te administren un sedante. Ya tendrás más tiempo para pensarlo mañana.

—¡No! ¡Ha de ser ahora!

Me sorprende su vehemencia, es extraña en David. Rara vez lo he visto perder los estribos. Realmente extraña. ¿Quizá revela cierta intranquilidad de conciencia? Mi instinto me dice que por ahí van los tiros.

—Todavía no me has explicado cómo llegaste hasta allí. Y soy tu comisario, David, es algo que debo saber. Nuestra situación es sumamente incómoda. Tú lo sabes.

La mirada de David baila lejos de la mía. Se posa en objetos dispares. Sin duda elude enfrentarse a la situación. Y es así como corroboro el acierto de mi instinto.

169

—Será mejor que me lo digas ahora.

—Mantuve una entrevista con Agustí Morgadas. Fue él quien me puso sobre la pista del piso de Gràcia.

Después de decir esto guarda silencio. Comprendo que se siente avergonzado. Su error parece de principiante, pero no, él no es un novato. La causa de su error ha sido la imprudencia. ¡Morgadas! El capo de Barcelona, nuestra némesis, el tipo a quien nadie excepto él ha conseguido meter en la cárcel. No había peor informante al que acudir. Ese tipo jamás da nada gratis.

—Me cuesta creer que pudieras hacer algo así, David. ¡Morgadas! Así se explica todo. Menudo cabrón, claro que te proporcionó la pista, sabía perfectamente dónde te estaba mandando, sabía cómo se las gastarían los nuevos suministradores. He visto el cadáver del tipo de la Sphinx, tenía rasgos eslavos. Morgadas sabe que esos tipos no se rinden, que van a por todas. No son camellos locales. Esa gente no tiene nada que perder. Enviando al inspector Ossa, acabara como acabara la escena, él ganaba: o rivales fuera de combate, o inspector fuera de combate, y con algo de suerte, puede que ambos simultáneamente. ¡La puta leche, David!

No era mi intención acabar como lo he hecho. No puede decirse que haya perdido el control, pero sí me he explayado más de lo debido. ¿Cómo ha podido caer en una trampa semejante el mejor de mis hombres...? Pero, es curioso, David frunce tanto los labios como la frente. Está claro que todavía hay algo que atormenta a mi inspector favorito.

—¿Ocurre algo más? ¿Nos ha quedado algo pendiente?

Busca de nuevo mi mirada, ahora no se oculta. Está limpia, ha dejado pasar la vergüenza; lo que vaya a decir no tendrá nada que ver con la investigación.

—Rosell, me he equivocado. Y lo asumo. Lo de Pons ha sido muy grave. Pero ¿sabes qué es lo que me reconcome, lo que realmente me impedirá descansar esta noche y muchas más noches?

—No.

—Que no podré probar nada. Le pedí una información y Morgadas cumplió. Es seguro que estos le pasaban mercancía a Pozales. Sé que las pruebas de laboratorio lo confirmarán: será la misma droga. Seguro. Y nadie podrá incriminarlo en modo alguno. Morgadas cumplió escrupulosamente con la petición que le hice.

—La leche.

Ahora lo entiendo todo. Si hay un policía en Barcelona al que odie Morgadas ese es David Ossa. Me imagino su rostro sonriente cuando le lleguen las noticias de la refriega. Por muy poco no se ha salido con la suya. Imagino cómo se sentirá David cuando, algún día, vuelva a encontrárselo frente a frente. Y comprendo la inquietud de mi hombre.

¡Qué jodidamente mal le sienta perder!

$\mathcal{M}$i móvil suena justo cuando iba a comenzar la reunión con los subinspectores; si no se tratara de David no le prestaría la menor atención. Pero no solo es que sea el responsable de la investigación, también es mi amigo. Así que contesto. Si debo retrasar unos minutos el comienzo, lo haré.

—Hola, David. ¿Qué tal vas?

—La verdad, hasta las narices. Esto no hay quien lo aguante. Siento que llevo tres días perdidos. Creo que Rosell se equivocó al decidir apartarme de la circulación. En principio fue una excusa para favorecer mi recuperación, para dejar que el *shock* postraumático desapareciera, aunque en realidad lo que quería era alejarme un poco de la investigación de Asuntos Internos. Sí, acabo de matar a un narcotraficante y pude morir durante la refriega, y eso sería un motivo de baja justificada para cualquiera, y no solo de tres días. Pero ¿para mí? Tú me conoces, Joan, sabes que ahora no puedo parar.

Sí, tiene razón. Lo conozco, o eso creo, lo conozco en la medida en que se puede conocer a un hombre como él. Sé que esto no le habrá afectado en absoluto. Sí, ha matado a un hombre, pero no ha sido el primero. Y sí, ha podido morir, pero sé también que él tiene razón, que en muchas cosas no es como los demás.

Es diferente.

Mucho.

Alguna vez hemos hablado de ello; compartimos muchas horas de trabajo, es normal que los inspectores, cuando la relación es buena, se hagan confidencias. Recuerdo sus ideas sobre este particular. Ocurre que nadie le espera, no hay hijos, y su pareja, María, es casi como si no lo fuera, no puede decirse que lo oculten, pero tampoco lo ponen de manifiesto públicamente. De hecho, gracias a su manera de ser, tan restrictiva en lo personal, nadie conoce esta relación. Esa distancia es una ventaja para un policía, me dijo. Yo lo rebatí: es preciso estar anclado a nuestro entorno, la pareja y los hijos ayudan a no perder de vista la realidad, a no dejarnos llevar por este mundo de locos en el que vivimos y en cuya parte más sórdida tenemos que enfangarnos. Al oírme decir esto sonrió, pero no dijo nada más.

—¿Cuándo vas a reincorporarte?

—Ya. Estaré en comisaría dentro de media hora.

—La investigación sigue su curso, David. No sé si será buena idea que vengas tan pronto. En este momento no eres necesario.

—Ya no aguanto más, estoy harto de esperar metido en casa. Voy para allá.

—Está bien. Pero tengo planificada una reunión que comienza ahora.

—Me incorporaré sobre la marcha, ponte a ello.

—Bien, entonces hasta ahora.

Bien. Que Rosell lo haya apartado de nuestra comisaría para situarlo donde Vidal y la Brigada Central de Asuntos Internos no pudieran acosarlo ha sido una medida prudente que apoyo por completo. Solución, a casita esos tres días, que baje el interés mediático, que disminuya la presión de Asuntos Internos. La investigación se realizará, solo faltaba, pero la recuperación de Pons ayudará a que su intensidad sea menor, o mejor dicho, a que sea la justa, por mucho que Vidal apriete.

Tres días no es mucho tiempo. ¿Habrá bastado para evitar estas presiones?

En fin, pronto lo veremos.

He comenzado la reunión con los equipos de trabajo. Llevamos más de veinte minutos y todo sigue su curso cuando fuera de la sala polivalente se escucha cierto revuelo. Mantengo firme a los míos. Se trata de David, que ha llegado a la comisaría y, como es de rigor, recibe la felicitación de los compañeros. Estoy seguro de que esto le resultará una amarga ironía. Soy de los pocos que sé cuáles son sus verdaderos sentimientos acerca del tiroteo de Gràcia.

Por fin entra en la sala. Todos se sorprenden al verlo, como es lógico no lo esperaban. Se incorporan para saludar, pero él niega rápidamente con la mano.

—Seguid con el tema. Me situaré según os vaya escuchando. Joan, continúa, por favor.

—Casi acabábamos de comenzar. Les estaba explicando que la coca de casa de Pozales y la de Gràcia es la misma. El nivel de pureza es del ochenta y cinco por ciento. Parece claro que Pozales había dejado a Morgadas en segundo plano cambiando de suministrador. La droga que estaban moviendo los eslavos es de mayor calidad y pureza, apenas está cortada. Pozales no intentó modificarla; podía haberlo hecho e intentar obtener más dosis, pero no lo hizo.

—¿Descarta eso a los eslavos como posibles asesinos?

—Sí, en lo referente a esa posible causa. Pero los traficantes del Este son conocidos por su brutalidad. No podemos descartar que hubiera cualquier otro problema que desconocemos y que los condujera al asesinato. Atención: no nos desviemos. Conclusiones, al final. Vamos a ir por partes. Primero, familia. Andreu y Carlos.

Andreu toma la palabra; no es el más veterano, pero Carlos tiende a ser reservado. Andreu se expresa mejor.

—Pues poca cosa. De entrada nos dividimos a la pareja. En la mayoría de los casos yo estuve con la familia de ella, y Carlos, con la de él. La de ella es escasa en número: madre, el padre murió, dos hermanas, niñas bien de Sarriá, vidas tranquilas, mucho más que las de la difunta. Las dos son señoras de…, no trabajan, se dedican a lo que hacen habitualmente las ricas: cuidarse y luchar contra la vejez. Los maridos son abogados: uno civilista y el otro especializado en mercantil. Aparentemente nada de drogas. Vidas ordenadas, las dos con dos hijos. La madre está ya mayor, vive en la casa de toda la vida con una criada de confianza. Más familia en Girona, una tía, pero con poco trato, estaban distanciados.

—¿Y tú, Andreu?

173

—Aún menos. Jordi Tuneu tenía cuatro hermanos, los padres ya murieron. Hermanos sin apenas trato. Profesiones de menor nivel. Jordi fue el más vivo de la familia y el que mejores estudios y empleo obtuvo. Creo que por aquí tampoco hay nada. Solo cierto dolor, y no demasiado.

—Bien. Turno para trabajo. Lluís, ¿qué tenemos aquí?

—Nosotros fuimos a dúo. Seguimos tus órdenes, jefe. Yo entré a saco y luego los dejaba para Camino. Fue sencillo. Aquí podemos rascar algo más. Veamos. Primero ella. Ana Albert trabaja en el estudio de ingeniería Nexus, en Sant Cugat. Se dedican a diseñar piezas de precisión, normalmente para aeronáutica; muchas son para los proyectos aeronáuticos del Ministerio de Defensa; es un estudio de categoría con un edificio propio y próxima capitalización en bolsa. Mucho nivel. Tecnócratas de primera. El ingeniero jefe fue muy amable; me comentó que él solo supervisaba el trabajo global. Cada grupo se dedica a piezas concretas, apenas se cruzan entre ellos. Nos remitió a su unidad: cinco personas, todos hombres. Los vimos en privado en una sala destinada al efecto. Di caña, de la dura. Insinué sospechas sobre el tema drogas. Hubo cierto acojone, creo que a ese nivel se consume, puede que mucho. Luego, a puntito de caramelo, con la típica frase de «mejor hablar ahora que verse citados en comisaría», los iba dejando en manos de Camino.

—Bien. Hay que reconocer que Lluís es bastante cabronazo. Cuando llegaba mi turno ya estaban de lo más suave. Ante la posibilidad de tener que hablar en comisaría prefirieron hacerlo allí. Dos de ellos reconocieron compartir vicios con Ana, e incluso el camello era el mismo, Pozales. De hecho fue la difunta la que se lo presentó. Pero pese a una buena relación personal con estos colegas, apenas había nada más. No me dan el perfil, son unos flojos, todo fachada y pocas narices. Unos mierdas. Si un poli de medio pelo como Lluís los dejó tocados, seguro que no se trata de nuestros hombres.

—¡Mírala qué maja! Seguro que fue tu poderío el que los hizo hablar.

—Las bromas, más tarde. Al grano.

—Sí, Joan. Después de Nexus, el estudio de diseño Crits. Eso sí es una jaula de grillos.

—¿A qué se dedican?

—Un poco de todo. Campañas y asesoría de imagen. Complementos para famosos. Representan a diversas modelos de nivel medio-alto.

—¿Chicas?

—Sí, todas.

—¿Prostitución?

—Bueno, aparentemente no. Parece que la agencia es un negocio serio. Lo de las modelos es secundario. Realizan fiestas para marcas, presentaciones… Ahí radica lo más importante de su negocio.

—Decís que es una jaula de grillos. ¿Por qué?

—Las oficinas están bien, pero aquello es un poco alocado: mucha gente de aquí para allá, mucha actividad, cierto desorden, y las tías son de primer nivel aunque sean secretarias de medio pelo, teléfonos sonando sin parar… Parece que la muerte del dueño no ha supuesto problema alguno para la marcha del negocio.

—¿Con quién hablasteis?

—Tuneu tenía un segundo de a bordo, un tal Pere Sanmartín… Una loca con más plumas que un pavo real. Fijaos si el tipo está pasado que cuando le planteé que colaborara allí mismo antes que traerlo a la comisaría me dijo algo así como: «No te preocupes, guapo, un interrogatorio, ¡parece muy excitante!».

—¿Qué averiguaste?

—El negocio es una CB: una comunidad de bienes. Tuneu se dedicaba al apartado serio, cuentas, contratos, organización, y Sanmartín al trabajo de campo, vamos. No había problemas entre ellos. La CB funcionaba muy bien y toda la gente con la que hablamos así lo confirmó. No había celos profesionales, ni envidias ni rencores.

—¿Manifestaron pena?

—Poca. Sanmartín soltó alguna lágrima, pero era de cocodrilo. No se molestó ni en fingirla. Tuneu no se hacía querer.

—¿Por nadie?

—Eso parece.

—Es extraño. En un lugar así la lujuria lleva suelta la correa. Y Tuneu era hombre y jefe, una combinación muy deseable para mujeres de ese mundillo. Seguid investigando.

—Bien.

175

—Pasemos ahora a amistades. Jordi, Màrius, contadme algo bueno para variar.

—Hay candela, pero estamos todavía en ello.

—Al grano.

—El ambiente submarinista suele ser bastante sano. Es gente con pasta, deportiva, profesionales medios y altos. En este caso lo eran menos. Mucha fiesta y mucho cachondeo. Se movían, sobre todo, alrededor de una pandilla con segunda residencia cerca de las islas Medas, un grupo amplio de unas veinte personas. Primero buceo, luego fiestas. Descontrol y marcha a saco. No es extraño que haya excesos, drogas, sexo.

—¿Tenéis información contrastada?

—Sí. No hizo falta apretar mucho. Son gente extraña, parecen orgullosos de sus excesos, casi como si fuera un símbolo de clase.

—Cuernos.

—Solo lo son si el otro no los quiere. No era el caso. Los dos tuvieron rollos con otra gente. Entre ellos eso estaba a la orden del día. Aparentemente no eran celosos.

—Atención aquí, entonces. Incluso a los más liberales les molesta que algo suyo se les escape de las manos. Y si no es a ellos, a la pareja, puede molestarles a los amantes. Dedicadle la mayor atención. Estableced con quién estuvieron. ¿Más cosas?

—De momento, es todo.

—Suficiente. Pasadme los informes. Jordi, ¿cuántos más necesitaríais para profundizar?

—Camino me vendría bien. Está en el perfil del grupo.

—Es tuya. Andreu y Carlos, pasáis con Lluís. Escarbad en Crits. Seguro que encontramos algo. Señores, señora, resultados cuanto antes. A trabajar.

Los subinspectores abandonan la sala. Hay donde buscar, son ambientes que propenden al exceso; donde hay dinero se encuentran vicios, y los vicios siempre generan problemas. Nos dejan solos. David me habla, lo estaba esperando.

—Joan.

—Dime, David.

—Los has dirigido con buena mano.

—Te lo agradezco. En tu ausencia todo ha seguido funcionando correctamente.

—Bien. Ahora dime si ves probable que podamos encontrar algo.

—Quizá.

—Pero tú no lo ves.

—¿Por qué lo dices?

—Ya sé lo que piensas desde el primer día.

—Sí. Nunca lo he ocultado. Pienso que todo comenzó y acabó en el escenario. Creo que fue Pozales. Los mató y luego se suicidó. Todos estaban colocados. Fue un fin de fiesta macabro. Eso es todo.

—Lo mires como lo mires, parece no quedar otra. Pero…

—Pero ¿qué? No entiendo por qué buscas en otras direcciones con tanto ahínco.

—Tenemos que hacerlo. Nadie podrá decir que no cumplimos con nuestro trabajo.

—Bien. Pero dime, David, ¿qué piensas tú? Eso es lo que realmente quisiera saber.

No va a contestarme. Está claro que tiene una idea, pero debe de ser tan poco creíble que no se atreve ni a exponerla. Por eso me pidió que le metiera tanta caña al equipo. No es para que trabajen con eficacia, todos ellos son buenos y eso se da por descontado. Es por si acaso encuentran una explicación más razonable. Esa que buscan es la explicación en la que él quisiera creer sin lograrlo. Por fin, David me contesta.

—Yo no pienso, Joan. No sé qué creer. Es pronto todavía. Espera a que las líneas de investigación se agoten. Entonces hablaremos.

Sí. Esperar. Es lo mejor. Y ya veremos qué sucede entonces.

177

27

178

*L*as cosas no funcionan como deberían. Estoy despistado, sé que hay algo relativamente simple que se me está escapando, algo que ronda mi consciente, esta vez sin burlas. No comprendo el porqué de mi atontamiento. Me cuesta concentrarme, no logro profundizar en los informes. Todo el caso está ahí, en las cuatrocientas páginas de datos compiladas cuidadosamente por mi equipo. Han trabajado con eficacia y habilidad, son buenos, confían en mí. Imagino sus pensamientos, sus comentarios: «El inspector Ossa está al mando, es el mejor, él lo resolverá».

Ya.

Quizás esta vez se equivoquen.

Aunque todavía haya líneas abiertas, la base de la investigación está esparcida sobre la mesa del salón. Muchas páginas están marcadas con notas, reflejan estas circunstancias concretas de supuesto interés, y digo supuesto, ya que mi mente sigue ocupada con una idea primordial: la idea de que detrás de todo esto que hay algo más que un simple caso de asesinato múltiple.

Me levanto y me asomo al balcón. Al fondo, contemplo la herencia que nos legó Gaudí. Ha refrescado y estoy en camiseta, pero necesito aclarar las ideas, preciso el impacto escalofriante de los ocho grados de temperatura exteriores. Sí, hace frío, pero me gusta sentirlo en la piel, es lo adecuado a principios de febrero. La baja temperatura parece aclararme las ideas, y pienso que necesito comprender, ¡no estudiar!

¡Eso es! No se trata de estudiar los detalles, se trata de encontrar una visión de conjunto, una relación de acontecimientos. ¿Qué ocurrió para que las muertes sucedieran? Pozales y Umbría, los perfectos don nadie; Albert y Tuneu, los niños bien. Todos unidos por el vicio, cayeron envueltos en la sombra. Muertos. Tantos datos sobre los niños bien y tan pocas cosas sobre los anfitriones... Pero los cuatro equipos no lograron encontrar prácticamente nada sobre ellos. Una discreción brutal, era casi como si no fueran de este mundo; no compraban en tiendas del barrio, no se relacionaban con los vecinos, estaban siempre juntos, no salían con amigos, ¡en realidad no puede decirse que tuvieran amigos! Qué extraño. Muy extraño.

¡Ahí está el quid! He decidido que debo cambiar el rumbo de la investigación. Nos estamos equivocando. No es a los niños bien y a sus miserias de clase alta a quien debemos investigar exhaustivamente, es a los don nadie, en ellos debe estar la clave. Cierto es que estamos encontrando mierda en el entorno buceo, que salen a la luz rencillas, celos, problemas, que puede haber algo, pero no es menos cierto que existe un extraño defecto de intensidad, un desequilibrio notorio en la investigación entre ambas parejas. ¿Cómo es posible que no me haya dado cuenta de ello antes? Y, lo más curioso, ¿cómo es posible que no se hayan dado cuenta de ello mis compañeros? ¡Ni Joan ni Rosell, ni los subinspectores, ni uno solo lo ha percibido! Estoy a punto de telefonear a Joan, pero me detengo con el aparato en la mano. Por fortuna, al cogerlo, he advertido que son las dos de la madrugada y, desde luego, no es hora de molestar a quien no está de guardia. Ya hablaré con él por la mañana. Sí, hay tiempo. A dormir unas horas y a seguir con ideas renovadas y claras. A la cama, a descansar. Eso necesito.

Intento dormir. Doy algunas vueltas de un lado a otro, busco la postura adecuada, siempre fui un hombre de costumbres y me gusta abrazar la larga almohada dejando que una parte de la misma descienda hasta situarse entre mis rodillas; son huesudas, de corredor habitual, y la pluma evita el incómodo contacto entre los huesos. Es mi postura infalible. Es colocarme en esta posición y dormirme automáticamente.

Esta vez, no.

Recuerdo una sensación similar, años atrás.

Arriba.

¿Qué me pasa?

Pienso, me observo, percibo una inquietud latente, busco el porqué.

Incluso a oscuras en el dormitorio soy capaz de vestirme de un tirón: vaqueros, botas, camiseta y chaqueta de cuero negro. Voy hasta el recibidor y cojo la placa, la pistola y dos manojos de llaves. Compruebo el cargador de mi arma, es extraño, ya que nunca tengo la costumbre de hacerlo. Todo correcto, la sobaquera lleva otros dos cargadores dobles, hablamos de cuarenta y ocho balas del 45, un arsenal suficiente.

¿Suficiente para qué? ¿Por qué he tenido esta idea? Ay, ay, ¿acaso no lo noto? Estoy de nuevo a punto de entrar en otro nivel de conciencia, mi vieja voz amiga está ahí cerca. Me habla pocas veces. Hace cuatro días me salvó la vida al sacarme de la línea de fuego. Lo percibo, ahora está muy cerca. Y ¿adónde voy a ir?

Qué pregunta tan estúpida.

Lo sé perfectamente.

Nada más salir al rellano de mi piso veo llegar el ascensor, asciende vacío, clanc-CLANC-clanc-CLANC-clanc-CLANC. La finca es antigua y también lo es el ascensor. Cuando salí al rellano la luz de la escalera estaba apagada. No me ha dado tiempo de llamarlo. Se detiene en mi piso. Se me eriza la piel de la espalda. Acaricio la culata de la pistola; no, no es necesario aquí, todavía no. Esto solo es un aviso. Una prueba para mi atención.

Abro la puerta de ascensor y penetro en su interior. Desciendo hasta el garaje. No voy a salir en coche. Monto en mi custom, me pongo el casco, acciono el contacto y el poderoso ronroneo del motor se convierte en la banda sonora de mi estado de ánimo. Esta noche no se precisa un inspector, se precisa un guerrero. El mando a distancia abre la puerta del garaje y la custom asciende la rampa con el ímpetu de su motor retenido pugnando por manifestarse.

Adelante. Abro gas y el motor de 1.100 centímetros cúbicos otorga parte de su poderío a mi voluntad.

Barcelona *la nuit*: madrugada avanzada de un martes; literalmente, no hay nadie por las calles del Eixample. Desciendo en dirección mar hasta la calle Aragó y espero en el cruce de

Sardenya a que la onda verde de los semáforos de la gran avenida barcelonesa que atraviesa la ciudad casi de lado a lado juegue a mi favor. Hay que conocer el truco. Es cuestión de noventa segundos. ¡Ahora! Abro gas y la custom muestra su potencial, tengo ocho carriles para mí solo sin que los semáforos me detengan. Me desplazo situado justo en la cola del cambio de color. Incluso cierro los ojos durante unos segundos. La custom se mantiene en el carril central sin moverse ni un centímetro de su trayectoria. La imagen de la carretera está clara en mi mente. Incluso con los ojos cerrados, mi equilibrio es perfecto.

Es un placer que pocos conocen. Amparado en mi montura me siento como un vaquero urbano; el entorno físico es muy diferente, pero la sensación de libertad es sin duda idéntica. Parece que nadie puede detenerme, que el mundo es mío. Sonrío ante este estúpido pensamiento. Todo es menos cierto que esto. Por no saber, no sé ni adónde voy. Soy un pelele en manos de unas fuerzas desconocidas.

Quizá no lo sabe mi mente, pero mi cuerpo sí. En Balmes giro hacia a la izquierda. Hay otros caminos hasta las Ramblas, pero este me ofrece mayor rapidez. Después, Pelai, y luego Ramblas abajo. Aquí sí hay más personas. Las Ramblas son el epicentro de una ciudad abierta al mundo, el punto focal de un turismo que busca la autenticidad sin saber que es un poquito más allá de esta avenida urbana adonde se ha trasladado la vida verdadera.

Me detengo en el Pla de l'Òs, frente al Liceu. Desmonto casi en la puerta y vuelvo a sentirme como un vaquero, pero esta vez lo hago como si llegara a un territorio extraño. Camino callejeando más allá de las Ramblas. Extrañamente, según desciendo en dirección mar, cada vez se ven menos transeúntes, hasta que todos desaparecen. Ahora, alrededor, no se ve ni un alma. Llego frente al portal de la calle Escudellers. Empujo la puerta y traspaso el umbral. Y al hacerlo comprendo que aquel es, precisamente y más que nunca, eso mismo, un portal que va a llevarme en una dirección desconocida.

28

Según asciendo los escalones siento que mi corazón se desboca. Es inusitado que mi control, siempre tan exacto, tan perfecto, se esté viniendo abajo. Ni en el tiroteo de unos días atrás estuve tan acelerado. En el rellano del segundo piso me detengo: voy a recuperar mi autocontrol o no subiré. Respiro profundamente y poco a poco disminuye el ritmo de los latidos; vuelve a mis cincuenta latidos por minuto, propios de cualquier bradicárdico.

Venga, arriba. Ya está. Puedo conmigo mismo. Nadie mejor que uno para saber dominarse. Mis límites están aún lejanos.

Llego frente al tercero segunda. La puerta está cerrada. Dos cintas de precinto policial forman una X entre los marcos e impiden el paso a cualquier persona ajena a la investigación.

Sé que un simple empujón me franqueará el paso, pues Grimau reventó la cerradura hace ya tantos días.

Sitúo la palma derecha sobre el punto exacto donde se cruzan los precintos. Voy a empujar. Con la mano sobre la X adquiero una certeza de brutal intensidad: si entro, las cosas van a cambiar; si doy media vuelta y regreso a casa, perderé la oportunidad de comprender la situación. Esto es así, entrar es un riesgo y abandonar no será una cobardía.

Mi decisión está tomada de antemano.

El hecho de ser quien soy me condena a actuar.

Empujo la puerta.

Los goznes chirrían y la hoja se desplaza lentamente.

No soy consciente del nuevo acelerón de mi corazón, toda mi mente está centrada en analizar el entorno. Me introduzco hurtando el cuerpo entre las aspas. Mis pies pisan el suelo del escenario. No había vuelto allí desde el día de autos.

La luz de la escalera se apaga.

No necesito utilizar la linterna para saber dónde está el interruptor. Lo acciono sin vacilaciones y la luz del recibidor muestra el anodino piso que sería de no estar el suelo cubierto de las manchas de sangre causadas por los desplazamientos de los equipos de apoyo a la patrulla de Grimau y Clemente.

Cierro la puerta tras de mí.

Es mi momento y mi lugar; nadie más debe ser testigo de lo que suceda.

Avanzo por el pasillo. Enciendo la luz. Camino despacio, cada paso constituye la afirmación de una resolución inflexible pero igualmente dolorosa. Primera habitación. Segunda habitación. Tercera habitación. Cuarta habitación.

No quedan restos físicos. Como es lógico, una vez tomadas las pruebas, fueron trasladados al Anatómico Forense. Queda, como en todo el piso, la sangre seca, oscurecida por el paso del tiempo. Y un olor muy particular, el de la sangre, el de las vísceras, un eco de lo que hubo, aún bien presente.

Llego al salón.

Comienzo a sentir calor.

Las cortinas siguen medio echadas. Una escasa línea de luz apenas ilumina difusamente el salón: es una luz lechosa, débil, como si un velo blanco filtrara los focos de la calle. Los interruptores están justo a mi izquierda, lo recuerdo perfectamente, como todo el resto del piso. Nunca me equivoco cuando he procesado mentalmente un escenario. Arriba. La luz de dos lámparas situadas en esquinas del salón crean dos círculos de luz que ascienden hacia el techo.

Todo en su lugar exacto. El trabajo de los forenses fue meticuloso, como lo fue el asesino. Solo la sangre seca, que está presente por doquier, revela la magnitud de los crímenes.

Camino hasta el centro del salón. La alfombra fue retirada, estoy justo sobre su lugar. Aquí comenzó todo.

Atento ahora.

Pasan, acaso, treinta segundos.

La luz fluctúa. Es un zumbido tenue, acompasado con la pérdida de potencia de las lámparas. Las bombillas pugnan por

183

mantener la potencia, pero acaban por ceder a la fuerza que las domina. Queda la debilísima luz exterior. Cierro los ojos. Esto es un preludio. Quiero acostumbrarlos a la oscuridad que vendrá de inmediato.

En efecto, la luz exterior también disminuye. Acaba por desaparecer. El salón queda a oscuras.

Llega el escalofrío.

La piel se me eriza con intensidad, es como si me estuvieran pasando cubitos de hielo por todo el cuerpo. Todos y cada uno de los poros se contraen elevando el vello del cuerpo. Noto los pezones firmes; ni en la cama con la mejor de mis amantes experimenté semejante sensación. Es una impresión poderosa, no desagradable, sino levemente excitante.

O lo sería de no preceder al misterio.

El olor está aquí. No puedo equivocarme. ¿Es el olor de mi muerte?

Cuidado.

Es mi voz la que ha hablado. Rara vez aparece, y jamás repite en tan poco tiempo: dos veces en apenas cuatro días.

Capto un movimiento a mi izquierda. Nadie hubiera podido verlo sino yo, el niño que primero odió la oscuridad y luego la amó.

Es rápido. Se mueve como un rayo. Apenas diviso su rastro y no logro discernir de qué se trata. Otro movimiento. Evita los ventanales, se sitúa en las esquinas. No se ofrece.

Extraigo la pistola y levanto el seguro. Estoy en tensión. Allí comienza el juego. La sombra sigue desplazándose. Mantengo la pistola en su trayectoria. No sé si será suficiente para aquello que me ronda, confío en que lo sea. Estoy concentrado hasta extremos increíbles. La sombra avanza, el dedo comienza a deslizarse por el gatillo, pero me detengo, pues el objetivo se ha apartado de la trayectoria inicial.

La intensidad del escalofrío es de una magnitud inconcebible. Todo aquello que sentí en el escenario cuando me quedé solo en el salón no es nada al lado de esto. Me abruma tanto poder.

La sombra vuelca la lámpara de la izquierda. Ahora, la de la derecha. Las cuatro sillas de la mesa caen simultáneamente, con violencia. Un cojín vuela hacia mi rostro, y ahora otro más. Los esquivo. Uno más: este sí impacta contra mí. La otra lámpara cae por detrás. El sonido de diferentes muebles se deja sentir en todo el piso, se arrastran; la madera gime. Los cajones del vajillero se abren esparciendo su contenido por el suelo, caen cuchillos, tenedores, cucharas, caen platos y se quiebran; el caos se adueña del piso entero. En el epicentro de la tormenta en miniatura que me rodea, múltiples objetos contra los que no tengo protección me azotan. Retrocedo por el pasillo perseguido por la furia desencadenada. Apenas puedo abrir los ojos, pero no me hace falta para saber que la sombra está ahí, aproximándose, cada vez más cerca. Es posible que nadie que no fuera yo, con mi memoria fotográfica y mi perfecto sentido de la orientación, hubiera podido escapar. Es posible. También es posible que, precisamente por esos mismos dones, esté ahí donde estoy.

¡Vete!

¡Huir! ¡Salir de ahí! ¡Corre, pobre ser humano que no sabes dónde te has metido, corre y huye!

Abro la puerta de la calle y salto hacia el rellano rompiendo el aspa del precinto, reboto sobre la puerta contraria y desciendo a trompicones por los tramos de escalera; son tres por piso, nueve en total. En el último caigo al suelo rodando. Me incorporo de un salto, a la calle, corro, escapo, la sombra me persigue, ¡corro!

Seguro que aquí fuera todo acabará. La sombra tiene su dominio en el interior. Rodeado por la gente que pasea a todas horas por las Ramblas, me sentiré seguro. Sé que es en la soledad donde su fuerza se multiplica. Ya estoy fuera, salgo a trompicones, tranquilo, ya llegué.

Apoyado en la pared contraria de Escudellers observo mi entorno. Barcelona ha quedado oculta bajo una espesa bruma de inusitada negrura. Las luces de las farolas apenas iluminan un par de centímetros en sus alvéolos de metal, la oscuridad más completa se enseñorea del lugar. No veo a nadie hasta donde me alcanza la vista.

Y entonces la puerta de la casa comienza a abrirse.

29

¡Corre!

Mi voz me ha dado una orden perentoria. Salgo a la carrera hacia Raurich. La calle Ferran es más ancha. Allí tiene que haber alguien, apenas son cien metros. Mi forma física es excelente, para un hombre de mi edad; muchos de los chavales recién ingresados en el cuerpo no podrían ni con mi fondo ni con mi velocidad.

He llegado al cruce. Otros cien metros más y llegaré a las Ramblas. Voy a iniciar el *sprint* cuando otra sombra surge del muro de bruma y se interpone en mi camino. La calle Ferran está bloqueada, sé que por allí no podré pasar.

¡Más rápido!

Sí, corro, Raurich arriba, allí no parece tan espesa. Acelero, más, más rápido. Justo detrás de mis pasos, siento que la sombra avanza, se aproxima. Corro. Por primera vez en mi vida tengo un motivo: el motivo supremo. Donde estoy ya no hay paredes a ambos lados, un espacio amplio, una plaza, ¿tanto he corrido? Sí, esto debe de ser la plaza del Pi. ¿Y ahora? A la derecha: la calle del Ave Maria. ¿Adónde voy? Mejor aún: ¿adónde me llevan? La bruma se solidifica e impide mi avance en la dirección deseada. Estoy llegando al corazón del Barri Gòtic, no hay un alma en la calle. ¿Silencio? Sí, pero roto por mis intensos jadeos, pobre de mí, inmerso en lo inexplicable.

No sé dónde estoy, es difícil saberlo, creo haber girado en

Banys Nous. La calle tiene una ligera pendiente, debe de ser la Baixada de Santa Eulàlia, en pleno Call. Las calles son cortas, estrechas, retorcidas. A la izquierda. ¡Ups!, al suelo. He chocado con violencia con un petril de piedra. Arriba. ¿Hacia dónde? Sant Felip Neri. Mi mano se ha empapado con el agua de la fuente. La plaza es una trampa, pues solo tiene dos entradas, una por la que vine, y la otra parece haber desaparecido. Tendría que estar a la derecha si me hubiera levantado en la misma dirección en la que caí. No se ve nada. Noto un frío helador que me roza el brazo. Me aparto. El muro de bruma me impide ver nada, ¿qué hacer?

Dispara, por la derecha.

¿Disparar? ¿A quién? ¿A qué? Levanto el arma y percibo de improviso una sombra enorme que se precipita de todas partes hacia un epicentro situado en mi persona; es como si parte de la superficie de una esfera me rodeara. La bruma deja paso a una oscuridad mayor, enorme. Disparo tres veces. La sombra se desvanece. No puedo quedarme allí. La maniobra que voy a realizar es suicida, pero sé que no me queda otra. Los sentidos habituales son un engaño, cierro los ojos y salgo de estampida. Es una locura, pero funciona, sí. Con el codo percibo el roce de la piedra en la cazadora, ris-ris-ris. Cómo me recuerda esto a mi infancia, igualito que en las cuevas del Soplao. Avanzo paralelo a una calle. Tiene que ser Montjuïc del Bisbe. Noto su leve curvatura primero hacia la izquierda, luego hacia la derecha, ¡se acaba! Entonces a la izquierda. Mis pies perciben la bajada de la calle del Bisbe. Mis piernas giran hacia Santa Llúcia. Estoy delante de la catedral. Abro los ojos, busco ayuda. Aquí tiene que haber alguien, alguien que comparta, alguien que me socorra. Abro los ojos.

La sombra ha quedado atrás.

Me detengo frente a la escalinata de la catedral.

Miro en derredor: el muro de bruma parece detenerse justo en la esquina de la calle Bisbe. Una suerte de lenguas de esa bruma se prolongan hacia mi dirección, pero están faltas de fuerza, no tienen el empuje necesario para llegar adonde estoy. Me siento exhausto. Apoyo las palmas de ambas manos encima de las rodillas, doblo el torso y oigo el quejido de los pulmones, ansiosos por recibir más oxígeno. Mi reseca garganta raspa el aire; apenas puedo tragar saliva. Gruesas gotas de sudor caen por mis mejillas. De la pistola, que sigue en mi mano derecha, nace un hilillo de humo.

Me tiembla todo el cuerpo.

La sombra retrocede.

Me dejo caer hacia atrás y me siento sobre el húmedo suelo, con la pistola entre las piernas y ambas manos sobre la cabeza.

Esta vez he logrado escapar.

…Y entonces me despierto. Estoy en la cama. A oscuras. Tengo un dominio perfecto del tiempo. Deben de ser las siete, acaso un poco más. ¿Qué hago en la cama? ¿Cómo he llegado hasta aquí?

No tengo explicación para lo sucedido. Estaba en la catedral. Ahora estoy aquí. Recuerdo un infinito cansancio, tan infinito como el que noto sobre el colchón, porque es mi colchón ¿no? Dudo de todo, es normal. Sí, lo es. Con las manos tocó la almohada y reconozco su forma. Olfateo mi propio olor y un rastro leve del de María. Abro los ojos, reconozco mi entorno. Sí, es mi habitación.

¿Cómo puede interpretarse esta escena?

¿Ha sido real? ¿Un sueño? ¿Qué era esa sombra? ¿Me esperaba? ¿Me buscaba? Todo es una locura. ¿Estoy loco? Pudiera ser. Me conozco, sé de mi voz, sé de mis percepciones; no soy normal y lo tengo asumido, incluso los demás lo han asumido también. Podría ser un simple brote psicótico, podría estar enfermo y no querer aceptarlo; sería una sencilla explicación a tanta locura.

No. Nunca le he dado pie a esta posibilidad. Hace mucho que me asumí tal y como soy, en lo bueno y en lo malo. No es esto.

Entonces, ¿seré presciente? Quizás haya visto el futuro. No, no, tampoco es eso. No era el futuro. Estoy seguro de ello. Era el presente. Pero un presente de sueño. Eso es. He recibido una pista sobre la que concretar la investigación. No iré a hasta el escenario del crimen; si fuera, ocurriría exactamente lo que he soñado. No es ni presente ni futuro. Para esa sombra no

189

existe el tiempo, está allí, esperándome. No iré. Pero ahora comienzo a saber dónde buscar.

Me incorporo. Estoy desnudo. Suelo dormir así, sin ropa; me acostumbré desde muy pequeño, no soporto los pijamas. Necesito sentir el cuerpo en libertad, sin ataduras.

Me duelen los músculos, como si hubiera realizado un esfuerzo supremo. Camino hacia el lavabo a oscuras, como lo hice apenas doce días antes. Estoy frente al espejo del baño. La certeza me golpea de improviso, un nuevo escalofrío recorre mi cuerpo, algo diferente. No hay ni miedo ni terror, solo seguridad, la irrevocable autenticidad, la absoluta veracidad.

Sé muy bien lo que voy a encontrar. Olfateo mi mano de camino hacia el interruptor y, acostumbrado a ello, capto el fugaz olor a pólvora. Enciendo la luz. Mi rostro está repleto de arañazos, de golpes pequeños pero repetidos. En la cadera tengo un hermoso moratón, también en el codo. Con razón me siento baldado.

Si bajo al aparcamiento podré notar restos del calor en el motor de la custom. Cuando llegue a la comisaría me informarán sobre un allanamiento en el escenario. Si me dirijo a la plaza Sant Felip Neri encontraré tres balas incrustadas en alguna pared.

No puedo engañarme. ¿O sí? ¿Realmente estuve allí?

30

—*M*aría, no sé por dónde empezar.

—Bueno, David, si has venido para que hablemos, debes de tener alguna idea sobre ello.

—Yo...

Es sábado. Estamos en mi casa: es un bonito piso en Pedralbes, en la parte noble de Barcelona, arriba, hacia el Tibidabo, allá donde la gente bien de la ciudad nos aislamos de la vulgaridad intrínseca que nos rodea por doquier. Una finca que fuera vacacional y cuyo propietario, cediendo a los cantos de sirena del vil metal, acabó vendiendo para reconvertir la villa, un chalé, como decimos los catalanes, en un edificio de pisos de tres plantas. Una isla de paz, un remanso para el espíritu, rodeado por algunos pinos y robles centenarios.

David ha acudido a la brava, sin avisar. Conoce bien mis costumbres, sabe bien que los festivos desayuno a las diez, en la terraza exterior si el tiempo lo permite, en la interior si no, también recibe luz solar. Lo hago con el periódico en la mano, me encanta leerlo a primera hora. Lo curioso del caso es que pudimos haber quedado la noche anterior, así se lo propuse. Siento que en estos días debo apoyarle. Lo quiera reconocer o no, la experiencia de matar a un hombre siempre deja huella. No hubo forma, me sorprende la frialdad con la que se desenvuelve. Prefirió quedarse en su casa para intentar profundizar en el caso.

Supongo que su aparición tendrá que ver con esas horas de análisis, que tendrá alguna teoría que confrontar, como ya hemos hecho otras veces antes. Siempre ha valorado mi inteli-

191

gencia, pero, por encima de ello, es mi capacidad de tener los pies en el suelo, y no en las nubes, como él, lo que se valora en estos momentos. En cualquier caso, mi ayuda suele acabar siendo testimonial. Es cierto que él acude, pero no es menos cierto que, llegado el momento de hablar sobre los expedientes, sus ideas están ya tan elaboradas que apenas hago algo más que confirmarlas o, alguna rara vez, reorganizarlas para darles la forma correcta.

Bien, sigamos. Reflexiono sobre su llegada así, sin previo aviso. Y recuerdo la frase que David pronuncia nada más sentarse en la terraza: «No sé por dónde empezar».

No ha venido a hablar del caso. Ha venido a hablar de sí mismo. Comencemos por lo evidente.

—¿Qué te ha pasado en la cara?

—Esa no es la pregunta adecuada. No podemos comenzar por ahí.

—Bien. Hagámoslo más sencillo. Dime entonces qué debo preguntarte.

David medita la respuesta. Su mirada se pierde por el ventanal. La luz solar esparce tibieza allá donde acarician sus rayos, por entre las ramas de los árboles. Es aún muy de mañana, pero es un día inusitadamente cálido, como el resto de este sorprendente invierno. No sabe qué decir. David encuentra, de repente, una pregunta cuya respuesta sí puede dar.

—Pregúntame cómo me encuentro.

—¿Cómo te encuentras?

—Mal. Estoy perdido.

—Estás trabajando en un caso muy complejo. Y últimamente te han sucedido cosas complicadas.

—No sabes cuánto.

—Bueno, ya estuvimos hablando sobre ello, pero…

—No. No lo sabes. No hablo del caso.

—Entonces se trata de algo nuevo.

—Sí. No. Es algo antiguo, muy antiguo. Y también nuevo. Eso creo.

¿David inseguro? Algo antiguo, ha dicho, ¿y nuevo a la vez? ¿Quizás ha llegado el momento que estaba esperando? Llevamos más de dos años de relación y apenas hemos hablado sobre nuestras vidas. Solo conozco leves retazos de su infancia, ha sido reservado sobre el pasado. Nos hemos mantenido alejados de nuestra historia personal, siempre viviendo en el presente. No he conocido a ninguna pareja que haya sabido vivir sin conocer lo que fueron individualmente, para así poder proyectarse hacia el futuro en conjunto. Ninguna de mis amigas ha comprendido esta relación. Y yo apenas lo consigo.

—¿Sí «o» no?

—Sí «y» no. Comienzo a pensar que existe un nexo de unión entre parte de mi pasado y lo que ahora me está ocurriendo.

Qué extraño. Pero quizás eso explique lo que me dijo sobre los ojos del cadáver del escenario, no había manera humana de que nadie pudiera saberlo, ¿se referirá a eso?

—¿Por dónde prefieres comenzar?

—Por el pasado.

Sí, por el pasado. Suele ser más sencillo. Empieza. La historia le ocupa cerca de dos horas. David me la cuenta con cierto desorden, salta de aquí para allá, no consigue proporcionar a su relato la linealidad precisa, es como si deseara explicarlo y, a la vez, no hacerlo. Tiene su lógica, pues ¿quién podría comprender que desde su infancia existe una voz, una presencia, que vela por él? ¿Quién podría comprender, en este mundo racional que nos rodea, que existe algo sobrenatural, como ese ángel de la guarda que le protege?

Yo escucho y pregunto poco. Intento hacerlo bien. No me dejo llevar por la curiosidad. Permanezco atenta a sus confusas explicaciones y utilizo mi mente analítica para atar los cabos correspondientes. Yo, que lo respeto. Yo, que lo amo.

Después de hablar sobre el Soplao, donde conoció la muerte y la oscuridad, pasa a explicarme cómo superó ambos enemigos hasta aceptarlos en su seno y en su sino, hasta poder utilizarlos en su provecho. No es solo la historia del niño que fue, es la historia que supo ya mayor, que le explicó su madre cuando, pasados los años, un David adulto fue capaz de comprenderla. Pero la historia no acaba ahí, tiene mucho más que contar, tiene que hablarme sobre cómo acabó estudiando Criminología, sobre cómo entró en la policía, y, sobre todo, acerca de cómo influyó la aceptación de lo irracional en su carrera, en la resolución de casos aparentemente imposibles. El caso de

193

Mercedes Ruiz. El secuestro de los gemelos. Esto es historia. Se lo reconozco.

No pierdo el hilo. Estoy mucho más que sorprendida, pero no lo puedo demostrar. Debo actuar profesionalmente, no en vano soy tanto psiquiatra como médica forense. Y una psiquiatra no puede mostrar emociones cuando estudia un caso, aunque me pese, como ahora ocurre. Ahora entiendo muchos de los comportamientos anómalos de David. Cobra fuerza una estructura explicativa sobre esta personalidad tan compleja y atrayente. Parecen adquirir sentido actitudes, emociones, ideas, tendencias. No sé si podré con ellas, no sé si nos afectará; es inevitable que así sea. Ya sabía yo que David ocultaba algo, pero nunca quise indagar, siempre respeté su silencio. Aunque no esperaba nada semejante, es hasta demasiado.

La primera parte ha finalizado. Parece sentirse algo mejor. Antes o después tenía que contármelo, no cabía otra salida, no podíamos vivir como si nuestros pasados no existieran, aunque por desgracia esto implique que puedan influir en el presente y en el futuro.

194

Acordamos tomarnos un descanso. Nos incorporamos. Él se va al lavabo; yo preparo un café. Es algo espontáneo que servirá para introducir la segunda parte. A David ahora le cuesta menos arrancar. Es directo. Relata la sensación sufrida en el escenario cuando nos hizo adelantarnos a Joan y a mí a la primera habitación. Lo hace con toda exactitud, ni prolijo ni sintético, ha cambiado su discurso: ahora está centrado. Posee una prodigiosa capacidad de retentiva afinada por su larga experiencia analítica. Es una descripción aséptica, científica, prácticamente un enunciado. Despojada de emoción debe pensar que me proporcionará mayor entidad científica, mayor veracidad, verosimilitud, en resumidas cuentas. Esto, para mí, no es importante. No juzgo que por la exactitud mostrada al expresar una experiencia sea esta más creíble. Quizá sea precisamente todo lo contrario.

No hago preguntas. Él continúa. Ahora toca lo que le ocurrió anoche. Aquí no puede evitar las emociones por más empeño que ponga en mantenerlas en segundo plano. No le resulta posible. Demasiado cercano e intenso. Estoy atenta a cuando cuenta su salida del piso, lo de su llegada al escenario, lo de la persecución. Todo esto es muy extraño, pero puede tener cierto fundamento teórico que lo explique. Ahora bien, cuando pasa de encontrarse sentado frente a la catedral a verse tumbado en su cama, desnudo, es cuando las alarmas se encienden en mi cerebro y las sospechas cobran forma, se llenan de contenido. Finaliza su narración y, tras suspirar, espera. Bebo mientras medito, gano tiempo ingiriendo el fuerte café que me gusta preparar en puchero, fue precisamente él quien me enseñó a hacerlo. Debo continuar. Para confirmar mis impresiones es imperativo explorarlo.

—David.

—Sí.

—Déjame examinar tu rostro.

—Claro.

Abandono la terraza y vuelvo con mi maletín de trabajo, donde las principales técnicas forenses de urgencia se apelotonan dispuestas para ser usadas en cualquier lugar. Coloco a David a la luz de sol, es un privilegio poder trabajar con semejante luminosidad. Me pongo un par de guantes y examino detenidamente las heridas. Son acaso doce o catorce, según se cuenten. Cuatro de ellas podrían ser en realidad dos: las trayectorias así lo indican, hay una posible continuidad en los rasguños de la frente y a ambos lados de la nariz. No encuentro restos en ninguna de ellas.

—Enséñame los moratones.

Se despoja del jersey y de la camiseta. Queda al descubierto su torso, apenas tiene grasa, pero no está delgado, las pesas lo mantienen firme. Los músculos están claramente definidos: parece un velocista de cuatrocientos metros; el cuerpo de estos atletas se alejan de la hinchazón de los velocistas de recorrido corto y de los fondistas, cuyo tren superior es tan delgado que roza lo escuchimizado. Un corredor veterano. Sin duda, un hombre atractivo. Se baja el pantalón para dejar al descubierto todo el moratón de la cadera; desde luego el impacto tuvo que ser violento. Acaricio el contorno con mis dedos. Es innecesario, pero al hacerlo parezco convencerme de su existencia. Hago lo mismo en el codo. Estoy sentada frente a él. Lo contemplo semidesnudo y, de no ser porque mi preocupación es absoluta, podríamos haber hecho el amor allí mismo. Me gusta

195

la luz, la situación, ese cuerpo que desmiente el paso de los años.

—Muéstrame las uñas.

David asiente, sabe por qué se lo pido. Utilizo una lupa para examinar todas y cada una de sus uñas en busca de posibles restos. Es un análisis meticuloso que me lleva cinco minutos. Paso incluso unas pinzas en un par de ocasiones.

—No hay nada.

—Menos mal.

—¿Pensabas que habría?

—Ya no sé qué pensar.

—No te has autolesionado. Una limpieza cuidadosa no habría bastado para evitar la presencia de restos de piel en tus uñas. O mejor dicho, sí lo hubieras podido hacer, pero entonces la piel de debajo de las uñas no hubiera tenido ningún rastro. Y sí que hay, los normales. Así pues, la limpieza que haya habido es la normal, la del aseo diario. No las has manipulado. Pásame la pistola.

196

Extrae la Glock de la parte trasera del pantalón y me la entrega. La olfateo, extraigo después el cargador. Cuento las balas y, en efecto, faltan tres.

—Podría hacerte la prueba del guantelete de parafina, pero si las balas no están, pienso que habrán sido disparadas. Dejemos eso.

¿Y ahora? No podía imaginar algo así. Es una verdadera pesadilla. Lo es porque aunque piensa la psiquiatra forense, la que siente es la mujer. Y mi diagnóstico no puede ser más desolador. ¡Soy psiquiatra y soy forense! ¿Qué otro diagnóstico cabe? Guardo silencio. Pero él necesita saber y me obliga a contestar.

—Dime lo que piensas. Hazlo ya.

—David...

—Dilo.

—Yo...

—¡Dilo!

Respiro hondo antes de hablar, y cuando lo hago contengo la respiración, suelto de carrerilla aquello que temo.

—En un primer análisis debo decirte que estás bajo un fuerte estado de estrés. Has sufrido alucinaciones auditivas y visuales. Podría tratarse de un brote psicótico. Esto es serio, David, necesitas dejar este caso, ponerte en manos de un profesional y tomar medicación.

—No puedes pedirme eso, María. Y no puedes creer semejante cosa.

—David. Esto es muy serio. No puedes ir por la calle con una pistola en este estado. Es peligroso para ti y para los demás. En tu cargador faltan tres balas. Nadie puede asegurar adónde han ido a parar.

—No estoy loco, María.

—Yo no he dicho tal cosa.

—María. Nunca había dudado sobre mí hasta anoche. He vivido con mis… peculiaridades desde hace tantos años que ya forman parte de mí. Pero estas jamás han supuesto problema para mi trabajo. De hecho te he demostrado antes que hubo casos que jamás habría resuelto sin ellas.

—Esa es tu opinión. Podría ser de otra manera.

—¿Cómo?

Manifiesta genuina sorpresa ante esta posibilidad, y también cierto desamparo. No ha imaginado que pudiera existir una explicación racional a estos fenómenos.

197

—Muchas veces queremos creer aquello que nos conviene creer, aunque no sea real. Pudiste creer que las claves de estos casos dependían de esa voz, cuando, en verdad, era tu propia capacidad la que proporcionaba la solución. Es probable que todos los datos necesarios para resolver esos casos supuestamente imposibles obraran ya en tu poder. En realidad, la voz eres tú. Clínicamente hablando, podría considerarse una forma elaborada de disociación.

—No.

—Sí. No puedes negarlo. Soy psiquiatra. Es perfectamente posible. Lo sé. Y tú también lo sabes. Tienes sobrados conocimientos de psiquiatría para saberlo.

—Ya. Dime entonces cómo explicas esto.

Extrae el móvil, pulsa el buzón de voz y me lo tiende. Suena una voz que reconozco inmediatamente, la del cabo Anglada: «Inspector, tenía razón. El escenario de Escudellers ha sido completamente revuelto, parece que hubiera sucedido un verdadero terremoto. Han tumbado los muebles en todas las habitaciones; la sala está completamente patas arriba; han vaciado los cajones y han roto su contenido, y lo han esparcido por toda la sala. Voy a dar parte para que manden un equipo completo e intentar evaluar lo ocurrido. Saludos».

—Llamé a primera hora. Solicité que Anglada fuera a inspeccionar el escenario. Me telefoneó cuando venía con la moto hacia aquí y escuché el mensaje justo antes de subir a verte. Dime cómo puedes explicar eso.

Dios santo. Niego con la cabeza. Es tan evidente que siento incluso miedo. Lágrimas brotan y empapan mis pupilas; a duras penas puedo contenerlas.

—David. Tú mismo has dicho que saliste con la moto. Fuiste hasta Escudellers. Estuviste allí. No hubo ninguna sombra. Las sombras no revuelven las cosas. David…

—Comprendo. Piensas que fui yo. Que todo está en mi mente. Tienes que estar pensando que estoy como una verdadera cabra.

—No, no es eso… Pero reconoce que no estás bien. Tú mismo has elegido venir a contármelo. Eso, en sí mismo, revela una duda. Debes entenderlo.

—Te equivocas. Estoy muy bien, De hecho me siento mejor que nunca. Aunque puedas creer que me estoy volviendo majareta, te aseguro que mi mente funciona a la perfección. Jamás me he sentido tan receptivo y afinado como ahora.

—¡David!

Se levanta y viene hacia mí. Si fuera cualquier otra persona, hubiera sentido incluso miedo, pero no puedo esperar nada malo de él. Me acaricia el rostro, me alza y me abraza, y yo respondo sin dudar a su abrazo. Sé qué él siente mis lágrimas corriendo por su torso. Ante la presión de su pecho, han cedido para surcar la piel amada y entregarle una muestra de mi sufrimiento. Busca con su boca la mía y nos besamos. Él lo hace con pasión, yo permanezco pasiva, me dejo hacer. David está repleto de fuego, del fuego que a veces brilla en su piel, del fuego que ilumina su deseo, del fuego que lo hace diferente; y yo respondo, no soy ya la forense, no soy más que el receptáculo de una pasión ineludible, urgente pero primorosamente delicada. Nos abrazamos de nuevo, nos acariciamos. David parece querer convencerme con su pasión. ¿Y yo? Solo quiero disfrutar de este momento. Lo que siento no es deseo, es solo amor acompañado por un gran pesar, y sé que quizá sea la última vez en mucho tiempo que pueda demostrárselo; sé que no puedo permitir que David ejerza su trabajo en tal estado, sé que, como pensé una hora antes, nada podrá ser igual entre nosotros, y no quiero que el recuerdo de esta conversación sea triste, pero no será el sexo el que lo evite, no, aunque me lleve a la cama en brazos, en esos fuertes brazos que adoro y acaricio según nos desplazamos al dormitorio, aunque hagamos el amor con dulzura. La tristeza está presente en todas y cada una de las caricias, en todos los sentimientos, en cada palabra, en cada gemido…

Son las dos. Estoy tumbada en un lateral de la cama, apenas cubierta por una fina sábana. Tengo los ojos cerrados, pero estoy completamente desvelada. David, ya vestido, me habla desde el umbral del dormitorio.

—María. Sé que estás despierta. No hagas lo que estás pensando. Necesito una semana. Dame esta semana y te prometo que conseguiré resolver este embrollo. No te fallaré, mi amor. Hazlo y quedaré completamente en tus manos, haré todo lo que tú me digas. Pero dame esos siete días. Solo yo puedo resolver esto. Tú misma lo has reconocido. Recuerda el caso de los gemelos, o el de Mercedes Ruiz. Fueron algo especial, ya te lo he contado, esto no será diferente.

No contesto. Me ha invadido una tristeza infinita. No sé lo que haré. David sale de la habitación. Oigo cerrarse la puerta de la casa, se ha marchado. Siete días para resolver el caso. Y qué mierda me importa ahora todo eso.

SEXTA PARTE

El caso de Mercedes Ruiz

31

*C*omisaría *de Ciutat Vella, mayo de 1990.*

El comisario Fornells está reunido con el inspector Bárcena. No le queda mucho tiempo para jubilarse, pero, hasta que llegue el momento, sigue trabajando con la intensidad habitual.

Es un veterano responsable, un hombre de equipo, de los que intenta comprender a los suyos.

Fornells y Bárcena están estudiando si ha llegado el momento de que el joven inspector Ossa comience su andadura en solitario. Fornells cree que sí, pero desea corroborarlo con el que, hasta ahora, ha sido su compañero y supervisor.

—¿Qué tal lo ves, Bárcena?

—Está preparado.

El comisario Fornells asiente. Ossa lleva nueve meses trabajando en la comisaría bajo la encubierta tutoría de Bárcena y todos sus informes han sido muy favorables. Es inteligente, no cabe duda. Metódico. Y a veces brillante. Pero le falta soltarse un poco. Aún es algo estirado, demasiado formal, muy sujeto a los procedimientos y poco al instinto.

—¿Estás seguro?

—Sí. La verdad, al principio le costó un poco. No es lo mismo sacar la oposición e ingresar en el cuerpo desde fuera a ir progresando mediante concurso-oposición desde dentro. Pero ahora ya está adaptado a la rutina del trabajo y, lo que es más importante, está aprendiendo a comprender dónde radica el verdadero trabajo de un inspector.

—Interesante observación. Ahora que ya no estoy demasiado lejos de la jubilación te agradecería que me explicaras tus conclusiones al respecto.

—Instinto, Fornells, instinto. El instinto lo es todo.

—Vaya. Debo suponer, entonces, que si lo está comprendiendo es gracias a tus buenas labores de tutor.

—Venga, Fornells, no me toques los huevos. Si lo pusiste a mi vera, fue por algo. Quizá yo no sea el mejor de tus hombres, pero sabes que siempre respondo. ¡Y que no me falta olfato!

Es cierto, Bárcena es un buen inspector. Llevan juntos más de diez años, tocándose las narices a diario, pero sin ocultar el respeto que sienten mutuamente. Bárcena es desordenado, despistado, incluso anárquico, pero es cierto que tiene olfato y buena mano para captar los pequeños detalles que suelen ser la clave de la mayoría de los expedientes. Y desde que está «tutelando» al joven Ossa, su rendimiento ha aumentado más, si cabe. Precisamente por esto Fornells lo ha convocado: tiene la sospecha de que, por bueno que sea Bárcena, no menos bueno va a resultar ser Ossa. Podría mantener la pareja funcionando tal cual una temporada más, pero antes o después deberá darle la alternativa a Ossa. Y el momento ha llegado.

—Bien. Dile que venga. Vamos a dejarle volar solo.

—En fin, algún día debía llegar este momento.

—No, si al final resulta que lo vas a echar de menos. Vas a acabar pareciendo una gallina cuidando a su polluelo.

—Jodido Fornells. Ahora te lo mando. ¡La madre que te parió!

Fornells se ríe cuando Bárcena se marcha. David no tarda en aparecer. Llama educadamente a la puerta. Solamente la abre cuando escucha la voz de su superior: «Adelante». Es un hombre formal, tiende a ser reservado, prefiere ser de los que escuchan antes de lo que hablan. Es comedido. Equilibrado. Es justo lo opuesto a la mayoría de los miembros de su plantilla. Al personal le cae bien, pero no es de los que hace amigos en el trabajo, no está en su carácter. Un buen profesional, sí. Pero poco empático. ¿Frío? No, no es eso… pero sí algo parecido, difícil, de definir.

—Usted dirá.

—Joder, Ossa, la de veces que te he dicho que me tutees.

—Lo siento, jefe. Me sale sin darme…

—… cuenta, ya lo sé. Venga siéntate, tenemos que hablar.

David se ha sentado con la espalda apoyada en el respaldo. La silla es recta. Lleva puesta una americana. Su aspecto es serio, aunque la apariencia de su rostro es relajada. Es joven. Mucho. Aún le faltan unos cuantos para los treinta. Al mirarlo, Fornells siente cierta envidia, hacía mucho que no lo hacía, estaba acostumbrado a asumir su edad. Ossa ha conseguido, desde el principio, interesarle, hacerle adoptar una actitud más paternal que profesional, no entiende qué ve en él para actuar de semejante manera.

—Bueno, chaval, llegó el momento. A partir de este instante comienzas a trabajar por tu cuenta. Se acabó ir de muletilla con Bárcena.

Ossa asiente, exhibe una discreta sonrisilla. Qué jodido, qué poco se permite; debería mostrar más alegría.

—Caramba, Ossa, no pareces muy contento.

—Pues lo estoy. Y mucho.

—Te están preparando el despacho del fondo. Podrás ocuparlo dentro de un par de horas.

—¿Ayudante?

— Gánatelo.

—Para ganármelo necesitaré una buena mano. Y eso depende de ti.

Es cierto. Fornells es quien reparte el trabajo de la comisaría, le gusta hacerlo personalmente y no delegar en su segundo. En su mano está el proporcionarle un caso con sustancia o únicamente encargarle asuntos anodinos. Fornells lo tiene claro. Confía en él, pero David debe ir poco a poco. Le tiende una carpeta. En la portada lleva escrita a mano una leyenda: «Mercedes Ruiz».

—En tu mesa tendrás unos cuantos casos, de esos con los que tus compañeros no dan abasto. Y toma este otro.

Menuda putada. Sus colegas le habrán dejado sobre la mesa una colección de inutilidades absurdas, de esas que generan trabajo y más trabajo, del aburrido, del que nunca llena, del que no sirve para nada. Pandilla de cabrones, estarán descojonándose de él, lo bien que les habrá venido soltar semejante lastre.

—Mercedes Ruiz. El marido denunció el sábado su desaparición.

205

—En efecto. En este preciso instante el subinspector Marín le va a tomar declaración en la sala de interrogatorios. De momento, cuenta con él. Preséntate allí y toma las riendas del caso. Aunque no es lo habitual, pásame informes de tus avances al día. Y si necesitas ayuda, me lo dices.

—Sí.

David está a punto de abandonar el despacho del comisario cuando, en el umbral, se detiene y asoma la cabeza. Fornells ya estaba comenzando a encender uno de sus habanos, calentando con una cerilla el grueso mazo de tabaco.

—Jefe.

—Sí.

—Gracias por la confianza.

Por la confianza, no por el caso. Las desapariciones de adultos suelen ser de lo de más anodino. Cuántas personas desaparecen para cambiar de vida; se van sin dejar rastro tras de sí… Será un comienzo de lo más vulgar. Pero un comienzo, al fin y al cabo.

206

32

*L*a sala de interrogatorios no suele ser el lugar indicado para tomar a declaración al marido que denuncia una desaparición. Es el espacio en el que se interroga a los sospechosos. Lo normal hubiera sido llevarlo a una de las mesas del primer piso, ¿por qué lo habrá hecho así Marín?

Abre la puerta de la sala: el marido está sentado en un lado de la mesa; en el otro lado, Marín, de pie, examinando unos papeles. David se acerca y le tiende la carpeta con el expediente. Marín ve en la cubierta el nombre de la desaparecida y comprende que el inspector Ossa va a ser el encargado del caso. «Felicidades», musita y le cede el terreno con habilidad.

—Señor Masach, le presento al inspector Ossa, será el inspector responsable de este expediente. Inspector, este es el señor Mario Masach. Telefoneó el sábado para notificar la desaparición de su mujer. Tal y como marca el protocolo, le informamos de que no podríamos iniciar la investigación hasta transcurridas veinticuatro horas.

—Y como pasado ese tiempo tampoco ha aparecido, aquí me tienen de nuevo.

David analiza a Masach, un primer vistazo nunca es suficiente, pero proporciona las primeras pistas. Reloj suizo de primera marca, ropa cara, el excelente corte indica la mano de un sastre. Ha hablado con aplomo, es la voz de alguien acostumbrado a ser escuchado. Tiene dinero. Y no es un cualquiera. Vive en… el paseo del Born, muy cerca de Santa Maria del Mar, en un ático de esos que las parejas con posibles adquieren y restauran para convertir en residencias de lujo. Seguro que tiene una terraza con vistas directas a la basílica y, a lo lejos, a la catedral.

—Señor Masach, cuénteme, por favor, qué le hace pensar que su mujer ha desaparecido.

—¿Otra vez? Ya se lo he explicado a su compañero.

—Sea tan amable.

—Está bien. Habíamos quedado en ir el fin de semana a la masía que tenemos en Masnou. La verdad es que el viernes discutimos por una tontería y decidí marcharme yo solo. Antes de salir le dije que la esperaría allá. Bueno, a lo largo del sábado no apareció, telefoneé a casa en varias ocasiones, pero no la encontré. No hice mucho caso, pensé que sencillamente seguiría enfadada y que no quería hablar conmigo. Así que llegó el domingo, y después de comer regresé a casa. Bueno, tampoco estaba. Vine a la comisaría, me informaron de que debían pasar veinticuatro horas desde el momento en que se hace constar la desaparición. Y aquí estoy.

—Bien. Comencemos por el principio. ¿Faltaban ropa o maletas en la casa?

—No, pensé que quizá se hubiera enfadado tanto como para irse a casa de su hermana, pero todo estaba en orden, y en su vestidor aparentemente no faltaba nada.

—¿Dinero, joyas?

—En casa no tenemos dinero, lo justo para el día a día. En cuanto a las joyas, estaban todas en su sitio. Tampoco falta dinero en el banco. No se han usado las tarjetas.

—¿Ha contactado con su hermana u otros familiares?

—Solo tiene una hermana. Hablé con ella esta mañana: no sabe nada y también está muy preocupada.

—Necesitaremos su dirección y un teléfono de contacto.

David tiende un bolígrafo y Mario anota de su puño y letra los datos.

—¿Podría decirme por qué discutieron?

Un fuerte suspiro sigue a la pregunta de David. Mario Masach frunce los labios al responder. Muestra más impaciencia por lo que parece considerar un absurdo retraso en la búsqueda de su mujer que genuino fastidio.

—Por lo de siempre. Mercedes quería quedarse embarazada, lleva tiempo planteándome el tener un hijo, pero yo no quiero.

—Necesitaría saber cuáles fueron los términos de la discusión. Sea lo más preciso posible al recordarlos, por favor.

—¿Realmente es preciso?

—Sí, lo es.

Paciencia. Los maridos no suelen ser conscientes de la importancia que tiene reconstruir las últimas conversaciones mantenidas con sus mujeres. A veces, ellas nos proporcionan pistas que ellos son incapaces de entrever. Hay que explicárselo de manera que comprendan la pregunta como lo que realmente es: no se trata de incriminar a nadie, sino de recoger datos, sencillamente.

—Bien… Llegué del trabajo a eso de las siete. Ella había salido un poco antes, yo me retrasé preparando unos informes.

—¿Trabajan juntos?

—Sí, tengo un despacho especializado en derecho mercantil, trabajamos para varias empresas importantes. Mercedes también es abogada, como yo. Ella es la responsable de personal y de relaciones externas. Una comercial de primera.

—¿Son socios?

—Sí, claro, el bufete lo fundamos juntos hace seis años.

—¿Dirección y teléfono?

—Diagonal, 577. Tome esta tarjeta.

La extrae de una preciosa cartera de una conocida marca italiana, cuyo precio posiblemente sea superior al sueldo mensual de un inspector. No cabe duda, están forrados.

—Continúe.

—Teníamos la intención de salir hacia Masnou sobre las ocho para ir a cenar con unos amigos en el puerto. Pero como me retrasé, Mercedes les telefoneó para anular la cita, pues con la clásica caravana de la carretera de la costa difícilmente íbamos a llegar a tiempo. Estaba enfadada. Al principio no salió el asunto del embarazo, simplemente me recriminó que hubiera llegado tarde, ¡como si tuviera otro remedio!

—¿Por qué dice eso?

—Uno de nuestros clientes más importantes, un laboratorio farmacéutico, me encargó un estudio de última hora sobre la posibilidad de absorber a otro laboratorio que se encuentra en plena expansión, pero que tiene bastantes deudas. Se trataba de realizar una primera evaluación con los datos bancarios que me proporcionaron, y de poner en marcha el informe preciso. Mis clientes suelen pasar la frontera de la amistad, pero no consideré que abusaran. Sencillamente, hice lo que tenía que hacer. Y ella lo sabía.

—Explíqueme eso.

—Quiero decir que su queja era absurda. No yo, ¡el responsable de cualquier otro bufete hubiera hecho lo mismo!

—Entonces, su enfado…

—Fue por lo de siempre, qué si no. Lleva tiempo de mal humor, y en cualquier situación salta a las primeras de cambio. Precisamente porque lo sé no le hice caso, estoy harto de discutir por el mismo tema. Así pues, le dije que me iba a la masía con los papeles, y que la esperaba allí, que apareciera cuando se le pasara el mal humor.

La presentación de Masach parece convincente, sobre todo ha sido natural, nada afectada. David lanza un primer anzuelo, siempre conviene hacerlo.

210

—Bien. Señor Masach, usted ha dicho al principio que discutieron por una tontería, pero inmediatamente después concretó que quizás ella se hubiera enfadado lo suficiente para irse de casa. Convendrá conmigo que nadie se plantea irse de su casa si no es por un motivo serio. Así que su primera declaración parece algo contradictoria respecto a lo que dijo el domingo.

Masach niega rápidamente con la cabeza. Se muestra serio y vehemente:

—No, hombre, quiero decir, inspector. Es cierto que ella estaba enfadada, y supongo que aún lo estuvo más cuando me marché y la dejé con la palabra en la boca. Sí, se cabreó. Pero esto mismo ya lo habíamos vivido antes. Es una mujer con genio vivo, y a mí, la verdad, no me apetecía un…, un…, bueno, un carajo, caray, esa es la palabra, no quería discutir. Llevaba una semana con un trabajo de mil demonios, era justo lo que faltaba el viernes por la tarde.

Una reacción rápida. Y espontánea. No parece fingir. Y si por desgracia lo hiciera, mal asunto, porque lo hace muy bien.

—Tengo una última pregunta que hacerle. Es delicada.

—Dígame.

—Al margen de lo que me ha contado, necesitaría saber si su relación de pareja es buena.

—¿Cómo? ¿Qué quiere decir?

Demasiado fino, otro inspector hubiera sido mucho menos metafórico y bastante más directo.

—No se ofenda, pero quizá cabría la posibilidad de que ella se hubiera marchado con otra persona. Por eso no necesitó coger ni dinero ni ropa. A veces hay quien se harta de todo, y como tiene con quien irse, cambia de vida y lo deja todo atrás. Lo hemos visto en otras ocasiones.

Masach niega con lentitud mientras mira fijamente a David. Es una reacción muy auténtica, está perplejo, no se le había pasado por la cabeza.

—No lo creo. Lo hubiera sabido. Pasamos mucho tiempo juntos, tanto en el trabajo como fuera de él. Y nuestra relación es buena, si dejamos a un lado el tema del embarazo.

Cada vez peor. Fornells le ha dado un caso imposible, porque, sencillamente, no lo hay. Ella se fue. Se hartó y se largó. No se busca a quien quiere irse. Y no hay indicios de delito por ninguna parte.

—Bueno, de momento, con esto basta. Le agradezco su paciencia. Tenga en cuenta que realizar preguntas, aunque pertenezcan a la intimidad de las personas, es parte de nuestro trabajo. Voy a dejarle con el subinspector Marín, que tomará declaración escrita de la conversación que mantuvo con su mujer. Intente, al realizarla, ser lo más exacto posible.

—Bien.

Pasa casi una hora mientras Marín repasa esa conversación con Masach. Durante ese rato, David contempla la escena desde la sala anexa, detrás del cristal-espejo. Lo observa detenidamente. Y no ve nada digno de ser reseñado. Cuando Marín da por finalizada la toma de la declaración, David entra de nuevo en la sala.

—Veo que ya han acabado. Permítame que lo acompañe hasta la recepción.

Así lo hace, llegan al vestíbulo, seguidos por Marín. Hay más personal junto a la puerta, a veces ocurre. Se forma un pequeño batiburrillo y parece que media comisaría se ha citado

211

espontáneamente allí. David tiende una mano hacia Masach. El abogado se la estrecha con fuerza y la retiene entre la suya mientras pregunta.

—La encontrarán, ¿no es cierto?

—Señor Masach, no le voy a engañar. Buscar a personas adultas que han desaparecido como lo ha hecho su mujer, sin que existan indicios de delito, no entra en nuestro trabajo habitual. Pero lo intentaremos. Quédese tranquilo.

El hombre asiente. Parece cariacontecido. Emprende el camino hacia la puerta y la abre saliendo al exterior. Entonces una voz se deja oír por encima del murmullo de las distintas conversaciones.

Ha sido él.

Un segundo de duda. La sorpresa se dibuja en su rostro.

—¿Quién ha dicho eso?

David ha pronunciado estas palabras elevando la voz. Todas las conversaciones se extinguen. De repente, se da cuenta de que más de veinte pares de ojos le están observando. Marín reacciona el primero, sin ocultar su extrañeza.

—¿Quién ha dicho qué?

David ha percibido la voz como si flotara sobre él. Realmente no parecía proyectada desde ningún lado. Se siente ridículo. Habrá captado las palabras de otra conversación. Existen puntos concretos en los espacios cerrados donde la sonoridad juega malas pasadas. Recuerda el caso concreto de una conferencia que dio tiempo atrás en la Facultad de Derecho a un grupo de estudiantes de criminología; hubo un punto exacto del atril donde el sonido parecía «fluir» y «caer» sobre él en lugar de proyectarse hacia delante.

—No, nada, pensaba que... Me he debido de confundir.

—Bien, volvamos al trabajo. ¿Quieres que deje el expediente en suspenso?

Una pregunta pertinente, realmente no hay por dónde agarrarlo.

—No, déjalo en mi mesa. Le echaré un vistazo mañana.

—Muy bien.

Marín se va cumplir el encargo. En el vestíbulo, la actividad

recupera su ritmo normal, nadie se fija ya en el inspector Ossa.
Lo ha oído claramente: «*Ha sido él*».

Sí, eso dijo la voz.

Pero ¿qué voz?

213

33

—*D*avid, ¿qué tal te van las cosas?

—Mejor no hablar, Fornells. Tal y como me temí, mis queridos colegas me han dejado una colección de mierdas que no se las salta un galgo.

La risa de Fornells es franca y contagiosa.

—¡No esperaba menos de ellos! La verdad es que les has venido como caído del cielo. Eso sí, no te lo tomes como algo personal: todos hemos pasado por lo mismo. En cuanto a eso de pedirme un caso con chicha, ¡ya llegará! Cúrrate lo tuyo y demuéstranos a todos lo que vales.

—Bien, entendido.

—Hazme un pequeño repaso: ¿Qué tienes sobre la mesa?

—Dos robos, uno con escalo y otro por butrón. Unos chorizos nuevos recién llegados al barrio y que están generando problemas en la parte baja del Raval. Camellos trabajando cada vez con más descaro en la Rambla de Santa Mònica. Una denuncia retirada por un restaurador de la plaza Reial, que en su momento alegó el pago de cierta cantidad como «protección»; quisiera intentar hablar con el propietario para tirar del hilo e intentar pescar al mafioso que lo extorsiona. Y, por último, el caso de Mercedes Ruiz, la desaparecida.

—Hum. Un poco de todo, y nada maravilloso. Lo más interesante, de largo, lo del restaurador. Pongo la mano en el fuego a que se trata de nuestro viejo conocido Morgadas. Solo él es capaz de «convencer» con sutileza a una persona para que retire una denuncia después de haber reunido el valor suficiente para presentarla.

—Morgadas. Os he oído hablar mucho de él. Pero no acabo de comprender cómo es posible que lleve tantos años «trabajando» en esta zona y que todavía no hayáis sido capaces de echarle el guante.

La mirada de Fornells se torna repentinamente seria. David ha pinchado en hueso. Suspira con fuerza antes de contestar.

—Mira, David, te aseguro que a nadie le gustaría más que a mí meterlo en el trullo. Pero ese tipo es algo especial. Lleva más de veinte años extendiendo su reinado desde el Raval y el Barri Gòtic hacia toda la ciudad, y ni uno solo de los inspectores o comisarios que hemos trabajado en esta zona hemos logrado ni tan siquiera inquietarlo lo más mínimo. Han caído algunos de los suyos, sí, incluso algún lugarteniente. Pero jamás hemos logrado que hablaran contra su jefe. Su estructura de negocio es la clásica en estos casos, pero la diferencia estriba en su personal. Son verdaderos fanáticos, gente que se lo debe todo. Y él los cuida como un patriarca. Es un hombre extraño, difícil. Y peligroso. Así que, mucho me lo temo, no conseguirás nada. Cuéntame lo que tienes de los demás casos.

—Los robos. El de por escalo, de momento nada. El del butrón parece más interesante, fue en una platería de la calle Princesa. Buena técnica, obra de profesionales. Y un botín importante, plata y oro blanco.

—Controla a los peristas de la zona. Ese tipo de material suele colocarse rápidamente. Muchas veces se trata incluso de encargos realizados por la competencia. ¿Qué me dices de los quinquis?

—Inmigrantes. Tienden a ser violentos. Preocupan a los vecinos.

—¿Área de influencia?

—En el entorno de la Rambla del Raval.

—Coordinaré un par de patrullas de seguridad ciudadana para aumentar nuestra presencia e incrementar la sensación de control. Aunque, si no lo hacemos nosotros, será el mismo Morgadas el que acabe tomando cartas en el asunto.

—¿Hasta eso es capaz de hacer?

—Donde no llegamos nosotros, llega él. Y a veces, aunque esto te resulte difícil de comprender, te aseguro que podemos encontrar en él cierto… llamémosle aliado circunstancial.

215

—Comisario, me cuesta aceptar este orden de cosas.

—Lo entiendo. Pero te diré que si tanto te molesta, intentes atraparlo. Mientras tanto, no despreciemos aquello que nos convenga, incluso cuando proceda de nuestro enemigo. Sigamos con el repaso, háblame de los camellos.

—No se ocultan. Cada vez actúan con mayor descaro.

—Extraño. Han pasado el límite. Prepara una redada con gente de paisano, los pillas con las manos en la masa y todos al trullo. Una cosa es que se trafique, otra que se crean que están en el patio de su casa. Para acabar, lo de la desaparecida.

—He hablado con la familia de ella. Están preocupados. No es su forma de actuar. Si se ha ido con otra persona, nadie sabe nada al respecto.

—Las amigas.

—Lo mismo.

—¿Qué dice el marido?

—A partes iguales, desorientado y asustado.

—Vecinos, gente del barrio, ¿qué me dices de las horas de la desaparición?

—Nadie sabe nada. Nadie vio nada.

—Completamente insuficiente para seguir con el caso. Apárcalo y dedícate a los camellos y al hostelero.

Fornells está ordenando unos papeles. Parece dar por concluido el repaso a los expedientes de David. No obstante, si bien el viejo comisario parece estar ya a otra cosa, el joven inspector se mantiene en su lugar sin moverse ni un ápice. Fornells percibe su inmovilidad, lo conoce bien, y la traduce acertadamente.

—¿Qué quieres?

—El caso de Mercedes Ruiz.

—Di.

—No quiero aparcarlo.

—Dime por qué.

Buena pregunta. Cómo explicar que se siente inquieto, que tiene un runrún en su interior desde el momento en que Masach abandonó la comisaría y esa extraña voz sonó en su cabeza. David lleva días dándole vueltas a ese asunto y no logra encontrar una explicación racional. Pero fuera lo que fuese, le generó una notable inquietud en su interior.

—Fornells, tú te fías de mí. Lo sé. Y te lo agradezco, bien lo sabes.

—Venga, David, como se dice ahora, no te enrolles y ve al grano.

—Dame permiso para seguir investigando la desaparición.

—Dame tú un motivo para ello.

—El marido.

—Has dicho que estaba desorientado y asustado.

—Ajá. Sospecho de él.

—Por segunda vez: dime por qué.

David no puede aportar nada en concreto. Pero debe estimular la curiosidad de Fornells o le impedirá seguir en el caso, al menos de manera oficial.

—Sospecho de su actitud. Es... demasiado perfecta. Demasiado natural. Exageradamente natural. Todas y cada una de sus reacciones son las adecuadas, no proyecta la más mínima sombra de sospecha. Y eso me resulta demasiado llamativo.

Una maniobra inteligente. Fornells es de los que cree en el instinto, en las primeras impresiones, en la experiencia del sabueso. Medita unos segundos antes de contestar. De momento David ha abierto brecha, lo ha conseguido.

217

—Lo interrogaste a fondo.

—Sí, reconstruimos sus movimientos en la comisaría dos días después.

—Tuviste que notar algo al margen de esa, llamémosla, impresión personal.

—Coincidencias y posibilidades. Verás: desde su piso pueden acceder directamente a un garaje privado en el sótano de la casa. Tienen dos coches. Uno de ellos, el que utilizó para ir a pasar el fin de semana a la masía de Masnou, es un todoterreno de gran tamaño.

—Interesante. Sigue. Dime qué hizo el sábado por la mañana.

—Compras: pan, periódico. Comió en el restaurante del puerto deportivo. Lavó el todoterreno. Luego estuvo con algunos conocidos parte de la tarde, todo comprobado.

—Hum. Entiendo por dónde vas.

—Pudo asesinar a su mujer en la casa, introducirla en el maletero del coche, llevarla hasta la masía y deshacerse allí del cuerpo. Tuvo tiempo material para hacerlo.

—Me estás dando poca cosa. El lavado del todoterreno no basta ni como indicio. David: es cierto que todo parece señalar al marido, pero a la vez carecemos de cualquier mínima pista que confirme tu sensación.

Sí, lo sabe, es bastante poco. Una simple concatenación de posibilidades. Ahora unas gotas de sinceridad y de entrega profesional.

—No tengo más. Una posibilidad y una intuición. Es todo. Pero si me dices que deje el caso, dedicaré mi tiempo libre a seguir haciendo indagaciones. Quizá si me dieras la opción de realizar un registro en el domicilio de los Masach, pudiéramos encontrar algo.

Fornells extrae uno de sus gruesos caliqueños, corta un extremo por el basto procedimiento del mordisco, enciende una cerilla e inicia el encendido aspirando con fuerza mientras reflexiona. Después de un par de largas caladas llega a una conclusión.

—Está bien. Sigue con ese caso. Pero nada de registros, el juez no lo autorizaría. Y dale prioridad al hostelero. Todo lo que tenga que ver con Morgadas es siempre prioritario.

—Gracias, jefe. No te fallaré.

David abandona el despacho. No oculta cierta alegría. Fornells se queda meditando acerca de su decisión. Muy poca cosa. Pero confía en ese hombre. Ve en él algo especial, es diferente, lo supo desde el primer día que entró en la comisaría. Pero ¿será realmente así, o será que él quiere verlo de esa manera?

34

—¿*S*eñor Masach?

—¿Sí?

—Soy el inspector Ossa. ¿Le importaría abrirme? Quisiera charlar con usted unos minutos.

—Sí, cómo no. Suba.

Un palo de ciego. David ha decidido acudir a la casa de Masach con la esperanza de detectar algún detalle, de encontrar una pista. No lo tiene demasiado claro. Sabe que Masach está en su domicilio porque lo ha seguido desde que salió del bufete. Realmente Masach podría negarse a recibirlo: no son horas, mejor mañana, ya pasaré por la comisaría. Cualquier excusa clásica hubiera bastado.

David contaba con su aquiescencia, ha sido un oscuro instinto el que le ha forzado a ir tras él, no lo «cree», lo «sabe» culpable, y los culpables como Masach son de los que siempre están disponibles, son de los que nunca se ocultan. El único pero es que no hay pista alguna que lo relacione con la desaparición de su mujer.

La casa de Masach es un viejo palacete reconvertido en apartamentos de lujo. Es elegante. Dejaron la vieja piedra a la vista. La decoración mezcla lo viejo con lo nuevo. Todo huele a dinero. En el vestíbulo hay un portero, que saluda a David. El inspector accede al ático por el ascensor general, en la puerta de la vivienda le espera su dueño, le tiende la mano, se la estrecha.

—Pase, por favor, siéntese.

—Gracias.

La decoración es primorosa, colores elegantes combinados

con muebles de clase, marquetería fina, antigüedades. No hay duda, el bufete va como un tiro, deben de facturar a lo grande. Masach lo acompaña hasta el salón. El ventanal es espectacular. Tal y como ha imaginado, las vistas son directas hacia las torres de Santa Maria del Mar y, al fondo, las de la catedral. Mucho nivel. Y mucho dinero.

—¿Tiene novedades?

—Pues… la verdad, de momento, no. Estamos bastante desorientados.

—Qué me dice. Al verle por el videoportero, tuve la esperanza de que quizá me trajera noticias…

—No, lo lamento.

—¿Entonces?

—Venía precisamente a charlar con usted. A veces ocurre que detalles muy pequeños se pasan por alto. Siempre es conveniente charlar sobre las últimas palabras que se dijeron.

El escepticismo, el hastío, ¿o quizá detecta una sombra de desconfianza?, hacen su aparición en el rostro de Masach.

—Puede ser útil.

Un suspiro, profundo.

—Inspector, se lo he contado todo al detalle. Dos veces.

—Se lo ruego.

David es joven, no ha llegado a la treintena, conserva en su mirada una expresión de infinito desamparo producto de las experiencias que han marcado su vida. Habitualmente no la exhibe, mantiene esa pureza innata escondida, donde nadie pueda alcanzarla, pues, cuando la deja salir al exterior, es capaz de desarmar a cualquiera. Y, sabedor de su poder, siente pudor ante esta premeditada exhibición que siempre le resulta indecorosa.

Ahora la emplea.

Y obtiene el resultado apetecido, aunque con una mínima y casi indetectable reticencia.

—Está bien.

Objetivo logrado. Es momento de repasar los puntos clave.

—Señor Masach, no vamos a repasar toda la conversación. Intente, por favor, recordar cuáles fueron las palabras exactas que dijo su mujer en el momento en que usted le anunció que se iba a la masía.

Masach medita, parece buscar en su memoria y cuando comienza a hablar lo hace lentamente, pugnando por centrar el recuerdo y exponerlo adecuadamente. Sin duda, una muestra de su actividad profesional.

Durante la siguiente media hora, Masach desgrana paso a paso la conversación que mantuvo con su mujer, lo hace de manera aleatoria, va de aquí para allá, mezcla los tiempos. Aunque David había dicho que lo más importante era el momento previo a la salida de Masach, siguen hablando de lo ocurrido hasta el momento de la llegada del marido a su casa, la noche de la desaparición. El inspector va jugando con las intenciones del marido. Al final logra alcanzar su verdadero objetivo: poseer una segunda declaración de forma encubierta.

—Le agradezco su esfuerzo.

—¿Cree que servirá para algo?

—Eso espero.

Es el momento de una despedida formal. Se dan la mano. El rostro del marido refleja cansancio. David sigue detectando un punto de alarma oculto, bien escondido, pero sin duda está ahí.

Y poco después de abandonar aquel edificio señorial, sentado en un banco del paseo del Born, junto a la parte trasera de Santa Maria del Mar, comprende, desde la razón pura, que, sin ninguna duda, Mario Masach asesinó a su mujer y después se deshizo del cadáver.

Está completamente seguro. Tan claro como el cristal. Y se dejará el alma para encontrar las pruebas necesarias.

221

—*F*ue él.

—¿Qué pruebas tienes?

—Ninguna.

—David, ya hemos tenido esta conversación antes.

—Fornells, no tengo pruebas, pero sí la certeza.

—Yo no vivo de certezas y estoy hasta arriba de trabajo. Te doy dos minutos para convencerme.

—Anoche estuve en casa de Masach.

—En calidad de qué te permitiste presentarse en su casa.

David detecta en la frase del comisario una nota de censura. No le ha hecho gracia. Nada de lo que se obtenga extraoficialmente puede utilizarse como prueba de cargo en un juicio.

—Podríamos decir que oficiosamente. Le pedí que me refrescase la conversación mantenida con su mujer la noche de su desaparición. Alegué que podría ser útil para la investigación asociar sus recuerdos con mis datos.

—Lo hizo.

—Sí.

—Completamente irregular. ¿Por qué se lo pediste si ya tenemos la transcripción de su declaración tomada en el momento de la formalización de la denuncia?

—Eso te lo explicaré luego. Toma, esta es una copia de esa transcripción inicial.

—Y ahora qué.

—Primero, léela. Con la máxima atención.

Fornells observa su reloj de pulsera, tardará más de dos minutos. Pero siente curiosidad por conocer el motivo concreto que ha llevado a David a semejante conclusión. Así que se sumerge en las cinco páginas de la declaración de Masach. Y lo hace a conciencia, le lleva sus buenos diez minutos saborear cada palabra.

—Y ahora…

—Ahora, escucha.

David extrae una grabadora portátil con minicasete —aún están muy lejos los tiempos de las grabaciones digitales—, la coloca sobre la mesa y acciona el «play».

La voz de Masach es serena, pero refleja dudas, vacila, parece pensarse cada palabra. Las preguntas de David lo fuerzan a rememorar la conversación de una manera absolutamente aleatoria, sin ningún orden. Masach mantiene ese tono de concentración; Fornells está atento, todo parece concordar con el texto leído. No se aprecian contradicciones, no hay error al que agarrarse para seguir indagando, no parece haber nada de interés.

¡Nada de nada!

Y cuando la grabación está finalizando, de repente, el comisario «comprende».

Y es entonces cuando David sonríe.

—Para, para ahí.

David detiene la grabación. Fornells recoge la transcripción y pasa las dos primeras páginas. Localiza el texto exacto, levanta la vista de las hojas y enlaza su mirada con la de su subordinado.

—Rebobina esa pregunta que acabamos de escuchar.

David obedece. Apenas tarda un momento, mientras lo hace no puede contener una sonrisa triunfal. No es orgullo, le gusta contemplar que el viejo mantiene su instinto, que los años no pueden con las personas, que las mentes pueden seguir despiertas desafiando el paso del tiempo.

—Joder, joder, joder. Pasa a la anterior.

El inspector obedece. Escuchan la nueva declaración mientras el comisario localiza la pregunta en la transcripción original.

—No me lo creo. ¡La anterior!

Repiten el procedimiento. Pasan sus buenos cuarenta minutos adelante y atrás. En todos los casos se produce idéntica conclusión.

223

—¡Es increíble!

—¡Sí! ¡El texto de la declaración oral es idéntico palabra por palabra a la declaración escrita del día de autos!

—Ahora comprendo por qué dijiste que tenías la certeza, aunque ninguna prueba.

—¡En efecto! Solo un hombre que hubiera memorizado por completo un texto sería capaz de reproducirlo con tal exactitud. Masach mintió. Preparó una declaración convincente y después se la aprendió de memoria. ¡Es culpable! Y será un culpable muy difícil de atrapar.

—Hijo de perra. El muy cabrón parece absolutamente convincente, se le nota apenado, dolido. ¡Nadie lo diría!

—Estoy de acuerdo. Ha fingido como un maestro. Es un actor de primera.

—¡Es abogado! Bien, bien. Pero con esta grabación seguimos teniendo poca cosa, por no decir que no tenemos nada. Ningún juez nos permitiría seguir adelante. Ninguno admitiría esta prueba. Tú y yo podemos compartir nuestro diagnóstico, pero aunque consideraran la grabación, argumentarían que se trata de un hombre de excelente memoria como resultado de su actividad profesional.

—Podríamos incrementar la presión sobre Masach. Que nos vea cerca, por todas partes. Que se sienta vigilado. Tal vez dude.

Fornells medita esta idea, pero resulta evidente que no le convence.

—No. No es el camino. No picará. Está demasiado centrado. Es duro. Masach sabe jugar con la presión. Su actividad laboral es muy exigente, está acostumbrado a ella. Tendrás que buscar otras vías.

—Fornells, Mercedes Ruiz está enterrada en algún punto de la masía, en Masnou. Si pudiéramos realizar un rastreo con un equipo especializado, podríamos encontrarla.

—Eso no es más que una suposición. Sí, es factible que todo ocurriera tal y como tú planteas. ¡Pero no tenemos ni una sola prueba, ni un indicio que lo inculpe y al que podamos agarrarnos para abrir la investigación! Encuéntralo. Y si lo haces, te conseguiré el permiso.

—Imposible. Nadie podría encontrar nada más.

—Entonces nos quedamos sin caso. No puedo ordenar una batida sin pruebas.

Ambos guardan silencio. La conversación parece haber llegado a un punto muerto. Y de repente la solución llega por sí sola.

—Escucha, David. Pidámoselo directamente. No tiene ningún motivo para negarse. Es más, ¡no puede hacerlo sin ponerse indirectamente en evidencia! ¿Por qué habría de negarse? Estaría contradiciendo su línea de máxima colaboración con la policía. Si lo hiciera, podría despertar sospechas.

La brillantez de una idea tan sencilla desarma por completo a David. Pero a su primera alegría le sigue una reflexión que incita a la duda.

—Bien, pero tendríamos que tener una mínima excusa para poder hacerlo.

—Fácil. Basta con hacer constar que una mujer con gran parecido con su esposa fue vista por un testigo mientras caminaba en dirección a la masía. Podríamos añadir que vieron que la recogía un automóvil. Con eso podría bastar.

—Jefe, eres un genio. Pero ¿sabes qué estoy pensando?

—Dime.

—Que si es tan inteligente debió de haber previsto esta posibilidad.

Es evidente. Masach ha logrado, hasta el momento, tenerlos fuera de juego. Y solo la insistencia y esa extraña voz que apoya las intenciones de David han logrado hallar una posibilidad de resolver el caso. Están jugando con fuego.

—David, si ponemos en marcha un rastreo y no aparece, perderemos cualquier opción. Y entonces, al margen de los problemas que pueda suponernos, el caso deberá archivarse. Piénsalo bien antes de que coja el teléfono y llame a Masach.

Es una decisión clave. Y toda ella recae sobre David. Es su responsabilidad. Sopesa los pros y los contras, la lógica le dice que tiene razón, que todo pudo suceder como él imaginó. Pero ¿y si no fuera así? Y entonces sucede de nuevo. No puede negar que no lo esperara.

Hazlo. Está allí.

¿Otra vez? ¿Está loco? Allí no hay nadie más, solo Fornells y él. ¡Nadie más! Pero la voz ha sido clara y rotunda. A duras penas logra mantener la compostura. No, no vale la pena pensar qué está ocurriendo. Habrá tiempo para eso. Ahora es el instinto de cazador el que aparece; no hay policía de raza que no lo posea y sea, a su vez, poseído por él.

—Adelante, Fornells. Mercedes Ruiz está allí. La encontraré. Cuenta con ello.

36

Son las ocho de la mañana. La batida está preparada: diez hombres y tres perros van a recorrer el terreno que ocupa tanto la masía de Masnou como los terrenos adyacentes. Los acompañan los inspectores Bárcena y Ossa, junto con el subinspector Marín. La cuadrícula sobre la que van a trabajar está desplegada en una mesa de obra situada en el exterior. El inspector Bárcena repasa las últimas instrucciones. Años atrás, participó en una batida similar, por eso David le ha cedido la dirección de este operativo. En el salón de la masía. Masach, acompañado con un par de compañeros abogados, espera.

Bárcena señala, con el mapa en la mano, el lugar por donde se desarrollará la primera parte del trabajo. David echa un vistazo a la quebrada orografía de buena parte del terreno hacia el que se extiende la propiedad. No será sencillo. La cordillera litoral nace casi desde la línea de costa; apenas a quinientos metros de las playas, ascienden las pendientes que dan acceso a la sierra. No es de gran altura, pero sí escarpada: esta es la zona en la que las lluvias repentinas generan torrenteras que bajan con fuerza hacia el mar; es típico oír la noticia de los vehículos arrastrados por el poder de las avenidas de agua hasta las mismas playas. Gran error. El hombre construye allí donde quiere, en lugar de hacerlo donde la naturaleza lo permite.

La masía está construida sobre la ladera y extiende su propiedad hacia arriba. Antiguamente se utilizaron estos terrenos para labores agrícolas en forma de terrazas que evitaran los desniveles. Ahora apenas mantiene un resto de los olivos que son trabajados por una cooperativa cercana; el resto del terreno es inculto, y buena parte, además, agreste. Solo la masía, restaurada con mimo, mantiene el esplendor de épocas pasadas. Explorar toda la propiedad les llevará el día entero.

—¿Todos preparados? Recordad, atentos a los pequeños detalles. En caso de duda es mejor detenerse y comprobar el lugar.

Marín recibe la confirmación del equipo. Acompañados por los primeros rayos del sol, oculto hasta ese instante por la calima matinal, los hombres del equipo de búsqueda se separan los cinco metros de rigor, con un perro situado junto al segundo, quinto y octavo hombre. Y a caminar, atentos a cualquier rastro del terreno que presente señales de haber sido removido, o donde pudieran verse huellas de un vehículo fuera de lugar, atentos a las reacciones de los animales. Su olfato es extraordinario, se han embebido con el olor de Mercedes Ruiz, han olido su ropa. Los animales de la Unidad Canina son extraordinarios. Su olfato realiza hazañas fuera de la comprensión humana. Los perros poseen aproximadamente doscientos veinte millones de células sensibles al olor. Su capacidad les permitiría descubrir un cuerpo enterrado a dos metros bajo tierra incluso dos meses después de haber sido sepultado.

En marcha.

Durante las tres primeras horas no hay rastro alguno. En algún punto se detectó cierta excitación en los canes, pero no encontraron nada interesante, solo huellas de algún animalillo de la zona. Tras una leve parada para comer, de nuevo en marcha. El terreno, una vez cubierta la zona de labranza, asciende hacia la cordillera y se torna escabroso. Y el humor de David acompaña al terreno, es agreste, retorcido; una comezón parece azuzarle hacia delante, tiene que contenerse cada minuto para mantener los criterios establecidos en la búsqueda y no dejar atrás a sus compañeros.

Siente… ¡como si algo le estuviera llamando!

La zona se escarpa cada vez más, alcanzan una especie de meseta compacta, en el frontal se adivina una entrada natural.

—Marín, ¿constaba en el mapa esta estructura?

El subinspector extrae el mapa de su mochila y lo estudia un instante antes de contestar.

—Sí, mira aquí. Es una zona ciega. La cota desciende respecto de la colina, normalmente está repleta de agua, o eso indica el mapa. Observa el terreno, según sea la temporada evacuará agua ladera abajo, ahí se ve claramente una torrentera.

—Quieres decir que normalmente no se puede entrar aquí.

—Eso parece. Había previsto rodear la colina y restablecer la línea al otro lado.

Eso era lo previsto.

Hasta este preciso momento.

Está ahí abajo.

La voz ha regresado. Y no puede ignorarla.

—¡Todo el mundo quieto!

Marín se acerca, sorprendido. Pero no menos sorprendido se encuentra David, que a duras penas consigue disimular la impresión que le ha causado la reaparición de esa extraña voz.

—¿Qué ocurre?

—Vamos a entrar ahí.

—Escucha, Ossa, esa zona es muy escarpada, pensaba dejarla de lado. Difícilmente habría podido traerla hasta aquí. Y aún menos arrastrar el cuerpo ahí adentro, hacia esa zona tan quebrada.

—Ahí, a la derecha, hay una pista forestal. Pudo acercar el coche hasta aquí. Detén el grupo y ven conmigo para echarle un vistazo.

Marín se muestra escéptico, pero obedece. Ambos caminan hasta la pista. Debe de tener unos dos metros de ancho; lo suficiente para permitir el paso de un todoterreno. David examina la tierra apelmazada. La lluvia de los dos días pasados ha borrado cualquier prueba, sí se detectan charcos en las huellas de rodadas, pero no hay marcas de neumáticos que pudieran tomarse como prueba.

—No podemos saber si estas huellas son recientes. Muchas veces se mantienen las rodadas antiguas durante meses, a veces incluso durante años, dependiendo de la configuración del terreno.

—Examinemos la quebrada.

Una entrada angosta, de unos dos metros de ancho y tres de

229

alto. La atraviesan con alguna dificultad, pues los arbustos dificultan su paso.

—El paso es perfectamente posible. ¡Traed un par de perros!

Dos de los miembros de la Unidad Canina se adelantan y penetran en el cañón siguiendo a David y a Marín. A unos cincuenta metros, alcanzan el comienzo de la charca. Allí se dividen en dos. La balsa tiene unos cincuenta metros de perímetro. Lo rodean hasta encontrarse en el lado opuesto. Si bien la balsa parece poco profunda en la zona cercana al cañón, resulta evidente que su profundidad puede ser incluso considerable en el extremo donde ahora se hallan.

—¿Podrían los perros captar el olor si la desaparecida estuviera en el fondo de la balsa?

El responsable de los animales responde de inmediato.

—No por debajo de aproximadamente metro o metro y medio. El agua dificulta el olfato de los animales. Y de la desaparición hace ya demasiados días.

—Ossa, es prácticamente imposible que haya podido llegar hasta aquí cargando el cuerpo.

Marín lo tiene claro. La mirada de los hombres de la Unidad Canina también es elocuente. Todo esto les parece una cabezonería del inspector Ossa. David se aproxima al mismo borde de la balsa. El agua está turbia, estancada, se capta un leve olor a putrefacción natural, son muchos los insectos que la sobrevuelan. La decisión es única y evidente. Da igual lo que piensen los demás. Utiliza el *walkie* para contactar con el equipo que espera en la masía y dar las nuevas instrucciones.

—Control, aquí punta de lanza.

—Recibido, aquí control.

—Contacta con el comisario Fornells. Dile que necesito urgentemente un equipo de buceadores. Los quiero aquí dentro de menos de dos horas, no podemos desaprovechar la luz del día.

—Inspector, no será fácil traer un equipo en tan poco tiempo sin haber cursado una solicitud previa.

—Ponte a ello, ¡ya!

—Recibido, jefe, corto y cambio.

Tres horas más tarde, los buzos comienzan su trabajo. Fornells ha logrado lo imposible. El diámetro de la balsa no es grande, pero, en efecto, es profunda. Tras dos horas de trabajo, hallan el cuerpo de Mercedes Ruiz en el fondo con un peso atado en los pies a modo de lastre. Los buzos lo izan.

—Nunca habría pensado que ese hombre hubiera sido capaz de matarla ni, mucho menos, de traerla hasta aquí. ¿Cómo demonios lo supiste…?

—Llama a control. Que detengan a Masach. Ocúpate de los trámites.

Marín obedece. La mirada de David Ossa Planells está ausente, contemplando el macabro espectáculo que ofrece el cuerpo de Mercedes Ruiz, ya en estado de descomposición, hinchado por el agua. Envuelven el cadáver para poder transportarlo. Un espectáculo terrible incluso para aquellos que han visto la muerte en sus más variadas formas. Marín coge el mando, impresionado por las decisiones que ha ido tomando su superior. La leyenda del inspector Ossa comienza un día como este. Marín será el primero en iniciarla. Pero David, en contra de lo que pueda parecer, no está ahora pensando en el expediente. Le da igual que Masach matara a su esposa de manera accidental, que le diera un empujón, se cayera, chocara contra una mesa y se desnucara. No le importa que Masach tuviera una amante, una pasante joven de su bufete, de la que estaba tan encoñado que considerara seriamente la posibilidad de separarse de su esposa.

Ni siquiera le importa Mercedes Ruiz. No ahora, aunque sí lo hará durante mucho tiempo, en el futuro, cuando sea consciente de que ha resuelto un caso prácticamente imposible de resolver, y de que lo ha hecho guiado únicamente por su instinto.

Está pensando en sí mismo.

Fue la voz la que lo hizo todo.

Pero nadie oye voces que le dan explicaciones. Y aquel que lo hace es considerado un enfermo mental. ¿Es ese su caso? ¿Está enloqueciendo? ¡No es posible! David posee amplios conocimientos forenses, aquella no es la forma propia de la esquizofrenia. Pero entonces, ¿qué mierda es? ¿Qué le sucede? ¿De dónde sale esa voz? ¿No responderá, sencillamente, a un oscuro instinto policial? David pugna por encontrar una expli-

231

cación racional a la que asirse, la necesita imperiosamente so pena de volverse loco allí mismo. Hasta ahora ha sido la búsqueda de la pobre Mercedes la que lo ha mantenido cuerdo.

Y es en este momento cuando vuelve la vista atrás, y según oscurece y las sombras se van adueñando de la quebrada, sentado solo frente a la charca, sin hacer caso de los mosquitos que revolotean sobre su cabeza, los lejanos recuerdos de su infancia regresan de repente a su memoria.

Su voz. No es la primera vez que una voz le ha ayudado. Y, desde luego, no será la última vez que lo vaya a hacer.

SÉPTIMA PARTE

Rompecabezas

37

*S*algo de la casa de María. Está claro que no he obtenido lo que buscaba: su silencio no implica aceptación, más bien creo que es todo lo contrario. Y esto lo cambia todo. ¡Maldición! No esperaba que María me fuera a defraudar de esta manera. Buscaba comprensión, buscaba complicidad, y encontré ¿sorpresa? ¿Miedo? Quién sabe. Pero ¿cabía otra respuesta? ¿Podía ella reaccionar de otro modo? Era a la amante a quien buscaba, no a la doctora. Y encontré a la una y a la otra. Ay, ay, sigo dando tumbos, nadie la conoce como yo, ella es como es, la tengo que tomar entera y no por partes. Esto es lo único que podía encontrar, y en el fondo de mi ser lo sé perfectamente.

Es cierto, lo sé. Y entonces, ¿por qué he ido?

Comienzo a dudar de todo. ¿Tendrá razón María? ¿Me ronda la locura? ¿No sería mejor ir a la comisaría, entregar la pistola y la placa, y ponerme bajo la supervisión de un psicólogo? No sería ni el primer ni el último policía que precisa de esta atención; los que protegemos a los demás acabamos por colmar nuestro interior de tanto pesar ajeno que, antes o después, este acaba por rebosar cualquier aguante. No somos superhombres, solo somos personas con una responsabilidad que a veces resulta excesiva.

No. No debo cejar en mi empeño. Sé que no estoy loco. Vi la sombra. Me persiguió. Sé que existe un designio que me ha llevado hasta ella. Solo alguien con mis dones puede percibirla. Soy diferente a los demás. Esto no es un brote psicótico, aunque tenga todas y cada una de sus características. ¡Debo seguir adelante!

Y

Llego hasta la Via Laietana amparado por la paz del mediodía. La ciudad se prepara para disfrutar del descanso. Las calles muestran la actividad de las familias y de los amigos que se encuentran antes de comer. La custom se mueve con soltura, pese a su gran tamaño. Aparco justo enfrente de la comisaría; será solo un momento, incluso dejo las llaves puestas; el número que hace guardia será el responsable de vigilar la moto.

No tardo ni cinco minutos en descender a la calle, esta vez llevo conmigo una carpeta cargada con numerosos folios. He hecho también una copia del archivo en un lápiz de memoria. Subo a la custom, cruzo a la brava la calle y regreso a casa. Al cabo de veinte minutos me encuentro sentado en mi salón, sin comer, no tengo hambre; estoy consumido por una pasión que me impide prestar atención a todo aquello que no esté relacionado con el caso. La carpeta tiene un título: «Pozales». Ahí está todo lo que mis equipos han encontrado sobre él. Y allí reside, por tanto, la clave de todo este embrollo.

Vamos a ver. Desde el principio. Tenemos los datos básicos: Pozales era un tipo medianamente ordenado; en un cajón de su casa en Escudellers guardaba sus recuerdos, fotografías, el libro de familia de su madre, notas escolares...

Ignacio Pozales García. Nace el 27 de junio de 1970 en Barcelona. Vivió su infancia en la calle Botella, en el Raval, con su madre, Eva Pozales García. Es hijo de madre soltera, lleva sus dos apellidos, así consta en el libro de familia. Una mujer fuerte: sacó adelante a su chaval en una época en la que esto todavía estaba mal visto, eran otros tiempos. Bien, el barrio: una zona de honrada clase media, repleta de menestrales, de tiendas, con mucha vida propia, un barrio dentro de otro barrio, el Raval alto, el que linda con la parte baja de Esquerra de l'Eixample, cerca del mercado de Sant Antoni. Estudia EGB y bachillerato en los Salesianos de Rocafort. Es curioso, pues tiene otros colegios más próximos, en especial el EPSA, prácticamente a la vuelta de la esquina de su casa; no es que el colegio de los salesianos esté lejos, apenas a diez minutos, pero el otro colegio queda a doscientos metros de su casa y es el centro de referencia del barrio. No tiene estudios universitarios. Completa un módulo de secretariado, mecanografía, informática, cosas sin importancia. Trabaja desde joven, a los veinte está ya en una oficina de seguros de la ronda de Sant Antoni. Luego, otros trabajos, nunca con continuidad: un típico producto de la actual sociedad capitalista, de aquí para allá, el listado no se acaba nunca. Por último, desde el año 2000, trabaja en el Ayuntamiento de Barcelona. Se inscribió en los listados de interinos para auxiliares administrativos y le ofrecieron varios contratos de seis meses, el último de dos años, lo justo para proporcionarle unos ingresos mínimos sobre los que construir su vida. Hasta aquí, todo correcto. Una vida normal, como tantas otras. ¿Cómo llegaría al asunto de las drogas? Qué extraño…

Un momento, un momento, veamos de dónde sale su pareja. Meritxell Umbría Deulufeu, nació el 20 de septiembre de 1974. Vive con sus padres en Borí i Fontestà, junto al Turó Park. Se trata de una niña pija de buena familia. Es curioso cómo se mezclan estos dos mundos, suelen ser como el agua y el aceite, no son mundos miscibles. Esta niña vive una infancia propia de su mundo, asiste a las Damas Negras: un colegio de monjas para niñas bien. Meritxell sí tuvo estudios universitarios, pero no tardó en alejarse de esos ambientes de gente con posibles; en algún momento de su juventud se aleja emocionalmente de su entorno, se acerca al mundo de la política, contacta con ambientes independentistas; estos siempre fueron algo progres, lo que hace que «la nena» conozca otras realidades ajenas a la torre de marfil que es Barcelona de Diagonal hacia arriba.

La relación con Pozales empieza en el año 96. Llevan, por tanto, doce años juntos. Menudo disgusto para los padres de Meritxell, gente bien, catalana de toda la vida: la nena liada con el hijo de una charnega que encima es madre soltera. Vaya joya tuvo que elegir, no habría jóvenes de buena familia y mejor apellido.

Volvamos a Pozales. Sí, sabemos que trapicheaba para Morgadas. Pero ¿cuándo se metió en el mundillo de la droga? ¿Cuándo comenzó a consumir? ¿Venía este vicio desde la juventud o era algo más reciente? Sobre el Pozales joven no hay apenas datos, es extraño. Tenemos verdaderos agujeros en su biografía. La mayoría de los datos son más recientes. Los equipos se volcaron en el entorno temporal inmediato, es lo lógico en los homicidios y asesinatos, nadie busca diez años atrás si las biografías no parecen señalar conflictos larvados en el tiempo. Y en el tiempo reciente, la investigación se centra en su trabajo en el Ayuntamiento, en la oficina de recaudación urbana, multas de tráfico, cobros de impuestos; él, junto a otros cien empleados, se dedica a no dejar pasar un solo pago pendiente de los sufridos ciudadanos barceloneses. De sus compañeros, poca cosa, todos coinciden: iba a lo suyo, no se trataban más allá de lo justo, era un tipo reservado. Ninguna confianza.

Poca cosa que rascar. Volvamos con la nena. Meritxell deja la carrera en cuarto curso y busca trabajo, se independiza: disgusto tremendo en casa, a la madre casi le da un patatús. Ni boda de blanco en Montserrat ni convite para los parientes y amigos de la familia, qué oprobio para el apellido. Meritxell busca trabajo, y lo obtiene. Comienza en una librería estudiantil. Poco después cambia de trabajo y se va a otra librería, esta generalista; pasa su vida laboral de librería en librería, sin llegar nunca a ser fija en ninguna de ellas, a excepción de la última.

Todo esto es de lo más vulgar. Tampoco esperaba otra cosa: miembros de una secta satánica, heroinómanos juveniles, actores porno, son perfiles estrambóticos, muy hollywoodienses, pero esto es España, aquí la mayoría de las veces son vidas aparentemente normales las que acaban precipitándose a situaciones extraordinarias. Este es el caso. Y, sin embargo, debe haber algo; tiene que haber algún precipitante. He de encontrarlo. ¿Por dónde empezar? Lanzo una moneda al aire: cara es para él; cruz, para ella.

La moneda da varias vueltas. Durante una fracción de segundo, se detiene de canto, por fin cae, sale cara. Él. Tenía que ser así. Pozales. Muchacho, te voy a desmontar de arriba abajo, no te va a quedar ni una pieza en su lugar de origen. Como que me llamo David Ossa.

38

*E*l domingo ha pasado en un suspiro. El lunes ha llegado sin novedad, no hay ninguna llamada ni de la comisaría ni de María. He optado por mantenerme al margen, como si nada hubiera ocurrido, obviando la conversación del sábado por la mañana.

Tuve dudas sobre la resolución de María: cabía dentro de lo posible que denunciara mi supuesto estado a Asuntos Internos, y estos felices muchachos se habrían apresurado a dejarme fuera de circulación. Con todo no puedo descartar que eso acabe ocurriendo. Si cometo el más mínimo exceso que ellos puedan detectar, está claro que María actuará. Mejor ser prudente, mesura. No perder el control es fundamental; si nunca lo hago, que no sea esta la primera ocasión. Así pues, a trabajar.

El poder de una placa es enorme. El revoltoso se achanta, el poderoso vacila, el prepotente se arruga, y los ciudadanos normales se examinan con aprensión al verla, como si ocultaran secretos dignos de ser estudiados por los policías. Este es, normalmente, el poder del miedo, y cuando este no causa efecto, es el poder de la culpa: ¿quién no tiene algo de qué arrepentirse? El que esté libre de pecado que tire la primera piedra; en su momento nadie fue capaz de hacerlo. Todos tenemos algo que ocultar, las más de las veces incluso de nosotros mismos.

Pero hoy, en este lugar, la placa no tiene ese poder. Proporciona autoridad moral, me inviste de respetabilidad, me confiere credibilidad. Nada más. Voy a entrevistarme con un religioso. No será mucho lo que tenga que ocultar, y mucho menos de lo que tenga que arrepentirse. Cuando se crucen nuestros ojos no podré hacer brillar la mirada escrutadora ante la que caen rendidos mis sobrecogidos interlocutores; es incluso posible que mi entrevistado tenga una mirada como poco similar, si no hasta más poderosa que la mía, la mirada del confesionario, la mirada de quien conoce a fondo las culpas ajenas.

El lugar es Martí Codolar. Se trata de una residencia propiedad de los salesianos, la orden religiosa que fundó san Juan Bosco a mediados del siglo XIX. Tras ponerme en contacto con el colegio de Rocafort donde estudió Pozales y de mantener una charla con su actual director, no tardé en descubrir, como era lógico y por otra parte fácil de adivinar, que los responsables del colegio en aquella época no estaban ya en activo. Algunos habían muerto, otros habían sido trasladados en función de las necesidades de la orden, y alguno que otro estaba ya mayor, esperando que llegara el momento de reunirse con el Creador, y pasando sus últimos días en la residencia de Martí Codolar. Este es un lugar hermoso situado en la falda del Tibidabo, bajo la carretera de la Rabassada. Es una vieja granja; mejor dicho, una finca antigua a la que están adosados dos edificios más recientes rodeados por un delicado jardín.

Llego hasta allí en la custom. Sigo sintiendo un ánimo guerrero y me apetece conducir la potente moto; cuando lo hago parece que logro aplacar esta peculiar inquietud. Aparco en el exterior del recinto principal, junto a la puerta de acceso al complejo, y entro en el interior de la finca caminando. Mi aspecto no es el propio de un policía clásico, y hoy menos que nunca, pero tampoco mi interlocutor es un hombre que deba fijarse en estos detalles. Se trata de Ernesto Pallarés, un viejo salesiano que fue coordinador de la segunda etapa del EGB y, después, profesor de varias asignaturas de letras en bachillerato. El director de la escuela de Rocafort me ha dado sus señas. Al parecer, Pallarés es la persona idónea para mi propósito, dado donde vive. Incluso, según los archivos, parece que en algún curso impartió clases a Pozales.

En la recepción, un portero me saluda. Me identifico y solicito hablar con el padre Pallarés. No es una novedad, ya han avisado por teléfono de mi llegada desde la escuela de Rocafort. El portero, un hombre desconfiado, examina la identificación con detenimiento, como si no creyera lo que pone la placa. Un policía que visita a un anciano religioso... No hace falta leer su mente para comprender que no le gusta nada esta visita. Pero no es al portero a quien quiero ver, así que su opinión poco me importa.

—Espere aquí un momentito. Voy a localizar al padre Pallarés.

Un joven ocupa su lugar, parece un seminarista, le cuchichea alguna recomendación el portero, que desaparece por una puerta lateral. El joven disimula cierto nerviosismo que capto a la perfección. Sus miradas al bulto situado detrás de mi pantalón son elocuentes. Un hombre armado en este lugar no puede ser bienvenido así como así. Esta no es la casa del Señor, pero sí es donde viven sus hijos predilectos.

El portero regresa y le da unas instrucciones al seminarista: «Este joven sacerdote le acompañará al jardín, más tarde acudirá el padre». Sonrío para mis adentros, es como si quisiera tenerme controlado; soy un elemento extemporáneo que viene a turbar la proverbial paz que debe reinar en la residencia.

Caminamos a través de unos pasillos adornados con cerámica modernista. El edificio está primorosamente decorado. Mantiene el sabor de lo añejo. No se ha dejado llevar por los tiempos modernos, que uniformizan todos los lugares. Tiene un encanto peculiar. Una puerta lateral permite ver un pequeño oratorio. Allí alcanzo a ver a un anciano rezando. ¿Será el padre Pallarés?

Llegamos al jardín tras atravesar un arco de piedra. Avanzamos junto a una pradera de cuidado césped. Más allá, junto a un murete, dos bancos reciben el sol de la mañana.

—Espere aquí. El padre Pallarés vendrá enseguida.

Tomo asiento. Es un rincón estudiado: el murete impide que el viento de poniente pueda molestar, y la piedra recibe todo el sol de la mañana para ofrecer un cálido asiento. El se-

241

minarista no tarda en regresar acompañando al padre. Es un hombre anciano, por lo menos ochenta y cinco, ancho de talle y bajo de estatura, vestido con sotana larga, a la antigua usanza. Verlo así me transmite confianza, hace muchísimo tiempo que no piso una iglesia ni veo siquiera a un sacerdote: me gusta que lo externo revele lo interno; las sotanas o los alzacuellos diferencian a los curas del resto de los hombres. El padre se acerca. El seminarista, una vez que estamos frente a frente, se marcha. Saludo tendiendo la mano. El viejo la acepta y la toma entre la suya, es fuerte y aprieta con ganas. Manos gruesas: han trabajado, no estuvieron ociosas. Observo su rostro. Esta surcado por arrugas profundas; le queda poco pelo, sobre las orejas, bien blanco. Sus ojos parecen apagados y usa gafas. Como las de la mayoría de los curas son un modelo antiguo, de pasta; ellos nunca derrochan el dinero siguiendo la vanidad de la moda. Es un hombre de origen humilde, seguro, como lo fueron tantos y tantos religiosos de la preguerra y la posguerra, que encontraron en la religión su lugar en el mundo. Soy yo quien abre la conversación

242

—Buenos días.

—Sí, son buenos. Es usted...

—Inspector Ossa.

No le enseño la placa. Está claro que nadie llega hasta las interioridades de la residencia sin pasar el control de portería, por tanto mi identidad ya es de sobra conocida.

—Dígame, inspector, ¿en qué puedo ayudarle?

—Necesito que me explique todo lo que pueda sobre un hombre que años atrás fue alumno suyo: Ignacio Pozales García.

—Ignacio Pozales... Ignacito. Recuerdo a Ignacito, sí. Pero fíjese, me cuesta recordar su rostro. Son tantos los años y fueron tantos los alumnos...

Extraigo de mi espalda una carpeta plástica donde guardo documentos, la abro y tiendo al cura dos fotografías, una antigua, sacada de un álbum en casa de Pozales, otra reciente, de carné, una identificación del Ayuntamiento para sus trabajadores. El cura las toma, las observa y las confronta. Parece que recupera cierta memoria; en los ancianos, el peso de los años se atenúa merced a los recuerdos.

—Sí, Ignacito. Es este chaval. Y en la otra foto siguen sus

rasgos, algunos cambiaban mucho al hacerse mayores, otros son exactamente los mismos, las mismas facciones, solo que con arrugas y canas. ¿Por qué quiere que hablemos de él?

Esta es una pregunta acertada e inesperada. Cualquier barcelonés que no sea un bebé o un anciano demente debe de haber oído hablar del crimen de Escudellers, ha sido sonado, y aunque no hay en España prensa que pudiéramos catalogar como amarilla o sensacionalista, las peculiaridades del crimen han sido suficientes para suscitar una enorme atención y múltiples comentarios. Habrá que explicárselo. Pero sin detalles, no vale la pena concretar.

—Ignacio Pozales fue asesinado en su domicilio hace tres semanas. Tengo a mi cargo la investigación.

El anciano se persigna, cierra los ojos y sus labios murmuran una oración. David capta palabras sueltas. No es un padrenuestro, es más largo y complejo, parece latín. Al acabar mantiene los ojos cerrados, como si el hecho de hacerlo invocara el sueño. Carraspeo para llamar su atención.

—Padre…

—Sí. Perdone. Me había quedado traspuesto. Pobre Ignacio, qué tristeza. Un chaval tan joven… ¿Cuántos años tendría ahora, treinta?

—Treinta y ocho. Nació en el setenta.

—Claro, sí. Treinta y ocho… El tiempo es diferente para nosotros, llega un momento en que los días pasan todos iguales, la rutina los despersonaliza. Los viejos no tenemos nada que hacer más que esperar nuestro momento y acabamos por confundirlos.

—Hábleme sobre Pozales, padre. Necesito saber cosas sobre él, cómo era, qué hacía. Usted lo tuvo en su clase.

—Sí, es cierto, es cierto. Del setenta… No le di clases en secundaria, pero sí en bachillerato. Incluso fui tutor de su grupo un año, en el… 84, creo. También estuvo en mi aula, yo daba clases de latín, de lengua y de música; eran tres materias obligatorias en primero de Bachiller.

—Hábleme sobre él.

—Era un chico normal, todos lo eran en su clase. No destacaba ni para bien ni para mal. Había algunos que eran mejores en deportes, otros lo eran en unas clases concretas, y otros en

243

otras. A Ignacito le iba bien en general, y lo suyo era la lengua, la literatura, sacaba buenas notas. Recuerdo que leía muy bien: tenía buena voz y entonaba con acierto. ¡A veces hacíamos que leyera textos sagrados en las misas de los días festivos por esa agradable voz suya! Y eso causaba cierta inquina entre sus compañeros. El favorito de los curas, ya sabe cómo son los críos... Pero nada importante.

—¿Se llevaba bien con sus compañeros?

—Hubo una época en la que vivió conflictos, en la secundaria, séptimo u octavo. Tuvo un rendimiento escolar bajo, estuvo a punto de perder curso. Se puso rebelde, eso también pasa a veces. No aceptaba el orden. Lo castigamos en varias ocasiones, expulsado al pasillo por revoltoso; aunque no era de mis alumnos, esos casos se discutían en el claustro. Además, yo, por aquel entonces, era coordinador de secundaria. Se peleaba continuamente con algunos de sus compañeros. Alguna pelea fue más que un simple revolcón, tuvimos que llamar a sus padres para intentar poner coto a esas conductas.

—¿A sus padres?

—A su madre. No había padre. Ignacio llevaba los dos apellidos de su madre.

Una leve vacilación. La he captado cuando el cura se ha corregido. ¿Significará algo? ¿O es una vacilación normal tratándose de un anciano?

—Hábleme de ella.

—De su madre...

—¿La conoció?

—Sí, la conocí. Eva Pozales. Una mujer valerosa. Y muy guapa, aunque esto le parezca poco apropiado viniendo de un cura. Mire, me pasa como con el hijo, tampoco recuerdo bien su rostro. Sí recuerdo sus ojos. Eran grandes.

Extraigo una nueva foto y se la tiendo al cura. En ella aparece Eva con su hijo. Es una foto de estudio, de esas que, en cuanto la ves, puedes identificar hasta la época. Ambos están de medio cuerpo: el niño sonríe; ella está seria. Su rostro presenta líneas bien definidas. No son volúmenes de su época, demasiado esbelta. Es guapa, sí, pero no perfecta, y sus ojos son grandes, en efecto, pero parecen tristes. Todo en Eva Pozales transmite tristeza, pesadumbre.

—Eva. Sí, con Ignacito.

—¿Por qué dice que era valerosa?

—Sacó a su hijo adelante ella sola. En aquellos años no era frecuente. Trabajaba duro y no ganaba mucho. Ignacito estudió con nosotros gracias a una beca.

—Madre soltera. ¿Qué puede decirme del padre?

—Del padre nunca supimos nada.

—Ni un comentario sobre él.

—Ella no hablaba sobre su pasado. Vivía el presente. Estaba muy pendiente de Ignacito: era una buena madre.

—Bien. Usted conocía a Pozales. Tuvo esa etapa rebelde. Pero luego se reconvino, volvió a la normalidad. ¿Qué hace que un niño cambie de actitud?

—¡Muchas cosas! Se nota que es usted policía y no educador, y perdone la expresión, quiero decir que los niños no son como los adultos. A un adulto le cuesta muchísimo cambiar de actitud, y las más de las veces les resulta completamente imposible conseguirlo; en cambio, un niño es más dúctil, se está formando, es como arcilla. En la mayoría de las ocasiones no existe una razón única, es un conjunto de causas. En el caso de Ignacito tuvo problemas con un chaval de otro curso, ese sí que era de los malos, tenía un demonio metido dentro, pero se fue del colegio al acabar la EGB. En ese tiempo, Ignacito comenzó a practicar deporte, en el equipo de fútbol. Hizo nuevos amigos y todo le fue mejor.

—Dice que ese otro chaval tenía un demonio dentro.

—Es una manera de hablar. Ese sí que era rebelde y conflictivo, fumaba como una chimenea, se enfrentaba a los profesores, era un bala perdida, iba con malas compañías del barrio. Lo curioso era que de tonto no tenía un pelo, sacaba buenas notas sin esfuerzo.

—¿Cómo se llamaba esa joya?

— Era... Salguero. Pedro Salguero.

—¿Supo algo más de él?

—No. Se fue a la Escuela Industrial, en la calle Urgell, a estudiar un oficio. Su padre era electricista... o fontanero, algo así. No lo recuerdo bien.

—Y eso fue en el año...

—Pues... creo que en el 82.

245

El cura guarda silencio. Luego cierra los ojos. Parece sumido en reflexiones profundas.

—Inspector.

—Sí.

—¿Por qué es tan importante para usted todo esto de lo que estamos hablando? Estas historias sucedieron hace más de veinte años. Dudo que acontecimientos tan lejanos y de tan poco peso en la vida de cualquiera tengan influencia en el presente.

Dudo antes de contestar. Ni yo mismo sé con exactitud por qué resulta importante, pero sí sé que puede serlo, que debo reconstruir la figura de Pozales, que la clave está en él. Es una cuestión de instinto policial o de experiencia, se trata de una de mis clásicas e irrefutables certezas.

—Ignacio Pozales no murió solo. Fue asesinado junto con otras tres personas más. Y el crimen tuvo connotaciones que lo convierten en... algo peculiar. Este cuádruple asesinato ha sido la comidilla de la ciudad en las últimas tres semanas. Lo extraño es que usted no tuviera noticia sobre ello.

—Santa Madre de Dios, María Auxiliadora, ruega por nosotros. ¿Cuatro muertos? ¿Asesinados los cuatro? Cuánta maldad nos rodea y asola al mundo. Agradezco que mi tiempo ya se acabe. En cuanto a conocer semejantes noticias, piense que estoy ya muy mayor. La mayor parte del día me la paso durmiendo, y el resto rezando. Para nosotros, los curas viejos, es un acto reflejo: nos consuela y nos acompaña. Prensa, leo la justa, y las noticias de la tele casi nunca las veo.

¿Durmiendo? Me parece que este hombre está mucho más despierto de lo que parece. Su forma de conversar desmiente que esté alelado, le queda mucha actividad mental por delante. El cura sigue hablando:

—No me ha contestado.

—¿No?

—No, no lo ha hecho. Ha dicho que fueron asesinadas cuatro personas. Y que fue un crimen extraño. Pero no ha contestado a mi pregunta: ¿por qué es importante conocer el pasado?

En efecto, de dormido, nada de nada, está claro. No se le pasa una, menudo es el cura. A contestar tocan.

—Padre, voy a darle una información que es reservada,

obro en la confianza de encontrarme frente a un hombre de Dios, un hombre que guardará silencio.

—Cuente con ello.

—La investigación no ofrece pistas fiables. Reconstruir el pasado de los cuatro asesinados se nos antoja importante. Es posible que hubiera alguna relación entre el pasado y el presente. En la mayoría de los casos suele ocurrir. Se trata de recopilar la mayor información posible e intentar después relacionar los datos.

—En fin, no creo que buscar en su infancia vaya a proporcionarles nada especial.

Tras esta frase comprendo que la entrevista ha finalizado. El padre Pallarés, que luce una sonrisa beatífica, diríase casi papal, me mira plácidamente. La sonrisa de quien lo ha dicho todo y nada más quiere añadir. Hora de despedirse.

—Padre, le dejo esta tarjeta, tiene mi nombre y mi teléfono. Si por casualidad recordara cualquier cosa que le pareciera importante, no dude en llamarme. Estoy empeñado en que este caso quede resuelto, es de justicia que así sea.

—Justicia. De eso quien más sabe es el Altísimo. Y tenga por seguro que donde la mano de los hombres no llega, es donde Él nunca falla. Todos tendremos nuestro castigo o nuestra recompensa. Se hará justicia y se restaurará el equilibrio. Así ha sido, así es y así será.

Nos estrechamos la mano. Impido cortésmente que el anciano se levante del banco y abandono primero el jardín y después la residencia de Martí Codolar. Sentado en la moto, con la llave puesta pero el motor aún parado, reflexiono sobre la entrevista. No estoy de acuerdo con el cura. La infancia nos marca a todos, del primero al último, y Pozales no será la excepción. Y en cuanto a la justicia, nada sé de la divina, pero sí de la humana, pues ese y no otro es mi trabajo.

247

39

*E*s urgente que hable con David. ¿Dónde se habrá metido? Le he telefoneado varias veces, pero no contesta. Sin embargo, el teléfono sí está activado. Pruebo de nuevo. Y, por fin, obtengo el justo premio a mi insistencia.

—Joan.

—Menos mal que te localizo. Tenemos que hablar. ¿Dónde estás?

—En Horta. Dime.

—No, hablemos en persona.

—Tengo otras cosas que hacer. Dame un buen motivo para que cambie mi plan.

¿Detecto impaciencia en su voz? Pero no tengo tiempo para andarme con tonterías. Tengo que verlo, ya.

—David, ven ahora. Tenemos que hablar de inmediato. Y, además, tengo que explicarte una novedad importante.

—Hazlo ahora.

—No. Mejor en persona. Es necesario que sea así. Te espero en la comisaría. No tardes.

—Está bien. Estaré allí dentro de media hora.

La voz de mi jefe refleja hastío, también decepción, no desea estar conmigo, pero lo que debo contarle es importante. ¡Muy importante! Paso el tiempo ordenando expedientes de otros casos, introduciendo datos en el ordenador, es una buena manera de abstraerse, de dejar que transcurra el tiempo. ¿Media hora, dijo? En absoluto, apenas le han bastado veinte minutos para atravesar media ciudad. Mejor así.

—Hola, David. Qué rápido has llegado.

—Venga, Joan, al grano, cuéntame qué está pasando.

—Bien, siéntate. Antes de empezar…

—Dime qué sucede.

Me sorprende su escasa paciencia, siempre es más delicado con sus interlocutores, incluso cuando no le interesa lo que tienen que decir. Mejor voy directamente al meollo de la cuestión.

—María vino esta mañana para hablar conmigo.

—Ya. Y…

—Me ha contado lo que está sucediendo.

Reacciona rápidamente, sin ninguna duda.

—No pasa nada.

—¿Eso crees?

—Joan, después de María, nadie me conoce tan bien como tú. Lo sabes. Lo has vivido. Algunos casos los investigaste conmigo. En primera línea. No puedes negarlo. El caso Rémi. El secuestro de los gemelos. También te expliqué, en su momento, mi primer caso importante: el asesinato de Mercedes Ruiz ¡En muchos de esos casos estabas conmigo, mano a mano! Y tantos otros expedientes…

—Hay… sucesos fuera de lo común en los que nunca he profundizado, esto no lo puedo negar, tienes razón. Es así. Pero lo que me ha explicado María es más de lo que tú y yo hemos vivido juntos. Es muy difícil de creer, David, tienes que comprendernos.

—No, Joan, es a mí a quien tenéis que comprender. Ella es especial, es mi pareja, pero no sabía nada acerca de mis capacidades. Sabía que había algo, pero nunca se lo expliqué abiertamente. ¿Cómo puede explicarse algo así? ¡Eso solo puede experimentarse! ¡Tú lo has visto con tus propios ojos! Las certezas repentinas. Mi habilidad en la oscuridad. La guía que me conduce en momentos de extrema dificultad. Una vez puede ser casualidad. Tantas, es imposible que lo sea. No puedes negarlo.

Niego con la cabeza. Tiene razón, sí, ¡pero también la tiene María! Si ella hubiera vivido lo que yo he vivido junto a él, comprendería mejor mis dudas. ¿Qué puedo hacer? O mejor aún, ¿qué debo hacer?

—No, no puedo negarlo, aunque no lo comprendo. Pero esto…

249

—Joan.

—Sí.

—¿Por qué te lo ha dicho a ti y no a Asuntos Internos?

—María no quiere perjudicarte.

—Y ha dejado que la responsabilidad recaiga sobre ti.

Qué rápido es en sus apreciaciones; en parte ese era el motivo de María, pero hay mucho más.

—No es así, no exactamente. Escucha. Cuando vino, hablamos durante un buen rato. Sabe lo mucho que te aprecio. Estaba preocupada y nerviosa. Yo, en la medida de mis posibilidades, defendí tus, llamémoslas así, «capacidades especiales». Esto contribuyó a serenarla un tanto. Pero le resulta imposible creer en estas cosas. Es una mujer racional. ¡Joder, David, tal y como dijiste antes, ni yo hubiera creído en ti, ni en nadie que me viniera con semejante cuento, si no lo hubiera visto con mis propios ojos! ¡Somos policías, vivimos de la realidad, de lo concreto, buscamos pruebas tangibles! Pero esta escena que me explicó es, es… ¡algo así es extraordinario!

250

—Ocurrió tal y como se lo expliqué.

—No podemos creerlo. En el escenario se volvieron locos por las drogas y la cosa acabó en una orgía de sangre. Y eso fue todo. No pueden existir sombras como la que tú viste.

—Joan, nadie abandonó el escenario. En eso estamos de acuerdo.

—Sí, lo estamos. Desde el principio. Por eso todo ocurrió tal y como he dicho. No hay sombras. Nadie te persiguió.

—Entonces debo de estar loco. Tuve que ser yo quien fue allí y lo revolvió todo. ¿A qué estás esperando para hacerme entregar la placa y el arma?

Sostengo su mirada. Por una vez resulta enigmática, no hay sino profundidad en su interior, no se discierne emoción alguna, solo una firme determinación.

—Si por María fuera, ya estaría hecho.

—Entonces…

—Lo imposible está en ti. Yo lo sé. No puedo permitirme el error.

—Entiendo entonces que crees en mí.

—No sé qué creer, David, no sé qué creer. Fíjate, ahora caigo en que esa misma frase la pronunciaste tú unos días atrás.

—Cierto. Lo recuerdo.

—Dijiste entonces que esperara a que las líneas de investigación se agotasen.

—Sí.

—Están agotadas, David, ya casi lo estaban desde entonces. Las seguimos por obligación. Los equipos trabajaron bien, y siguen en ello, pero no van a encontrar nada. Ya lo habíamos hablado. Ambos lo sabemos.

—Sí.

—¿Y ahora? ¿Me contestarás ahora a mi pregunta?

Respira hondo antes de comenzar. ¿Podrá hacerlo? ¿Cómo explicar lo inexplicable?

—Joan, estoy en ello. No hay nada que pueda compartir, al menos en este momento.

—Has de tener alguna idea. Dímela. ¡Debes compartirla! Dame un resquicio al que pueda agarrarme, aunque solo sea para rozarlo con las yemas de los dedos.

—No puedo compartir aquello que ni yo veo claro, todavía no. Pero te diré una única cosa: hay algo extraño, quizá sobrenatural, en todo este caso. Y quiero descubrirlo. Solo yo puedo descubrirlo.

Esta explicación dista de satisfacerme. Guardo silencio, no es esto lo que necesito. Y David parece darse cuenta de ello, desvía la conversación hacia un territorio más transitable.

—¿Sabes qué hacía en Horta?

—No.

—Seguir la única pista que realmente considero válida: Pozales. Él lo hizo, sí. Todo el misterio radica en él. Estoy investigando todo lo referente a su vida, intentando recopilar la máxima cantidad de información sobre su persona.

—Pero ¿por qué? Ya tenemos una carpeta con los datos básicos sobre él. Fue lo primero que hicimos justo después del escenario. Y no había nada especial.

—¿No lo imaginas? Mira.

Da la vuelta a la mesa y se sienta en el alero. Coge el teclado y teclea con rapidez. En la pantalla se despliega un clásico menú de archivos en carpetas. Sus manos vuelan sobre el teclado y el ratón, doble clic aquí, otro allá; los datos sobre el caso se despliegan en un submenú. Son carpetas ordenadas alfabéti-

251

camente en función de su contenido. Cada una lleva un nombre: Escenario, Pozales, Umbría, Albert, Tuneu, Forense 1, Forense 2, Forense 3, Forense 4, Arma, Entorno, Allanamiento... Hay más, no hace falta enumerarlas todas. Desliza el ratón y el cursor pasa sucesivamente por cada una de ellas, se revela su fecha de creación, la fecha de introducción del último dato y de su última apertura, se muestra su volumen de datos.

—No lo ves, ¿no es cierto?

—No te entiendo. ¿Qué debo mirar?

—Examina la cantidad de información, los kilobytes y las megas de cada archivo. Observa la de Pozales en comparación con las demás.

Recupero el control del ratón y le doy un vistazo a los distintos archivos según el cursor se desplaza sobre ellos. De nuevo los datos se despliegan con rapidez, pero ahora sé qué debo observar, evalúo la idea que me ha dado. ¡Y su contenido me sorprende!

—Creo entender a qué te refieres. Los datos de Pozales...

—Sí, son una mierda. No ocupan ni 200 KB. Cualquier archivo sobre cualquier sospechoso debiera de estar rondando un MG como mínimo. Tenemos algo más sobre Umbría, y el resto pasa de 1,5 MG, más lo del forense, claro, por el gran peso de la documentación gráfica adjunta. Examina cualquier archivo de sospechosos en casos anteriores, rápido.

Retrocedo hacia archivos de otros casos y realizo la prueba: en todos los casos el volumen de datos sobre los principales sospechosos, incluso en los casos de mínima trascendencia, están rozando una mega.

—¡Pero esto es sorprendente! ¿Cómo te diste cuenta?

—Estaba en casa el sábado por la noche analizando los datos, los tenía impresos, desplegados sobre la mesa, y tuve la certeza de que estábamos errando el blanco. Pero no fue la escasa cantidad de datos que teníamos sobre Pozales lo que me llamó la atención.

—¿Qué fue, entonces?

—Que estando once personas trabajando en este expediente no nos hubiéramos percatado de ello ni uno solo de nosotros. Eso es lo verdaderamente extraño. Recopilamos información sobre Pozales siguiendo el método y no encontramos nada especial. ¡Y ahí nos quedamos! Tenemos el esqueleto de su archivo; nos falta por reconstruir el resto de su cuerpo. Pozales está virgen para nosotros. Es como si la investigación no fuera con él.

—David.

—Dime.

—Una cosa más. Descubriste esta anomalía. ¿Y fue justo después cuando decidiste ir al escenario?

—Sí. Tenía que ir allí. Pero yo no decidí nada. Ocurrió lo que tenía que ocurrir.

—Debiste haberme llamado. Podíamos haber ido juntos.

—No podía hacerlo. Tenía que ir yo solo.

—Una certeza de las tuyas.

—Sí. Tenía que ser así.

—¿No estamos juntos en el caso?

—Solo en parte. Este caso tiene algo que es solo para mí. Es así. No puedo explicarlo de otra manera. Y tampoco puedo compartir según qué cosas.

Este es el momento de tomar una decisión. No hay vuelta atrás, realmente me ha sorprendido lo que me enseñado. Tiene razón, esa falta de información sobre el que María y yo consideramos principal sospechoso y responsable material de las muertes es extraña. ¿Podría tratarse de una casualidad? ¿Azar? No, no es eso. No existe el azar. Siempre hay una explicación, un motivo; otra cosa es que no seamos capaces de encontrarlo. Si no me hubiera mostrado esta extraña anomalía en el archivo de Pozales, mi decisión hubiera sido otra. Está bien: tendrá su oportunidad. Pero añadiré una nueva regla a este juego. Una supervisión, un elemento de control, una visión creo que más objetiva.

—David, eso tiene que cambiar. Que pueda o quiera entender lo que te ocurre no te da vía libre para que hagas lo que quieras, no en las presentes circunstancias. Puede ser demasiado peligroso para ti o para los demás.

—Y si no pudiera hacerlo.

—Entonces estaré de acuerdo con María. No puedes ir por libre. O conmigo o no hay nada que hacer. Ese es el trato, lo tomas o lo dejas.

Puedo leer en su rostro la maldita gracia que le hace este

chantaje. Pero está atrapado por la buena voluntad de su mejor amigo y de su pareja. Así que se ve forzado a transigir. Le cuesta, pero esto es lo que esperaba.

—Está bien. Te tendré informado de todo lo que suceda.

—Entonces esta parte está resuelta. Y ahora ya puedo darte esa novedad de la que te había hablado antes.

—Casi lo había olvidado. De qué se trata.

—Tenemos dos cadáveres más.

40

—¿*C*ómo? ¿Cuándo? ¿Dónde?

Por una vez la sorpresa ha hecho mella en David, es fácil comprobarlo, basta con observar la entonación de los tres adverbios. Sus habituales preguntas en tono neutro han dejado lugar a interrogaciones puras. La sorpresa lo sacude. Creo que es la primera vez desde que trabajo con él que lo veo en fuera de juego.

No está claro que este nuevo caso tenga que ver con el escenario, solo datos indirectos, y, sin embargo... Se lo he dicho. Puede que debiera haberme callado, dejar que este crimen se consumiera en el distrito de Gràcia, mantenerlo desinformado, sí.

¿Hubiera valido la pena hacerlo? Él no lo había dicho, pero pensaba que no todo iba a acabar con el escenario. Quizá yo lo temía y estaba postergando esta posibilidad hasta que se convirtiera en real. No pierdo concentración, analizo cada uno de sus rasgos, lo he visto antes igual: creo que está sintiendo una de sus certezas.

Bien. Si ya he empezado, ahora debo continuar.

—Antes de cualquier otra cosa, debe quedar claro que no podemos reclamar este nuevo expediente.

—Joan, no jodas. ¿Por qué?

—De entrada no es nuestro distrito. Pero tampoco hay similitudes con el escenario. No murieron de igual manera. El arma es un cuchillo, pero con diferente hoja.

—¿Cómo fue?

—Una pareja. También de edades en el perfil. En su domicilio, en Gràcia, cerca de Travessera. Ambos estaban desnudos.

Habían marcado con el cuchillo un dibujo en los cuerpos: una línea que converge desde las extremidades hasta el corazón. Después, golpe directo al corazón.

—¿Dónde estaba el cuchillo? Junto a qué cuerpo.

—Al de él. Lo tenía en la mano derecha.

—Los ojos.

—En su sitio. No los extrajeron.

—Ubica los cuerpos.

—Cada uno en un dormitorio. Lo que fuera ocurrió en la sala. Después, los cuerpos acabaron en los dormitorios.

—¿Consumidores?

—Coca. Grifa.

—La pregunta clave: ¿sospechosos?

—No. La puerta de acceso estaba cerrada. Tuvieron que reventarla para entrar. Ventanas cerradas. De la casa no salió nadie. El portal queda bajo el enfoque de una cámara de seguridad de un cajero automático, justo en la acera de enfrente. Durante la hora aproximada de la muerte no hubo ni entradas ni salidas. Avisaron los vecinos al escuchar gritos.

—¿Hora de la muerte?

—Fue de día. Sobre las diez. Cuando los compañeros llegaron, los cuerpos aún estaban calientes.

—Es increíble… Explícame cómo lo supiste.

—Pensé que el escenario se agotaba en sí mismo. Pero introduje un comando en el ordenador para comprobar los asesinatos que se cometieran en nuestro territorio y que pudieran presentar alguna similitud con el escenario. Y la alarma saltó ayer. De entrada hay tres posibles coincidencias: arma similar, transporte de cuerpos y cierto aspecto ritual. La presencia de drogas también debe tenerse en cuenta.

—Inteligente e intuitivo. Has estado bien.

—¿Esperabas algo así?

—Yo… Pensaba que era posible. Pero sentí una certeza de las mías poco después de hacerte las tres preguntas.

—Ya no sé si veo lo que quiero ver, pero lo hubiera jurado. Te quedaste un instante en suspenso. Se te perdió la mirada. Estabas traspuesto, como ido.

—Sí. Funciona así. Llega de repente y entonces sé. Bien. Tenemos que ir para allí.

—David, no digas tonterías. Eso no es posible.

—Joan. Tenemos que ir. Es necesario que vea el lugar.

—No. Vidal no te permitiría acercarte en un radio de dos kilómetros. Aunque Pons esté fuera de peligro, estás vedado en Gràcia. Y las coincidencias no son suficientes para reclamar el caso. Escucha. ¡No hubo salida! ¡Nadie entró o salió del edificio! Y, sin salida, no hay caso que relacionar. No podemos reclamar este expediente. Todo se resume en otros dos zumbados que, a resultas de un exceso, acaban en el otro barrio. Dos drogatas menos. Eso no le importará a nadie.

—¡Necesito ir! Es importante que sienta el lugar.

—Olvídalo. Ni hablar. No de momento.

—Joan, sabes de este nuevo crimen más de lo que debieras. De la misma manera que no puedo engañarte, tú no puedes engañarme a mí. Sé que tienes contactos en toda la ciudad desde que empezaste a trabajar en la comisaría. Hablé con Fornells sobre ti en alguna ocasión, antes de que se jubilara y llegaras a Via Laietana. Me dijo que no había conocido a un tipo con tus contactos en toda su carrera.

—Es cierto, tengo contactos en Gràcia, de ahí obtuve la información. Pero no podemos ir a ese nuevo escenario, es demasiado pronto. El conflicto con Vidal está asegurado y ocurriría en el peor momento. No te sorprendas por lo que voy a decirte, pero no olvides los problemas de Rosell con el CGIC. También sé que nuestro comisario está dando la cara por ti. Y no puedes fallarle. Escucha: tendremos acceso al expediente según se vaya desarrollando, esto sí puedo garantizártelo. Y cuando las aguas vuelvan a su cauce, entonces acudiremos al nuevo escenario. No antes. Y recuerda lo que hablamos hace un rato, nunca solo.

—Bien, bien… Tendré que aguantarme las ganas. Tener paciencia. Sí.

—Sí. Y para que mientras tanto no te aburras, plantéate algún interrogante nuevo.

—Di.

—La droga. Apostaría cinco contra uno a que se corresponde con la misma del escenario y del piso de la calle Rubí. Esto nos lo dirá el análisis, están en ello. ¿Has pensado que el desencadenante de estas conductas pudiera ser la droga? ¿Que

257

estuviera alterada su composición, de manera que afectara a sus consumidores hasta llevarlos a conductas homicidas?

—Correcto. Lo he pensado. La droga será la misma. Y si me apuras, el suministrador de la droga podría ser Pozales. Tendremos que comprobar las llamadas de móviles y fijos para buscar esa nueva coincidencia. Si esto ocurriera, posiblemente nos darían carta blanca para hacernos cargo del caso.

—Cuenta con ello. Si no se les ocurre, me encargaré de que esa idea llegue hasta la comisaría de Gràcia. Ahora, otra cuestión.

—Sigue.

—Si el análisis de la droga concluyera que, al margen de identificar su procedencia, hubiera alguna alteración sustancial de la molécula, tendríamos una explicación racional, la que, imagino, estamos buscando todos, ¿no es así?

—Ajá.

—David, esto equivaldría a decir que tú...

—Entiendo.

El mensaje está claro. Si existe una explicación racional, que es justo lo que buscamos como policías que somos, no hay duda de que David está desequilibrado y María tiene razón. Lo estoy poniendo entre la espada y la pared: obligándolo a seguir con la investigación, pero desde mi perspectiva, no desde la suya; lo llevo hacia el terreno de la razón. Quizá pueda aislarlo de esas absurdas ideas que lo asaltan... No puedo creer en lo irracional, por más que haya conocido lo extraño de sus percepciones. Es más que mi inmediato superior: realmente confío en él. Y creo que quizás haya una mínima posibilidad de que exista algo más. Esas locuras que insinúa él, no; sencillamente otra posibilidad desconocida y remota, algo que aún no hayamos pensado, algo a lo que podamos agarrarnos.

Sea como fuere, lo tengo bien cogido. Estoy jugando con ventaja. Veo cómo me mira: está analizando mis reacciones, ahora se da cuenta.

—Joan. Contesta a lo que voy a preguntarte y no juegues conmigo. No hubieras permitido que siguiera en la brecha de no haberte proporcionado nuevos datos sobre Pozales, datos veraces y comprobables. Ahí te dejé en fuera de juego. Pero cuando hablamos sobre ello, tú ya conocías todos los extremos del nuevo caso y, lo más importante, pensabas que existía una posible relación entre ambos. Tu decisión estaba tomada.

Es muy rápido, siempre brillante. Lee las intenciones de sus interlocutores como jamás he visto a otro hacerlo. Me ha pillado. No vale la pena mentir.

—Cierto. Pensaba hablar con Asuntos Internos. María me había convencido.

—Y has cambiado de opinión

—Una parte vino desde Gràcia. La otra te la debo a ti.

—Bien. Y si el análisis no encontrara alteración alguna y no hubiera explicación racional, ¿qué harías?

—Eso no ocurrirá.

—¿Y si ocurriera?

—Intentaría llevarte al escenario número dos. Hasta entonces sigue con Pozales.

—No sé si es necesario. Pozales está muerto. Nada pudo hacer en este segundo asesinato.

—Tu instinto nunca te engaña. Eso te mantendrá ocupado. Y si no hay explicación racional, estarás en disposición de seguir según lo consideres.

Ha perdido el mando. Le guste o no, ahora soy yo quien cuido sus pasos y dirijo la investigación. Así están las cosas. David se va. Apenas esboza un gesto de despedida con la mano. No está contento, pero debe conformarse. Regresa a la investigación sobre Pozales y me deja solo en el despacho.

Y aquí, mientras jugueteo con unos clips, medito largamente acerca de lo que haré si el análisis no revela alteración alguna de la droga.

41

Conduzco la custom. Mi destino está bien claro: voy a investigar el pasado de Pozales al detalle, y para eso me dirijo a la que fue su casa familiar durante su infancia y juventud. El mercado de Sant Antoni es el centro neurálgico de las actividades comerciales de su entorno. Está situado justo en la esquina entre las rondas de Sant Antoni y de Sant Pau; las rondas se abrieron justo en la línea donde, siglos atrás, se levantaban las murallas de la ciudad de Barcelona. Las rondas separan la Barcelona antigua de la moderna, esto resulta sencillo de ver con tan solo observar el tejido urbano. La ciudad moderna, heredera del plan Cerdà, es amplia, con cuadrículas regulares, un dibujo ordenado y coherente; la ciudad antigua es un abigarrado laberinto de calles y callejas dispuestas sin ton ni son.

No existe una diferencia aparente entre los ciudadanos de un lado y otro de las rondas: la renta per cápita es aproximadamente la misma, y su mundo es muy parecido: el mercado de Sant Antoni articula la vida de toda esta zona, visten igual y compran en las mismas tiendas. Pero, para el ojo del espectador avezado, sí existen sutiles diferencias según resida uno más allá o más acá de las rondas.

Es sutil, sí, pero demostrable en una conversación. Los habitantes de toda la vida de la Barcelona vieja están orgullosos de ello, es uno de esos ambientes que marcan a los suyos, repleto de rincones que identifican un origen diferente. Todos ellos, los de ambos lados de las rondas, habrán bailado en La Paloma, habrán hecho la compra entre semana en el mercado, habrán cambiado cromos o comprado libros o tebeos el domingo por la mañana en las aceras que rodean al mercado y que constituyen un espontáneo mundo de cultura popular; todos habrán visitado El Llantiol, el último de los cafés teatro, pero solo los del Raval tienen ese profundo concepto de pertenencia a un lugar del que la mayoría de sus vecinos, tan solo a veinte metros, separados únicamente por una acera, carecen casi por completo.

Esto supone una inapreciable ventaja para mí. Los Pozales vivieron en la calle Botella, que apenas es un callejón de quince números que une las calles de la Cera y de Sant Antoni Abat. Y allí, en el Raval alto, donde sigue la vida diaria casi ajena a la influencia de la modernidad, la sensación de pertenencia y arraigo influye de tal modo en las personas que estas no quieren cambiar de domicilio aunque económicamente puedan hacerlo. Las tiendas pasan de padres a hijos. Las generaciones se suceden en los domicilios. Los viejos mueren en las casas, en lugar de hacerlo en frías residencias de ancianos.

Muchos de los pisos son de renta antigua, las dos subrogaciones legales que se permitían a la firma del contrato implican que hasta tres generaciones de la misma familia pueden vivir consecutivamente bajo el mismo techo. En este entorno es posible que encuentre el rastro de los Pozales. Aquí los vecinos dejan un rastro; por el contrario, en otros barrios la huella se hubiera borrado por completo.

Primero, el piso donde vivió Eva con su hijo Ignacio. Está alquilado y ha cambiado seis veces de manos desde entonces, por ese lado no hay nada que rascar. La agencia que lo lleva es propietaria del edificio entero, esto no es extraño, ocurre con bastantes edificios en la zona, todos ellos destinados al alquiler. Los archivos no llegan tan atrás en el tiempo, deberían hacerlo, pero hace quince años hubo un pequeño incendio donde se perdieron los datos que no estaban incluidos en el ordenador. Los de la agencia obtuvieron este dato a través de la Cámara de la Propiedad Urbana. Además, la agencia está situada lejos de este punto, en el Eixample medio, y sus trabajadores son ajenos al Raval.

Sin embargo, aunque esta información se perdió, sí me han proporcionado otra interesante. Dos de los vecinos los son de toda la vida, de tercera generación: los contratos fueron subro-

261

gados. Ahí encontraré una posible fuente de datos que no debo desaprovechar. Con esto y con las tiendas del entorno debería obtener alguna información. Así que en marcha.

Conozco este barrio, aunque no a la perfección, pues mi trabajo se ha centrado más abajo, a la derecha de las Ramblas, donde, de momento, se encuentra mi comisaría. Dentro de un año todo cambiará, cuando termine la edificación del nuevo edificio de la calle Hospital, donde se reunificarán las comisarías de ambos lados de las Ramblas. Podía acudir a alguno de mis compañeros de la vieja comisaría de la calle Hospital, pero prefiero manejarme a solas. Bastante complicado es este asunto para meter a más compañeros en él.

Llego en la custom hasta la ronda y aparco frente a un conocido bar del barrio; los chavales que pululan por allí observan los cromados, se admiran: menuda bestia monta, cómo ruge el motor, quién será ese tipo. Jamás creerían que soy policía.

Estoy en la esquina de Els Tres Tombs, cuyo nombre hace referencia a las tres calles que convergen donde se alzan sus instalaciones. Este es uno de esos bares que son un referente en su entorno. Aquí la gente desayuna, muy de mañana —a las seis ya levantan la persiana—, toma el aperitivo, come, merienda, cena, y aún da tiempo a tomar algo sólido si han tomado unas copas antes de que cierren, a eso de las dos y media de la madrugada. Pero no es el bar el lugar adecuado para comenzar a preguntar. El dueño es el de toda la vida, eso también lo he comprobado, también lo son algunos camareros, que han envejecido juntos y se jubilarán trabajando en el bar. Pero, por los escasos datos que tengo sobre Eva Pozales, no era mujer de barras. Era honrada y trabajadora, así lo dijo el padre Pallarés. El bar después: último recurso, por si falla lo demás.

Camino hasta la calle Botella. La casa se levanta cinco alturas. Los pisos tienen una sola vivienda, excepto el primero, que tiene dos. Son los vecinos del segundo y del cuarto los que siguen allí tantos años después. Acciono el portero automático del segundo. No contestan. Pruebo con el cuarto. Este sí. Es la voz de una mujer de mediana edad con un marcado acento extremeño.

—Dígame.

—Buenos días. Soy el inspector Ossa, quisiera hablar con usted un momento. Haga el favor de abrirme.

Incluso por el telefonillo capto la impresión que a la señora le causa mi petición. Nunca me acostumbro a ello, me hace sentirse extrañamente poderoso, pero es un poder que no deseo. Por muy suave que sea la demanda, la orden siempre queda implícita. Transcurren un par de segundos: imagino a la señora vacilando al pulsar el botón de apertura.

Subo por la escalera, no hay ascensor. Ni tampoco portería. La escalera es estrecha y empinada. Está vieja pero limpia, esta gente cuida lo suyo. Llego hasta el cuarto, la luz de la escalera se apaga, la enciendo de nuevo antes de llamar al timbre del piso, lo hago ahora. La mirilla, que es de las antiguas, dorada, grande, se abre: un ojo me observa. Extraigo la placa y la identificación y las muestro al escrutinio del ojo inquisidor.

Se abre la puerta. Una señora de cincuenta y pocos, despeinada, vestida con un pijama y un delantal por encima, con cara de susto, me habla atropelladamente, según avanza en su discurso el acento se vuelve más agreste, más puro.

—¿Qué ha hecho ahora el Ricard, señor inspector? No es malo, no tiene mala entraña, pero es un simple rodeado de malas compañías. ¿Dónde lo tienen? ¿Está bien? Ay, pobre de mí, siempre estamos igual, menuda cruz tenemos en esta casa...

—Tranquila, señora, no he venido por el Ricard, no debe preocuparse. Esto no tiene nada que ver ni con él ni con ustedes, estese tranquila. Solo necesito hablar con usted sobre un antiguo vecino suyo, permítame pasar.

El alivio tiñe con delicado rubor la faz de la mujer. Se come un suspiro profundo, es un esfuerzo notable. Aún apurada, me permite el paso. Se mesa los cabellos: es consciente de su apariencia desastrada y no le gusta; se lleva una mano al nudo del delantal, dispuesta a soltarlo, pero cambia de idea al observar debajo el pijama, abre la puerta por completo y cede el paso con nerviosismo.

—Pase, pase, por favor. Venga por aquí, a la sala, disculpe, pero me ha pillado limpiando la casa.

263

—No se preocupe. No tengo prisa. Si desea cambiarse, la espero.

—¿Sí? ¿No le importa esperar un momento mientras me pongo algo más presentable?

—Por favor, señora, está usted en su casa.

42

*P*onerles las cosas fáciles a mis interlocutores es uno de los aspectos que más cuido durante las investigaciones. Hablar con alguien que se siente cómodo proporciona invariablemente mejores resultados que tácticas agresivas, que también tienen su espacio, pero no en este momento, con esta buena mujer. Fue fácil observar su incomodidad ante su desaliño indumentario. He ganado un sencillo punto.

Vuelve al momento. Apenas dos minutos se ha obrado el cambio: una falda, una blusa, el pelo ahuecado: es una imagen pasada de moda en cualquier lugar, excepto en barrios como este; es una señora en su mundo, por encima de cualquier modestia.

—Usted dirá.

—Como le dije antes, soy el inspector Ossa, de la comisaría de Via Laietana. Es usted… la señora Muñoz, ¿no es así?

—Sí, Josefa Muñoz Molina, para servirle. Dígame, ¿seguro que no tiene nada que ver con mi hijo? Ay, el Ricard siempre está metido en problemas…

—No, señora Muñoz, le aseguro que no tiene nada que ver con su hijo. De verdad. He venido a verla a usted para preguntarles acerca de una antigua vecina suya, Eva Pozales García. Dígame qué recuerda sobre ella y su hijo, Ignacio.

—Pero ¡de eso hace muchos años, treinta lo menos!

Estoy encantado con las naturales expresiones de mi interlocutora, son, en efecto, de pueblo, llegaron puras a la ciudad y puras continuaron, inmaculadas, la ciudad no pudo con ella, no ocultó su origen, su particularidad. Me cae instintivamente simpática. Es una mujer espontánea y sincera: en los barrios se encuentran aún perlas como esta, buenas personas que no hacen gala de su sencillez, simplemente son así.

—Sí, treinta años. Eva Pozales llegó a esta casa en el año setenta y cinco y estuvo aquí hasta el ochenta y seis. Once años en los que imagino ustedes se conocieron.

—¡Claro, pero yo entonces era una chiquilla!

—Algún recuerdo guardará.

—Hombre, claro. Tenía entonces, en el año setenta y cinco, dieciséis años, ¡cuánto tiempo ha pasado!

Qué gracia. Realmente expresa lo que siente, le brillan los ojos al recordar la joven que fue, cómo me gusta la naturalidad de esta mujer. Intentemos pasar a una mayor intimidad.

—Señora Muñoz, ¿me permite que la tutee?

—Sí, claro, faltaba más. Mis amigos me llaman Pepi, siempre me gustó más que Josefa.

—¡Gracias! Pepi, necesito saber cualquier cosa que recuerde en relación con los Pozales.

—Bueno... La madre se llamaba Eva, ay, qué tonta, si eso ya lo sabía usted, lo ha dicho antes, perdóneme.

—Pepi: no se preocupe. Ya sé que a veces los policías imponemos un poco, pero, si me lo permite, me gustaría decirle que me recuerda usted mucho a mi madre. No se ponga nerviosa, quiero que esté tranquila y se sienta como con un amigo.

—¿De verdad me parezco a ella?

—Sí, mucho, más en la manera de ser que en los rasgos, me la recuerda usted mucho. Murió hace unos años y la echo de menos.

He ido más allá de lo que imaginé. ¿Me arrepiento de ello? No. Le he dicho la verdad. También Montserrat, mi madre, era sencilla, afable, sincera; se parecen en lo hondo, por fuera son completamente diferentes, pero he calado su ser a la primera, y, de paso, la tengo completamente embobada, come de mi mano. No queda nada del recelo inicial de Pepi, está completamente dispuesta a compartir sus recuerdos.

—Bueno. Como le decía, recuerdo bastante a Eva. Verá, yo era una chavala, esto ya se lo he dicho, y ella era una mujer muy atractiva, no sé si sabré expresarme, quiero decir que los hombres la miraban al pasar, todos se volvían, no fallaban ni los curas, y yo era, que era una chavala, vamos, como las demás del barrio de mi edad, pues la mirábamos todas mucho, intentábamos ser como ella, imitar su peinado, sus vestidos…

—Vivía sola con su hijo.

—Sí, bueno, eso fue un pequeño escándalo. Aquí la gente era muy conservadora, ¡y todavía lo es hoy en día! Ya se imagina, una mujer sola con un hijo no era problema, pero es que los apellidos del chaval eran los de ella, coincidían, eso quiere decir que era hijo de madre soltera. Huy, menudo escándalo se armó al principio. Vivía entonces un mosén…, mosén Pablo, en el primero A. Era un hombre tradicional, intentó incluso que la echaran de la casa, pero los de la inmobiliaria no le hicieron caso; no es que fuera mal hombre, pero ya sabe, esos pensaban así, era muy mayor, de otra época.

—Háblame del hijo.

—¡Anda, el Ignacito! ¡Menudo crío más majo! Siempre estaba por ayudar a los demás, la madre lo tenía bien enseñado. Saludaba siempre, te ayudaba con las bolsas de la compra, esas cosas, era muy majo. Se lo veía despierto al muchacho, sonreía mucho, siempre estaba alegre; todo lo que tenía la madre de seria lo tenía el chaval de alegre, es como si una cosa se compensase con la otra. No sé si me explico.

—¿Por qué dice que la madre estaba siempre triste?

—Bueno, es que lo estaba, o parecía estarlo. No es que fuera seca o desagradable, lo que pasa es que era algo callada. Si le hablabas, siempre contestaba, y saludaba siempre al cruzarte con ella, eso sí; pero era de poca charla, y estaba siempre pensativa, algunos vecinos la llamaban precisamente así: la Triste.

—Pero ustedes, en el barrio, algo pensarían sobre ello.

—Sí, bueno, cosas ya se decían, sí, que si esto, que si lo otro, que si lo de más allá. Pero de cierto nada se sabía. En este barrio no somos mala gente, pero siempre le damos al pico más de la cuenta, las más de las veces es por puro aburrimiento, no hay maldad en lo que se dice…, en general.

En este último apunte una sonrisilla adorna su rostro, se está relajando por momentos.

—Pepi, ¿qué pensaba usted?

—Como le dije, yo era una cría que todavía estaba tonteando con el Manolo; luego me casé con él, pero ese es otro cuento,

267

perdone. Bueno, yo escuchaba las cosas que se decían en casa y me hacía mi composición de lugar, ya me entiende, todavía tenía muchos pájaros en la cabeza.

—Siga.

—Bueno, en casa decían que estaba triste no por ser madre soltera, decían que era porque venía de otra relación que le había ido mal: se ve que el novio tenía la mano larga, pero muy larga, y ella lo había dejado, eso decían, por eso estaba tan seria y no hablaba apenas con nadie, para que supieran de ella lo mínimo. Uno que la preña y se da a la fuga, y el otro que le pega. De ahí la tristeza.

—Eso decían en casa. ¿Y usted?

—Bueno, yo la conocí un poquillo, alguna vez atendí al niño cuando ella, por el motivo que fuera, no podía quedarse con él, cuando iba al médico, esas cosas, ya sabe. El crío era muy *salao* y me caía muy bien. Ella siempre quería pagarme algo de dinero, pero yo sabía que iban justitos y nunca le dejé hacerlo, faltaría más. El caso es que, claro, como hablaba con el niño un poco de todo, me enteré de alguna cosilla más, claro, entiéndame, no es que yo sonsacara al crío, por Dios, eso nunca, que con un inocente no se pueden hacer esas cosas, fue él mismo quien me contó lo que quiso. Para que vea, de estas cosas que supe nadie más se enteró, ni la Mari, que era mi amiga del alma en aquel entonces.

Esto es un chollo. Si existe un Dios, me ha guiado hasta aquí. ¿El azar es así? ¿O existe un designio en todo esto? Sea como fuere, es Pepi quien va a concederme nuevas pistas sobre los Pozales de la manera más accidental. Y creo que pienso bien, sobre los Pozales, no solo sobre Ignacito: aquí hay algo más de lo que parece, estoy convencido de ello; no preciso una de mis mágicas certezas para saberlo, solo mi fino y personal olfato detectivesco.

—¿De qué se enteró usted, Pepi?

—Bueno. Pues me contó el zagal algunas cosas que me hizo prometer que no le diría a nadie, y le juro que así lo hice, a la Virgen del Remedio pongo por testigo. Ignacito me contó que, en realidad, había un padre. Al principio no le hice mucho caso, pensaba yo que los críos sin padre no pueden otra cosa que querer uno y que esto era una fantasía, ya me entiende. Pero insistía e insistía, y sobre todo pedía que no se lo dijera a su madre, que no debía enterarse de esto de ninguna manera, que tenía prohibido hablar de él y que lo castigaría muy mucho si descubría que lo había hecho y dicho por ahí. Mire, esto ya me sonó mejor, como a cierto; si era verdad, como decían, que había dejado a un hombre con la mano larga, pues entendía que tuviera prohibido hablar de eso, ya me comprenderá.

—Pues la verdad, no, perdóneme.

—Quiero decir que, verá, mire, en este barrio ya había entonces alguno que otro hijo de mala madre que cascaba a su parienta de mala manera, y pienso yo que si esas mujeres pudieran librase de ellos supongo que lo primero que intentarían hacer sería borrar hasta la sombra de su recuerdo, ¿me he explicado mejor ahora? Por eso sí me sonaba bien el razonamiento del crío.

—Ahora sí, siga, Pepi.

—Le pedí que, si eso era así, me enseñara una foto, qué sé yo, alguna prueba de que era verdad. No es que no lo creyera, pero tenía curiosidad, qué quiere que le diga.

—Y ¿qué hizo Ignacito?

—Me dijo que su madre tenía todos los papeles en un cajón de su dormitorio, y que allí había una foto del padre, pero que el cajón estaba cerrado con llave y que no se podía abrir. Entonces le dije que cómo sabía eso, que si estaba cerrado con llave tampoco él podía saber lo que había dentro, y me contestó que, algunas noches, oía llorar a su madre y se levantaba a mirar qué hacía, y observaba por el ojo de la cerradura: su madre se sentaba en la cama y tenía unos papeles sobre la cama, cogía alguno de ellos y lo observaba y lloraba. Ignacito pensaba que se trataba de la foto de su padre, y que debía de existir un secreto que impedía que pudieran verse, algo heroico; ningún niño quiere pensar que su padre es malo. Ignacito pensaba que se seguían queriendo, y que el padre también lo quería a él, y pensaba que alguna vez hasta iba a visitarlo al colegio, a escondidas. No lo conocía, pero había un hombre que de vez en cuando se metía en el patio y lo miraba, por las tardes, cuando jugaban los niños en el patio. Lo hacía así, decía él, porque no quería que se enterase su madre.

—Pero, Pepi, hay una cosa que no acabo de entender: usted

269

misma ha dicho que cualquier mujer querría hasta borrar la sombra del hombre que le pegara: ¿cómo puede entonces entenderse que Eva siguiera mirando una foto del padre y llorando sobre ella?

Pepi sonríe antes de hablar. Hay picardía en su mirada, resulta juguetona, ciertamente luminosa.

—No se ofenda, pero se nota que es usted dos cosas: hombre y joven. Como hombre, no sabe cómo piensan las mujeres, esto está claro; como joven, y aunque sea policía, sabe poco de parejas, no habrá sido su especialidad.

—¿Por qué lo dice?

—Una mujer enamorada es capaz de cualquier cosa, hasta de querer a quien le pega.

—Parece saber bien de qué habla.

—Pero no como piensa, no se equivoque, que mi Manolo es un trozo de pan. Esto es un barrio, vivimos muchos vecinos y muy pegados los unos a los otros. Aquí se ve de todo y más. Si yo le contara, estaríamos aquí sentados una semana entera hablando. Pero, verá, con todo esto que le decía casi me despisto y olvido lo principal. Yo creo que sí, que a Ignacito le visitaba su padre, y que Eva tenía su foto en un cajón. Pero no creo que le pegara, como iban diciendo por ahí; me da el corazón que había allí algo más, otra cosa, no sé si me explico. Quizá sus padres eran de familia bien y les prohibieron casarse, o algo así, algo como de cuento, de radionovela de Sautier Casaseca…, recuerdo a mi abuela escuchando esos dramones en la radio, el *Simplemente María* y otros semejantes, eso es.

—¿Lo piensa o lo sabe?

—Digamos que casi lo sé. Pasaron aquí varios años y cuidé muchas veces a Ignacito. Una va atando cabos sueltos y a poquitos puede formar una colcha, como en el dicho.

—¿Y en todo este tiempo no hubo nadie que la rondara?

—¡Huy, que la rondara, qué bueno! Perdone que me ría, pero es que esa expresión es como muy de pueblo, qué se yo, llevaba años sin oírla, qué gracia, ay. Que me desvío, ¿decía? ¡Ah, ya, que la rondaran! Pues… verá, así de fijo, nadie que se sepa. Nunca le daba pie a nadie, y ya hubo los que lo intentaron, unos que solo querían lo que querían, y otros más en serio, pero ella no daba pie, apenas salía; de ir al baile a La Paloma, mejor ni hablar. Pero, bueno, el último año y medio, antes de marchar yo a Valldoncella, creo que sí hubo un mozo que la estaba cortejando.

—Cuénteme.

—Bueno. Pues lo dicho, que había un mozo que rondaba por la calle y miraba muchas veces hacia arriba. Pensábamos que podía estar por la hija del Clavé, que vivía en el primero, pero me daba a mí que la cosa iba más bien con Eva. Ana Clavé era muy mona, pero muy sosa; una pavisosa era, sí señor. El mozo venía siempre a última hora y pasaba largo rato en la acera de enfrente, fumando, como quien no quiere la cosa. Y bueno, digo mozo, pero no era un chaval, que estaría en los treinta, seguro, y alguno que otro más también. Era un tipo con buena planta, bien vestido, alguna vez me crucé con él, pero tenía una mirada extraña, no sé explicarle por qué digo esto, pero la tenía…, como le diría, como de alunado, eso es. Incluso una vez…

—Siga, siga.

—Bueno, una vez me contó Ignacito que habían ido al parque zoológico, el de la Ciutadella, ya sabe, a pasar una mañana y a ver los delfines y los leones y todo eso, y parece ser que cuando estaban allí se les acercó un señor y estuvo un rato con ellos, e incluso los invitó a unos helados. Pero dijo también una cosa curiosa, y era que su madre parecía más triste que nunca cuando volvieron a la casa mediada la tarde.

—Y no supo Ignacito quién era ese señor.

—No, no lo sabía. A mí me da que fuera a lo mejor el padre, que quisiera ver a su hijo ya de mayor mediante un encuentro casual.

—Pudo tratarse de ese señor que la rondaba.

—Bueno, pues por qué no, no se me había ocurrido. Lo primero me parecía como muy romántico, ya me entiende. Pero también podría ser esto segundo.

—Y esto fue…

—Pues justo antes de mi boda. Fíjese que la invité personalmente, y aunque no lo esperaba, asistió a la ceremonia, pero no quiso venir al convite: se excusó en los invitados, demasiada gente, ya le he dicho que no le gustaban las aglomeraciones ni tampoco los bailes.

271

Cuánto dato. No sé cómo, pero intuyo que por aquí hay una conexión con el presente, que esta historia tiende sus redes en el tiempo lejano; estoy pescando en las revueltas aguas de los años pasados y casi olvidados. No me equivoco. Ya he averiguado mucho, pero no me conformo. Ya puestos, quiero saber algunos datos más, así que sigo preguntado.

—Pepi, cuénteme de qué trabajaba Eva.

—Bueno, hizo de muchas cosas, a veces limpiaba casas y portales; otras trabajaba como secretaria. Tenía estudios y era lista. Creo que sabía taquigrafía y mecanografía, porque alguna vez vi en su casa algunos folios con esa escritura tan rara que parece cagarruta de mosca, ya me entiende. Pero todos los trabajos le duraban poco tiempo, tenía un gafe con eso. Lo de ser madre soltera le salpicaba en todos lados.

—Bien. Hábleme ahora de cuando se fueron.

—Bueno, la verdad es casi ni recuerdo la fecha, sé que era verano. Pasaron unos meses después de mi boda; me casé el 15 de abril de 1986. Todo el alboroto sobre su condición, la de la madre, quiero decir, que con el hijo no se metía nadie, estaba ya pasado. Eva era una más del barrio. Seguía callada, eso sí, siempre de poco hablar. En estas, como he dicho, yo me casé, y al principio estuve viviendo en casa de mis suegros; íbamos justos de dineros, y aunque era como quien dice ahí a la vuelta, en la calle Valldonzella, pues ya sabe, el casado casa quiere, o mejor dicho, cama quiere, y el Manolo y yo estábamos a lo nuestro. Yo venía algunos días para ayudar a mi madre con los abuelos, que teníamos aquí a los dos y la guerra que daban, se imagina, eso hoy en día no hay hijo que lo resista, y claro, le perdí la pista a Eva. Mi madre me contó un domingo de julio que se habían marchado, y lo sentí, vaya que sí, yo la apreciaba mucho y me daba pena su eterna tristeza, que siempre parecía marcada por la vida, qué sé yo, no sé si me explico. Mi madre me contó que la ayudaron en la mudanza. Les dijo que se iba a otro barrio. Fue algo repentino, de un día para otro, un sábado por la mañana. Dijo que cambiaba de colegio a Ignacito, que sentía mucho dejar aquello, pero que no le quedaba otro remedio. No les dijo adónde iba, ni a mis padres ni a nadie. Como si no quisiera dejar rastro tras de sí…

La conversación con Pepi se hace más larga, pero ya no hay

elementos de interés. La prolongo por puro gusto, disfrutando de la hospitalidad y la conversación de Pepi Muñoz Molina. Llega hasta prepararme un chocolate a la taza, ejerce de anfitriona. Le regalo algunos piropos corteses, unos requiebros llanos y nada formales. Cerca del mediodía nos despedimos. Le dejo una tarjeta: nunca se sabe cuándo se recuerda algo, quizás alguna vecina sepa algo más. No hará falta que me preocupe, será ella la que lo averigüe con cien veces mayor efectividad que yo, estoy seguro de ello. He encontrado una aliada que me será útil y sé muchas cosas nuevas sobre Pozales. ¿Es este el buen camino? Eso creo. Y por aquí seguiré indagando.

43

No contesta. Llevo dos días intentando hablar con María, pero se muestra esquiva. Tampoco está en el Instituto Anatómico Forense. Me enteré de que ha pedido unos días de vacaciones que le debían por las guardias, y ha desaparecido, como si se hubiera borrado del mapa. Nadie sabe dónde encontrarla, ni sus compañeros, a algunos los conozco tanto personal como profesionalmente, ni otros amigos, con los que también he contactado. Ley del silencio: es posible que la mayoría realmente no conozca dónde está, pero de su círculo íntimo, por más que me lo hayan negado, por lo menos Beatriz Almansa y Ane Larramendi tienen que saberlo. Son sus dos amigas del alma, todo lo que saben lo comparten, como si fueran quinceañeras pero en versión adulta, con otro fondo, con la madurez de la edad.

Esto es, sobre todo, irritante. María siempre ha estado ahí, y aunque la principal cualidad de nuestra relación sea esa falsa independencia en la que me refugio con frecuencia, lo cierto es que ha supuesto un apoyo mucho mayor de lo puedo reconocer. La echo en falta. Lo hago por el caso en sí, pero especialmente por la incertidumbre que constantemente me ronda, y que socava la confianza habitual en mis propias dotes, que siempre me ha acompañado.

Hasta ahora.

Ahora dudo.

Recuerdo las palabras de María. Dijo algo así como: «Quizá quieres creer lo que vives». Su desaparición suena a huida, y esta huida ha provocado una reacción en cadena: de la incertidumbre a la duda, y en la duda vivo instalado, luchando contra la recurrente presencia de la locura.

Antes me asustaba la vejez, odiaba pensar que el paso de los años pudiera incapacitarme, convertirme en una ruina, dependiente de los demás. Ahora que conozco el diagnóstico de María lucho contra él, pero sus efectos se manifiestan por doquier en forma de pensamientos insidiosos. Mi tradicional concentración está dispersa, me cuesta un esfuerzo considerable meditar los pasos que debo dar. Solo me siento bien trabajando, y en ello vuelco todas las horas, casi ni duermo, no lo haría de no ser porque el mundo entero se detiene llegada la noche y parece obligarme a hacer lo mismo.

No puedo perder el tiempo buscando a María. Aparecerá a su debido tiempo, las cosas suelen ser así: deben fluir, seguir su ritmo. En esto los orientales son muy sabios, apresurarlas no sirve de nada. María volverá, tenemos que hablar de muchas cosas. Sí, todo regresará a su cauce cuando haya resuelto el caso. Esta es mi confianza suprema, la barrera contra la que estrello los pensamientos malignos que me susurran la palabra locura. María no puede borrar su vida así como así. Volverá.

Una nueva idea aparece en mi mente. ¿Por qué no va a poder hacerlo? ¿Acaso no tengo frente a mí la documentación que demuestra fehacientemente cómo puede hacerlo cualquier mujer? Eva Pozales desapareció dos veces en su vida. La primera, cuando se instaló en la calle Botella. Nadie supo nunca de dónde vino. Y la segunda, cuando se marchó. Nadie supo adónde fue. Y Eva era una mujer inteligente, sin duda, y capaz, y valiente sí, todos lo dijeron, y atractiva, las fotos lo demuestran, pero no podía serlo más que mi María.

María. ¡Maldita sea, ¿dónde te has metido?!

Y esta frase que acabo de pensar me hace dudar y dudar todavía más.

¿Qué hago con ella?

¿Por qué he traicionado mi promesa?

He traspasado el límite que juré no cruzar tantos años atrás. Mi relación con María ha llegado más allá de lo previsto. Le he contado toda la verdad, aquello que nadie conoce más que yo, solo Rosell y Joan tienen una ligera idea de mis capacidades. Solo tengo una excusa: estar viviendo un caso excepcional, diferente, un caso que me ha llevado al límite y me ha forzado a buscar un apoyo. Y solo ella podía ofrecérmelo, las respuestas que buscaba no estaban al alcance de Joan. Únicamente los tenía a ellos dos y tuve que elegir. Pero al hacerlo me puse en sus manos como no había imaginado que pudiera estarlo.

¿La quiero? Sí, a mi manera, más de lo que he querido a ninguna otra mujer desde que soy adulto. Tuve algunas amantes, claro. Mi cuerpo necesitó el calor de otro cuerpo, y lo busqué cuando fue preciso. Alguno de esos cuerpos me ofreció algo más, y a veces me gustó más allá de lo meramente físico, pero lo cierto es que no he conocido a otra como María.

Todo fue de improviso, como por casualidad. La conocía de unos años atrás, pues cualquier inspector conoce a la mayoría de los forenses. Nos saludábamos, habíamos trabajado juntos en algún caso, pero de una forma un tanto aséptica, con educación y respeto profesional. Hasta que un día me la encontré en el Zúrich. Estaba sentado en una mesa leyendo el periódico. Era invierno y hacía un día soleado pero frío, no paseaban demasiadas personas por la calle. Eso me convenía, nunca me gustaron las aglomeraciones, aunque sí aprecio los lugares donde la gente pasea: me gusta contemplarlos, mirar sus rostros, buscar las huellas de la felicidad que he elegido desterrar de mi vida a cambio de no conocer la pena.

La vi llegar, parecía estar esperando a alguien, miraba el reloj de vez en cuando. Me llamó la atención verla fuera del ambiente de trabajo, convertida en una mujer en lugar de ser una profesional forense. Siempre elegante, bien vestida, algo discreta. Me recreé observando su rostro desde el anonimato de mi posición. Hermosa. La vi hermosa. Este hecho me llamó la atención, analicé sus rasgos uno por uno, todos ellos rozaban la perfección, eran armoniosos, pero no me había dado cuenta hasta ese preciso momento. ¿Por qué? Muy extraño.

Mi curiosidad aumentó al verla dudar con el móvil en la mano. Seria, decidió no llamar y volvió a introducirlo en el bolso. Una mirada alrededor, una comprobación final, no fuera a estar llegando la persona que esperaba. Fue en ese preciso instante en el que nuestras miradas se encontraron. La saludé con la mano, sin saber por qué esa misma mano señaló la silla contigua, vi en su rostro cierta sorpresa seguida de una resolución en forma de sonrisa, se aproximó y preguntó si podía sentarse.

No es cierto, sí supe por qué mi mano le ofreció sentarse, lo supe perfectamente. Me gustó. Me atrajo. La deseé. Esa es la verdad. Observé su rostro, evalué su cuerpo, ya conocía su inteligencia. Lo tenía todo para ser una mujer que pasara por mi vida una temporada, con mayor o menor intensidad, tal y como lo habían hecho otras antes. Pero no fue así. Me atrajo, más que su belleza fría, su mente brillante. Rápida. Sutil. Y, por encima de cualquier otra virtud, su discreción. No preguntó nunca por mi pasado. No quiso indagar sobre mis relaciones. Tampoco ella soltó prenda sobre las suyas. Ni siquiera supe con exactitud con quién había quedado aquel día.

En cuanto a lo nuestro, todo llevó su ritmo. Tranquilo, pero sin pausa. Más como amigos que como pareja. No buscamos el sexo, llegó sin más, y comprendí que, a veces, eso debe ser así, que la voluntad de uno no tiene nada que ver con el destino, que es mejor no esperar y dejar que algo surja por sí mismo.

Después, una relación diferente a las demás. Más tarde o más temprano, todas mis anteriores parejas plantearon ir más allá. Y eso puso fin a la relación, ya fuera directamente por forzarme a una elección, ya fuera por agotamiento al aplazarla cuando no me apetecía un enfrentamiento.

María no lo hizo. No puso condición alguna, no ofreció más que mutua compañía cuando ambos lo deseamos. A veces había sexo, a veces solo un paseo. Conocí su casa y ella conoció la mía. Incluso pasamos la noche juntos en diversas ocasiones. No había territorios sagrados que debieran permanecer inmaculados.

Para mí, la relación perfecta. Justo lo que necesitaba. Por primera vez en mi vida no me planteé un término temporal. María fue como un don del cielo. Pero, por más que ella me gustara, y pese a lo adecuado de esa relación que vivimos, el vínculo emocional iba creciendo poco a poco, de eso sí fui consciente. Y al fin y al cabo, una pareja puede serlo de mil formas diferentes, y el hecho de no vivir juntos no implica que pudiéramos considerarnos de otro modo. Pareja. Sí, me guste o no

277

esa es la palabra, ahora me doy cuenta, al echarla en falta, al sentir la preocupación. Mal asunto. En otro momento de mi vida hubiera sido prioritario buscarla, pero ahora, en las presentes circunstancias, debo dejarlo correr.

Núria. Marta.

Hubo algunas otras.

Todas fueron quedando atrás.

¿Pasará lo mismo con María?

Ese no es mi deseo. Pero ahora no es el momento de dejarme llevar por ella.

*E*stuve recordando. Ya estoy disperso otra vez. Mejor si regreso de las nubes. ¡A centrarse! ¿Ya lo estoy? Pues adelante. Es Eva Pozales la que debe importarme ahora. No sé ya si mi empeño es porque realmente me parece crucial para el caso, como pensaba al principio, o lo es porque me esquiva. Pese a toda mi experiencia me he quedado parado por completo, como un ciclista con la pájara, perdido sin las pistas que esperaba que iban a caer como una cascada en mi zurrón de polizonte. O quizás es porque creo que las pistas importantes de mi trabajo se corresponden con las mujeres, porque siempre son ellas las interesantes, los puntos focales.

Momento para recapitular. Me enfrento a diversos problemas. Para empezar, he intentado averiguar de dónde había salido Eva Pozales. Es increíble, pero no encuentro datos sobre ella anteriores a 1975. Como si se hubiera borrado de la faz de la tierra. Y lo más curioso es que los datos posteriores al ochenta y seis son también muy escasos. Tiene que haber algo especial que la llevara a conducirse de tal modo. ¿Puede una persona eliminar su historia casi como si no hubiera existido? Es difícil, sí, pero menos en esa época de archivos escritos a mano, un mundo sin ordenadores; qué lejos queda ahora. Sí, Eva Pozales eligió no salir en la foto, permanecer al margen. Debió de existir un motivo para ello. Cuál, de momento, queda fuera de mi alcance.

Ese es el primero de los problemas, pero no el más acuciante. El segundo me incomoda sobremanera, pues debo afrontar una experiencia que imagino compleja: debería ir al escenario dos: quizás allí podría obtener una confirmación de la relación entre ambos casos. Debo hacerlo, pero siento incluso miedo de ver corroborada mi percepción del caso. Debo catalogarla así, de percepción, pues como es lógico carezco de toda prueba sobre mis vivencias; no he perdido la lógica como para obviar esta cuestión. Siento, por tanto, angustia sobre el resultado de esta visita, y no olvido, además, que Joan quiere estar junto a mí. Bajo ningún concepto lo deseo. Desconozco qué pasará una vez allí. Puede que no haya nada, que no ocurra nada. Pero no lo creo. Y si ocurre, puede ser como en el escenario la primera vez, cuando llegó el escalofrío; pero también podría ocurrir lo de la segunda vez, cuando apareció la sombra. Ninguna solución es buena. Ya veré.

El tercer problema es mi propio jefe, Rosell. De momento es Joan quien da la cara sobre el caso y coordina la investigación. El subinspector ha informado al comisario sobre la investigación que estoy llevando para así justificar mi puntual alejamiento respecto a la comisaría; una investigación que requiere prudencia y tiento, mano izquierda. El inspector Ossa no quiere asustar a los posibles informantes. Él mismo asume la responsabilidad, estate tranquilo, Rosell, no-pasa-nada.

En cualquier caso, no por ser menos cierto que la investigación existe, implica esto que un inspector pueda borrarse del mapa tantos días. Rosell quiere cerrar el caso cuanto antes. Es lo que llaman un caso en punto muerto, un caso que goza de importante impacto en los medios y que estorba a todo el mundo, el típico caso que hay que arrojar a la basura cuanto antes. Y no olvidemos la presión que ejerce el CGIC sobre él.

Los datos sobre Tuneu y Albert están dispuestos para desfilar a la orden: no hay allí nada más que miserias personales disfrazadas con ropajes de clase alta. El caso está listo para su cierre y se precisan las conclusiones finales. Rosell no aguantará más de tres o cuatro días más: o se le proporcionan nuevas pistas que den un enfoque alternativo, y esto será muy difícil, o lo cerrarán sí o sí.

Hay un cuarto problema. La droga. Efectivamente, en el escenario dos se ha analizado la droga, y su origen es precisamente el que preví. Es la misma de la calle Rubí, y el suministrador fue Pozales. El teléfono móvil de Pozales está registrado en el móvil del dueño del segundo escenario. La llamada se produjo cuatro días antes del primer asesinato; debió de comprarle la droga quizás el mismo día de la llamada. Esto relaciona los casos, pero, por desgracia, el análisis de la cocaína no revela más que su pureza; nada indica que esté alterada de cualquier manera. No es más que coca apenas cortada con una altísima pureza, del ochenta y cinco por ciento. No hay más. La droga, en sí misma, no pudo ser la causante.

Joan había contemplado la posibilidad de reclamar el caso al comprobar la procedencia de la droga, pero el análisis desbarata tal opción: que un camello muriera asesinado y luego lo hicieran unos clientes suyos no establece una relación necesaria y suficiente. Sería considerado casual y no causal. Nada por este lado.

Y todavía hay un quinto problema.

Soy yo.

Necesito un descanso. Quisiera poder alejarme del caso, poder verlo desde fuera, contemplarlo con curiosidad científica, pero es ya tarde para hacerlo. Estoy involucrado hasta las cachas, formo parte de él por completo; el caso no existiría sin David Ossa, como David Ossa no existiría sin este caso. Es un pensamiento vicioso, y lo reconozco como tal, pero lo sé cierto, tan cierto como que estoy vivo. Es el caso de aquel que conoce su vicio y se arrepiente de él, pero, como está enganchado, no logra dejarlo aunque sea consciente de lo mucho que le perjudica. Creo que en esta ocasión no saldré indemne.

Y esto sí es una certeza.

281

45

*E*stoy sentado en un banco del hospital de la Santa Creu i Sant Pau, que está cerca de mi casa. He venido a darme una ducha y a cambiarme de ropa, y, antes de salir en dirección a mi siguiente cita, me he acercado un rato al hospital. Son las cuatro de la tarde y sigue la bonanza meteorológica: el sol continúa con esa fuerza desacostumbrada en el invierno.

Me gusta venir a este lugar. Aunque los bancos que se esparcen por entre los pabellones son pocos, y aun estos son de corte moderno y de escaso gusto, nada que ver con el estilo arquitectónico modernista que me rodea, me gusta descansar en este lugar; me basta con unos minutos para serenar el ánimo. No es mucha la gente que pasea por el exterior. Domènech i Montaner concibió en su época un hospital completamente moderno, con pasillos interiores subterráneos que sirvieran para comunicar los edificios y facilitar el tránsito de enfermos y mercancías; de este modo, se dejaba una superficie inmaculada donde ni la pena ni el dolor fueran visibles de entrada. Más o menos, lo mismo que me sucede a mí.

Aquí me relajo, sí. Veo pasar a personas de aquí para allá, cada uno a lo suyo. Algunos descansan en algún banco cercano; los más ociosos son gente mayor que pasa la mañana en sus cosas, dejando que el tiempo transcurra. Hay personas que saben llenar ese tiempo y transformar su paso en algo leve; otros, por el contrario, lo ven como un suplicio de inasequible soledad. Los rostros de estos últimos son fácilmente reconocibles, y me veo por vez primera en mi vida retratado en ellos: esas miradas están perdidas, tienen en sus ojos un velo, los gestos, de tan escasos, parecen medidos al milímetro, no hay alegría en sus acciones. A mí le ocurre lo mismo. Este caso desconcertante hiere en lo profundo, me ha revuelto la percepción de mí mismo, y eso es grave. Pero tengo que seguir. No puedo parar.

Me espera una reunión con el comisario. Rosell, como no podía ser de otra manera, me ha llamado a capítulo, basta ya de tanto ir por libre; ni siquiera el inspector Ossa, en quien tanto confía, puede gozar de semejante libertad. ¿Qué le diré? Tomaré una decisión sobre la marcha. Durante la mañana han llegado al móvil cuatro mensajes de Joan: en todos insistía en lo mismo: «Sé prudente, dale carrete, no hables de lo que no debes hablar, si pregunta por los cortes de la cara recuerda que le he contado una milonga, le dije que se te cayó encima la librería». No le he contestado, no me apetece hacerlo. Aprecio la buena voluntad de Joan, pero me siento distante, de él y de todo.

Vamos. En marcha de nuevo. Conduzco hasta Via Laietana y accedo por vez primera en cuatro días al despacho. Allí recojo la documentación almacenada y, a la hora señalada, paso a la sala donde aguarda, paciente, el jefe.

Rosell no está solo. Joan le está mostrando algunos papeles. Al verme llegar, se callan. El comisario me indica con un gesto de desgana que me siente, ¿se habrá sentido interrumpido? Durante un segundo considero que allí estoy fuera de lugar, como si todo aquello que siempre ha sido parte importante de mi vida me trajera ahora sin cuidado.

—Hola, David.

—Jefe. Joan.

—Dichosos los ojos. El desaparecido inspector Ossa vuelve al redil.

—Comisario, no he estado de vacaciones precisamente.

—Esto me explicaba el subinspector Rodríguez. Pero creo que es hora de que sea el responsable de la investigación el que me ponga al día. ¿Os apetece un café? Yo me pediré uno, llevo dos días durmiendo poquísimo y buena falta me hace.

Joan pide uno; yo, pese a que no me gusta su sabor, también lo hago. Los trae la secretaria y no son malos para ser de máquina, bebe de un tirón Rosell el suyo como si la temperatura no le afectara, Joan le da algunos sorbos discretos, está

283

quemando, yo decido dejarlo enfriarse sin más. Arranca Rosell la conversación.

—David. Te voy a escuchar con toda mi atención, pero debes saber, antes de empezar, que este caso me toca las narices más que los otros treinta que tenemos en la comisaría simultáneamente. Estoy harto de la prensa y de los políticos, y no quiero acabar harto de vosotros, que sois mi gente. Así que ve al grano y cerremos esta historia cuanto antes.

—Bien. Jefe, si quiere concreción, le diré que las cosas están así: tenemos un asesinato múltiple imposible de solucionar de acuerdo con los informes periciales. Podríamos decir que todo fue el arrebato de un drogata que acababa de pasarse con la dosis, pero no van por ahí los tiros.

—El informe definitivo de la responsable forense no comparte esa opinión.

—El informe definitivo de la responsable forense es muy respetable, pero está equivocado.

—David. Es concluyente. Para la doctora Urquijo es evidente. Ignacio Pozales asesinó a los otros tres y luego se quitó la vida. El arma estaba en el escenario, con ella se pudieron infligir todas las heridas causadas. Tenía huellas de Pozales. Las pruebas indican que fue así. Nadie abandonó el escenario, vosotros mismos fuisteis testigos, pudisteis comprobarlo con vuestros propios ojos.

—No es cierto. Lo parece, pero no sucedió así.

—Demuéstrame lo contrario.

—No puedo hacerlo. De momento.

—¿Solo de momento?

—Comisario, en este asesinato concurren circunstancias muy fuera de lo común. Los procedimientos habituales resultan insuficientes.

—¿Sí? ¿Y qué otros procedimientos podemos aplicar?

Abro la boca para replicar cuando recibo una suave patada por debajo del campo de visión del comisario: Joan no quiere que exponga mis teorías, o al menos, no quiere que las explique al completo.

—Jefe. Ha ocurrido otro doble asesinato en Gràcia, hace unos días. Existe una conexión entre ambos casos, estoy seguro de ello. Pozales pasó droga a estos dos unos días antes de mo-

284

rir. Y existe un componente ritual en ambos casos. Es demasiada coincidencia.

—Sí, claro que lo es. Como lo es que tuvieran que destrozar también la puerta para poder entrar en el piso de Gràcia y que no se viera entrar o salir a nadie de allí. ¡Venga, el informe elaborado por la gente de Vidal es bien claro al respecto! ¡La cámara de seguridad del banco situado frente a la casa no miente! Sí, ambos consumieron la misma droga, pero los análisis de tóxicos no hablan de otra cosa que no sea su elevada pureza. ¿Casualidad? ¡Puñetera casualidad que nos está mareando a todos! Si hubiera tenido una cámara a mano sobre la que fijar la entrada del escenario habría zanjado esto a la semana. No hacemos más que dar palos de ciego con toda esta morralla que me traen tus equipos. ¡No sirve para nada!

—Es un trabajo que había que hacer. Debemos cumplir y descartar cualquier posibilidad, por remota que sea.

Es lo primera que suelta Joan. No me está apoyando, pero tampoco juega en contra: es más o menos la actitud que ha mantenido de cara al exterior desde que todo este asunto comenzó. Pienso en tensar la cuerda, me apetece hacerlo; regresa mi ánimo juguetón, lo tenía escondido todos estos días y me alegra reconocerme en él. Y más aún, me apetece decir mi verdad, no quiero privarme de hacerlo. Sí, lo voy a hacer, pero... Si soy completamente franco, podrían apartarme del servicio activo. Y eso no puedo permitírmelo. Arena y cal, debo dar un poco de cada, y así no sabrán a qué atenerse. Comencemos a quemarropa.

—Es un trabajo necesario e inútil desde el principio. No vale una mierda. En esto tiene razón, comisario. En el resto, no.

La sorpresa se dibuja en los rostros de mis interlocutores. En Rosell acaba por transformarse en una sonrisilla cínica; la mirada de Joan, en cambio, refleja cierto pesar.

—David, sabes que confío en ti más que en ningún otro de mis hombres, y mira que esta comisaría puede presumir de tener buenos equipos. Tienes un historial acojonante, te la has jugado tú solo y también por los compañeros más de una y más de dos veces. No habrá otro inspector que te supere en formación y en prestigio en toda la ciudad, y me quedo corto, no lo habrá en todo el país. Perdí la cuenta de las veces que te

285

ofrecieron pasar al CGIC y de las negativas con que correspondiste a sus invitaciones. Sí, eres muy bueno, pero todos podemos equivocarnos, obcecarse en un caso es algo que nos ha sucedido a todos. ¿Quién no lo ha vivido alguna vez? Siempre encontramos algún caso en que, por un motivo u otro, nos atrapa, nos llega dentro, nos agarra y no nos deja soltarlo. Esta es tu situación. Tienes que dejarlo. Lo voy a cerrar.

—No se te ocurra hacerlo.

Órdago. La patada de Joan es ahora fuerte, en plena espinilla, y el golpe se percibe desde arriba, imposible no verlo. Rosell también lo ha notado, pero no hace caso. La frase ha sido dura, demasiado tajante. Rosell es un hombre más que razonable como jefe, permite confianza a todos los suyos. La camaradería de la comisaría de Via Laietana es proverbial, es la envidia del cuerpo en toda la ciudad, pero esto ha sido un exceso, más por el tono que por el contenido, muy duro, incluso amenazante. Rosell contesta con fría calma. Sus palabras cortan como el hielo; conozco la valía de este hombre y sé que ese tono ha sido siempre el presagio de una resolución inquebrantable.

286

—Tendrás que darme aquí y ahora una buena explicación si no quieres que, por mucho que te aprecie, te suspenda de inmediato. Hace demasiado tiempo que nadie me hincha las pelotas como para dejar que vengas ahora a hacerlo tú.

—Está bien. ¿Quieres una explicación? Te daré la que tengo, aunque todavía estoy intentando construirla racionalmente. Pozales y los otros tres fueron asesinados. Alguien entró en la casa y se los cargó a los cuatro. De alguna manera que no conozco forzó a Pozales a asesinar a los otros tres, primero a sus clientes, luego a su pareja, y después le hizo suicidarse de la misma manera que había matado antes a Albert. Esto es así. Y antes de que interrumpas, te diré una cosa más: el informe de María, de la doctora Urquijo, es muy claro en muchas cosas, pero pasa deliberadamente por encima de otras, pues considera circunstanciales elementos probatorios que llamarían la atención del más profano. ¿Cómo explicas que Tuneu y Albert murieran de pie, tras recibir los golpes del cuchillo sin moverse lo más mínimo, sin realizar ningún acto defensivo? ¡No tenían ni un solo corte en las manos o en los brazos! ¡Hasta los novatos de primero en la Academia de Policía saben que estos cortes implican una actitud defensiva, una oposición a la agresión! ¿Cómo se explica que gritaran al morir? La droga no era especial, no estaba adulterada, y no habían consumido tanta como para estar sin conocimiento y haber perdido toda volición: los análisis de toxicología lo dejan bien claro.

—¿Insinúas que la doctora Urquijo ha manipulado el informe forense?

—¡Eso nunca! Afirmo, en cambio, que la doctora Urquijo, y Joan, y el equipo entero, y tú mismo, el hombre al que más respeto de todo el cuerpo, os conformáis con una explicación que podáis comprender. Afirmo que no queréis ver más allá a sabiendas. Afirmo que el caso de Gràcia y este son una secuencia que puede prolongarse. Afirmo que hay un culpable al que tenemos que encontrar ¡Afirmo que, en realidad, estáis asustados!

Lo hice. He acabado mi perorata y me sorprendo al verme de pie en mitad de la sala. No me he dado cuenta, me he levantado, ¿habré hablado desde allí todo el rato? ¿Qué ha sido de mi control? ¿Dónde ha ido a parar? Tomo asiento de nuevo, a la espera de sus reacciones. No tardan en llegar.

287

—Dime, David, cuando hablas de alguien, ¿a quién te refieres, exactamente?

Ya no hay patadas, pero la mirada de Joan resulta elocuente: «No lo hagas, no lo digas». No, no lo voy a hacer, no he perdido el control hasta ese punto. Ha llegado el momento de mezclar lo profesional con lo personal, de aprovecharse de que Rosell siempre ha sido un sentimental.

—No lo sé. Aún no tengo una idea formada sobre esto. No sé cómo pudo ocurrir, pero ocurrió, e incluso tú no puedes negar los aspectos irregulares de los informes. Técnicamente son impecables, faltaba más; sus implicaciones son lo peligroso. Jefe, esto es una cuestión de instinto, sé que hay algo irregular, creo que existe una conexión. Estoy indagando en busca de alguna clave que me permita descifrar el caso. Siempre has confiado en mí. Son muchos años trabajando a tus órdenes. Y ¿cuándo te he fallado?

Los ojos de Rosell se achinan ligeramente, los entrecierra siempre que se concentra, coloca ambos codos sobre la mesa y junta las manos con ambos puños cerrados frente a la boca. Está pensando qué hacer. Es una decisión difícil. La presión política es importante, pero confía en mí, es cierto, nunca le he fallado. Cómo no atender a la única solicitud que le he hecho en años.

—Tres días más, David, tres días y ni una hora más. Vidal tiene cerrado el caso de Gràcia y yo quiero hacer lo mismo con este. Tres días, y sin crear problemas. Es lo que hay.

—Menos es nada. Otra cosa: quiero ir al escenario dos.

—Ni se te ocurra. Haz lo tuyo y olvídate de Gràcia. ¿O ya has olvidado el incidente del hospital? No te quiero a menos de dos kilómetros de Vidal.

Mierda. Quizás era pedir demasiado, pero había que intentarlo.

—Entendido. Joan, extrae las conclusiones al trabajo de los equipos y ve redactando el informe. Cuando esté listo, me llamas. Voy a seguir con lo mío.

Me incorporo, saludo y me marcho. Es mejor un aplazamiento que una sentencia firme. He jugado mis bazas con habilidad, no lo tenía claro al principio. Y no he sido suicida; supe, más o menos, controlarme. Me siento animado. No es cuestión de ilusión. La actitud es importante. Voy a por todas. Pero antes tengo algo más que averiguar. Vuelvo sobre mis pasos y busco a Joan. Lo abordo justo cuando va a entrar en su despacho.

—Joan, espera un momento, por favor. Necesito preguntarte una cosa.

—Tú vas a preguntarme una, pero yo tendría que preguntarte cien.

—No es sobre el caso. María ha desaparecido.

—¿Desaparecido?

—No exactamente. Pidió permiso, entre guardias y sustituciones le debían un montón de vacaciones en el Anatómico Forense. No está en su casa. No la encuentro por ningún lado. Habló contigo. Y luego se esfumó.

—No sé nada. Pero si lo supiera, no iba a decírtelo. Eso es cosa vuestra. Lo que de verdad me preocupa es que tú estás jugando con fuego. Y de rebote lo estoy haciendo yo.

—No vas a ayudarme a encontrarla.

—No tengo idea de dónde está, pero harías mejor en preocuparte por ti mismo en lugar de hacerlo por ella. Has jugado fuerte con Rosell y te ha salido bien. Pero, por fortuna, no picará dos veces, y dentro de tres días esto habrá acabado de la única forma posible.

—Que será…

—Caso cerrado. Mejor para todos.

—Lo veremos. Nos vemos dentro de tres días.

—David, recuerda nuestro acuerdo. Mantenme informado y no cometas ninguna estupidez. No me obligues a tomar una determinación de la que pudiéramos arrepentirnos.

—No pluralices. Si la decisión es tuya, el arrepentimiento también debería serlo. Y ahora me voy a lo mío antes de que pierda el escaso afecto que en este momento aún siento por ti.

Joan entra en su despacho. La última frase ha sido realmente dura y parece haberle afectado. Darle cuerpo al informe definitivo es una cuestión rutinaria, algo pesada, un trámite que debe hacerse. Pese a que debería hacerlo el inspector encargado del caso, la costumbre entre ambos descarga esa responsabilidad en él: siempre le ha ido lo administrativo. Tendrá trabajo para un par de días, el tiempo justo para apartarse de mi camino.

289

46

A diferencia de otros comisarios decidí situar mi despacho el primero, en el acceso a la planta administrativa: me gusta controlar las idas y venidas de los míos, no permanecer apartado en un rincón, esperando que vengan a traerme los informes. No se trata de controlar la actividad del personal, aunque haya quien así pueda pensarlo; se trata de vivir el momento, el día a día, de compartir el movimiento, la actividad. Ese es mi verdadero objetivo. No deseo sentirme lejos de los míos, no olvido que yo también fui, muchos años atrás, uno de ellos, un policía de brega. Lo que ellos viven lo he vivido yo; lo que ellos sufren lo he sufrido yo; los sueños que tienen también han sido los míos. Veo a los comisarios de otras comisarías, comparto con ellos mil y una reuniones y cursos, y sé que, irremisiblemente, todos nosotros acabamos por alejarnos de esos tiempos de juventud.

Psicología aplicada, asistencia emocional, inteligencia emocional, cien mil recursos para acercarnos a nuestros hombres… ¡Estupideces! ¿Quieres saber qué piensa un hombre? ¿De verdad, con todas las consecuencias? Llévatelo fuera del trabajo, aléjalo de su entorno profesional, charla con él un rato sobre banalidades, fútbol, familia, mujeres, y, llegado el momento, mírale a la cara, directamente, sin ambages.

Detrás de su mirada encontrarás su corazón.

Y en su corazón encontrarás toda la verdad.

Ese es el sistema. Tan simple y tan complejo.

Me he preciado, durante veinte años, de ser muy bueno juzgando el carácter y las motivaciones de mis equipos. Siempre desee tratarlos como quise que me trataran a mí tantos años atrás. En aquel tiempo todo era más rudo, más directo, las sutilezas no estaban bien vistas. Pero había algunos, los verdaderamente buenos, muy pocos, sí, que sabían cómo llegar al fondo de las personas. Yo mamé esa forma de actuar desde mis comienzos en el cuerpo, y supe que era la mía.

¿Cuántos comisarios hay en activo de aquella lejana época? ¿Cuántos logramos reconvertirnos tras la llegada de la democracia? Soy el único que queda de aquellos tiempos. Un dinosaurio al que le queda muy poco para la extinción. Un testigo de otra era, sí, capaz de trabajar sin corbata, de no ponerse el uniforme salvo cuando toca politiqueo, de fumar como un carretero por mucho que se nos prohíba hacerlo en la comisaría.

Un hombre querido por los suyos.

Veo pasar a David por el pasillo, frente a mi despacho, en dirección a la salida. Su rostro refleja mal humor. No está relajado. Este jodido caso... Ardo en deseos de cerrarlo, de darle carpetazo y olvidarlo. No he visto así a este hombre desde hace años. Enfadado, sí, claro. Pero perdiendo el control de esta manera, ¡nunca! Si no fuera quien es no le habría dado esos tres días. Me siento tentado de levantarme, de correr tras él, de revocar mi decisión. Hago el ademán, pero en este preciso instante suena el teléfono, maldita sea; lo descuelgo, la llamada es intrascendente, se trata de otro periodista tan viejo como yo mismo intentado obtener información de este maldito caso. Y, mientras tanto, Ossa se esfuma escaleras abajo.

La oportunidad ha pasado.

Ahora solo queda esperar.

Extraigo un purito y lo enciendo delicadamente dándole largas chupadas. Una vez establecido el tiro, gozo con el humo; últimamente he dejado aquellos antiguos vegueros de palmo, ahora me gustan los puritos más manejables y de sabor más delicado. Antes pensaba que fumar estos puritos era una maricconada; ahora, en cambio, disfruto con su sabor, me trae reminiscencias del lejano Caribe.

Dejo la mente en blanco hasta consumir medio purito. También yo soy un hombre instintivo, lo somos la mayoría de los policías de la vieja escuela; muchas de nuestras conclusiones llegan así. Ossa siempre me gustó porque veo en él un reflejo, esquivo pero cierto. Somos muy diferentes, pero en eso sí coincidimos, por esto respeto tanto su instinto, por eso le he dado tres días más, pese a que mi necesidad es otra.

Ossa… ¿Qué tiene este hombre en su interior? No, no pienso en este desquiciante caso en concreto, no pienso en el ahora. Pienso en su misterio, en su capacidad resolutiva, en su desprecio hacia el escalafón, no por falta de respeto a este, sino por su evidente falta de ambición.

De todos los míos, cuando llegue el momento de la jubilación, será el único por el que me preocupe. En apariencia, el más fuerte de todos. Y, en su corazón, el más frágil. Esto lo sé. Seguro. No tengo la menor duda. He podido mirar en el corazón de todos los míos. Ha sido mi costumbre hacerlo, de vez en cuando; a veces con motivo —al verlos preocupados—, otras veces sin desencadenante alguno, por puro hábito. En todos ellos acabé por encontrar su fondo, sus problemas, sus inquietudes.

En todos menos en David Ossa.

Siempre ha sido diferente. Lo miraba y solo encontraba, o bien un muro, o bien un pozo sin fondo. Jamás un queja, nunca una inquietud. Siempre me dio la sensación de encontrarse un tanto fuera de este mundo, alejado de la realidad, como si nada pudiera afectarle realmente. Para un observador atento, su personalidad podría calificarse de extraña. Sin embargo, todas las pruebas psicológicas, todos los test de control realizados en tanto años, dieron calificaciones óptimas. Nunca las mejores, cierto, pero siempre en las zonas consideradas aptas, con una regularidad asombrosa. Una personalidad estable como pocas. Pero, a veces, muy pocas, desconcertantemente fría. Y cuando esto sucedía, cuando lo miraba detectando ese concreto estado de su ánimo, de inmediato parecía comprender lo sucedido y lo modificaba poco a poco hasta convertirse en arrolladoramente atractivo, como si quisiera encubrir esa anterior frialdad. Hace falta mucho tiempo, mucho conocimiento, muchas ganas, para ser capaz de juzgar así a un hombre… Hace falta ser un viejo como yo.

¿Qué encierra este caso para que un hombre como Ossa

haya sido capaz de decir y hacer lo que ha dicho y hecho durante nuestra entrevista? Sé que me ha encantado, que ha usado todos sus trucos conmigo hasta darle la vuelta a la situación y obtener una gracia, la concesión de esos tres días. A nadie, atención, ab-so-lu-ta-men-te a nadie, le hubiera permitido un comportamiento semejante.

¡Puñetero asesinato de mierda!

Dejo la mente en blanco unos instantes, cabreado con la vejez, que nos vuelve débiles, que nos hace flojear, que echa a perder nuestros reflejos. Añoro el pasado, la juventud, aquellos tiempos ya lejanos.

Y entonces, recuerdo. ¿Treinta y cuantos años atrás? Acababa de entrar en la policía. Cómo y cuánto ha cambiado el país desde entonces. Era un novato que no sabía ni sostener una pistola. Apenas supe de qué iba aquel caso, pero se habló mucho en su momento, ¿será posible que…? No, no puede ser lo mismo. Solo es un parecido casual. No perdamos más el tiempo. Apago el purito en el cenicero y niego con la cabeza según desecho la idea. Mejor así. ¿David? No, él no, seguro. Las locuras hay que dejarlas en el psiquiátrico. Vuelvo la atención a las carpetas repletas de documentación que esperan mi firma.

Y ahora, volvamos al trabajo.

Octava parte

Pasado

47

*T*res días. Es condenadamente poco tiempo. Y aún tengo suerte de haberlos conseguido, solo gracias a mi amistad con Rosell he obtenido esta gracia. ¿Qué hacer ahora? ¿Adónde ir? ¿Qué es lo prioritario? Son muchas las cosas que hacer y poco el tiempo. Y estoy solo, en este momento no puedo confiar en nadie, no hay un equipo que me apoye, y aunque lo hubiera no lo utilizaría. Todo esto es cosa mía, hasta Joan ha de ser un espectador cuanto más lejano mejor. No tengo ningún colaborador, nadie cree en mí, solo la fuerza de la amistad me ha proporcionado una escasa dilación antes de la resolución final. Rosell tiene tomada una decisión, modificarla me parece un trabajo de titanes. Debe de existir una manera. Pero tendrá que ser mañana.

Las últimas horas del día pasan con un deje de ansiedad que las torna excesivas. Busco distraerme de alguna manera: hojeo viejos libros y tebeos, ordeno mis escasos álbumes de fotos. No he sido hombre de guardar y evocar recuerdos, siempre se me tornaron amargos. Intento escaparme de mí. Cuántas veces he sufrido esta sensación, pero sus causas eran diferentes, es el pesar de pensar que puedo perderlo todo lo que me afecta.

Tomo el teléfono y marco el número de María. No hay tono. Sale directamente el buzón de voz. Desconectado. No pruebo con el de su casa en Pedralbes, será inútil hacerlo. Ha desaparecido. ¿Dónde estará? Cuánto la echo de menos.

No podré dormir. No sin ayuda. Y tengo que descansar, por lo menos siete u ocho horas. Queda un recurso último. Hurgo en mi pequeña farmacia hasta encontrar Loracepán. Tomo una pastilla, me rebullo entre las mantas y me cubro con la almohada. Tendré que esperar media hora. Intento dejar la mente en blanco, no pensar, evitar las ideas, descansar y olvidar, solo por un rato. El sueño vendrá poco a poco, me cubrirá la dulzura de sus alas, el sopor será mi aliado. Espérame, encuéntrame, acógeme. ¿Lo siento? Está conmigo, será un amigo fiel, en él podré fiar mi suerte, por lo menos esta noche, ya viene, ya viene, ya está aquí, me dejo llevar…

¿Cuándo empieza? ¿Cuándo llega el sueño? Las más de las veces los sueños pasan sin dejar huella. Pocos son quienes los recuerdan. Dicen que los abandonados, los locos o los borrachos son quienes mejor los aprehenden, no en vano son sus vidas una prolongación de sus noches. La mayoría no distinguen si están despiertos o dormidos, viven entre dos mundos. Ambas orillas se besan, y ellos oscilan de aquí para allá sin conocer su ubicación real.

298

El caso es que el Loracepán debería haberme fundido. No tengo costumbre de utilizarlos, pues siempre he sido regular en el sueño, capaz de dormirme en un rincón y medio de pie; lo único que preciso es un apoyo para la cabeza, una almohada estrecha y larga, eso es todo. Alguna otra vez tomé una pastilla, hace muchos años. El día de la muerte de mis padres estaba en vela sufriendo con el recuerdo y tuve que hacerlo. Nunca me gustaron las ayudas artificiales. De hecho, el Loracepán no es ni mío, sino un recuerdo de María: cuando trabaja hasta tarde, se desvela y entonces lo consume. Por eso está en mi casa, igual que su cepillo de dientes.

Sí, debería haber dormido sin sueños. Pero esto no ocurre. El sueño llega, y lo hace con una brutal eficacia, parece real. ¿Por qué no? ¿Qué puede ser más extraño que lo que ya estoy viviendo?

Todo es soledad. Contemplo el mundo real desde fuera. Lo contemplo con curiosidad. No hay nada. Este lugar es extraño. Ansío volver a mi mundo, lo haría dando a cambio cualquier cosa, todo menos seguir aquí.

El deseo se cumple y caigo hacia el mundo. Es un angustioso vuelo sin control, no hay dirección que mantener. Siento que fuerzas inexplicables juegan con mi alma y me llevan de aquí para allá: un pelele, un juguete del destino. Recuerdo esa frase cien mil veces pronunciada en los teatros. Es hermosa. Me aferro a ella, a antiguos recuerdos. Cierro los ojos y eso me sirve. Me centro. La belleza puede ser una llave para cambiar nuestro ánimo, así ocurre aquí también.

He regresado. Estoy aquí. Es de noche. Me envuelve la oscuridad, pero sé que estoy en mi ciudad, en algún rincón de ella. Es un sueño, pero yo sigo siendo yo, luego puedo ver en la oscuridad, nadie podrá nunca arrebatarme este don. Lo ejerzo. Capto las formas, defino los volúmenes. Los contornos llegan a rellenar el lienzo del vacío y me encuentro por fin a mí mismo. Una calle cualquiera. No es un barrio moderno. Debe de ser el Barri Gòtic. Pero todo parece especialmente nuevo dentro de su antigüedad, como si la suciedad no fuera la actual, sino otra de antaño; como si hubiera retrocedido en el tiempo y estuviera frente a las piedras originales.

¿Qué hacer? Camino. Nadie me ha dicho que lo haga, pero experimento una misteriosa fuerza que me obliga a ello. Avanzo por calles estrechas y laberínticas, es mi vieja Barcelona, pero en realidad es otra: la Barcelona de los sueños, allá donde lo posible se convierte en certeza, allá donde lo inexistente es capaz de cobrar vida. Un mundo irreal. No reconozco nada, esa infinidad de calles forma un laberinto que es el mundo entero. Ahora lo voy entendiendo, es evidente. Todo lo que existe ha sido creado para mí, ¿por mí?, aquí y ahora; es un momento mágico en el que soy el centro del universo. Sé que algunas drogas son capaces de proporcionar una sensación semejante, que sería bendita de no forzar un peaje terrorífico. Nada es gratuito, todo tiene su costo. Y el costo de mi sueño llega ahora.

No he encontrado a nadie en mi caminar. Pero, de repente, sé que ya no estoy solo. Nada indica que así sea, pero lo sé. Y no es una presencia buscada. Ofrece una cualidad particularmente inefable, pero trato de buscar símiles que puedan explicarla. Es… aterciopelada. Un leve roce resulta agradable, pero si fuera todo mi cuerpo el que lo recibiera me desagradaría por

299

completo. Las lenguas de los gatos son así. Y me rodea. Está por doquier. No me muevo. No tengo adónde ir. «¿Quién eres?». Me dirijo a ello, o a nadie, qué sé yo. Nadie me contesta. ¿El eco de una risa? Una sonrisa traviesa me envuelve, con un deje sardónico. Lo percibo: es un humor jocoso que me resulta ofensivo, ya que se burla de mí. Esto no puedo soportarlo. Mi violencia es mayor que un acto físico abierto y deliberado.

«Déjame en paz.»

«No hay paz.»

La respuesta ha llegado de repente y provoca un escalofrío que conozco muy bien. No hay duda de quién está ahí. Es la sombra. Siento miedo, cómo no, pero también curiosidad, y esta es aún mayor que el miedo.

«¿Qué quieres?» No hay respuesta, solo el silencio, de nuevo burlón.

«¿Quién eres?», pregunto al fin.

Me sorprende haberlo hecho, quién conoce la respuesta, ¿ha sido un atrevimiento?

«Soy lo que soy. Y tú nunca me encontrarás.»

«Ya te he encontrado, estás aquí, hablando conmigo.»

«Esto no es más que un sueño, el sueño de un loco. Ni tú estás aquí ni yo existo.»

«He visto lo que haces. Sé que existes.»

«¿Seguro?»

«Sí, ¡existes!»

«Pobre infeliz, que buscas en el presente lo que no está más que en el pasado. Nada podrás contra mí. Primero cayeron cuatro; luego cayeron dos. Solo falta uno, el que sigue la serie, el que siempre falla y la prolonga eternamente.»

«Yo cortaré esa serie para siempre.»

Se escucha una suave carcajada.

«¿Seguro? Escucha, este es el momento de decirte que sí, que puedes hacerlo, que tienes una oportunidad, pero eso tiene un precio que nadie paga.»

«¿Cuál es el precio?»

«El precio eres tú. El precio es tu vida, o la del que te sigue.»

«Muerte, da igual que yo esté loco, da igual que seas una cruel amante. Sé que estás en mis manos tal y como yo estoy en las tuyas. No eres nada sin mí, como yo no soy nada sin ti, y sé que te podré destruir, y lo haré aunque tenga que destruirme a mí mismo para hacerlo.»

Hasta entonces no la había visto, pero ahora sí. La oscuridad que me rodea no oculta el movimiento de la sombra. Puedo verla, está cerca, rondándome, va de un lado al otro. No me quita el ojo de encima, y ha cambiado su ánimo: ya no hay burla, hay enojo, enfado. El juego de hace un rato se ha visto sustituido por una rabia creciente. Sé que he acertado. Estamos entrelazados de un modo misterioso. Sí, somos juguetes del destino, y el nuestro será, en efecto, un destino cruel.

La sombra vuelve hacia mí. Estaba girando sobre sí misma en un lado de la calle. Se ha precipitado de improviso. Salto para esquivarla y lo consigo. Me palpo la parte trasera del pantalón, pero no llevo arma alguna. La inseguridad ante su ausencia implica que el miedo aumente. Retrocedo, y el miedo aumenta, así como la sensación de burla. Me doy la vuelta y corro, ya lo hice antes, en la vida real, ¿o no lo hice? La sombra avanza hacia mí, me persigue, siente que juega conmigo; pero entonces recuerdo que estoy en un sueño, que todo es mi imaginación, y me detengo y afronto sin miedo la llegada de mi enemiga, y río al hacerlo, río, río. Nada podrás contra mí. No tienes fuerza alguna en el mundo de mi imaginación. Llegó la hora de buscar en el pasado, llegó la hora de despertar.

48

El pasado. ¡El pasado es la clave! Toda la vida es sueño, y los sueños, sueños son; sin embargo, el de anoche fue un sueño extraño, tanto que podría hasta haber sido cierto. ¿O acaso he olvidado los moratones de mi cadera y de mi codo? La frontera entre lo real y lo soñado es tenue. Los borrachos, los abandonados, los locos, ¿cuál es mi categoría?, ¿dónde me encuentro?, ¿lo sé realmente? Salir, ponerme en marcha, esto es lo importante, tengo muy claro adónde voy a ir. Tenía que haber comenzado por ahí. La conexión está en el pasado, es hora de rastrearla, de descubrirla; hay que airear la casa, ventilar las sábanas. Pero no voy a correr, avanzaré con prudencia; aún no sé bien cuál será el final de todo esto, pero sí dónde encontrar la primera pista cierta. Sí, eso seguro: la primera llave estará allí. Solo me quedarán otras seis por encontrar y después abrirla para desvelar todos los misterios.

Aparco la custom muy cerca de mi destino. Hace nada estuve allí cerca, en casa de Morgadas. También le debo una visita a él. Necesito dejarle un recuerdo, pero no es ahora, esperaré, ya llegará su momento: mejor evitar los conflictos innecesarios. ¿Innecesarios? Error, poco habrá más necesario que esta visita. Sí, dejo la moto junto a la plaza del Duc de Medinaceli, junto al Moll de la Fusta, entre las Ramblas y la Via Laietana. Allí se encuentra el Registro Civil de Barcelona, y allí pienso profundizar en el pasado de Pozales. ¿Qué espero encontrar? Un rastro, el hilo de Ariadna para poder salir del laberinto en el que nos encontramos. Eso es.

El Registro Civil está ubicado en un edificio antiguo de

cuatro pisos. En su interior reina un pequeño caos, pero percibo una pauta en toda esa gente que viene y va, son muchos, son apenas las nueve de la mañana, y allí se realizan trámites de muy diversa índole, desde certificados de nacimiento, de matrimonio, de defunción, relacionados con extranjería, y tantos otros más.

Paso el control de acceso, instalado hace pocos meses; el mundo es cada vez más violento y se precisa mayor seguridad; no, el mundo siempre fue violento, lo que ocurre es que esa violencia estaba lejos y ahora ha llegado a nuestra vera. El arco de metal avisa de la presencia de un arma, pero la placa va por delante. Accedo al interior sin problemas entre los guardias de seguridad de una empresa privada que me observan sin excesiva curiosidad.

Hace tiempo que no venía por este lugar, varios años; lo hice en relación con un caso que apenas recuerdo. Ha cambiado. Entonces no había tanto extranjero. Es un síntoma de la evolución de la ciudad. Barcelona recibe muchos inmigrantes. Desde 1992 y los Juegos Olímpicos, la ciudad ha aparecido en el mapa del mundo como un destino de acogida, una ciudad abierta, siempre con los brazos extendidos para aquellos que buscan un lugar donde crecer, donde trabajar, donde refugiarse o donde esconderse. También observo que han reorganizado el interior. El acceso público se ha circunscrito a un área concreta de la planta baja, y han dejado en pisos superiores los distintos departamentos del registro. Allí es adonde quiero ir. Archivo documental, cuarto piso. Los tres primeros son de techos altos; el cuarto, como corresponde a todos los edificios nobles de esta zona, es más discreto: debió de ser la planta donde antiguamente residían los criados.

Accedo al archivo. Aquí llegan poca gente: investigadores, policías, y otras personas que, como yo, husmeamos en el presente huellas del pasado. Me acerco al mostrador. Tres funcionarias teclean frente a pantallas de ordenador, y las carpetas repletas de documentación se acumulan en sus mesas de trabajo. Ninguna de las mujeres me hace caso. Toso discretamente. Se miran entre sí. Por fin una de ellas se incorpora y se acerca, con desgana. Contemplo el rictus del aburrimiento grabado a fuego en su rostro, observo el hastío profundo que la incapacita como persona: es una máquina de trabajar molesta por la interrupción la que se me aproxima.

—Usted dirá.

La placa y la identificación aparecen. La funcionaria levanta su mirada hacia mi rostro con un insuficiente interés. Comprueba la identidad sin más. Como he dicho, aquí no resulta extraña la presencia de policías.

—Quisiera hablar con el responsable del departamento.

—La responsable. Está en una reunión.

—Hablaré entonces con la persona responsable en ausencia de esta.

—Soy yo.

—Se llama.

—Elisenda Boneu.

—Necesito obtener unos datos para una investigación que tenemos en marcha.

—Rellene este formulario con nombres, edades y tipo de datos.

—Eva Pozales García e Ignacio Pozales García, madre e hijo, se lo escribo. Todo lo que tengan sobre ellos. Partidas de nacimiento, defunción, domicilios, padrón, cualquier cosa.

—¿Necesita copia de los documentos originales?

—Sería de gran ayuda.

—Veamos. El hombre, del setenta. Este no será problema, esa parte del archivo está digitalizado y la obtendremos con rapidez. Ella es de 1946. Esto es más complicado: estamos justo realizando los procesos de digitalización y microfilmado de los archivos anteriores al año cincuenta. No podemos proporcionarle esta información hasta mañana o pasado mañana.

—Sí, sí pueden. Pueden y lo van a hacer. Ahora.

La voz va cargada de veneno. Elisenda Boneu levanta la mirada y, apartando las delgadas gafas de rata de biblioteca que cuelgan sobre su nariz, me observa, sorprendida. Hay fuego en mi mirada, y comprende que no será bueno hacer esperar a un inspector de policía a quien la prisa puede volver despiadado. Mantiene la calma e intenta, con todo, un asomo de oposición. Explora con cuidado un terreno donde afirmarse antes de ceder. Comprendo su postura: se lo pondré fácil una vez que ella esté preparada para arriar las velas.

304

—Tendría que interrumpir todo el trabajo. Esto me llevará una media hora, ya comprenderá que…

—Elisenda, le aseguro que se trata de un asunto serio. No me atrevería a venir aquí e interrumpir el trabajo de su departamento si no se tratara de unos datos que pueden tener su importancia.

—Intentaré tardar lo menos posible.

—No le importará que la acompañe. Siento gran curiosidad por su sistema de archivo de datos.

—No es el procedimiento. El acceso a la sala de microfilmado está en una zona restringida.

—Lo comprendo…, pero insisto.

—Está bien, salga al pasillo y espéreme allí. Le conseguiré una identificación como visitante, o los de seguridad no le permitirán entrar.

—Gracias, muy amable.

Obedezco y salgo al pasillo. Elisenda no tiene ni tiempo ni ganas de discutir, y un inspector de policía con experiencia no sería tal sin la capacidad de imponerse en circunstancias semejantes. Ella reaparece desde el fondo del pasillo. Me hace una señal con la mano, me acerco y me tiende una tarjeta con un clip: es la identificación. Lleva mi nombre completo impreso. La memoria de la funcionaria es buena, algo que no resulta extraño: vive rodeada de nombres y más nombres; quizá las personas ya solo sean eso para ella, simples receptáculos para depositar los millones de nombres que la rodean por doquier. Camino a su lado en silencio hasta llegar a una puerta, «Sala de Microfilmado», reza el cartel que la identifica. La mujer pasa una tarjeta por un lector y la puerta se abre. Dentro hay un vigilante que recoge mi tarjeta. Estamos dentro. Y entre los datos de millones de hombres y mujeres nos esperan los que estoy buscando.

49

*S*e trata de una sala de gran tamaño, dividida en dos zonas. En lugar de los eternos armarios que recuerdo de antaño, cargados con cientos de libros de registro por años, fechas y apellidos, encuentro ahora un espacio diáfano, repleto de mesas, cada una con un lector de microfilmes: pequeñas máquinas que recuerdan microscopios, de mayor tamaño que estos. Al lado de cada máquina hay un terminal de ordenador, un teclado con un monitor. Al fondo, separado de la sala de consulta por una cristalera, observo a varios trabajadores vestidos de blanco y con mascarilla procediendo a realizar el volcado de imágenes de los viejos libros a los microfilmes.

—Tome asiento, inspector Ossa. Cualquier terminal es bueno para realizar la búsqueda.

Nos sentamos. Observo que Elisenda se sitúa levemente alejada de mí, evita mi contacto, debe de desagradarle el roce casual de los brazos. Activa los dos terminales, tanto el del ordenador como el lector de microfilm, mediante el paso de su tarjeta por un lector lateral. Los datos solo son accesibles para los iniciados, no cualquiera podría obtenerlos. Teclea un nombre en el ordenador.

—Comenzaremos por Ignacio Pozales García. Al introducir el nombre completo obtendremos los datos de referencia que tengamos sobre él.

La respuesta en pantalla es inmediata. Constan tres Ignacio Pozales García, cada uno con su respectiva su fecha de nacimiento. Señalo con la mano aquel cuya fecha concuerda.

—Es el segundo.

—Recuerdo la fecha de nacimiento, gracias. Solo constan certificado de nacimiento y certificado de defunción, aunque intuyo que usted ya conocía este dato. ¿Desea verlos?

—Por favor.

Elisenda acciona el comando y de inmediato el lector de microfilm cobra vida. Se desplaza por sí solo a gran velocidad. Recuerdo las viejas unidades de las que alguna queda aún activa en la comisaría. Antiguamente eran manuales. Uno debía introducir la placa de referencia bajo el lector para así acceder a los datos. Ahora la información llega directamente a la oscura pantalla. Primero, el certificado de nacimiento. Simultáneo a la obtención del libro de familia, en el Registro se inscriben los datos de los padres en el libro correspondiente. Veo el código, la fecha y la página del libro originales, donde, el 27 de junio de 1970 consta el nacimiento de Ignacio Pozales. En el apartado «PADRES» consta la anotación «madre soltera», en el espacio reservado al padre. En el espacio reservado a la madre, está el nombre de Eva Pozales, su fecha de nacimiento y el nombre de sus padres, los abuelos de Ignacio.

Luego, el certificado de defunción. Es reciente, apenas han transcurrido dos semanas. Si el de nacimiento está realizado a mano, el de defunción lo está a máquina; el formato de registro ha cambiado: la informatización liquida viejas costumbres no carentes de encanto.

—¿Los imprimo?

—Sea tan amable.

La impresora, que está en un mueble cercano, hace su trabajo. Elisenda trae los resguardos, lucen más al natural que con el negativo que muestra siempre el microfilm.

—Ahora, la siguiente persona: Eva Pozales García.

El nombre de Eva nace en la pantalla según los dedos de Elisenda acarician las teclas respectivas. Y surge entonces la sorpresa.

—Bien. Tenemos aquí tres documentos. Certificados de nacimiento, de matrimonio y de defunción. Los dos primeros no están disponibles, se encuentran en proceso de microfilmado. Solo podemos acceder al tercero.

—¿Matrimonio? Elisenda.

—Dígame.

—¿Consta la fecha de matrimonio?

—No. No hasta que se haya realizado el volcado de datos del libro original. Solo consta que lo hubo.

—Necesito ver ese libro.

—Ya le he dicho que…

—Elisenda. Haga lo preciso y obtenga el libro donde conste el matrimonio. Hágalo ¡ahora!

—Lo intentaré.

Mi voz ha soltado una orden. Nadie hubiera podido resistirse. Tras un suspiro, la funcionaria se levanta y se va. Pasan unos minutos, puede que quince. La espero sentado. Intento mantenerme paciente, pero me consume la inactividad. Creo que este descubrimiento puede ser importante. Claro está que podría tratarse de una boda posterior al nacimiento de su hijo Ignacio.

Al otro lado de la cristalera sigue el proceso normal de trabajo. Atino a ver a cuatro personas desde este lado; están trajinando sobre una máquina de grandes dimensiones. Una nueva figura, también vestida de blanco, hace su aparición: es Elisenda, la reconozco por sus gafas. Charla con una de las otras. Me señalan con el dedo, sin disimulo: está claro que tampoco al encargado le apetece detener su labor. Discuten. La pared de cristal es gruesa y no se oye nada aparte del ronroneo de las máquinas de microfilmado.

No estoy para gaitas, me acerco al cristal y lo golpeo con los nudillos. Lo hago con fuerza. El cristal es grueso y no transmite bien el sonido, pero dentro deben de haberlo escuchado, ya que todos se detienen y alzan la mirada hacia mí. Señalo con un gesto del índice al encargado, y a continuación lo hago acercarse a la cristalera con otro gesto del mismo dedo. El encargado obedece mecánicamente y, a dos palmos del cristal, extraigo mi placa del bolsillo trasero y la apoyó sobre el cristal; al hacerlo dejo bien al descubierto mi arma: la Glock es una pistola de gran volumen, de las que imponen. La mirada del encargado lee y valora correctamente la presencia de la pistola. A conciencia dejo el jersey sobre la culata para que siga viéndose el arma. Después con la placa aún sobre la cristalera justo delante del hombre, señalo mi propio rostro. Mis labios vocalizan con claridad una palabra completamente evidente: «Ahora». Me quedo con los brazos en jarras a la espera de la decisión del otro. El encargado retrocede un paso, pero su decisión está tomada, otro que arría las velas. Pide paciencia con un gesto de la mano y el rostro ligeramente demudado, y regresa hacia el interior de la sala. Cinco minutos más tarde, Elisenda vuelve con un libro de actas matrimoniales. Es un volumen alargado, con su buen medio metro de ancho, con anotaciones lineales que registran la fecha y los contrayentes. Elisenda me habla sin disimular la ironía.

—Parece que tiene usted buena mano para convencer a los reticentes.

—Se hace lo que se puede.

Extiende el libro sobre la mesa y lo estudiamos con calma. Los matrimonios que constan son numerosísimos, a razón de diez por página, y en total hay trescientas páginas. Pasamos las páginas llevando el índice sobre los listados de los nombres. La clave está en el de la mujer. Siempre se anotaba en primer lugar al marido; así pues, es en la segunda columna donde consta el de ellas. Las yemas de nuestros dedos rozan los índices de esas vidas, muchas ya concluidas, acabados los sueños que impulsaron sus actos; otros ya serán ancianos; sin embargo, siguen ahí, como mudos testigos de lo que fueron: un instante congelado en el tiempo.

Han pasado diez minutos. Está aquí. Eva Pozales García contrajo matrimonio con Emilio Zábel Mayordomo el día 15 de febrero de 1969.

Elisenda y yo nos miramos. Hablamos a la vez, atropellados. Una misma pregunta surge de nuestras bocas: «¿Cómo...?». Hay que cederse el turno para hablar. Elisenda también se siente intrigada por el caso, todo alejamiento y obligación han desaparecido. Finalmente, soy yo quien hablo en primer lugar.

—Esto debe tener una explicación. No se entiende que Eva Pozales estuviera casada y que el nombre de su marido no constara en la partida de nacimiento de su hijo. Explíquemelo.

—Me lo pone difícil. Es la primera vez que veo un caso semejante en los treinta años que llevo trabajando aquí.

—Alguna explicación tendrá. Plantéemelas.

—Bien. ¿Quiere una explicación técnica o prefiere una imaginativa?

—Ambas, pero comience por la primera. ¿Puede realmente una persona inscribir un hijo solo con los apellidos de la madre y obviar los del padre?

—Hoy en día los hospitales generan automáticamente un documento que es el que presentan los padres cuando vienen al registro. En él constan los nombres de ambos. No hacemos sino copiarlos en los asientos correspondientes del libro y ya está. Si la madre es soltera, separada, viuda o divorciada, ese mismo dato viene también dado por el hospital; no genera problema alguno. El niño se inscribe con los apellidos de la madre. Además, al introducir los datos, se cruzan en los ordenadores con los libros de familia expedidos en el momento del matrimonio o con el registro de parejas de hecho, y todo cuadra. No hay error posible.

—¿Cómo funcionaba hace treinta años?

—Era distinto, claro. No había ordenadores. Las anotaciones registrales se hacían exclusivamente a mano, como ya sabe usted.

—¿Podría una madre ocultar el nacimiento de un niño a su padre e inscribirlo solo con sus apellidos?

—Pues en principio sí. Con decir en el hospital donde diera a luz que era madre soltera, ese era el dato que nos traían aquí. Pero ¿por qué iba una mujer en aquella época a hacer algo semejante? Estamos hablando del año setenta. Sería más probable que una madre quisiera hacer precisamente lo contrario, proporcionarle a su hijo apellidos paternos, no quitárselos. Hoy esto nos parece normal, pero entonces estas cosas eran de señalarte con el dedo por la calle.

—Entonces, técnicamente era posible.

—Sí, lo estamos viendo ante nuestros ojos. Nadie iba a comprobar si una madre que venía al registro y decía que era soltera estaba, en realidad, casada. Esto queda fuera de toda lógica. Como mucho se podría pensar en lo contrario. Déjeme comprobar una cosa.

—¿De qué se trata?

—Las fechas de nacimiento e inscripción de Ignacio. Veamos. Nace el día 27, pero es inscrito el día 3, casi una semana después. Debió de hacerlo la madre al salir del hospital. Normalmente, son los padres los que lo hacen, el día siguiente, mientras la mujer sigue ingresada.

—Bien. Conforme en lo técnico. Deme ahora una explicación imaginativa a semejante conducta, si es que se le ocurre alguna.

—Caben dos posibilidades. La primera, la más probable: que el hijo no fuera del padre y que este lo supiera, que lo repudiara, esto podría explicarlo. Hay una segunda: que la madre se hubiera separado del padre, no legalmente, ya que entonces no había divorcio, pero sí en la práctica. El niño podría ser hijo de otra relación posterior.

—Si el niño fuera hijo de Emilio Zábel y hubiera sido inscrito con los apellidos de la madre sin el consentimiento de este, imagino que podría recuperarlos mediante una demanda.

—Sin duda, y más en aquella época. Los derechos de las mujeres estaban muy restringidos, pero además la patria potestad es uno de los derechos más inquebrantables del Código Civil. Cualquier padre hubiera luchado por recuperar los apellidos para su hijo, salvo que supiera que no era suyo. Por ahí debieron de ir los tiros.

—Ya.

Prefiero no explicarle que los tiros irán por otro lugar. Sé que Eva Pozales se escondía de algo; esa actitud, ese pasar desapercibida, ese no relacionarse con nadie, los cambios de domicilio... O bien ocultaba algo, o bien se escondía de algo. Pero me falta por hacer una pregunta importante. Y la hago, y el ordenador no tarda en contestar.

—Emilio Zábel Mayordomo. ¿Qué tiene sobre él?

—El nacimiento, aquí, en Barcelona. Lógicamente la boda. Nada más.

—¿En qué año nació?

—En el cuarenta.

—No hay defunción.

—No.

—Dígame si no la hay en este registro de Barcelona o si ese dato es extrapolable a toda España.

—De momento en este registro, pero puedo acceder a la base de datos central, en Madrid.

—Hágalo.

—Será solo un momento. Espere... Está vivo. No consta su defunción.

311

—Imprima los datos y crúcelos con el padrón. Intente darme un domicilio actual de Emilio.

—Veamos… No consta domicilio actual. Pero esto no quiere decir nada, de momento. Respecto al padrón, solo accedemos a los domicilios de Barcelona. Podría estar residiendo en cualquier otra ciudad o pueblo.

—Entiendo. Tendré que intentar localizarle de otra manera. Necesito una copia de esta acta matrimonial.

—Enseguida.

Elisenda no tarda en regresar y me tiende las copias de todos los documentos. La observo: ha nacido en ella la curiosidad, el apellido Pozales ha sido muy oído en las tres últimas semanas. Elisenda ha atado cabos, sabe de qué se trata. Su mirada tiene un brillo inquisitivo; esa máquina de archivar ha cobrado vida, y no está carente de cierta belleza. Su deseo no es perverso, solo está preñado de una sana y lustrosa curiosidad. Pero no está en mis manos saciar esa callada demanda.

—Le agradezco su esfuerzo. Ha sido muy útil. Le recuerdo que todo esto es estrictamente confidencial. Debe mantener la máxima reserva sobre ello. Cuento con su colaboración.

—Descuide. Lo comprendo.

En la calle, junto a mi custom, evalúo la nueva pieza del rompecabezas. Llego a la conclusión de que esta noticia no es que esté relacionada con el caso, «es que es el propio caso».

Tengo que localizar a Emilio Zábel. Y hacerlo cuanto antes. Tres días. No tengo ni uno más. Así que, ¡a por él!

50

$\mathcal{H}$e tenido una idea que me parece interesante, pero no me atrevo a concretarla yo solo. Recuerdo parte del informe policial sobre el escenario, no solo lo referido a los crímenes; recuerdo los elementos descritos y situados en la casa. Una de las referencias alude a una «caja tipo zapatos repleta de recuerdos antiguos y algunas fotografías en blanco y negro»; así rezaba el párrafo exacto del informe. En principio no le otorgué valor alguno, ya que, en buena lógica, las fotos de interés tendrían que estar en el mismo álbum del que extraje la foto de Ignacio y de su madre, Eva, las mismas que mostré al padre Pallarés y a Pepi Muñoz. Pero considero que quizás es posible encontrar algún dato más, incluso alguna foto sobre Emilio Zábel. Parece muy razonable pensar que, tras la muerte de su madre, Ignacio recibiera los documentos de Eva, incluidas aquellas fotos guardadas en el cajón del escritorio de la calle Botella sobre las que ella lloraba por las noches.

Sí, todo esto tiene sentido. Pero no me atrevo a entrar en el escenario, desde luego no solo, y tampoco estoy muy seguro de hacerlo acompañado. El recuerdo de mi extraña vivencia nocturna me acosa, inhibe mi capacidad. El legendario Ossa, impedido de actuar, va a verse obligado a demandar ayuda. No hay otro remedio. He estado durante dos horas en la bocacalle de Ferran, con la custom aparcada, y no he podido cruzar desde el paseo central de las Ramblas hasta el lateral.

Además, después del revoltijo creado en el escenario durante mi ordalía, fuera o no esta real, es posible que no sea sencillo encontrar la caja. Los números realizaron una limpieza somera y reubicaron como buenamente pudieron muebles y enseres. ¿Qué hacer? No me queda otra. Marco la memoria del móvil y el aparato cumple su función. La conversación es breve y efectiva. Cuelgo. Me meso los cabellos y me dispongo a esperar los veinte minutos que Joan tardará en acudir.

Paseo hasta la Rambla de Santa Mònica. No es tarde, pero dentro de hora y media caerá la noche, y si entrar de día me parece difícil, de noche sería imposible. No lo haría por nada del mundo, bajo ningún concepto. Paseo, y observo como la cercana noche comienza sutilmente a modificar las Ramblas. Son cambios que únicamente puede percibir alguien que conozca la zona, cambios poco llamativos. Es un día entre semana, y el guirigay es claramente inferior al de los festivos. No es terreno para descuideros. El paseo se ensancha al llegar al Pla del Teatre; sí, alcanzo a ver a unos trileros organizando su teatrillo para atraer a algún incauto: los ganchos, el trilero jefe, los seguratas del grupo... Vuela el boliche de aquí para allá bajo las cáscaras de nuez. Parece mentira que aún haya primos dispuestos a dejarse desplumar después de tantos años de trabajo en las Ramblas.

Pienso si acercarme al bar Pastís, en la calle Santa Mònica. Tengo sed. ¿O no? Más que tener sed, lo que tengo son nervios. Siempre me gustó la historia de ese bar, tan inquietante como su decoración. Ahora caigo en la cuenta de que esa atmósfera transmite algo peculiarmente malsano a través de los cuadros del viejo legionario francés que se instaló allí hace ya tantas décadas y que ahogaba su alcoholismo pintando telas muy semejantes en su concepción a las pinturas negras de Goya. ¿Será por eso por lo que me gusta ir al Pastís de vez en cuando, solo, y pedir allí esa bebida francesa? ¿O es casualidad que esté aquí en este momento preciso?

Suena el móvil. Es Joan. Ya ha llegado, y le extraña no encontrarme donde le he citado, siempre tan puntal y considerado. Contesto con brevedad y retorno rápidamente a la calle Ferran. Qué dispersa está mi mente y cuánta incertidumbre siento. Nunca un David centrado llegaría tarde a una cita; estoy retrasando deliberadamente el momento. Ya llegué. Joan me espera, saluda con un gesto; parece tranquilo, como si la cosa no fuera con él.

—Pensé que te habías marchado.

—Lo he pensado. No sé si debo entrar después de lo que pasó.

—Precisamente es todo lo contrario, lo que tienes que hacer es entrar. Y yo iré contigo, así verás que no hay nada extraño. Buscaremos la caja que has dicho y saldremos sin ningún problema.

—Está bien.

¡Maldita la hora en que tengo que hacer esto! Reúno fuerzas y cruzo el lateral. En la calle Ferran hay mucha gente, como siempre. Me parece que todos me observan, que cuchichean sobre mí, incluso que algunos se ríen. Es extraño desplazarse por una calle en la que todo el mundo va en dirección contraria a la tuya. Hay barceloneses, pero también extranjeros. Me siento violado de tan observado, como si fuera desnudo ante ellos, y vaya si es así, pero no en lo físico, desnudo de corazón, desnudo de emoción.

La bocacalle de Raurich, a nada está Escudellers. Me detengo en seco, me sudan las manos. Reconozco los síntomas que estoy viviendo: es el comienzo de una crisis de ansiedad. Nunca he sufrido esta amarga experiencia, pero está en mi bagaje académico, la he estudiado. Noto la taquicardia, la sensación anticipatoria, jadeo. El mundo parece girar a mi alrededor. Tengo que evitar esto, no puede ser, no estoy loco, debo dominarme.

Estoy apoyado en la pared, Joan me observa incrédulo. Ahora comienza a ser consciente de la influencia del escenario sobre mí, pero la evalúa incorrectamente.

—David, no me digas que no vas a poder continuar. Si esto te afecta tanto, realmente será mejor que lo dejes. No puedo permitirlo, ya no por los demás, sino sobre todo por ti.

—Puedo. No es importante. Llevo casi veinte horas sin comer ni dormir. Es solo un mareo, no te preocupes.

—Espera, voy a traerte algo.

—¡No! Esto es más urgente, ya comeremos algo al bajar.

Mi negativa ha sonado poderosa, pero tengo motivos para ello. De ninguna manera subiré de noche. O subimos ahora, o no subimos hasta mañana. Pero eso equivaldría a revelar mi miedo ante Joan, y si lo he hecho venir es para que me ayude, en ningún caso para hacer hincapié en mi incapacidad y para proporcionarle un motivo para apartarme de la investigación.

Me rehago. Es doloroso. Cada paso supone un esfuerzo terrible, un triunfo de mi voluntad. Esto es justo lo que no debe hacer una persona en mi situación: exponerse frontalmente a la causa del ansia. Si no lo hago, daré motivos a Joan. Estoy atrapado en un círculo. No voy a entrar solo. Necesito ir con Joan, pero si no me domino, puedo verme apartado del caso.

Llegamos al portal. Joan tiene copia de las llaves. Abre y subimos: primero, segundo, tercero. Es un ascenso eterno, la angustia parece multiplicarse hasta el infinito. Por suerte voy detrás de Joan, que no puede verme. Solo puedo sentir el miedo y ofrecerle resistencia. Y cuando este miedo se está tornando abrumador y siento que tendré que abandonar, afloja su presión con rapidez hasta esfumarse sorprendentemente, por completo. Respiro hondo, un suspiro prolongado. Levanto la mirada del suelo: estamos en el rellano del tercer piso, frente a la casa de Pozales.

La propia policía ha cerrado la puerta para evitar cualquier otra intrusión no autorizada en el escenario, pues quitaron las aspas de prohibido el paso. Joan desliza la llave en el nuevo cerrojo y abre la puerta. Entramos. Piso el suelo del escenario por tercera vez y, al hacerlo, me siento definitivamente liberado: la angustia disminuye, como si aquel fuera un territorio sagrado donde nada pudiera alcanzarme, o simplemente es que estoy venciendo a mi miedo. O a lo mejor es un nuevo juego destinado a burlarse de mí. Pensarlo no conduce a nada, debo centrarme en mis sentimientos, analizarme. Estoy en territorio enemigo, no debo olvidarlo. Estamos en el recibidor. Tranquilo. Respiro hondo. Yo puedo.

—Como te dije, está todo patas arriba. Lo que fuera que aquí ocurrió dejó la casa manga por hombro, como si hubiera pasado un huracán. Y ¿sabes una cosa?, ni me preguntaste por los vecinos, pero yo sí lo hice.

—No escucharon nada, claro.

—Las paredes de este edificio deben de ser realmente gruesas. Se rompió la vajilla, loza y cristal. No era una vajilla completa, pero con todo debió de causar un alboroto de mil demonios. Verás trozos por todas partes. Barrieron lo más gordo, pero, ya sabes, los policías de a pie son un poco brutos para estas cosas.

—Ya.

—Bien, dijiste que tenemos que buscar una caja tipo zapatos. Recuerdo el informe. Pero en ella no había más que viejos papeles y alguna fotografía, nada más.

—¿Tú la viste?

—Sí. Estaban junto a notas del colegio, algún recorte de periódico. Viejos recuerdos, nada importante. Cosas del pasado.

—Pues tenemos que encontrarla.

—Estaba en el vajillero de la sala.

—Vamos.

Esta es la prueba de fuego. Pasillo adelante hacia la sala. De nuevo repito el trayecto. La otra vez no hubo problema hasta que llegué al salón. Pero es de día, la luz entra por la ventana y estoy acompañado. Sigo sereno.

El salón está, en efecto, revuelto por completo. No queda nada en su sitio. Han vaciado todos los muebles. Nada ha permanecido en su interior. Una montaña de papeles reposa sobre la mesa de comedor. Hay más sobre el sofá. Los cajones y los armarios están abiertos de par en par. Una de las puertas ha quedado desencaja de un tirón. Parece mucho trabajo para un hombre solo.

—Joan.

—¿Sí?

—Todo este lío…

—Sí, yo pensé lo mismo. Demasiado para uno solo. Pero no imposible.

—¿Te importa abrir las cortinas?

—No, claro.

Lo hace. Nos dividimos el trabajo. Joan comienza a buscar en la mesa, yo me dedico al sofá. Encontramos los restos de la caja. Su contenido se ha dispersado. Pasa una media hora. Acabamos por localizar viejas notas escolares de los salesianos, de octavo de EGB y primero de bachillerato, pero sigue pasando el tiempo y no aparece nada más. Estoy a punto de abandonar ante la llegada de la noche cuando en uno de los montones encuentro dos viejas fotos, en blanco y negro. Una es un retrato.

317

Hecho en un estudio. Se trata de un hombre de unos treinta y tantos, con el pelo corto ligeramente ondulado y peinado hacia atrás. La figura está en un escorzo, el torso ligeramente inclinado, los hombros a distinta altura; en cambio, mantiene la cabeza frente a la cámara. Es un rostro agradable. Esboza una sonrisa de labios finos y dientes regulares y pequeños. La nariz está rota: el hueso hundido al estilo boxeador lo demuestra. Las cejas son altas y guardan una mirada limpia de grandes ojos claros. Los pómulos redondeados, en contraste con la rota nariz, proporcionan la dulzura que sin duda distorsiona esta última. Viste traje y corbata. Tiene personalidad, no es un rostro cualquiera.

La segunda foto es diferente. No es de estudio, es de esas que, antiguamente, realizaban al momento fotógrafos ambulantes. En ella está Eva con Ignacio, Ignacito entonces, cogidos de la mano, y al lado del niño hay un hombre, viste camisa y americana. Está tomada de cuerpo entero y el rostro queda lejano, pero los rasgos son lo suficientemente claros. Despiertan en mí una semejanza indefinida. Ese rostro parece recordarme a alguien. Los brazos cuelgan a ambos lados del cuerpo con desmayo, como si no supiera qué hacer con ellos o dónde colocarlos. Al fondo, asoma el cuello de una jirafa. Está tomada en el Zoológico de Barcelona. Detrás, una dedicatoria: «En recuerdo de una tarde feliz que podría ser el preludio de muchas otras». No hay fecha, la letra es de varón, de la época, alargada e inclinada, muy elaborada. No hay firma, solo un garabato. Recuerdo la historia de Pepi Muñoz. Esta foto cuadra con la historia de Ignacio niño, debió de tomarse esa misma tarde de la que hablamos.

Joan se me acerca y le tiendo las fotos.

—Las tengo. Podemos irnos.

Joan asiente y emprendemos el camino hacia la calle. Al abandonar la casa me examino, busco rastros del miedo, parece que se ha esfumado por completo. Me siento fuerte y seguro. Esta pequeña aventura ha supuesto una inesperada ración de confianza. Caminamos hasta la plaza Reial. Nos sentamos en la terraza del Ambos Mundos. Joan pide unas raciones y un par de cervezas. Bebo y como de buena gana. Una vez que estamos tranquilos llega la hora de hablar.

—Así que es esto lo que andabas buscando. Déjame ver. ¿Quiénes son?

—Buena pregunta. Si no me equivoco, se trata del marido de Eva Pozales, Emilio Zábel, padre de su hijo Ignacio.

—¡Pero si Ignacio era hijo madre soltera! Así constaba en el libro de familia de su madre que guardaba aquí mismo.

—Eso creímos todos. Pero contrajeron matrimonio un año antes del nacimiento del niño.

—Es extraño. ¿Y la otra foto?

—Se trata de un pretendiente de la madre. Es posterior a la separación de la familia, de por lo menos seis años después.

—¿Tiene interés?

—Puede. Pensé, al principio, que no, pero ahora albergo dudas al respecto.

—¿Qué relación tienen con el caso?

Es la pregunta del millón. Y su respuesta sigue siendo tan poco clara como cuando hablé días atrás con Rosell.

—Todavía no la he establecido. Pero en un día he averiguado que hubo una familia, y que esta se rompió. Sé, también, que Eva, la madre, vivió con miedo durante años. Se ocultaba. Y acabó por desaparecer ante la insistencia de este otro hombre. Pienso que existe una relación entre este pasado y nuestro presente.

—Todo esto es muy inseguro, son pocos datos. Con esto no convencerás a Rosell. Podrías estar dando palos de ciego.

—Sí. Podría ser. Pero el instinto me dice que no, que hay algo. Y aún me quedan dos días para descubrirlo.

—Está bien. Ese es nuestro acuerdo. Hablemos ahora de otra cosa.

—Dime.

—¿Qué tal en la casa?

—Bien. No hubo problema. Prefería que vinieras conmigo, me daba más confianza.

—Pero estuviste a punto de desvanecerte antes de subir.

—Joan, ya me has visto cenar, estaba desfallecido. Arriba no hubo ningún problema.

—Y eso mismo es lo que esperaba que ocurriera. Mejor así.

Sí, mejor así. Tengo margen. Dos días pueden ser mucho tiempo si se emplean adecuadamente. No tengo prisa por po-

319

nerme en movimiento. Está bien compartir un rato con Joan. Nuestra conversación es ligera, insustancial. Me siento bien. Es casi como si nada hubiera ocurrido, un día normal, una investigación normal. Al rato nos despedimos. Llegará la noche, sí, que pase ligera y los sueños sean leves. Esta noche sin Loracepán. No me hará falta.

51

Segundo día. Hoy tengo un único tema, es el día de Emilio Zábel Mayordomo. Esta idea me recuerda a los días internacionales de esto y de aquello que continuamente nos señalan televisiones y periódicos. Pues bien, este es el día internacional de Emilio Zábel en el mundo de David Ossa. Y sé bien por dónde comenzar. Pero, antes que nada, el móvil: perdí la cuenta de las veces que la he llamado en estos tres días pasados. Como siempre, no hay respuesta. Apagado o fuera de cobertura. María sigue desaparecida y no sé si comenzar a preocuparme.

Hoy llueve. Un frente de bajas presiones ha llegado a la Península y la atraviesa de oeste a este: va a caer agua en cantidad, buena falta hacía. Nada de custom. Lo siento en el alma, la moto es la mejor opción para moverme por una ciudad atascada, pero no es la solución calarme hasta los huesos exponiéndome además a cualquier contratiempo con el tráfico. El tiempo es oro y no debo desperdiciarlo. Vamos, tengo mucho por averiguar y un plazo marcado para conseguirlo.

Aparcar en el Paral·lel es imposible. La otrora avenida de la noche salvaje barcelonesa ha cambiado tanto como para convertirse en irreconocible. Ahora hablamos de una avenida urbana de doble dirección y cuatro carriles por lado. Sigue habiendo teatros, pero no es aquel esplendor lejano de los años previos a la Guerra Civil, cada vez queda más lejano este recuerdo, pero está tan unido al inconsciente colectivo de los barceloneses y de los visitantes de la ciudad que en sus mentes aún se relaciona la avenida con la lujuria y la diversión. La comisaría no queda lejos, pero prefiero evitarla. Estaciono el coche en un aparcamiento cercano y camino hasta la sede del Instituto Nacional de la Seguridad Social. Juego con ventaja, es una visita en la que no tendré que esforzarme en dar explicaciones. Un antiguo compañero de juventud trabaja como jefe de sección.

De nuevo la rutina del arco de seguridad y la identificación; pero la actividad del INSS es mucho mayor. Son ocho plantas repletas de despachos y departamentos, cientos de funcionarios se afanan en una maraña incomprensible de actividades extravagantes a los ojos del profano. Observo estos trabajos con escepticismo, como un marciano recién llegado a la Tierra.

Sé adónde voy, ya estuve aquí antes, en circunstancias semejantes. Si buscas a una persona, existen rastros que no se pueden borrar, e incluso aquellos que puedan borrarse acaban por dejar algunas huellas. Y esas huellas suelen estar aquí. Las huellas se llaman dinero. Se llaman sueldos. Se llaman pensiones. Da igual la edad que tengas, si has producido un mínimo en la sociedad, esta te devuelve el favor convirtiéndote en un ser eternamente visible y, por tanto, localizable. ¿Puede uno escapar de este engranaje? Sí, se puede: si tienes tanto dinero y tanta necesidad como para cambiar de identidad, puedes. Y si caes fuera del sistema y te conviertes en un paria, un mendigo sin nombre ni rostro, también lo lograrás. Pero en casi el cien por cien de los casos encontrarás a la persona o al menos un rastro que seguir.

Manolo Marina es un antiguo compañero de clase. Fuimos algo más que compañeros y algo menos que amigos, en esa frontera justa del que comparte algunos secretos pero no se ofrece abiertamente al otro, cada uno con su propia camarilla de relaciones, pero que se caen bien mutuamente. Hoy en día hay menos niños que antes y eso implica que apenas hay veinte alumnos por aula. Cuando antaño había cuarenta niños en cada una, era normal que se formaran en ellas distintos grupos de amigos según surgían afinidades entre unos y otros. Unos hablaban en catalán y otros en castellano; unos eran del Barcelona y otros del Espanyol; unos jugaban al fútbol y otros al baloncesto; unos leían libros y otros tebeos; unos aprobaban y otros suspendían... La lista es infinita en sus variantes, pero sus consecuencias eran claras: entre cuarenta alumnos había amistad eterna con tres o cuatro, amistad a secas con otros cinco o seis, simpatía con otros diez, y el resto, o te resultaba indiferente, o te caía mal, sin más.

Manolo se situaba en el segundo grupo, el de los amigos a secas. Pero son precisamente esos amigos menos incondicionales de la infancia los que acaban convirtiéndose en imperecederos. A raíz de una reunión de antiguos alumnos a la que en principio no pensé asistir, solo acudí por pura insistencia de los organizadores y ante la total carencia de cualquier otro plan aquella noche, retomé el contacto con algunos de ellos. Pensaba que iba a ser un aburrimiento, pero descubrí que el pasado establece lazos poderosos, y el pasado de la adolescencia más aún. No solo recordé con agrado mil y una hazañas deformadas, exageradas, imposibles y probablemente falsas de unos años más felices; llegué también a reírme con toda sinceridad ante la chispa que la vida había acabado por proporcionar a varios de mis excompañeros. Que estuvieran la mayoría algo viejales, con tripillas y casi sin pelo, unos desastres andantes en comparación conmigo, solo me proporcionó un perverso placer inicial que acabó por verse sustituido por pura simpatía a raudales y una leve añoranza ligeramente alcohólica y en absoluto cínica.

Uno de estos amigos era Manolo. Estuvimos sentados cerca y charlamos un buen rato, sorprendidos ante los diferentes caminos que habían tomado nuestras vidas. El David Ossa juvenil fue un joven que oscilaba entre periodos de retraimiento y de auténtico esplendor, parecía orientado hacia la medicina y acabó poseído por un virus de investigación muy diferente. Manolo, en cambio, era un tirillas que dio un gran estirón tanto en cuerpo como en mente, de ser discreto en todo adquirió volumen físico y se tornó un excelente estudiante, estudió Económicas con buenos resultados, hasta el punto de opositar y obtener una plaza de cierto nivel en el cuerpo de funcionarios del Estado.

De ahí a comprender que había encontrado un aliado a la hora de realizar ciertas investigaciones de carácter reservado con mucha mayor agilidad que aquella que viene obligada por las órdenes judiciales hubo un paso. Manolo, a cambio, no me pedía demasiado. Ser invitado a una cena de nivel de vez en cuando y recibir una dosis ajustada de cotilleos policiales, de

323

JULIÁN SÁNCHEZ

esos que suelen quedar al margen del común de los mortales. No era especialmente morboso; sentía la curiosidad propia de quien ignora un mundo que le es ajeno y, de repente, puede acceder a él. Y que la información obtenida no pudiera considerarse, de entrada, legal, e incluso que pudiera ponerlo en apuros en caso de saberse, no hacía sino excitar aún más una vida algo sedentaria y desprovista de emociones.

Este es el perfil de Manolo, a quien contemplo en este preciso instante a través del cristal de su despacho. Golpeo en la puerta con los nudillos. Mi amigo levanta la cabeza. Sonríe. No será un mal momento, hay mucho trabajo en su mesa, pero sé que me dará preferencia. Manolo me indica que pase, lo hago, nos damos el típico abrazo viril con palmotadas en la espalda.

—Se te ve bien, Manolito.

—Y a ti también, polizonte. Pero que muy bien, como siempre, aunque tienes algo de ojeras.

—Algo de ojeras y mucho trabajo.

—Entonces imagino a lo que vienes.

—Sí. Necesito información. Me urge.

—¿De qué se trata?

—Busco a un hombre.

—¿Algo serio?

—Ajá. Digamos que este hombre es una conexión importante dentro de mi caso. Pero no puedo decirte más, al menos de momento.

—Tendré paciencia. Pero tenerla te costará una buena cena junto con una buena historia cuando hayas resuelto el caso. Dame el nombre; si tiene relación con nosotros, te aseguro que lo encontraré.

¿Una cena? Será escaso pago si obtengo alguna pista. Le tiendo un papel donde está escrito el nombre completo: Emilio Zábel Mayordomo. La primera reacción de Pedro al leer la nota antes de devolvérmela es la esperada.

—Con ese apellido no costará demasiado. Pero dame unos minutos. Vamos a ver... Pues Zábel no hay demasiados, un listado de treinta nombres en Barcelona. Y Emilio Zábel, sí, en efecto, aquí está. ¡Pero vaya!

—¿Vaya qué?

—Pues… que está, pero como si no estuviera. Quiero decir que es algo extraño, pero extraño de verdad, qué curioso, estos códigos…

—Déjame ver.

¿Qué demonios pasa? Me levanto y rodeo la mesa. La pantalla del ordenador muestra un programa concreto cuyo entorno desconozco, un listado de cifras y palabras clave acompaña la forma «Zábel Mayordomo, Emilio». Es un lenguaje críptico solo para iniciados, la alquimia del dinero se esconde tras oscuras combinaciones de signos. No seré yo quien lo pueda descifrar. Cuando me dispongo a decir algo, Manolo interviene:

—Paciencia. Un momento. Es tan fuera de lo habitual que ni yo reconozco las claves. Espérame un momento, voy a consultar un par de cosas.

Me quedo solo en el despacho, estoy desorientado. Pasan diez minutos. ¿Qué ocurre? ¿Por qué el camino hacia Emilio Zábel es tan complejo? ¿Qué motivo hay para ocultar su persona de este modo? Todo esto no puede ser casualidad. Mi buen humor se esfuma. Seguro que Manolo al volver no trae noticias buenas. Estoy seguro. Y así ocurre.

—¿Qué puedes decirme?

—Puedo decirte que lo he encontrado y que, a la vez, no sé dónde está.

—Acláramelo, Manolo. Por favor.

—Verás, Emilio Zábel Mayordomo está incapacitado. No dispone de sus bienes desde 1970. Tiene un tutor legal que se encarga de administrar una pensión de incapacidad, concretamente desde el mes de abril de ese año. Es a la cuenta de su tutor a quien se desvía la pensión, ya que es él quien la administra.

—¡Pero tiene que haber una dirección, alguna manera de localizarlo!

—No a él, directamente; sí a través de su tutor. Para nosotros, fiscalmente hablando quiero decir, solo existe su tutor. De Zábel no tenemos dato alguno para localizarlo físicamente. Por eso las claves eran tan extrañas. Los casos de tutorías en mayores de edad son muy poco habituales.

—Increíble. Pero ya esperaba algo así. Este es un caso marcado desde el principio.

—¿Qué quieres decir?

—No puedo explicártelo ahora. Te prometo que lo haré más adelante. Pero, Manolo, necesito conocer la dirección del tutor, saber quién es, localizarlo.

—Sin problema. Cuento con tu reserva sobre este dato, hay confianza. Se trata de Ernesto Pallarés Subías. Domiciliado en la residencia…

—… de Martí Codolar, en Vidal i Barraquer.

—Lo sabías.

—Sí. Tenía que ser algo así. Gracias, Manolo. Una pregunta más. Los pagos de la incapacidad los realiza la Seguridad Social, en nombre de la administración del Estado. Pero dime, si puedes, ¿para quién trabajaba cuando fue incapacitado?

Las manos de Manolo teclean ágilmente el teclado, no tarda en obtener la respuesta a mi demanda.

—Me consta que para el Ministerio del Interior. Emilio Zábel fue policía nacional.

—Policía. Mil gracias, Manolo. Tengo que marcharme. Te llamaré.

Apenas me he despedido de mi amigo, salgo del INSS con la mirada ausente. Policía. Y Pallarés su tutor legal. En efecto, tenía que ser algo así. Cada vez estoy más cerca.

Y el círculo comienza a cerrarse.

53

*U*na tormenta de ideas bulle en mi cerebro. Sé que estoy muy cerca de resolver esta parte del caso. Y sé también que, probablemente, encuentre en esta parte la resolución completa de su totalidad. Esto me lo dice mi instinto. Desde que comencé a investigar el escenario supe lo especial que iba a ser, aquella sensación de caso definitivo, de caso de los que marcan, que experimenté la misma mañana en que las llamadas de Joan me despertaron; esa sensación tan poco habitual otras veces se ha revelado como absolutamente cierta. Probablemente incluso más allá de lo razonable: me considero vinculado al caso, sí; como dijo Rosell, estoy atrapado por él. Pero es así porque en realidad, es «mi» caso. Nadie más que yo puede enfrentarse a sus circunstancias. No es una locura, por mucho que todo lo que me ha pasado me conduzca en esa dirección.

Tengo la tentación de ir directo a Martí Codolar y tener con el padre Pallarés una charla de las duras. El muy cabrón me ha mentido. Sabía mejor que nadie de la existencia de Emilio. Ignacito no era hijo de madre soltera, y esto plantea interrogantes a mansalva. Los inmediatos, puede que los más importantes: ¿por qué su mentira?, ¿por qué ocultar la existencia de un padre de familia del que acabó por convertirse en tutor legal? Pero hay muchos otros: conozco la legislación sobre incapacidad. La figura del tutor se suele circunscribir al ámbito familiar, primero al cónyuge: Eva Pozales, su mujer. Si ella estuviera impedida o hubiera fallecido, sus padres, sus abuelos, sus hermanos, todos ellos eran susceptibles de convertirse en tutores de Emilio. Y, por encima de todo, ¿qué lleva a una mujer a abandonar a su marido, a renunciar a la paternidad de su hijo, a esconderse como sin duda estuvo haciendo tantos años? ¿De qué huía?

Esto es lo que hay que averiguar. Nadie toma medidas tan drásticas si no tiene motivos extremadamente poderosos para ello. Y veo un paralelismo entre la situación actual, rodeados de cadáveres, envueltos en un misterio de momento impenetrable, con ese pasado que nos rodea por doquier y señala un paradójico camino de regreso al futuro. ¿Al futuro? Es un camino de dos direcciones en el que me hallo, con una salvedad: no sé dónde está el delante y tampoco dónde está el detrás.

Para averiguar cosas sobre Zábel tengo diversas opciones. La directa, intentarlo por el Departamento de Personal. Eran otros tiempos, sí, los de los postreros estertores del franquismo, y entonces la policía dependía de otra institución diferente, no como ahora en que la policía catalana depende de la propia comunidad autónoma. De aquella vieja policía hubo quien pasó a la nueva, sí, pero otros permanecieron en la antigua, que con los años acabó por borrar las huellas de su estadía por Barcelona: apenas queda una estructura mínima dedicada a labores de extranjería, fronteras y poco más: restos de la Administración del Estado en la descentralizada España. No será fácil, por tanto, acceder a archivos de otra época y de otra institución policial; aunque hubo en su momento malentendidos entre ambos cuerpos, más por cuestiones políticas que por voluntad cierta de sus integrantes, y pese a la armonía actual, resultará difícil encontrar su rastro. Difícil, pero no imposible.

Sin embargo, hay otras vías al margen de las oficiales. Existe un mundo alejado de los archivos, el mundo real, el mundo de las personas. Creo que debe de haber antiguos compañeros de Zábel en activo, gente que conviviera con este hombre y que conociera su historia, sobre todo al ser esta tan extraña, tan fuera de lo normal. No serán muchos los que sigan en activo: Zábel nació en 1940, tendría hoy, en el año 2008, sesenta y ocho años. Si la suya hubiera sido una vida normal, debió de haber sido un jubilado más desde hace ya tiempo. No ocurrió así. Y dejó de trabajar en el setenta, muchos años atrás, quizá demasiados para que su recuerdo se mantenga vivo en los pocos compañeros que queden de entonces.

¿A quién acudir? De entrada tengo dos opciones. Uno, mi propio comisario. Rosell es un veterano con el culo pelado y fue de los que se integró en la actual Policía desde el anterior cuerpo. Es una buena opción, pero prefiero evitarla. No está su voluntad en este expediente, no acabo de fiarme de él. Esta situación le quema y quiere olvidarla cuanto antes, no desea más que archivar el caso. No, vía cerrada. Tendré que buscar otra posibilidad. Pienso en Fornells, otro de los veteranos, mi primer jefe, que ya está jubilado. Un hombre afable, siempre fue muy adicto a los suyos; su capacidad policial era prodigiosa. Llegó hasta arriba como los buenos, paso a paso y sin olvidar la calle. Estuve a sus órdenes al principio, en la comisaría de Nou de la Rambla. Entonces en el edificio viejo, antes de su traslado a las nuevas instalaciones. Y fue mucho lo que me apreció: ya entonces, al margen de mi don particular para resolver lo irresoluble, le gusté, vio en mí a un joven con los ojos abiertos al mundo, permeable a cualquier buen consejo, un buen proyecto de policía. Siempre decía que las personas somos perpetuos proyectos de nuestras profesiones y que por desgracia suele ser a la hora del adiós justo cuando los proyectos se han tornado perfectas realidades. Sí, Fornells es la mejor opción.

Tengo que localizarlo. Guardo su número en el móvil, basta con marcarlo. No importa que no haya hablado con él desde el día de su despedida. Lo hago. Suena el timbre de llamada tres, cuatro, cinco veces, salta el buzón de voz. Insisto. Nada. Llamo a su casa. Tampoco. Perra suerte. ¿Dónde estará? ¿Estará en Barcelona? Quizá se haya ido a algún viaje, como hacen tantos jubilados. Pero no lo creo, ha sido hombre de costumbres fijas, de reglas inmutables, nunca le gustó viajar, del mismo modo que odiaba la política, no soportaba a esos perros pequeñitos que no paran de ladrar, le provocaba acidez el alioli y le caían gordos los curas. Lo único que aguantaba Fornells fuera del trabajo, trabajo que siempre le gustó, era a su señora, una mujer que, según sus propias palabras, tenía más paciencia que el santo Job con él y con sus cosas, siempre andando por ahí a deshoras rodeado de lo peorcito de la sociedad.

¿Dónde solía ir Fornells a estas horas? Al Londres, su bar de cabecera. Unas olivitas y un vinito, o dos, tinto rojo y con profunda alma. Pasara lo que pasara eso no se lo quitaba ni el mismísimo fin del mundo. Nada se pierde por probar. Así que conduzco hasta la misma puerta del bar, aparco sobre la acera y dejó la identificación de la Policía en el salpicadero del coche. Antes de entrar en el bar, una ojeada al móvil. No hay respuesta. María me esquiva. Se esconde. Mi amor, te necesito, vuelve por favor, no me dejes solo… Adentro.

El bar está medio vacío. No es la hora punta, apenas es media mañana, sirven comidas y es pronto para que los parroquianos ocupen sus mesas habituales. En la barra, al fondo, cerca de la caja registradora, por donde se ubica el reservado de los camareros, un hombre lee el periódico con aire distraído, saltando páginas, ojea solo los titulares, no está su mente en lo que hace. Tiene un cenicero delante, donde reposa un purito medio consumido, y le acompañan, en efecto, un vaso de vino medio vacío y los huesos de las aceitunas en el platillo. Es Fornells. El viejo ex comisario pasa parte de sus horas en un rincón que casi lleva su nombre. Eso nos acaba pasando a todos: cuando la costumbre deviene en norma, acabamos por convertir determinados lugares en propios. Ese lugar de la barra es el lugar de Fornells y, seguro, está siempre libre y a su disposición, como si la fuerza del hombre que lo ha hecho suyo estuviera siempre presente, reservándolo para él. Me acerco. Observo a mi viejo superior. Algo más gordo, el pantalón atrapa la tripa dividiéndola en dos; algo más calvo, unos escasos cabellos grisáceos y lacios se alborotan sobre sus orejas; los dedos amarillentos de fumador eterno son humedecidos por una lengua gorda y blanquecina para adherir las páginas a la piel de los dedos a la hora de pasarlas. No me mira, pero sé que ha advertido mi presencia. Sin apartar la mirada de las páginas de deportes, adonde acaba de llegar, me habla con esa ronquera característica que cualquiera consideraría más propia de un protagonista de novelas de Marsé que de un hombre respetable y de bien. Golpea repetidamente las noticias con su índice mientras habla.

—¿Has visto, Ossa? Los periodistas deportivos siguen intentando convencernos de que, si el mundo gira, es gracias al puñetero fútbol. La madre que los parió.

Cierra y pliega el periódico, y lo deposita sobre otros dos que, sin duda, ha estado hojeando antes, con tanta desgana como este último. Se revuelve en su taburete para observarme a gusto. Sus ojos están cansados, pero no de la escasa luz del bar, solo parcialmente encendida. Su vista es buena y sigue sin necesitar gafas, está cansado de estar aburrido, ¿puede el hastío presentarse hasta dominar la existencia de uno? Sí, Fornells es la prueba. Los hombres de hoy dicen que la conquista del tiempo libre es el objetivo primero y máximo para alcanzar la felicidad; los ademanes constreñidos por la carencia de deseo que exhibe Fornells demuestran lo contrario.

—Hola, David.

—Fornells.

—Me alegro de verte, chaval. ¿O ya no eres tan chaval?

—Nunca dejaré de ser el chaval inexperto que entró un día en tu comisaría pensando que el mundo era suyo. Y aún menos olvidaré lo poco que tardé en poner los pies en el suelo gracias a ti.

—Eso es bueno. Olvidar es un imperativo de la edad, pero solo debe hacerse cuando no quede otro remedio y la batalla ya sea inútil, tan inútil como acabaremos por serlo todos. Mientras, ahí estamos, lo que fuimos nos hace ser como somos.

—Mucha filosofía, Fornells, se nota el tiempo libre.

—Sí, se nota. Y no es para bien. Una pena que no me guste el golf. Qué le vamos a hacer. Las barras de bar son a la vez vertederos de amor y pasamanos para ancianos.

—Eso que has dicho me recuerda a una canción.

—No me digas, pues no me he dado ni cuenta. Joder, ¿ni para originales estamos ya? Qué desilusión… Oye, David, espero que hayas venido a darme algo de conversación y no a hundirme en la miseria de mi senilidad.

El comisario no ha cambiado. Sigue ágil, quizás un poco más ácido que de costumbre, tiene razón en que el tiempo libre no ha sido una conquista para él, puede que más bien sea un castigo.

—No, no he venido para eso.

—E imagino que tampoco lo habrás hecho para ver qué tal andamos.

Sonrío. No picaré aquí. Lo aprecio y lo conozco demasiado. Fornells no es un hombre de compañías: siempre amó la soledad, trabajaba bien con los suyos, pero le gustaba la independencia de ser el jefe. Sé por otros que también fue así de

331

joven, estas formalidades no serán la trampa en que caiga ahora.

—He venido a hablar de una historia que solo puedes conocer tú.

—Vaya, vaya. Debe de ser entonces historia antigua, de la época de las Cruzadas.

—Más o menos.

—Soy viejo, pero no el que más; y hay otros, y más cercanos a ti, que podrían hablarte de casi cualquier cosa que pudiera yo saber.

—Es posible.

—Y entonces, qué.

Es curioso. Acabo de comprender de dónde ha salido esa costumbre mía de realizar preguntas secas, cortantes. Es Fornells. Mi viejo maestro. Trabajé con él unos cuantos meses, no llegó a año y medio, y no siempre mano a mano, y de repente comprendo que el viejo creó un heredero de su estilo sin darse cuenta de ello.

—Hoy es tu día, Fornells. Hay motivos para que te haya tocado a ti. Tengo que hablar contigo sobre un policía de los setenta.

—De los setenta... Otra época. Ha llovido desde entonces. Pero quizá no lo recuerde, éramos muchos entonces, y más que fuimos luego. Dime de quién se trata.

—Zábel. Emilio Zábel.

—Zábel... Sí.

La mirada de Fornells se pierde en el vaso, puedo ver cómo regresan los recuerdos a la mente del viejo comisario, y comprendo de inmediato que la historia que voy a escuchar no será agradable.

—Lo recuerdas.

—Sí. Lo recuerdo. Los viejos siempre recordamos las historias tristes con mayor facilidad que las alegres. Y la historia de Zábel es de esas.

—Cuéntamela.

—De acuerdo. ¿Sabes una cosa, David?

—Dime.

—No hace demasiado tiempo y poco antes de mi jubilación estuvo aquí mismo, conmigo, otro hombre, muy de tu estilo, pero este era un escritor, no un policía. Enrique Alonso, se llamaba. Y de lo que hablamos, pues no se trataba de Zábel, claro, pero sí de otra historia del pasado. Es curioso cómo suceden las cosas. Empiezo a pensar que no soy más que un viejo archivador con pies, un cuentacuentos, un charlatán. Qué cosas pasan... Pero antes...

Atrae con un ademán la presencia de un camarero, que sin mediar palabra le sirve un nuevo vaso de tinto peleón. Vacía la mitad del contenido de un solo trago, lo saborea en un buche antes de tragarlo, deposita el vaso en el mostrador. Ya está preparado.

—Emilio Zábel. ¿Por dónde empezar?

—Como siempre, por el principio.

—El principio. Veamos. Primero te hablaré de Emilio, y luego te contaré su triste final. Zábel. Recuerdo su figura, recuerdo su cara. Un hombre fuerte, a los de ahora quizás os parecería bajito, pero entonces un tipo de metro ochenta era un hombre de talla. Y era de complexión ancha, no tanto por huesos como por músculos; frecuentaba algún gimnasio donde practicaba el boxeo en el Poble Nou. Tenía unos brazos capaces de partirte en dos y la nariz rota, creo que llegó a disputar algunos combates de aficionado, dicen que tenía buena mano, estilo, y sobre todo, aguante. Fíjate: todo un señor inspector entrenando con los mierdecillas de boxeadores de entonces, que eran gente de barrio sin un lugar donde caerse muertos. Solo boxeaban aquellos dispuestos a recibir unas buenas mantas de hostias por no tener nada de nada que perder. Curioso. Se ve que la afición le venía de crío. Era otra época y el boxeo aún se consideraba un deporte con poderío, aunque en los setenta ya empezaba a perder su tirón, su popularidad. Y en los ochenta ni te digo, lo estigmatizaron por completo hasta casi hacerlo desaparecer.

»Pero me despisto, volvamos al tema. Zábel comenzó su carrera en la policía a mediados los sesenta. No soy capaz de ajustar la fecha, quizás en el sesenta y tres o sesenta y cuatro. Era un tipo curioso, para la época, quiero decir. Un hombre con estudios, no un cualquiera. No venía con enchufe de nadie, solo con el aval de su trabajo. Para la época, mucho. Los policías de entonces éramos de dos tipos. O muy afectos al régimen, o

333

muy profesionales en nuestro trabajo. Quiero decir con esto que para progresar solo cabían esas dos posibles actitudes: una de ellas era ser más franquista que Franco, y la otra ser muy bueno en el trabajo, tanto que nadie te discutiera nada. Zábel era de estos. De cara a la galería política, lo justo, como hacíamos todos, a ver si no. Pero en su trabajo era un tipo con instinto, quizá demasiado formalista. Quiero decir que no era de guantazo fácil por mucho que le gustara el boxeo, era un hombre de procedimientos.

»Bueno, Zábel fue progresando. No estaba en mi comisaría, no al principio, y luego solo coincidimos unos pocos meses en la del Eixample, pero ya sabes como somos, nos gustan los cotilleos, y cuando alguien destaca por un extremo o por el otro todo se va sabiendo. Tuvo la suerte de resolver un par de casos complicados, uno de ellos fue sonado en la época: un viejo maquis recién salido de prisión se cobró venganza en aquellos que lo jodieron al meterle en la cárcel quince años antes. Ese maquis actuaba como un fantasma, un asesino invisible que Zábel solo pudo atrapar después de una larga investigación y de correr muchos riesgos. Con este y otros casos menos importantes, la leyenda de Zábel como buen policía fue creciendo lo suficiente para presentar una posible carrera de peso en el cuerpo. Se confiaba en él, y con motivo.

»Se trataba de un hombre metódico; el orden es fundamental para nuestro trabajo, cuántas veces te lo habré explicado cuando llegaste al Raval. Pero era, además, un tipo con cierta intuición. Yo no lo catalogaría como genial, no tanto como eso. Su intuición tenía su base en las asociaciones de ideas. Esto me lo explicó cuando coincidimos esos pocos meses en el Eixample. No puede decirse que nos hiciéramos amigos, solo éramos conocidos, compañeros de trabajo, de una edad parecida, alguna vez tomamos juntos copas en el Boadas, en el Jamboree, esos sitios de entonces. Nos llevábamos bien. Sin más. Bebía lo justo para ser simpático sin emborracharse, jamás lo vi perder el control. Contaba pocos chistes, pero los contaba bien. Con los jefes tenía la mano izquierda suficiente para no ser ni un servil ni un indiferente. En resumen, un tipo majo al que le gustaba su trabajo en una época en la que había mucho cabrón suelto en el cuerpo.

»Te dije que estuvimos juntos en el Eixample. Esto debió de ser en el 68, quizás. Poco tiempo. No más de seis meses. Si nos hubieran dejado juntos otros seis meses más, hubiéramos acabado siendo buenos amigos. Las guardias nocturnas siempre acababan por crear lazos entre nosotros. Ahora es distinto, localizados en casa o presenciales en comisaría, pero entonces ya sabes cómo eran: salíamos, nadie nos pedía cuentas, llamábamos de vez en cuando a la comisaría por si acaso y con eso nos quedaban horas de diversión por delante. Durante el franquismo ser policía era una garantía de independencia y casi de impunidad. El caso es que la cosa quedó ahí. Yo seguí una temporada en el Eixample y él se fue al Barri Gòtic, justo a tu comisaría.

»Nos vimos de vez en cuando, quizá tres o cuatro veces; pero ya la chispa de antes se había esfumado. El estaba de novio con una chavala que, por cierto, era muy guapa, lo de las noches ya no le atraía. Y acabó por casarse. Recuerdo que se hizo una cena de despedida, pero no pude acudir: tuve que ir a Madrid, ya no recuerdo bien por qué. Hablamos por teléfono, y esa fue la última vez que lo hicimos.

»Ahora, a lo que realmente te importa: la historia que llevó a Zábel de la gloria a la nada. No puedo contártele con exactitud, no por los años, que también, sobre todo porque no la conocí de primera mano; de hecho solo supe lo que pasó cuando ya hubo concluido todo. Verás, parece ser que le tocó en suerte uno de esos casos raros de la época, un asesinato múltiple. ¿Recuerdas *El Caso*, aquel periódico que se dedicaba en exclusiva a vísceras y similares? Pues lo hizo portada diaria durante todo un mes, con todas las investigaciones al descubierto; tuvimos algún topo que les soplaba los datos del asunto a cambio de pasta, esto también era muy de la época. Fue un filón que levantó la atención, mucha, demasiada polvareda. Zábel tuvo que lidiar con la presión de jefes muy forzados a resolver el asunto, figúrate. Fue un escándalo que la policía no lograra solucionar un caso de tanta resonancia, una muestra de debilidad intolerable en un difícil momento político.

»Parece ser que todas las pruebas indicaban que aquello había acabado en un tipo que asesinó a otros y que luego, arrepentido, se suicidó. No supimos nunca por qué, pero Zábel

335

sostenía que esa versión no era cierta, que existían otras alternativas, lo que supuso un fuerte enfrentamiento con sus propios jefes. El caso se cerró en contra de su parecer. Y bueno, hasta aquí no es nada fuera de lo común, esto nos ha pasado a todos. Lo malo vino después. Después de este caso, Zábel comenzó a tener problemas. No te puedo concretar exactamente qué le pasó, yo estaba a lo mío, pero sí sé que discutió con sus jefes, que tuvo problemas en su matrimonio, hablaron de peleas, de conflictos de pareja, quizás hubo lo que entonces llamábamos alguna mano larga y que ahora se llama malos tratos, quién puede saberlo. Y después se vio forzado a dejar la policía. ¿Por qué? Ni idea, no éramos nada transparentes por aquel entonces: eso de un policía con problemas era lo último que podía trascender hasta en el interior del cuerpo. ¿Rumores? Hubo de todo, claro, contra eso sí que no se puede luchar. Unos maledicentes y con mala leche, que cuando alguien destaca y luego se estrella es un pim-pam-pum; otros quizá dieron en la diana, imposible saberlo. Zábel estuvo de baja una temporada larga y luego, sencillamente, desapareció. Así, como suena. Se esfumó como humo llevado por el viento: está aquí un instante y luego su presencia se borra en mil pedazos hasta desvanecerse el recuerdo de que existió.

—Me has dicho mucho y no me has dicho nada.

—Son muchos años, David. Pero, por encima de los años, lo principal es que no fue un asunto que conociera bien. Mucho rumor y pocas certezas convierten verdades en cuentos de viejas.

Qué mierda me está contando. Me meso los cabellos. Cualquiera en mi situación, con los datos disponibles, tendría forzosamente que realizar conjeturas. Hay similitudes. ¿Coincidencias también? Necesito más datos.

—Fornells, necesito encontrar el expediente del caso Zábel.

—Buah, lo tienes crudo. ¡Hace casi treinta años de eso! En esa época los ordenadores no estaban ni en la imaginación del más visionario de nosotros. El expediente físico existirá, seguro: un legajo lleno de mil folios metido en el fondo de cualquier estantería, rodeado por otros miles de expedientes similares. Y, además, me hablas de otra época, a saber dónde están ahora todos esos papelotes.

—Dime cómo los localizarías, si tuvieras que hacerlo.

—Hombre… Supongo que es posible que los trasladaran de la sede central de la Policía Nacional a un nuevo destino, cuando se hizo el repliegue previo al despliegue final de la policía autonómica. Esos documentos no pueden ni destruirse ni perderse así como así. Pero, claro, a saber dónde los tendrán guardados.

—Alguien debe saberlo.

—Sí. En Documentación podrían orientarte, seguro que lo pueden localizar…, si es que realmente necesitas hojear ese expediente.

—Correcto. Me pondré a ello de inmediato.

Me incorporo del taburete y tiendo la mano al viejo expolicía. Fornells me la estrecha con fuerza, pero no la suelta: impide que consuma la despedida sosteniéndola entre ambas manos.

—David, antes de que salgas por esta puerta quiero que escuches un buen consejo. Muchos te di cuando eras un chaval, y espero haberte ayudado con todos ellos, pero este será el último, y de los más importantes que voy a darte.

Ay, ay. ¿También Fornells? Pero debo escucharlo, se lo debo, qué menos que eso.

—Escucho.

—Aunque estoy jubilado no soy ajeno al mundo. Empiezo a imaginarme de qué va tu caso y creo que, a veces, es mejor perder antes que insistir en lo imposible.

—No te comprendo.

—No es cierto. Sí me comprendes. Pero aún no has pensado en ello.

—Si me dices esto, será por alguna razón.

—Claro. Son tus ojos. Es tu mirada. Te miro y me asusta lo que veo.

—No te sigo.

—Eso es lo malo. Te lo diré de otra manera. No eres el primer policía que se ve en una de estas. Y cuando se llega hasta el punto en el que estás tú, solo se pueden hacer dos cosas: retirada, que es lo prudente, o seguir adelante sin saber lo que puedes encontrarte.

—Fornells, de verdad que no comprendo qué quieres decirme. Habla más claro. Y dime a qué te refieres cuando hablas de este punto, ¿acaso has estado tú en una situación semejante?

—No. Yo, no. Pero otros, sí. Pocos. Zábel fue uno de esos. En cuanto a lo de hablar claro, lo estoy haciendo lo mejor que puedo.

—Fornells, me estás enredando.

—David, estoy mayor, pero todavía leo algo más que la prensa deportiva. Este caso tuyo es raro, raro de cojones. Y probablemente en esta madeja te has enredado tú solo. Puedes intentar deshacer el nudo, poco a poco, o hacerlo de golpe, como aquel de la Antigüedad, no recuerdo el nombre. Sí, puedes cortarlo. Esto está en tu mano. Basta con dejarlo correr. Pero si de verdad te empeñas en deshacerlo, busca más datos, busca el expediente de Zábel.

Un instante de silencio entre nosotros. Medito el consejo de Fornells, lo aprecio en lo que vale, lo dice con el corazón. Pero debo continuar.

—Aunque encuentre el archivo, debe de haber, como bien has dicho, miles de expedientes. Localizarlo será dificilísimo.

—Puedo darte una pista: 1969. Y el nombre de expediente. Se llamó, como es habitual, con el nombre del asesino. Fue el expediente Claramunt. Tendría que constar en el lomo. Junto con el año, y la clave «A», de asesinato. Han pasado años y todo esto no ha cambiado, solo que ya no se escribe a mano, ahora todo se ha informatizado. Así lo encontrarás.

Por fin me suelta la mano. Los dedos de Fornells son gruesos. Su constitución es algo similar a la de Rosell, manos anchas también, de currante. En el dedo corazón hay un grueso anillo de oro, brilla en la relativa oscuridad del Londres con una fuerza inusitada, atrapa mi atención, pone mi mente en estado de fuga hasta al punto de dejarme ausente. ¿Tendrán razón? ¿Será mejor abandonar? Entonces, una voz poderosa llega a mi mente y alcanza todos los rincones:

Busca.

Qué intensidad. Es como el perro de caza al que mandan rastrear y cobrar la pieza: todo el ser del animal se convierte en olfato, la misma vida pierde significado si es fuera del rastreo. Levanto la mirada y me encuentro con los ojos de Fornells, son de un azul apagado, qué contraste con el fulgor del oro. Es el mismo contraste que hay entre la vida y la muerte. Encontrar el expediente es prioritario. Me despido con un gesto. Alcanzo a verlo negando con la cabeza para sí mismo. No importa, no importa, no importa, adelante y a por todas, a por él, y cuanto antes, mejor.

54

*H*ora: once de la noche.

Lugar: Archivo Histórico de la Policía Nacional.

Posición: sentado en suelo, rodeado de documentos.

Estado: primero, perplejidad; después, confusión absoluta.

Podría seguir, pero antes, recapitulemos cómo he llegado aquí.

He empleado el resto de la tarde en conseguir localizar este viejo archivo. Es una verdadera suerte que los archiveros de la policía autonómica me hayan proporcionado la pista necesaria para localizarlo. Resulta de todo punto lógico que entre ellos haya reuniones, conferencias, congresos, una relación personal, conocimientos concretos entre los archiveros del mundo de la biblioteconomía. Gracias a estos compañeros he conseguido algo más importante para llegar hasta aquí que mi propia autoridad como inspector de un cuerpo de policía hermano, he logrado la confianza entre quienes me han recibido. Sí, una gestión del archivero de tarde me ha franqueado el paso sin problema, incluso había contactado con sus colegas de control en la recepción para avisar de la llegada del inspector Ossa. Mucho tiempo ahorrado gracias a esta gestión, nada de explicaciones, directo al sótano tercero. Allí mi anfitrión me ha situado con una explicación somera sobre la distribución del lugar; él trabaja en un piso superior, donde se encuentran los archivos más actuales, los que están aún vivos, aquí abajo solo quedan restos momificados de las miserias del pasado. Lo normal sería que el archivista me ayudara, pero encuentra en mi mirada más un ruego que una sugerencia. En cualquier caso será difícil encontrar el expediente: cuando fueron trasladados solo se guardaron en función de la fecha anual, no hubo mayor orden en su colocación, ni por fecha ni orden alfabético, bien pudiera estar el primero o el milésimo de su estantería. Podría llevarme horas.

Manifiesto mi necesidad de encontrarlo. Si es necesario pasaré la noche entera en el lugar. El archivero ofrece su colaboración para cualquier necesidad que se le presente y, acto seguido, me abandona en el enorme sótano no sin recordarme que él finaliza su jornada a las ocho. Aunque mi llegada conste en el registro de entrada y no en el de salida, avisará al turno de noche de mi presencia en el archivo para evitar cualquier problema o malentendido.

Aquí están almacenados todos los expedientes anteriores al año 1980. Es un espacio de unos mil metros cuadrados y de tres metros de altura, repleto de estanterías nombradas cada una de ellas con el año de los expedientes que allí reposan. ¿Cuántos habrá? Miles. Según se avanza hacia el fondo del archivo, se desciende en los años: más cerca de la escalera los más recientes, alguna rara vez puede ser preciso consultarlos, pese a que los crímenes que hayan quedado sin resolver ya hayan prescrito. Al fondo están los más antiguos, los que se remontan a la posguerra. Pese a mi deseo de buscar inmediatamente el expediente Claramunt, he paseado primero por el archivo deambulando de allá para acá. El pasado histórico ejerce un atractivo indudable. Es fácil contemplar en los lomos de los expedientes las diferentes caligrafías. De repente, he sentido un aviso: «Última oportunidad». En cuanto me ponga a buscar el expediente, aunque pasen horas, acabaré por encontrarlo, y entonces lo sabré todo. Y quizá todo lo que sepa implique que ya no pueda dar marcha atrás.

No.

Esto no es cierto.

Ya hace días que no puedo detenerme.

Si he estado paseando por el archivo antes de ponerme a ello es porque tengo miedo. Me imagino lo que puedo encontrar. Pero tengo que hacerlo. Si no lo hago, sé que será mi voz la que me urja. Por tanto, basta de pasear y vayamos al grano. Todos debemos asumir nuestro destino, de nada sirve dilatar los plazos.

Situado frente al primero de los archivadores del año 1969, comienzo a avanzar fila tras fila. Esto me llevará un buen rato. Hay cinco archivadores con ese año, cada uno tiene seis estanterías, en cada estantería puede haber sesenta expedientes, y los archivadores son dobles. Esto supone unos tres mil seiscientos expedientes. Y tengo que hacerlo con calma, apresurarse es peligroso, la prisa es la peor enemiga. Me recuerdo a mí mismo adolescente una vez recuperado del incidente en la mina del Soplao: cuántas veces mi precipitación natural me hizo cometer errores; en mi etapa estudiantil fue frecuente, en especial el año anterior a mi llegada a la facultad. Nada de apresurarse. Tranquilidad. Le dije la verdad al archivero, estaré allí el tiempo preciso. Y para ello emplearé una táctica desesperante, pero que no me permitirá error alguno. Leeré preferentemente en voz alta el nombre de cada expediente. Cuando me canse, lo haré mentalmente, será lento, pero esto implicará que no me dejaré ninguno en el camino.

No es un mal truco. Lento y seguro. Pero cansado. La primera media hora aguanto bien, pero según avanzo los nombres comienzan a borrarse, a entrecruzarse, a confundirse. Algunos lomos están casi borrados, no se distinguen las letras. Me veo forzado a extraer los expedientes de la estantería para comprobar los datos del frontal, en algunos casos incluso tengo que abrirlos y confirmarlos en el interior. Al rato necesito detenerme y frotarme los párpados. Los nombres se apelotonan en mi cabeza y debo cerrar los ojos un rato, ya están cansados. Estos días son largos y la tensión acumulada, tan poco patente al comienzo del caso, ha ido dejando un poso, imperceptible al principio, pero su ascenso ha sido constante y ha amenazado con anegar la bodega de mis recursos.

Descanso diez minutos. Después, arriba de nuevo. Pasa otra hora. He terminado con la cuarta estantería. Queda la quinta. Empiezo con ella y una idea insidiosa asalta mis pensamientos. ¿Y si no lo encuentro? ¿Podría estar en otro año? ¿Se pudo producir una confusión en el momento del traslado? ¿Será claro el recuerdo de Fornells? Por supuesto, todo es posible. Pero me exijo despertar, debo volver en mí. Ese es un pensamiento que revela mi dispersión mental, por fortuna lo he localizado a tiempo. Uno no debe pensar en lo que pueda suceder antes de haber agotado las posibilidades previas a que ello suceda. De nuevo vuelvo al trabajo, atento y concentrado: Pascual, Llucmajor, Riera, Sans, Montoliu, García, este sin número, el 3-135/69. No puedo dejar pasar los numerados. Debo abrirlos todos. Puede que Fornells esté equivocado.

Poco antes de las diez y media lo encuentro. Casi de los últimos, maldita suerte haber decidido comenzar por los archivadores más próximos a la puerta en lugar de haberlo hecho por los alejados, mira que lo pensé cuando estaba caminando por el archivo justo antes de decidirme a comenzar. Perra suerte. Me duelen los ojos, estoy cansado. Ha sido peor que un entrenamiento. Ocho kilómetros a ritmo de 1'45", o unas series de quinientos metros a 1'30", no me hubieran machacado tanto. ¿Cuántos días hace que no salgo a correr? Ya ni lo recuerdo.

Y ahora viene lo peor.

Deposito el expediente en el suelo, en el centro del pasillo. Qué clásico resulta. El lomo está atado con dos cordeles. Podría ir con él al piso superior. En la sala de consulta tendría mejores medios para estudiarlo: luz clara, utilizan lámparas de xenón, última tecnología, es menos agresivo con los documentos antiguos y su claridad lunar acaba por convertirse en adictiva para aquellos que se pasan la vida trajinando entre legajos. Sí, una mesa cómoda, una silla con respaldo, algo de comer y de beber, ir al lavabo, un receso de quince minutos sería bienvenido. Cualquiera lo haría. Sí, cualquiera que no sintiera en su interior el deseo y el miedo entrelazados como lúbricas serpientes subiría tranquilamente en el ascensor al piso superior. Pero cuando los sentimientos se dejan crecer y se alimentan a sí mismos perdemos todo control y acabamos por convertirnos en peleles, zarandeados por fuerzas indomables que nos superan. Para la mayoría esto sucede con el amor. Pero esto es una máscara que oculta otra verdad más profunda y esquiva, no es el amor quien nos controla, es la pasión que hemos vertido sobre él la que lo hace, y esa pasión es infinitamente menos intensa que aquella que pueden provocar otras emociones como el odio o el miedo.

Observo el expediente.

Detecto la corriente de temor que se establece entre ambos, un intrincado tejido entre el documento inerte y el cuerpo vivo

JULIÁN SÁNCHEZ

que lo observa. La cualidad de esta unión no requiere de la vida. Gran parte del deseo que experimentamos en la vida se vuelca sobre objetos inanimados.

Solo tengo que dar un paso, tomarlo entre mis manos, deshacer ese viejo nudo y todo el contenido será mío. Entonces, sabré.

Tardo cerca de diez minutos en reunir el valor necesario. Me siento con la espalda apoyada en el archivador, lo coloco sobre mis rodillas y, bajo la pálida luz que zumba y crepita proveniente de los fluorescentes, desato el lazo que lo cierra.

El caso Claramunt está, por fin, ante mí. El Zábel que fue, también.

344

55

El expediente comienza como todos. Una profusión de datos en diferentes carpetas desgrana el caso Claramunt. No están por orden, parecen haber sido consultados en alguna otra ocasión y guardados apresuradamente, sin el menor cuidado. Pese a los años transcurridos, la estructura del expediente no difiere de la actual. Todo está inventado. Han cambiado los recursos para aproximarnos a los diferentes casos, pero no la organización policial. Busco el informe general, es el elemento descriptivo que podrá explicar de qué va este caso, qué lo convierte en especial. Aquí está, una carpeta gruesa. La abro y leo:

> Identificación: inspector Zábel.
> Caso: Claramunt.
> Tipología: asesinato múltiple y posterior suicidio.

En este momento me da un vuelco el corazón. Pero tengo que comprobarlo, no puedo quedarme con esta primera impresión. Sigo adelante, buscando lo que voy a encontrar me guste o no. Mi mirada vuela sobre las líneas, escritas muchas de ellas a mano. Seguro que es la letra de Zábel: es elaborada y angulosa, tan personal como su rostro, una letra de colegio de curas y caligrafía desde parvulitos adaptada al carácter de su dueño, la misma del lomo del expediente. Sí, vuelo, paso las páginas plenamente concentrado. Mi mirada se desplaza sin duda y sin dejar nada atrás; la esperada sombra del miedo hace pronto su aparición, esto no es posible, esto no puede estar pasándome, no puedo creer lo que ven mis ojos.

Mes de mayo de 1969, apenas un mes después de su boda con Eva Pozales. El azar se desliza subrepticiamente y deposita un extraño caso en la bandeja del inspector Zábel, el caso Claramunt.

Es increíble.

¡Es imposible!

No puedo dar crédito a la lectura del informe. Si no supiera que es completamente cierto, diría que se trata de una elaborada broma, que estoy siendo víctima de una conspiración; pero no, no es eso, no se trata de una broma, y tampoco puede ser una casualidad. Entonces, ¿qué está pasando aquí?

Xavier Claramunt es un hombre de clase media sin problemas aparentes. Vive en la zona noble de la derecha del Eixample. Tiene trabajo, está casado y tiene tres hijos. Parece que no se droga, apenas bebe, asiste a misa los domingos. En política es afecto al régimen. Sin embargo, un día coge un cuchillo y asesina a tres personas: a su esposa y a una pareja de amigos, y luego se suicida. No comete un asesinato corriente. El informe del forense describe una serie de acciones rituales sobre los cuerpos de las tres víctimas; luego reproduce en sí mismo una de esas terribles heridas y, finalmente, se quita la vida. Por fortuna, los hijos de Claramunt no se encuentran en la casa. Han evitado una muerte segura.

Zábel realiza la investigación rutinaria sobre el caso. Toma declaraciones, entrevista a los vecinos del lugar, nadie sabe nada, nadie oyó nada, excepto un vecino que sacaba la basura en ese momento: oyó lamentos, luego gritos, llamó a la puerta, no le contestaron, se asustó, regresó a su casa y avisó a la policía.

¿Asesinato y suicidio? Sí. En principio está todo claro. Claramunt se carga a los tres y luego se abre las vísceras, el cuchillo está junto a su cuerpo. No parece haber habido ni entradas ni salidas en este escenario. La policía no tardó en acudir, menos de una hora. Ahí está el primer atestado. ¿Qué se encontraron? Un revoltijo de cadáveres en distintos lugares de la casa. Aquí hay fotografías. Son muertes crueles: a una pareja le cortaron pies y manos; a la otra se la evisceró. En este caso todos los intestinos estaban esparcidos violentamente alrededor de los cadáveres; es extraño contemplarlos emergentes del abdomen como una flor. No deja de ser hermosa, pero es una flor

346

del mal. Baudelaire, en sus excesos, atisbó la putrefacción interior que oculta la más excelsa apariencia exterior. Esto es algo similar.

Sigo leyendo, sin parar. Seguro que encuentro más horror. ¿No me falta algo? Hay similitudes, pero no coincidencias. No, no, no es cierto, aquí, justo aquí, es terrible. A Claramunt le faltaban los ojos, los encontraron en su estómago. El escalofrío regresa, la evocación del primer momento en el escenario vuelve a mí; lo hace con gozo, con cierta crueldad, se apodera de mi cuerpo mientras se me cierran los ojos y descienden las manos hasta mis piernas, donde acaba descansando el informe forense. Mientras, me invade mi viejo y desconsiderado amigo. El escalofrío me recorre toda la piel, de nuevo erizada; nuevamente resulta de una intensidad terrible. Atisbo las cartas marcadas que configuran mi destino, las veo allá, lejos, baileoteando. Me esfuerzo por reconocer su contenido, por entrever una simple pista que me permita escapar de esta realidad que comienzo a odiar y que me tiene atrapado, pero dan vueltas y vueltas alrededor sin permitir este deseo. De nuevo es una burla, qué locura estoy pensando, qué locura estoy viviendo. Tiene que haber una explicación, deseo aferrarme a ella y regresar al mundo real. No dejaré que estas visiones puedan conmigo. David, David, siempre hay esperanza, debo creerlo.

Según se va esfumando la sensación, con sus postreros coletazos recorriendo mi espalda y mis piernas, a medida que el control regresa y permite que me recupere, abro los ojos, y no sin miedo, pues no sé ya qué esperar. ¿Imposible e increíble? Inconcebible. Me siento un peón: ese es mi papel en el drama. Pero hasta los peones pueden obtener el más glorioso premio, transformarse en dama. Hay esperanza. Debo saber.

Estoy tan nervioso que me levanto, doy unos pasos indecisos, más bien involuntarios, unos metros para soltar la tensión. Lo físico puede servir para expurgar lo mental, nada como sudar un buen rato para liberar tensiones. Aquí no hay espacio ni tengo el deseo de hacerlo, pero el inconsciente me ha puesto en pie, y he cedido ante su mandato. Algo más sereno vuelvo a agacharme, en cuclillas. Recupero los documentos, los tomo entre mis dedos con cuidado, como si pudieran morderme. No lo hacen, son solo papeles.

347

Sigo. Observo los pasos de Zábel. Lo hago con atención. Investiga el entorno, como lo hice yo, y no obtiene nada. No hay posibles relaciones extramatrimoniales, ni de él ni de ella. Los amigos tampoco tienen vidas extraordinarias, eran gente bien. Mucha documentación y poco interés. Más. Sigo, cambio de carpeta. Estos antiguos policías eran gente ordenada. Veo otra carpeta en la que pone: «Conclusiones». Esta es muy delgada, apenas tres páginas. Veamos el final: locura pasajera que conduce a asesinato múltiple; una vez recobrada la razón y ante la magnitud del acontecimiento, suicidio. Se adjunta un perfil psicológico sobre Claramunt. Es de las primeras veces que debió de hacerse en esa época, pues todavía se miraba a psicólogos y psiquiatras como a los aprendices de brujo, bichos raros capaces de contaminarte con ideas extravagantes al acercarte a ellos. Habla de ataque psicótico, un brote que le obliga a cometer ese triple asesinato. Pasado un rato, el brote se atenúa. Ante el remordimiento, se suicida de idéntica manera a como mató a su mujer, y no contento con ello, como signo de culpabilidad y negación, se extrae los ojos de las órbitas y se los traga, es una manera de evitar contemplar la realidad. El arrepentimiento llega y tortura a las personas. Claramunt pagó su locura en los demás y en sí mismo.

¿Psicótico? Claro, aparentemente sí. Es un comportamiento que solo puede calificarse de esta manera, pero esta aproximación justificativa es irreal; si padeciera un brote psicótico, este no cedería sino con tratamiento, medicación. Y esto a medio plazo. De no hacerse así, podría durar meses, años, toda una vida. También chirría. Es un informe que busca cerrar el caso, no hay una explicación a la que agarrarse, no tiene validez.

Ahora, el informe forense. Veamos la descripción de las heridas. Es importantísimo, está aquí. De nuevo mi mirada vuela en sus conclusiones: nada importante. Es eminentemente descriptivo, no enjuicia, solo relata, lo hizo una mano profesional; sin embargo, falla en su base, son cimientos de arena sobre los que se levanta la orgullosa torre del saber, da igual su contenido, nada puede negar la realidad de las fotografías. El perfil es idéntico, no hay heridas en los brazos. No se defendieron. Ni un solo corte al margen de las amputaciones y una herida profunda en el corazón de los cuatro cadáveres.

… Dios mío, si existes, tú a quien siempre ignoré, si velas por los tuyos, dígnate proporcionarme una explicación, a mí, que te pido perdón de rodillas, con humildad, no me niegues. Nunca rechacé que pudieras existir, pero tampoco te busqué. No supuse que realmente llegara a necesitarte. Pensé que la vida transcurriría sin más hasta las horas finales y que entonces, si realmente existes, iba a ser cuando te encontrara. Quizá no merezcamos tu atención. Estoy perdido, divago, y siento temor, la sensación de ser una hormiga. Recuerdo los sueños de cuando era un niño, esas pesadillas angustiosas donde uno se ve a sí mismo de un tamaño reducido y contempla un mundo gigantesco que se cierne inexorable hacia sí. La sensación de inmensidad es tal que de ahí surge la angustia. El miedo a lo desconocido no es tan terrible como la certeza de no ser nada. Eso no puede expresarlo un niño, pero sí sentirlo. Ese es el temor que me invade. Ese es el temor que siento ahora. Qué va a ser de mí…

Unas lágrimas pasean delicadamente por mis mejillas, caen con dulce tranquilidad, llevadas por un ritmo vital ajeno al tiempo, casi parecen flotar. El surco húmedo que dejan a su paso resulta eterno y crea un instante hermoso, ya que en el dolor también podemos encontrar belleza. Los sentimientos más delicados pueden saborearse con fruición. No sé ni lo que hago ni lo que pienso, todo esto son locuras.

Enjugo las lágrimas con la manga de la camisa. Limpio el rastro de su paso intentado borrar con su huella unos sentimientos desoladores. Quiero olvidar, perderme en un mundo diferente, borrar este pasado reciente que me persigue y que me empuja en pos de un objetivo incognoscible.

Ahora siento cierta claridad. No he sido iluminado, pero la tranquilidad ha llegado. Es su mano balsámica. No siento alivio, pero al menos he dejado atrás el pesar. Debo seguir. Ya sé más. Pero no es suficiente. Falta algo.

«*Busca.*»

Recibo la orden. Obedezco, como siempre. Tiene que estar aquí, en el expediente. Falta una pieza concreta, falta la certeza de Zábel. Paso las páginas, fisgo en las carpetas. Seguro que la encontraré. No debo dejar una hoja en su lugar hasta que aparezca lo que busco y necesito.

Y entonces caen dos hojas escritas a mano apresuradamente. Es la misma letra del expediente. Son las páginas de la verdad, las que condenaron a mi antecesor. Las leo. El pasado se completa con ellas y así se funde con el presente.

56

«*S*e me acaba el tiempo», es la primera frase. La letra ha cambiado. Presenta los mismos ángulos del informe, pero ha perdido el orden, no hay concierto, todo asomo de rectitud se ha desvanecido. La segunda frase es: «Y nadie me creerá». Al leerla comienzo a comprender la realidad sin conocerla todavía. No hace falta el conocimiento pleno de algo para asumirlo en plenitud, proyectado desde Zábel sobre mí, para aquel que debía heredar su tarea, que soy yo, David Ossa. A mí me tocó. Continúo leyendo.

Se me acaba el tiempo. Y nadie me creerá. Yo mismo no pude creerlo durante un tiempo y, si yo no lo hice, ¿cómo podrán hacerlo otros? Pero, si niego lo que he visto, si niego lo que sé, estaré traicionándome. Y eso tampoco puedo hacerlo.

Este caso, el caso Claramunt, al que añado estas hojas una vez cerrado el expediente, no se acaba en sí mismo: llegará al futuro. Llegará a otro. Es así. No puede discutirse. Quizás ese otro lo lea. ¿Serás tú? ¿O serás una persona distinta que, si lo lees, pensarás como los demás, que estoy loco? Da lo mismo. Esto se escribe para uno en concreto. Lee y juzga según tu experiencia y tu vivencia. Este texto es para ti. Nadie más vendrá a buscarlo, aunque algún otro pudiera encontrarlo. Si lo lee la persona inadecuada, no lo entenderá. Es solo para ti. Quisiera poder ayudarte con él. Ojalá lo consiga. Y recuerda que, para dejarte esta nota, tuve que arriesgar mucho, tanto que acabé por perderlo todo.

Escucha: lo importante es creer en uno mismo. Siempre pensé que esa era la clave de la vida, aquello que nos permitiría ser capaces de hacernos mejores a nosotros mismos. Por eso, cuando comencé a experimentar aquello que nadie experimentaba, dudé. Dudé mucho, pero no podía dejar de creer en mí. Pero ¿de qué estoy hablando? No hago sino divagar. Debo centrarme.

Claramunt no asesinó a sus amigos y a su mujer y luego se suicidó. Todos creen esta versión, y la han hecho suya, hasta el punto de convertirla en verdadera. Esto pasa con frecuencia en la vida de las personas. ¿Quién no ha imaginado una mentirijilla sin importancia que ha crecido hasta cobrar visos de verosimilitud, pasando de ahí a incorporarse a los recuerdos propios en plenitud de derechos? Pero se equivocan. Por completo.

Claramunt mató a los otros tres, es cierto, pero aunque fue su mano la que lo hizo, no fue su voluntad. Alguien, o algo, tomó posesión de su voluntad y ejecutó un designio indescifrable, y ese alguien buscó un testigo al que cederle la responsabilidad de detener la cadena de muertes que se prolonga en el tiempo. Nadie cree esta versión, solo yo lo hago, y por ella me he enfrentado a todos mis compañeros y a mis jefes. Dudan de mí, sin razón desde mi perspectiva, con toda la del mundo desde la suya. Pero claro, solo yo he experimentado los eventos extraordinarios que, desde el inicio del caso, me han acompañado. Si ellos hubieran vivido lo que yo he vivido, su percepción habría sido diferente.

No. No podía ser de otra manera. Solo hay un testigo. Solo hay uno que pueda detener la secuencia. Esta vez soy yo.

¿Qué o quién ha sido? No lo sé. No con exactitud. Sé que es real, que tiene entidad física, o al menos la he experimentado. ¿Una sombra? ¿Un movimiento? Está siempre cerca, la siento rondando, parece adosada a mi persona. Al principio, me costaba percibirla; luego menos. Es una presencia que me acompaña justo allí donde casi llega mi vista; cuando giro de improviso la cabeza, atino a contemplar fugazmente su desaparición, pero solo ves eso, el rastro de su huida, su ausencia, nunca la veré de frente.

Tú, tampoco.

¿Cómo lo hizo? Lo desconozco. Pero Xavier Claramunt estaba con su mujer y dos amigos, se levantó, tomó un cuchillo y acto seguido asesinó con saña a los tres, que no intentaron defenderse. No hubo heridas defensivas. Y murieron en la misma habitación. Tampoco intentaron huir, como hubiera hecho cualquier persona normal al verse acosada por un agresor armado con un cuchillo; permanecieron inmóviles esperando la muerte. Un acto así solo puede ejecutarse sobre personas privadas de toda volición. Esto es un hecho. ¿Por qué lo hizo? Aquí comienzo a sentir, pues no lo sé a ciencia cierta, alguna idea que poder transmitirte. Escucho su voz, lejana, menos esquiva que su presencia. Descartó la locura. El pensar que solo un enfermo puede escuchar voces misteriosas que le hablan carece de importancia, tú ya lo habrás vivido, sabrás de qué te hablo. A veces será en sueños; otras, despierto; unas veces de día, y otras, de noche. No importa, cuando ella quiera se dirigirá a ti, cree en lo que te diga. Te diré lo que hoy sé: es un juego mortal que se prolonga desde tiempos antiguos. Según transcurren los días es más fácil entenderlo, se dirige más a mí, se acentúa el monólogo, hace tiempo que dejé de contestarle, de nada sirve hablar con ella.

¿Qué me ha pasado? He escuchado voces. Me han perseguido sombras. He visto la muerte. Nada puede ser igual. Todo esto es mucho. Pero lo peor es saber que tu semilla llevará el veneno hasta el futuro. Eso es lo insoportable. Ahí radica el dolor. Toda mi lucha será contra el futuro.

¿Qué será de mí? Lo desconozco. En primer término, puedo imaginarlo. Intenté convencer a los demás, y lo hice, sí, pero de no de la verdad, sí de mi locura. Y, por tanto, como loco seré tratado. No importa. Queda una esperanza. Eva. Solo mi mujer creerá lo que me ocurre. Ella y otro hombre. Él los ayudará. Los protegerá. Cuidarán de mi ángel. Harán lo que tenga que hacerse para proteger al niño. Su destino será diferente. Ese es mi sueño. Con esto resistiré. Por todos ellos.

Tú, lector mío, compañero desconocido, escucha: todos nacemos marcados. Es inevitable. Tenemos un papel en el juego de la vida y de la muerte. Pasa la vida, y pasará la mía, y entonces, cuando el momento se acerque, sé que vendrá a mí. Lo hará de frente, no se esconderá, dejará de jugar como lo hizo conmigo y como estará haciendo ahora contigo. Eso lo sé seguro. En cuanto al resto, ¿servirá de algo expresarlo aquí? A los que no me creen les dará igual. No importa. Nadie puede vencer a la muerte. Es imposible. Es la reina. Pero tenemos una carta guardada. Una voluntad firme puede acabar con todo esto para siempre. Exige lo imposible. Yo no puedo hacerlo. Pero intentaré engañarla.

Nada más puedo decir. Lo he releído. Es poco claro. Lo siento. Que tengas suerte.

Finalizo la lectura de las hojas. Zábel me ha mandado un mensaje a través de los años. No es nítido, pero sí suficiente para mantenerme en una dirección. Hay cosas que no entiendo, pero otras me reafirman en mi papel. No sé quién lo hizo. No importa. Sea lo que sea, es real. Cómo lo hizo ya lo sabemos, de alguna manera anula la voluntad de todos y dispone de ellos. ¿Por qué? Sí, la sensación de juego, de apuesta, está ahí. Debe de haber algo más, no puede ser algo tan trivial. La vida tiene un valor superior y no puede entregarse con ligereza, pero adivinarlo queda, de momento, fuera de mi alcance. En cuanto a nuestras experiencias comunes, Zábel ha vivido sensaciones similares, puedo entender su desesperación, su duda, su miedo. ¿Y eso de la semilla? ¿Qué puede ser peor que verse inmerso en una experiencia como esta? Nada que pensar. De momento no lo entiendo. ¿Tendrá que ver con Pozales? ¿Con Eva y con su hijo? ¿Intentó apartarlos de sí, alejarlos del influjo del mal? ¿Por eso llevaba otros apellidos, otra vida, sin nada que los conectara con su padre y esposo? Tiene que ser algo así. Esta debe de ser parte de la explicación. ¡Pero no toda! Determinadas piezas comienzan a encajar. Pensaba que Eva y su hijo Ignacio huían de la sombra de Emilio Zábel, y lo hacían, sí, pero no por miedo, huían por amor, estaban en connivencia. Y no solo eso, hubo otra persona que los ayudó.

Pallarés. El cura. Su papel en la historia es clave. Él sabe lo que los demás ignoran. Lo supo desde el principio. Es el verdadero testigo de este drama. Y a los testigos se los cita cuando llega la hora.

Como ahora.

NOVENA PARTE

Presente

57

El oratorio es un lugar sombrío. No tendrá más de cincuenta metros cuadrados. Un pequeño altar frontal sobre una tarima custodia el plateado sagrario con forma de almendra situado en una hornacina donde se guarda la sagrada forma. Hay bancos, tres por cada lado. El recinto podrá albergar a unas veinte personas, probablemente se celebren misas para los residentes.

Escasa iluminación: velas en el altar, dos diminutas capillas laterales guardan un icono de aspecto oriental, la de la izquierda, y una figura de la Virgen, la otra. Hay en estas cierta luz difusa que converge hacia ellas. Esa es toda la escasa luz de la capilla.

A la derecha, en la segunda fila, una figura está arrodillada, con los codos apoyados en el respaldo del banco delantero, con los puños cerrados sobre la frente. Las cuentas de un rosario asoman parcialmente entre los dedos. Recuerdo entonces a la señora Casas, también ella rezaba. Cerrados los ojos, ora en silencio. Sus labios se mueven maquinalmente sin que palabra alguna alcance a ser oída.

Avanzo hacia él sin hacer ruido, no lo hago subrepticiamente, no es mi voluntad disimular. Si actúo así es por costumbre, recuerdo de mi infancia. El respeto hacia los lugares sagrados pervive en los que fuimos escolares de centros religiosos, como es mi caso y el de gran parte de mi generación. Tomo asiento junto al hombre, a su izquierda. Es el estremecerse de la madera al recibir mi peso lo que alerta de mi llegada al padre Pallarés, que abre los ojos apartando las manos de la frente. El cura me contempla. Soy un visitante inesperado. Puedo ver cierto pesar en él, y una pizca de disimulada curiosidad. Se incorpora para sentarse junto a mí, guarda el rosario en un bolsillo de la sotana, respira hondo, aguarda observándome. Dos días atrás hubiera comenzado esta conversación con un tono muy diferente. Creí haber sido engañado por la omisión del padre Pallarés. Ahora he cambiado de opinión. Conozco nuevas informaciones que conceden un papel diferente a este hombre. Quizá debería sentir más conmiseración que rabia hacia él. Comenzaré, por tanto, con prudencia, incluso con respeto.

—Padre, creo que tiene una larga historia que contarme.

—Inspector Ossa. Hay historias que es mejor para todos no revivir, permitir que se olviden entre los recuerdos de los ancianos. La muerte se las llevará cuando a estos les llegue su hora.

—Ya es tarde. Es la hora de asumir mi papel en todo ello. No se puede evitar.

—Eso no es cierto. Todo se puede evitar. Es cuestión de voluntad.

—Ni la voluntad ni el deseo de otras personas han impedido que llegara hasta aquí. No queda otra. Así son las cosas.

—Podría apelar al secreto de confesión.

—Es posible. Pero ¿serviría de algo? ¿Vale la pena ocultar la información al heredero del papel de Zábel en este drama?

—¿Qué quiere decir?

Percibo alarma en su voz, y también sorpresa.

—Me ha entendido perfectamente. Digo que aquello que sucedió ha vuelto a pasar. Y digo que aquello que hizo Zábel me ha tocado hacerlo ahora a mí.

El padre Pallarés me observa, pensativo. En su pensamiento se está formando una resolución. Todo rastro de duda, ausencia, incluso de vejez, ha desaparecido de su rostro. Sus ojos brillan agudos a la luz de las velas, y el perfil de su rostro adopta un inusitado aspecto de ave de presa.

—Dígame qué sabe.

—Mucho. Localicé la partida de matrimonio de Eva Pozales y de Emilio Zábel. He leído el expediente del caso Claramunt. He encontrado una nota de puño y letra de Zábel dirigida a un supuesto heredero de su carga. Sé que fue incapacitado. Sé que sigue vivo. Y sé que su tutor es usted.

—Y… ¿del caso?

—Lo mismo que supo Zábel. Las mismas experiencias. Idénticos temores. La sombra también me ha visitado.

—También… Entonces…

—Debo saber, padre. Quiero saber dónde me encuentro. Me merezco saber a qué me enfrento. Qué menos.

—Yo…

Duda: su firmeza inicial se ha desvanecido, como si todo aquello que ahora conozco fuera demasiado para él. Debo urgirle.

—Hable, padre. Es el momento. Una anciana me dijo, al principio del caso, que ella era una testigo, que había vivido un tiempo prestado para transmitirme una información concreta. Entonces no la creí, la tomé por loca, me parecía imposible que pudiera ser cierto lo que me dijo; ahora sé que era verdad, sin atisbo de duda. Ella cumplió con su parte. Cumpla usted con la suya. Vayamos, si lo desea, a un lugar más tranquilo, y hablemos.

—No, hablaremos aquí. Es el mejor lugar para hablar de estos temas, la casa de Dios es un santuario. Quizá fuera de ella no pudiera hacerlo.

—Comience entonces.

—Lo haré. Pero me costará.

—No vengo a juzgarle, padre. Solo busco ayuda. Y le daré todas las facilidades que pueda.

El cura se pasa la mano sobre los ojos, se acaricia las sienes con los dedos, abre la boca un par de veces para cerrarla después. Realmente no sabe por dónde comenzar. Decido darle una pista. Eso siempre ayuda.

—Dígame cuándo conoció a Emilio y a Eva.

—Oficié su boda en abril de 1969. Eran miembros de mi parroquia, vivían en la misma calle Rocafort, a tres manzanas del colegio, en la esquina con Consell de Cent. Pero la relación con ellos venía de más atrás: Eva era una mujer serena, centrada, también religiosa, asistía a misa con regularidad, yo era su confesor. Emilio no era religioso en lo profundo de su ser, para él se trataba de una formalidad social que había que cumplir, lo hacía sin gusto, pero tampoco con hastío, él no se confesaba nunca…, hasta el final, claro. Entonces sí lo hizo…

—No se adelante.

—Disculpe.

—Dígame cómo supo lo referente al caso Claramunt.

—En su momento fue tan célebre como el caso Pozales. Pero no supe que el encargado de la investigación era Emilio hasta que comenzaron los problemas. Fue Eva quien, una tarde, es como si pudiera verla ahora mismo, se me acercó al salir de la iglesia y me pidió poder hablar un rato. Le señalé el confesionario pensando que se trataba de eso, pero negó con la cabeza, me dijo que era algo más grave, que necesitaba consejo y discreción. Subimos al camerino de la Virgen, estaba sobre la iglesia, allí nadie nos molestaría. Pensaba, mientras subíamos la empinada escalera, que debía tratarse de algún problema de pareja, aunque me resultaba extraño, Emilio era muy considerado para la época, creo que estaban muy enamorados.

—Pero no se trataba de asuntos de pareja.

—No. Era algo más grave. Emilio estaba volcado en el caso Claramunt. Me sorprendió saberlo, pero podía haberle tocado a cualquier inspector, él era uno de tantos. Llevaba varias semanas casi sin pasar por casa, apenas a ducharse, dormir algo y cambiarse de ropa; eso los días que pasaba. Eva estaba muy inquieta, sabía que el trabajo de Emilio podía tenerlo ausente incluso días, pero siempre llamaba, explicaba la situación, y ella entonces sabía a qué atenerse. En cambio ahora estaba descuidado. Eva me dijo que estaba ausente aun estando presente. Entendí lo que me dijo al instante. Le apunté que quizás estaba obsesionado, y ella lo confirmó.

Cierto. Y no puedo evitar corroborarlo.

—Al principio no es así, es un caso más; sin embargo, según pasan los días y se suceden los acontecimientos extraños, uno comprende que hay algo oculto. Es entonces cuando llega la obsesión.

—Sí. Eso lo entendí después, cuando supe más y me hice una composición de lugar más completa. Eva me pedía ayuda, dijo que Emilio me respetaba, que conocía mi mediación en muchos problemas sociales del barrio, dijo que intentara hablar con él, que me haría caso. De entrada, en esta primera visita no me habló de sus rarezas, aunque ya las tenía. Eva pensaba que si lograba extraerlo del caso todo se reconduciría. Pobre. Qué equivocada estaba.

—Habló con él.

—Sí. Lo busqué en la comisaría. Tuve que esperarlo toda una tarde. Al verme, se sorprendió, pero de inmediato comprendió el motivo de mi visita. Detecté que estaba nervioso, pero intentó tranquilizarse, y no fue arisco ni agresivo, más bien estuvo comprensivo, como si fuera lógico que yo estuviera allí. Cuando ya me iba, habiéndole arrancado la promesa de ir a su casa esa misma tarde, me llamó, me acerqué. Entonces pasamos a una sala donde me relató unos acontecimientos que me pusieron los pelos de punta. Emilio Zábel estaba enloqueciendo, eso es lo que pensé. Sentí pesar por esta pobre pareja, por él, cuya locura estaba fuera de toda duda, y por ella, que llena de amor lo esperaba sin saber el terrible cambio que iban a sufrir sus vidas.

—Entiendo. Cómo creer semejantes cuentos.

—Así es.

—Pero surgen unas preguntas inevitables. Usted creyó. ¿Cuándo? ¿Cómo? ¿Por qué?

—Espere. Llegaremos a eso. Déjeme primero decirle que durante una semana estuve muy encima de Eva, completamente a su disposición. Emilio casi no pasó por casa, sus buenas intenciones se quedaron en eso. No lo hizo por crueldad, lo hizo por no contagiar esa misma maldad que lo rodeaba. El mundo de Emilio se desmoronaba. No tenía a qué asirse y las… llamémoslas experiencias, eran más frecuentes. Pensaba que estaba enloqueciendo. Acosado por sí mismo, sin saber qué hacer, se presentó un atardecer en el colegio. Eran más de las diez. A esa hora la portería está desierta. Los curas residíamos en las celdas del tercer piso, pero la insistencia de sus golpetazos en la puerta acabó por hacer que el director bajara a ver qué ocurría. Los hermanos lo conocían de vista. A través de la cancela expresó con urgencia su necesidad de verme, no podía esperar a la mañana siguiente. El director cedió a su requerimiento y me informó sobre su deseo. Le hicimos pasar a la llamada sala roja. Emilio, más calmado al verme, se dejó conducir sin problema.

—¿Qué pasó allí?

—Venía con una carpeta repleta de documentación. Contenía papeles antiquísimos, hojas ajadas, repletas de moho, y otras más modernas, de su puño y letra estas últimas. Me las tendió con un escueto: «Lea». Lo hice. Pasaron dos horas hasta que hube leído primero, y digerido después, lo que Emilio me había traído. No daba crédito. A veces, al acabar una de las hojas, levantaba la cabeza para observar a Emilio: su mirada era neutra pero se adivinaba el conflicto; estaba latente, lo acompañaba. Había perdido la referencia horaria. Salí al exterior. Rondaban por allí un par de hermanos. Solicité agua y algo de comer y les pedí que, una vez que hubieron satisfecho mis deseos, nos dejaran solos. Ellos lo hicieron, algo reticentes, recordaban el estado de cierta agresividad de Emilio al llamar a la puerta. De hecho, dudaron, pero la figura de un Emilio sentado en el interior de la sala roja con aspecto de estupefacción los convenció. Nos dejaron solos. Entré en la sala y me sorprendió la reacción de Emilio.

—¿Por qué?

—Yo había hablado con mis hermanos en voz baja y lejos de la puerta, aseguro que no hubo más que un susurro, era imposible que Emilio hubiera oído nada, pero lo había hecho, dijo que agradecía mi buena voluntad, que la soledad era imprescindible para poder hablar de este tema, y que al notar que se asomaban a mirar había adoptado ese aspecto de tranquilo pasmo. Le hice ver mi sorpresa, y repuso que su sensibilidad había aumentado considerablemente en los últimos días, que era capaz de captar conversaciones distantes y de intuir otras cosas más extrañas todavía.

—Sí. Así es. Pero para mí no es nada nuevo, me viene ocurriendo desde que era niño.

—¿Desde niño?

Su sorpresa es genuina. Me he precipitado al dar rienda suelta a mis emociones. No debo distraerlo.

—Sí. Siga.

—Bien, hasta esa noche, Emilio Zábel era, para mí, un hombre que estaba enloqueciendo. Solo eso. Pero ¿qué llevaba a la locura a un hombre perfectamente sano unas semanas antes? No es extraño, se conocen casos similares. Nosotros, los salesianos, tenemos relación con instituciones mentales, conocemos estas realidades. Pero... Los textos que Emilio me trajo parecían verídicos. Y hubo otras cosas, más tarde.

—Dígame primero de qué trataban las hojas.

—Me hizo leer dos informes. Uno era el del caso Claramunt: recogía sus impresiones, venía el informe forense, investigaciones posteriores, todas esas cosas propias de su trabajo.

—Y las otras.

—Había dos textos diferentes, unos eran periodísticos, pertenecían a *El Noticiero Universal* y a *La Vanguardia*. Se trataba de unos recortes de prensa pegados sobre folios en blanco. En ellos se recogía el misterioso asesinato de cuatro personas en una barraca del Guinardó, no muy lejos de dónde estamos ahora. Los otros documentos consistían en unas hojas parcialmente rotas sobre la investigación de estos. La fecha de las noticias del periódico era septiembre de 1930.

—No puedo creerlo.

—Créalo.

—Los tiene usted.

—No. Emilio se los llevó. Me dijo que había encontrado la documentación sobre ese crimen después de días de búsqueda en los viejos archivos de la policía, pero que, tras el incendio de 1939, durante los bombardeos de Barcelona, apenas quedaba documentación del periodo anterior a la Guerra Civil. En su momento se dijo que se trataba de un incendio deliberado destinado a borrar huellas de ciertos crímenes cometidos por personas de la alta burguesía de la época, quizá tuvieran razón. Apenas se salvó nada anterior a 1939: miles de hojas sueltas, muchas medio borradas por el agua empleada por los bomberos.

—¿Cómo supo que tenía que mirar atrás en el tiempo?

—Y ¿cómo lo supo usted? No importa el camino, importa haber llegado. Y Emilio llegó. Como usted.

—Pero, entonces... Esto significa que...

—Así es. Puede que la serie de muertes no comenzara con el caso Claramunt. Solo Dios conoce, en su infinita sabiduría, todos los extremos de estos hechos.

58

*E*sta revelación está suponiendo un duro golpe para él. No es un hombre joven, aunque sí lo parezca a mi lado. Yo ya soy un anciano y bien que represento mi edad, pero me despisto, divago. Observo que esa seguridad que hasta ahora lo acompañaba parece desvanecerse: padre-nuestro-que-estás-en-loscielos-santificado-sea-tu-nombre... Pero no. Esa letanía debe quedar atrás. No es momento de oración. Guardamos silencio un par de minutos. Imagino que el inspector Ossa estará intentando asimilar las novedades, más le vale hacerlo de inmediato: antes de que finalice nuestra entrevista aún habrá otras.

—¿Se encuentra bien?

—Sí. Estoy sorprendido por sus revelaciones y me siento acuciado por mi ignorancia, pero necesito que siga. Hable. Cuénteme por qué creyó usted.

¿Contárselo? ¿Debo seguir? ¿Realmente debo explicárselo? Sí. Quizá sea ese mi papel en el orden de estos acontecimientos.

—Está bien. Zábel, Emilio, me pidió que comprendiera su situación, estaba muy preocupado por Eva. Temía que, si enloquecía, ella pudiera sufrir cualquier peligro por su parte, esa posibilidad le tenía completamente desesperado. Si todo era cierto, le daba miedo que el peligro para su mujer viniera no de él, sino a través de él. No se atrevía a acercarse a su mujer. Por si esto fuera poco, Eva estaba embarazada, de dos o tres meses, extremo que Emilio desconocía. Menuda papeleta. Toda la felicidad que deberían estar sintiendo se trocaba en desgracia. Una a estos problemas el deseo de sus jefes para que cerrara el caso con la solución de la enajenación de Claramunt como causa de todas las muertes, y comprenda las presiones que convergían sobre Emilio. Estaba completamente desbordado.

—Usted no pudo creer su historia sin pruebas más sólidas.

—¡No, claro! Reconocía las similitudes, cuatro asesinatos son cosa rara, pero ¿quién podría pensar en una relación? ¡Nadie en su sano juicio! Para mí, Emilio era principalmente víctima de una obsesión. La falta de pistas claras y ciertos aspectos un tanto oscuros de la investigación lo habían conducido en la dirección equivocada, por eso había escarbado en el pasado hasta encontrar algo similar a lo que agarrarse, así justificaba yo su estado. Sí, esta es la palabra exacta, una justificación. Pensaba, no sé, ayudarlo, internarlo en una residencia de las nuestras, que psiquiatras estudiaran su delirio, pero entonces Emilio me miró fijamente, con su mirada límpida, esos claros ojos azules me recordaron al cielo en un día despejado. Si su mente estaba reducida a la locura, en la mirada aún brillaba la libertad. Y entonces me habló.

—¿Qué es lo que dijo?

—Que entendía que no le creyera. Que contaba con ello. Y que debía demostrarme mi error. Para ello solo quedaba una salida.

—Joder. Cualquiera se hubiera asustado al escuchar algo así en ese momento.

Casi sonrío al escuchar a Ossa, no por el taco que ha pronunciado, también yo los pronuncié años atrás ¡y en abundancia! No, es por el recuerdo evocado. El tiempo pasado atenúa la percepción de lo vivido. En aquella época, desde luego, no sonreí.

—Ya lo creo que me asusté. Casi me orino en la sotana cuando pronunció esas palabras. Pensé que iba a ser presa de su locura, que mi vida estaba en peligro, que iba a rebanarme el pescuezo allí mismo. Y sí, estaba en peligro, pero no a causa de él. Con una enorme tranquilidad, incluso con desenvoltura, me dijo que la sombra lo acompañaba permanentemente. Que se burlaba de él en todo momento. Fíjese, inspector Ossa, le hablaba una voz. Sin necesidad de ser un especialista recordé las psicosis, la esquizofrenia... Estas enfermedades mentales presentan esta característica, pensé que esto reforzaba mi diagnóstico cuando entonces...

—Siga.

365

—Emilio me hizo notar el calor.

—Sí.

—No eran noches frías, pero tampoco cálidas. La calefacción central del colegio se apagaba a las cuatro, una hora antes del cierre de las aulas, y eso cuando hacía frío de verdad; en otras ocasiones apenas estaba encendida unas horas por la mañana, el centro recibía gran cantidad de sol y eso bastaba para templar las clases.

»Deslicé la mano por mi frente, ¡y estaba sudando! Me sentí inquieto. Si Emilio no lo hubiera dicho, el calor habría sido una circunstancia curiosa, solo eso, pero en el clima de inquietud que me rodeaba atiné a comprender lo excepcional de la temperatura. Y la cosa no acabó allí. Dijo que a la sombra tampoco le gustaba la luz. Y no había acabado de decirlo cuando los fluorescentes de la sala roja comenzaron a oscilar, como si una mano burlona se dedicara a apagarlos y a encenderlos alternativamente. Esto fue demasiado.

»Me incorporé de un salto y avancé hacia la única puerta, bajo los fogonazos de los cebadores de los fluorescentes. En ese momento, algunas de las sillas que utilizábamos en la misa joven se movieron solas y cayeron ante mis pies. Si hacía un momento avanzaba hacia la puerta con ligereza, aseguro que entonces retrocedí como si la agilidad de la infancia reviviera en mis cansados huesos de, entonces, mediana edad, hasta acabar apoyando la espalda en la pared, justo debajo del crucifijo de nuestro Señor. «María Auxiliadora, ruega por nosotros, que la luz de tu pureza ilumine nuestro camino», comencé a rezar, como si tuviera delante un demonio, y así lo pensaba, sinceramente. Emilio se levantó, con cierta tristeza sus ojos se encontraron con los míos. En ellos leyó el miedo. Entonces ordenó un seco «vete». La luz se encendió. Y la sombra se fue.

—Padre, le confieso que comienzo a no entender nada. Lo que me está contando rebasa cualquier cosa que yo haya vivido. Yo… La sombra me ha perseguido, me ha atacado, pero esto es…

—Inspector Ossa, David, si me permites que te tutee. Me pediste que te explicara cómo creí en él. Comprende que, después de semejante demostración, no me quedó más remedio que hacerlo.

El inspector Ossa, David, deja caer el torso sobre sus piernas, no hay duda de que se siente vencido por estas revelaciones. Esta historia superaría al más templado. Envuelve con los brazos su cabeza mientras las manos se enredan entre sus cortos cabellos, murmura quedamente unas palabras. Mi oído sigue siendo bueno y alcanzo en parte a escucharlas: «Qué locura, esto no tiene sentido alguno. Esa sombra es una circunstancia, no es un ser, no es un ente, no es nada real; todo esto que está diciendo no son más que las locuras de un hombre del pasado transmitidas por otro loco en el presente. No puedo creer en todo esto, es imposible, no puede estar sucediendo…».

Siento compasión por David. De veras que quisiera poder ayudarle más allá de ser el simple testigo que soy y, sin pensarlo, le hablo.

—David.

Apoyo mi mano en su espalda. No es la primera vez que el contacto de la carne proporciona un asidero al consuelo; a veces las palabras son innecesarias, basta con el calor de otro ser humano. Así me lo ha demostrado mi experiencia en la vida parroquial.

—Escucha. Siempre hay esperanza. Quizá…

—Calle.

Su voz ahora es otra. Ha tomado una decisión. El tono de su voz es seco, poderoso, es un mandato policial cargado con todo el imperativo que pueda un hombre imaginar. Aparto mi mano como si me hubiera pasado una corriente eléctrica. David levanta la cabeza y me observa apenas a dos palmos de mi rostro.

—Conteste. ¿Volvió, en alguna otra circunstancia, a experimentar esa sombra?

—No.

—¿Se movieron sillas, se apagaron luces, sintió calor repentino en otra ocasión, con o sin Emilio Zábel junto a usted?

—No.

—Entonces nada permite corroborar que lo sucedido fuera real. Pudo haberlo imaginado. Pudo estar sugestionado por el propio caso Claramunt. Había visto las fotografías de los cadáveres, usted me lo dijo. La luz osciló algunas veces, tal y como hace cuando se produce un corte de corriente. Los cebadores de los fluorescentes se apagaban y encendían; les cuesta

367

arrancar. Eso creó una atmósfera inquietante, tuvo miedo, y quién no lo tendría en semejantes circunstancias. Quiso abandonar la sala y tropezó con las sillas, seguro que habría muchas, un simple roce de la punta del zapato podría hacer caer cincuenta sillas mal apiladas. Lo que Zábel dijera no fue más que el desvarío de un enfermo.

—¿Y el calor?

—La impresión, la tensión, nos hace sudar a todos. Usted está grueso, quizá no lo estuviera tanto entonces, pero seguro que nunca fue un hombre delgado.

—Es cierto. Sí. Pudo ser así.

¿Es una respuesta condescendiente? No lo creo, realmente quisiera creer en esta opción, lo he intentado durante años… aunque sin resultado.

—Ya me dijo que no guardó los papeles de Zábel. Son solo un recuerdo. Han pasado más de treinta y cinco años, y usted es un hombre mayor. Pasan los años y tendemos a borrar y confundir el pasado. Eso es lo que ocurrió. No otra cosa.

—David. Yo vi lo que vi.

—Sí, y yo también. Pero no conozco ninguna sombra que vaya por ahí de paseo fastidiando por capricho a las personas. Tiene que haber otra explicación. Y la voy a encontrar.

Se levanta con energía. El banco se mueve al hacerlo cuando sus pantorrillas lo empujan hacia atrás. Me contempla desde arriba, seguro que en mi rostro se leerá con claridad la confusión. Prosigue con su interrogatorio. Yo permanezco sentado, él está de pie.

—Pozales. Ignacio Pozales. ¿Por qué él? ¿Por qué el hijo de Zábel? ¿Por qué no otro? ¿Por qué todo esto?

—No lo sé. Emilio nunca me lo dijo. Solo me dijo que Eva debía huir, escapar, olvidar su pasado, poner a salvo al niño. Ella confió en mí. Tuvimos una última reunión unos días antes del parto, cuando Emilio ya estaba de baja. No vivía con ella, pululaba por pensiones de baja estofa del barrio chino, apenas comía, no malgastaba el dinero, todo era para Eva. Había insistido, en la policía, en su descabellada versión con el único resultado posible: lo tomaron por loco; tardaron en hacerlo porque era un hombre respetado. Al principio hablaron de manías, de tonterías, pero siguió erre que erre. Esta locura fue en aumento según pasaron los meses hasta desembocar en una crisis violenta y en su ingreso en un sanatorio. Eva, mientras tanto, desapareció, borró su rastro, cambió de domicilios, de trabajos, vivió como una madre soltera; su niño estudió en los salesianos gracias a una beca. Siempre me ocupé de ella, ayudándola en la medida de mis posibilidades.

—¿Ella supo por qué?

—No por mí. Algo. Quizá más de lo que yo imagino. Sabía que pasaba algo terrible, lo vio en los ojos de su marido. No le explique las revelaciones de Emilio, ¡cómo hacerlo!, pero era una mujer inteligente, tenía intuición, captó parte de la realidad y asumió que debía proteger a su hijo. Asumió que su marido no volvería. Mantuvieron una última conversación en la misma sala roja del colegio de los salesianos, en Rocafort. Fue muy breve, no más de cinco minutos. Yo no asistí a ella, esperé fuera, tras la puerta. Y Eva jamás mencionó su contenido. Solo sé que ella abandonó la sala en primer lugar, su semblante estaba serio, se adivinaban lágrimas en sus pupilas; me dio las gracias por mi ayuda y se marchó. Después salió Emilio. Estaba ausente, como ido, en verdad acababa de ver a su mujer por última vez. Su locura se hizo más acusada. Y pasado un tiempo, cuando fue evidente que debía ser internado, y como Emilio carecía de parientes directos y su mujer se esfumó para el mundo, yo asumí la tutela. Y durante años cubrí los pasos de Eva y de Ignacito, siempre que pude y estuvo a mi alcance.

—¿Hasta cuándo lo hizo?

—La última vez que la ayudé fue en 1986. Me dijo que la rondaba un hombre, se había encaprichado con ella. Tenía miedo. Me dijo que tenía hielo en los ojos y una mirada de asesino, que tenía negocios sucios en el barrio chino, que no podía rechazarlo, que quería huir pero no sabía ni adónde ir ni cómo hacerlo. Llevaba tiempo en aquel barrio, cerca del mercado de Sant Joan, y estaba a gusto. Me pidió que le echara una mano con la mudanza, pues si acudía a cualquier empresa ese hombre acabaría por localizarla antes o después. Le mandé a un grupo de seminaristas con el camión de los salesianos un sábado por la mañana para ayudarla a empacar. Sé que se fueron detrás del Tibidabo, a un piso en Sant Cugat, pero no volvió a

369

pedirme nada, nunca más. Entendí que se había librado de él y que, para borrar toda pista, era necesario que me mantuviera al margen. Si me necesitaba de nuevo, no tenía más que llamarme. Encontrar a un salesiano nunca resulta difícil.

—Ha dicho que era un hombre con mirada de hielo. Tengo que saberlo todo. Dígame si le dijo su nombre.

—Sí. Eso lo recuerdo bien. Era un tal Agustí Morgadas.

—Morgadas...

David ha retraído su cuerpo al oír ese nombre. Me da la sensación de que lo conoce, incluso ha apretado inconscientemente los puños. Está claro que no le despierta sentimientos amistosos. Parece reflexionar. Leo en su mirada una rápida evaluación de este dato. No es fácil contener mi curiosidad.

—¿Lo conoces?

Asiente, levemente.

—Sí. Pero eso ahora es secundario. Escuche, padre. Puede que Eva solo huyera de la locura de su marido, que estuviera asustada, que Emilio le diera miedo, con ese comportamiento, con esos cuentos: lo poco que debió de saber sería suficiente para que hoy un juez le concediera el divorcio. Debió de sufrir mucho, pasar mucho miedo...

—David, estás empeñado en buscar una explicación racional. Eso también lo intentó Emilio.

—Padre, no me toque las narices. Tiene que haber una explicación racional. ¡Es preciso! ¿No fue san Agustín el que dijo que el universo es la mayor expresión de la racionalidad de Dios? Así que déjeme encontrarla, o, por lo menos, buscarla. Y para ello tendré que hablar con Zábel. Usted sabe dónde está. Dígamelo.

—Hablar con Emilio... Eso no es necesario.

—Todo lo contrario. Es imprescindible.

—No lo entiendes. Él no está en sus cabales. Quizá lo estuviera años atrás, pero los años en reclusión acabaron por enloquecerlo. No obtendrás de él una frase coherente. Habla solo, divaga, su mente está perdida.

—No importa. Tengo que verlo.

—No. No debes hacerlo.

—¡Padre! ¡Debo verlo! ¿Acaso no entiende que él acabó así por vivir lo mismo que yo he vivido? Quiero pensar que ese no será mi destino, pero es necesario que lo descarte. Tengo que verlo para poder hacerlo.

Hemos llegado a un momento clave. Comprendo sus motivos, pero ¿ver a Emilio, en su estado? Es seguro que, tal y como lo hice yo con él hace unos minutos, lo hará él conmigo ahora. Estará viendo mi lucha interior, se marca la tensión en la comisura de mis labios, en el fruncido de mis numerosas arrugas de la frente, en la fuerza de mis dedos entrelazados con el rosario. Suspiro hondo antes de contestar. Así tendrá que ser.

—Está bien. Emilio está recluido en la residencia Massanet, que se encuentra en un desvío de la carretera de las Aigües, de camino hacia el Tibidabo; queda en el término municipal de Esplugues. El desvío no está señalizado. Deberás salir pasado el kilómetro siete, en una curva cerrada a mano derecha, por un camino de cemento.

—¿Me recibirán?

—La residencia está atendida por hermanas de María Auxiliadora. Son tan hijas de san Juan Bosco como lo somos nosotros. Llamaré para explicarles que Emilio tendrá una visita. Daré tu nombre. Pregunta por sor Esperanza. ¿Cuándo irás?

—Se lo agradezco. Iré ahora.

—¿Ahora?

—Sí.

—No. Sor Esperanza no lo permitirá. Es demasiado tarde.

—Haga lo preciso.

—David, no lo entiendes. No se trata de mí, se trata de ella. Allí es ella quien manda. Para ella lo primero son los enfermos. Mi influencia es limitada. Podría conseguir que te recibiera mañana por la tarde, a última hora, a las siete, acabada la hora de las visitas. Es un momento discreto. Imposible antes.

David contiene su impaciencia ante mi firmeza, que no es tal: sé que convencer a sor Esperanza me llevará cierto tiempo y mucha persuasión.

—Solo tendrás que esperar un día más, David. Un único día.

—Está bien.

Impaciente, inicia la despedida, pero levanto la mano para detenerle. David ha obtenido todo aquello que vino a buscar. He cumplido con ese cometido. Pero merezco algo más que su desaprobación. Solo faltaba. Que Dios me perdone por este pecado de orgullo.

—Espera.

—Sí.

—La llamaré, ahora, en cuanto te vayas. Pero antes, una cosa más. David, me juzgas mal. Lo noto. Me agradeces esta ayuda, pero tu juicio, no formulado, está bien claro. Me censuras. No te gusto. Pero quiero pedirte una cosa. Antes de marcharte, piensa en mí. Seguro que no lo has hecho antes, cuando menos no en los términos adecuados. Piensa en mí, hazlo, piensa en el padre Pallarés de aquella época. No mires al pobre viejo que tienes ahora delante. Imagina a un cura con menos arrugas, menos tripa, y piensa en su trabajo como profesor de un centro religioso, un simple cura de barrio, un hombre con compromiso social en una época turbulenta, no en el anciano que tienes ahora delante. La mía era una vida tranquila, regulada por los horarios de las misas y de las clases, una vida de oración, una vida en paz. Hasta el momento en que Eva vino a buscarme en demanda de ayuda y me cargó con el peso de un misterio irresoluble.

La mirada de David se hace diferente: me mira, sí, y parece hacerlo en profundidad, como si con ese simple análisis de mi figura pudiera, en verdad, complacer mi petición, retrotraerlo en el tiempo y ver a aquel que fui y no a aquel en quien me he convertido. Y ahora es él quien suspira.

—Creo que comprendo lo quiere decirme. No debió de ser fácil para usted. También usted, a su manera, tuvo que sufrir por todo lo pasado, y quizás aún lo hace.

—El miedo y la locura me han rondado todos estos años. Temí haberme equivocado, no haber adoptado las medidas correctas, temí… haber perdido la cabeza. No sé, no puedo explicarme mejor. No soy más que un pobre cura de barrio, no soy un teólogo, todo esto me vino grande desde el principio. Y ahora llegas tú. Intenté que no siguieras este camino. Pero ya ves. Yo… Verás, antes de que te vayas tengo que decirte una cosa más.

Me va a costar hacerlo. Parezco estar buscando una autorización. David parece interrogarme con la mirada. Es inevitable hacerlo.

—Nada de lo que diga podrá complicar más las cosas.

—Entonces, te lo diré. Visito a Emilio dos veces al año. Antiguamente lo hacía más, pero su estado, como ya te dije, ha ido empeorando con el paso del tiempo.

—Siga.

—A veces, Emilio dice frases coherentes.

—Y…

—Uno nunca puede saber si lo que dice tiene sentido o si carece completamente de él. En algunas ocasiones decía que no era yo la visita que esperaba. Se sentía decepcionado al verme, no enfadado… Bueno, a veces si lo estaba, enfadado, sí, pero parecía más decepcionado, como si realmente estuviera esperando a otra persona.

—Quiere decir que…

—Sí. Nunca pensé que pudiera pasar, recé para que no ocurriera, intenté desviarte del camino, pero tú averiguaste lo más importante y has venido hasta mí. Nada ni nadie te disuadirán en tu resolución. Bien, así sea: Emilio te está esperando. Esto es así como que hay un Dios que a todos nos juzgará. Tienes razón, no podemos evitarlo. Ve a verlo.

Asiente y emprende el camino hacia la puerta del oratorio. Pero no ha dado apenas dos pasos cuando de nuevo se vuelve para formular su postrera pregunta.

—Padre. Una cosa más. La última.

—Dime, David.

—Dígame si Zábel le explicó qué era la sombra.

—No. Nunca lo hizo. Le pregunté si se trataba del demonio. Yo lo creía. Me dijo que no. Que no era eso, que era otra cosa, pero que no sabía qué. Años más tarde, en el sanatorio, estuvo a punto de hacerlo, pero se arrepintió justo cuando iba a comenzar. Quizá fuera mejor así. Quizá sea mejor no saber.

Lo he dicho todo.

No queda nada que preguntar, nada más que pueda contarle al inspector David Ossa. Me siento extrañamente vacío por dentro, pero no satisfecho; estas no son esas revelaciones que proporcionan un poso de tranquilidad al que las realiza, cuando, al compartir uno su pecado, siente el peso de la liberación; al contrario, me siento cargado de pesar. David retrocede caminando sin quitarme el ojo de encima, como si hubiera en mí una fuente de maldad que lo acechara, y me pregunto si he hecho lo que debía, si no hubiera sido mejor manifestar locura, ausencia, ampararme en mi edad. David abandona definitivamente el oratorio y desaparece de mi vista. Ahora me quedo aquí, solo. Me arrodillo en el reclinatorio y cierro los ojos mientras aferro con fuerza el rosario, y rezo, con ganas, una y otra vez, hasta perder el sentido de las palabras: Dios-te-salve-María-llena-eres-de-gracia-el-Señor-es-contigo-bendita-tú-eres-entre-todas-las-mujeres-y-bendito-es-el-fruto-de-tu-vientre-Jesús...

59

*Q*uisiera poder decir algo, pero las palabras no acuden a mis labios. Tampoco mi cerebro, siempre tan bullicioso, está activo. Tenía tomada la firme resolución de visitar a Zábel, pero esta postrera revelación del cura me ha dejado desarmado. Tienen que ser los desvaríos de un loco. No, no de uno, de dos locos, Zábel lo está, pero también el cura. Nada más que eso. Retrocedo, en silencio, sin perder de vista al padre Pallarés, como si el darle la espalda pudiera suponer un peligro cierto, como si su presencia allí implicara la llegada de nuevas noticias capaces de socavar la estructura de mis pensamientos. Camino lentamente hasta la puerta del oratorio y levanto discretamente la mano en señal de despedida. El viejo ya no me ve: se ha arrodillado y reza. Algo asustado y muy intranquilo me dirijo a la salida de Martí Codolar. Me apoyo en el muro exterior. Ahora no llueve, una brevísima pausa en un día de perros. Hace fresco. Un viento frío del nordeste golpea mi rostro. En parte me alivia de mi confusión mental. He recibido demasiado, estoy noqueado, como los boxeadores. Zábel fue boxeador, qué mierda estoy pensando… ¿Podré con todo esto? ¿Qué pintará exactamente en esta historia Agustí Morgadas, el capo más temido del Barri Gòtic, el jefe de todos los negocios sucios de la ciudad? Es imposible que no haya una relación directa. Y, por otro lado, surge un problema trascendente, nada policial, y profundamente emocional. ¿Podré ir a ver a Zábel? Lo dudo. Necesitaré reunir fuerzas y valor. Manoseo el móvil en el bolsillo. Lo extraigo. No hay llamadas. Marco el número de María. Escucho de nuevo el sempiterno «apagado o fuera de cobertura». No puedo evitarlo: lo arrojo al suelo, desesperado. ¡Si por lo menos pudiera hablar con ella! María me ayudaría. Ella, con su natural sentido pragmático de la vida, me proporcionaría una orientación, podría señalar una dirección, seguro que acertaría. La capacidad de discernir con claridad el camino correcto se me esfuma por momentos, siento, de nuevo, que el caso se me desborda y el tiempo se me termina. Solo me queda un día antes de que Rosell cierre el expediente. María. Mi María. ¿Dónde mierda se habrá metido…?

No tengo tiempo para María.

Recojo el móvil, por fortuna no se ha roto, solo está apagado. Lo activo y emprendo la marcha. Ahora debo mantener un objetivo. Y este resulta muy sencillo.

¡Morgadas! Parece justo sentir que esta confirmación hecha por Pallarés tiene un sentido, que procede de un orden perfecto en sí mismo. Bien. Morgadas. Sí. Ahora comprendo aquel oculto recuerdo que sentí al contemplar la fotografía del zoológico. Se trataba de Morgadas, treinta años atrás. Los mismos rasgos, la mirada entre melancólica y violenta oculta tras la máscara de una fingida ausencia. La mirada de hielo que desmentía su apariencia de hombre insignificante. Una mirada que, leída por aquel que sabe de la vida, revela una decisión implacable. La mirada del mal. ¿Y qué? ¿Qué implica esto? ¿Una enorme casualidad? ¿O puede haber algo más? Esto debo averiguarlo. Y lo haré. Ya tenía ganas de realizar una visita al gran capo mafioso de Barcelona después del asunto de Gràcia. Y ahora, con más motivo. Es tarde, hoy no queda tiempo para más. Conduzco hasta casa. Ya en mi salón recupero la fotografía del zoológico y la examino atentamente. ¡Increíble, quién podría decirlo!

¿Es él?

Sí, en efecto; aunque hay cambios, los suficientes para que quien no lo hubiera conocido años atrás no fuera capaz de reconocerlo de entrada; sin embargo, si se examina con atención, es posible captar dos elementos sustanciales que obvian cualquier duda. El primero, la forma global del rostro y sus elementos, que son los mismos, claro, pero algo más anchos entonces, más armoniosos, más elegantes, no como ahora. Años enteros viviendo rodeado por y para la miseria moral los han afilado. No se dejó llevar por la depravación externa de su mundo; posee un extraño sentido moral que lo mantiene aparte de cualquier tentación. Los suyos son los rasgos del vicio, ágiles y peligrosos. Y el segundo, mucho más importante, completamente inconfundible, la mirada de hielo: esa mirada de frialdad capaz de congelar a quien la reciba, esa mirada de ave de presa. Estaba bien traída la imagen del halcón, uno podía imaginarse a Morgadas sin pestañear largo rato y, en efecto, así ocurre a veces. Inconfundible.

¡Increíble! Morgadas y Eva, Eva y Morgadas. Era a él a quien se refería Josefa Muñoz, la antigua vecina de Eva, cuando me explicaba las historias del pasado. Aquella visita al zoológico cuyo recuerdo gráfico tengo entre mis manos es una prueba física irrefutable. Lógicamente esto plantea nuevos interrogantes. No puede ser casualidad la relación entre Morgadas e Ignacio Pozales. Josefa Muñoz dijo que Eva estaba triste, y aún más en estas circunstancias, que la rondaba un hombre de mirada seria, que nunca sonreía…

Estos extremos deben comprobarse de inmediato. Es necesario hablar con Morgadas, evidentemente, pero no puedo acudir a su casa, recuerdo la taxativa orden del capo en el momento de la despedida: «No vuelva si no es con una orden». Sería fantástico poder hacerlo, pero sé que ningún juez me la proporcionaría con los datos disponibles. Sí, son una pista, una relación antigua, pero no pueden extraerse mayores consecuencias de ella. Tengo que abordarlo allí donde la presencia de ambos sea un hecho habitual, donde nadie pueda acusarme de acoso y donde, a la vez, Morgadas no pueda escapar con facilidad a mis preguntas.

¿Es esto posible?

Sí.

Este lugar ideal existe, tiene un nombre muy concreto, es perfecto para mi propósito. Solo me hace falta cierta prudencia. ¿Cuál es? Aquel donde, extrañamente, Morgadas realiza una de sus escasas salidas diarias: la iglesia del Pi. Sí, una iglesia, y no una cualquiera: es extraña la manera de actuar de este hombre, sumido en el fango del submundo desde tantos años atrás que casi no pueden ni contarse, pero incapaz de faltar a su misa y confesión diaria. Me gustaría poder escuchar las conversaciones con el confesor, deben de ser una prueba de fuego para el pobre cura, tener frente a él a la peor persona de la ciudad, un explotador, proxeneta, ladrón, traficante, usurero y muchas más cosas. ¿Qué puede decirle un cura a un hombre como él? Durante un momento salta a escena ese David juguetón que llevo dentro y pienso en introducirme en el confesionario, en hacerme pasar por el confesor, pero lo descarto de inmediato: es una estupidez, graciosa, eso sí, pero irrelevante en la práctica. Céntrate inspector Ossa, vuelve a la Tierra.

Bien. Cada mañana, de lunes a viernes, Morgadas asiste a misa de diez en el Pi. Y los domingos a misa de doce en la catedral. Así durante años, antes de pasar por el trullo y también después de abandonarlo. Es un hombre de costumbres fijas. Los seguimientos previos a su detención demostraban esta regularidad de costumbres, pero no eran ni necesario, pues todo el mundo en el barrio conoce tal extremo. Ese será el momento. Pero hasta mañana, hay que esperar. Es necesario dormir, reunir fuerzas, no será un día sencillo. Una pastilla, para ayudarme a dormir. Sí, necesaria. La última. Y mañana acabará todo. La ingiero con un trago de agua, me tumbo en la cama y no tarda en llegar el sueño; otra vez profundo, cómodo, insustancial.

Me levanto a la hora prevista, incluso antes de que suene el despertador. ¿Me siento bien? Por lo menos, estoy despejado. Vamos allá. Comienza el día.

Me dirijo hacia la iglesia del Pi. Dejo el coche en el aparcamiento de la plaza de Cataluña. En principio quiero pasar desapercibido. Los coches de los inspectores de la comisaría los conocen hasta los vendedores de los cupones de la ONCE, ciegos la mayoría. Acudir con él supone llamar la atención, cosa que no deseo.

Camino Ramblas abajo, todavía están despejadas a estas horas, es demasiado temprano para los turistas. Ahora me recuerdan al pasado lejano, cuando casi eran una calle más, reino de menestrales, de colmados, donde el mercado de la Boquería iniciaba el trajín habitual para surtir a las amas de casa del barrio de todas las viandas necesarias para las comidas diarias.

Desciendo hasta Portaferrisa. Penetro por esta calle, reino ahora de mil tiendas de moda, y antaño una de las principales puertas de acceso a la ciudad amurallada de Barcelona. Giró de inmediato a la derecha por la calle Petrixol, cuántas veces he desayunado o merendado en sus granjas. La gente de fuera de la ciudad no entiende por qué se llama así a estas pequeñas y antiguas chocolaterías repletas de cristal, mármol y madera. El nombre proviene de cuando las vacas de las que se surtían las amas de casa estaban en su interior. De cualquier modo, todos se acostumbran a emplear ese nombre y, sobre todo, a las exquisiteces que allí se sirven.

Petrixol desemboca en la plaza del Pi, un hermoso lugar de la ciudad. La fachada de la iglesia queda casi frontal a la calle. Son las diez y cinco. Llego algo tarde a propósito. Conozco la melindrosa puntualidad de Morgadas y deseo acercarme a él cuando la misa haya comenzado y los feligreses asistentes ya estén sentados.

En la fachada, bajo el tímpano, hay tres escalones, en uno de ellos, el más alto, de pie, está uno de los guardaespaldas del capo. Al verme se envara, no sabe qué hacer. Es el mismo de la escalera de unos días atrás. Sonrío y con un formal «buenos días» lo rebaso. El hombre rectifica su posición e intenta detener mi avance. La sonrisa se me congela en los labios.

—¿No puede un inspector de policía acceder libremente a una iglesia? —digo en voz alta.

Algunas personas que están entrando junto a mí observan sorprendidos la escena. El hombre vacila. Aprovecho este instante de duda para entrar en la iglesia.

La iglesia del Pi es una construcción de origen románico y conclusión y carácter gótico. Posee una única nave. El techo presenta una esbelta bóveda de crucería trufada de coloreadas vidrieras por la que ingresa una luz dulce en los días de sol, hoy no es el caso: la llovizna es casi permanente desde el amanecer. La luz eléctrica está encendida y roba cierta presencia a la monumentalidad de la iglesia. Bajo esa luz mortecina avanzo resueltamente por entre los bancos hasta llegar a la cuarta fila a mano derecha, donde, invariablemente, Morgadas toma asiento día tras día, semana tras semana, mes tras mes, año tras año. Nadie se sienta en ese lugar. No existe reservado alguno en la iglesia, solo faltaba, pero los escasos feligreses que acuden a la misa matutina respetan esta costumbre no escrita, para qué enredarse con problemas habiendo tanto espacio libre.

Justo detrás de Morgadas está sentado otro de sus hombres. Cuando me deslizo entre los bancos para sentarme junto al capo, el guardaespaldas se incorpora presto, pero también está desorientado. Me ha reconocido: el inspector Ossa es el peor enemigo de su amo. Indeciso, vuelve a sentarse, mira hacia atrás, hacia la puerta. Carraspea para llamar la atención de su amo y que se cerciore este de mi presencia por si quiere que tome medidas al respecto. Morgadas ha captado el trajín en torno a su persona y vuelve la cabeza en el preciso instante en que me siento justo a su lado. Sus ojos de pájaro se desorbitan, ¿quién osa turbar su tranquilidad en el marco de la iglesia? ¿Quién osa? El inspector Ossa, tiene su chispa el juego de palabras. Aguanto la risa al pensarlo. Qué humor llevo dentro: es una muestra de mi desequilibrio, de la risa al llanto hay un paso, como lo hay del amor al odio. Estoy en el límite. Veamos qué ocurre.

El cura está a punto de detener la liturgia de la palabra. Tras los saludos iniciales, es la segunda parte de una misa. Justo comenzaba la lectura del Antiguo Testamento cuando ha observado esta injerencia en el orden habitual de la misa. Se rehace y prosigue la lectura de un texto que conocerá ya de memoria por mil veces leído. Morgadas deja el misal que sostiene entre las manos y se vuelve para mirarme. Habla. Lo hace en voz baja, pero sin excesos. No oculta su posición ni en la casa de Dios.

—Creía haberle dicho que no deseaba volver a verlo. ¿Acaso trae consigo una orden?

—No, no la traigo.

—Entonces le rogaría encarecidamente que me dejara solo con mis oraciones.

—No es mala idea. Con algo de suerte y otros diez mil años de oración quizá fuera posible que dejara usted esta extraña vida que lleva y alcanzara el Reino de los Cielos. Temo, por desgracia, que pese a tanto esfuerzo obtenga el resultado contrario.

—Debo decirle, inspector Ossa, que pocas cosas desprecio más que una ironía poco afinada, requiere una sutileza que es muy poco habitual entre los policías, incluso de su grado. Y sépalo usted, la ironía mal resuelta pasa con gran facilidad a convertirse en sarcasmo. Si la ironía es permisible, el sarcasmo resulta despreciable, tanto como su presencia. Váyase y no me obligue a tomar otras medidas.

—¿Otras medidas? Respetémonos y, sobre todo, como buenos cristianos, perdonémonos los unos a los otros. Señor Morgadas, pensaba que no le importaría cambiar impresiones con un humilde feligrés. Entre hombres religiosos se deben compartir experiencias y opiniones en alegre hermandad de espíritu. No mancillemos el buen orden que debe reinar en la casa del Señor, pese a que esta pueda acoger a personas tan poco recomendables.

—Es usted despreciable, burlarse de esta manera. No me deja otra alternativa, me va a obligar a marcharme...

Morgadas comienza a levantarse, pero mi mano lo retiene sentado en el banco. En el asiento de detrás el vigilante se rebulle. Lo noto, no le quito ojo de encima, no vaya a ponerse nervioso.

—Calle. Esta no es su casa y me escuchará le guste o no. Cuento con su discreción para evitar cualquier escándalo perjudicial para ambos. Despida al gorila del asiento de detrás, no vaya a darle una congestión ante tanta inquietud y tengamos que acabar oficiando un entierro además de una misa. Hay cosas que solo debe saber uno, y las que ahora voy a contarle se encuentran dentro de ese grupo.

La mirada de Morgadas va cargada con verdadero veneno, pero despide con un gesto a su hombre, que retrocede y acaba sentándose unas filas más atrás.

—Está bien. Usted dirá.

Por toda respuesta extraigo la fotografía del zoológico y la coloco sobre el misal. Morgadas la mira, la toma entre las manos; su rostro se ha demudado y mira atentamente la foto.

—¿Cómo ha conseguido esta fotografía?

—Esta vez no va a preguntar usted. Lo haré yo. Y esté atento y centrado en las respuestas, señor Morgadas, no olvide que tenemos en el Anatómico Forense cuatro hermosos cadá-

381

veres, además de contar con un juez muy cabreado a la busca de un responsable.

—Yo, yo... Esto es inaudito…

—Lo verdaderamente inaudito es que pueda ser usted tan repipi como para utilizar expresiones semejantes. Explíqueme, ya, cuáles eran sus relaciones con Eva Pozales, con su hijo Ignacio, y, especialmente, con Zábel.

—¿Con Emilio Zábel?

—Acaso está sorprendido, señor Morgadas, sí, con Emilio. ¿O me va a contar ahora que conocía a la madre y al hijo y no conocía al marido?

Esto ha sido un palo de ciego, pero no iba desencaminado; que Morgadas emplee el nombre de pila además del apellido así lo demuestra. Vuelve a observar la fotografía, lo hace atentamente, como si buscara en ella la respuesta a mis preguntas. Le cuesta arrancar, pero al fin lo hace. Su voz es ahora menos altiva y segura.

—Hace treinta años yo no era el jefe, como lo soy ahora. Estaba en el inicio del camino para llegar a serlo, apenas llevaba tres años en Barcelona, y comenzaba a realizar mis primeros negocios independientes en el Raval de entonces cuando Emilio Zábel me pescó in fraganti en uno de ellos. En lugar de llevarme de cabeza al calabozo, guardó las pruebas a buen recaudo y las utilizó para darme pluriempleo como informador suyo. Me permitía cierta independencia en mis negocios, dentro de unos ciertos límites, siempre y cuando yo le proporcionara informaciones útiles.

—Sabía que los negocios del señor Morgadas eran tan variados como el propio Código Penal, pero desconocía que debiera sumar a ellos el conocido empleo de chivato. Toda una novedad. Continúe.

—En esa época conocí a su mujer, a Eva. Fue casualidad, estaba esperando a Zábel en nuestro punto de contacto cuando ella apareció, iba de paseo. Era una mujer de una gran belleza, transmitía verdadera armonía, era…, era deliciosa. No llegué a hablar con ella; no se me hubiera ocurrido acercarme, ni Zábel me lo hubiera permitido: me hubiera metido en el trullo sin dudarlo. Por aquel entonces yo era un robaperas del tres al cuarto. Nuestros contactos eran reservados y profesionales, solo eso. Eva le hubiera gustado a cualquier hombre del mundo. Yo no era una excepción. Tendría mi misma edad, pero parecía mayor, más madura, más hecha.

—¿Qué le pasó a Emilio? Cuénteme lo que sepa.

—A este respecto no puedo decirle gran cosa. Sé que investigaba un caso extraño, unos asesinatos, y que al poco de cerrarse la investigación comenzó a tener visiones. Enloqueció poco a poco hasta acabar encerrado en alguna clínica, o algo similar.

—Muy bonito, bien hasta aquí. Pero cuando Zábel salió de escena y Eva se encontró sola, supongo que los buitres comenzaron a revolotear sobre ella.

—No. No fue así. Yo me encargué de que nadie pudiera molestarla. Al principio desapareció del barrio, pero al final acabé por localizarla. Pocas cosas podían ocurrir de las rondas hacia el mar que yo no conociera antes o después. De ese tiempo intermedio nada sé. Pero acabé por encontrarla en un piso de mala muerte, cerca del mercado de Sant Antoni.

—Usted se encargó de espantar moscones… Supongo que lo hizo con las mejores intenciones, no me cabe la menor duda. Quisiera saber qué hizo con los otros posibles pretendientes, si partirles las piernas o sacarles los ojos.

Una sonrisa cruel asoma a los labios de Morgadas. No he debido de ir muy desencaminado.

—Con la mayoría no tuve que llegar a esos extremos, me bastaba con localizar a sus legítimas esposas y, después, dejarles caer en cualquier conversación casual esta importante circunstancia. Con algún otro, los solteros o los viudos… quizás hubo que tomar medidas algo más complejas. El caso es que Eva pudo seguir adelante sin que los hombres la agobiaran.

—Excepto usted. Ya he sabido algo acerca del acoso con que la «protegía» de otros competidores.

Morgadas cambia, radicalmente y por vez primera, el tono de su voz. Está afectado por esta declaración y, evidentemente, no la comparte. Ante su airada respuesta tiendo a creerle. Ya no está a la defensiva, su reacción evidencia la fe que transmiten sus palabras.

—Contenga su lengua. En mi vida hubiera acosado a esa mujer. Yo la respetaba, cosa que nadie más hacía. Ni sus vecinos ni la gente del barrio, ni mucho menos los hombres, que solo veían en ella la carne y el vicio, en lugar de ver sus virtudes, que eran muchas.

—No podrá decirme que eso de pasear a todas horas bajo su ventana era casualidad. O el encuentro en el zoológico, cuando iba a pasar el día con su hijo Ignacio.

Morgadas palidece al escuchar esto, probablemente tanto como lo haría cualquiera que conociera hasta dónde es capaz de llegar este hombre.

—Quisiera saber quién ha podido contarle esta historia. Ni Eva ni Ignacio viven ahora para poder haberlo hecho.

—Seguramente esa persona que me lo contó es tan poco importante que no merece sus muy gentiles atenciones. Convengamos que puedo aceptar esto que me dice sobre Eva Pozales. Explíqueme ahora su relación con Ignacio, y no olvide que lo que hace unos días podía ser pura casualidad, ahora ya no me lo parece, y probablemente tampoco se lo pareciera al juez.

—Ignacio. Apenas me recordaba cuando contactó con mis hombres hará un año. Pero yo sí sabía quién era.

—Entonces, contactaron por casualidad.

—No. Eva desapareció en 1986. Se borró del mapa. Un viernes estaba en su casa y el domingo desapareció sin dejar rastro. Intenté averiguar dónde había ido, pero no había contratado ninguna casa de mudanzas habitual, y tampoco a las irregulares que funcionan a salto de mata. Recibió ayuda, está claro, pero nadie del barrio ni tampoco los vecinos sabían adónde se fue.

Qué inteligente fue Eva. Si hubiera acudido a las agencias de mudanzas, tal y como dijo el cura, Morgadas la hubiera encontrado. La admiro por ello.

—Esto no tiene que ver con…

—Espere. Se fue, sí, fue inteligente como para no dejar rastro. Pero si bien quería dejarme atrás, no olvidó nunca lo que podía esperar u obtener de mí. Eso lo sabía bien: le hubiera dado todo lo necesario. Bien, Eva desapareció. La perdí para siempre. ¡Hasta que, pasados tantos años, Ignacio cruzó la puerta de mi despacho! Solo hacerlo vi en su rostro los ojos de su madre. ¡Eran idénticos! Tantos años sin verle... Él no me recordaba. Yo no tuve ninguna duda, pese a que no era más que un niño la última vez que lo había visto.

—Entonces acudió a usted en busca de ayuda.

—De ayuda y de perdón. Había acumulado una deuda y me hice cargo de ella. A cambio, tuvo que trabajar para mí.

—Muy caritativo.

—No sea imbécil, Ossa. Cada cosa tiene su tiempo y lugar. Que su presencia me trajera el hermoso recuerdo de su madre no quiere decir que los negocios debieran dejarse de lado.

—Podía haberme contado esto antes. Tuvo su ocasión. ¿Por qué no lo hizo?

Morgadas sonríe, abiertamente, está recobrando el control de la conversación.

—¡Acabáramos! Ese es su trabajo, inspector Ossa, averiguar las cosas que sucedieron, no el mío.

—Ya. En román paladino estamos hablando de una hermosa figura jurídica llamada «obstrucción a la justicia».

—¿Seguro? Fíjese, estas cosas sucedieron hace tanto tiempo… Y la memoria de los ancianos es tan débil… Lamento profundamente no haberlo recordado en su momento. ¡Perdóneme, inspector Ossa! ¡Por favor! ¡No sabe cómo lo lamento!

Hijo de perra. Morgadas tiene razón y lo sabe, nunca podría demostrarlo. Mi respuesta no es medida y llega a destiempo.

—Ahórrese el sarcasmo. A usted tampoco se le da demasiado bien.

—¿Esto es todo, inspector Ossa? Si me lo permite, es el momento de la epíclesis, y aunque dudo que sepa de qué estoy hablando, me gustaría prestar atención al párroco.

—La epíclesis… ¿Por quién me toma, Morgadas? Claro que lo sé, yo también fui a un colegio de curas, vaya con cuidado no vaya a ser usted el que tenga que invocar al Espíritu Santo para que lo saque de Can Brians. Y escuche algo más: esta conexión entre Ignacio y usted es una pista suficientemente sólida para hurgar en ella. Cualquiera podría verlo. Le guste o no, es usted el sospechoso número uno.

—Se lo diré clarito, inspector Ossa: no me acojonan los policías cabreados que no saben por dónde circulan. Yo no lo hice. Ni lo ordené. Ni lo sugerí. Había otras posibilidades más sencillas. Y me alegraría muy mucho saber quién fue el responsable de esa matanza, aunque solo fuera por la memoria de Eva. Además, no me gusta que en mi territorio sucedan cosas que no controlo. Y ahora lárguese antes de que comience el padrenuestro. No tenemos nada más que decirnos.

—De momento, señor Morgadas, solo de momento.

Me levanto y, cuando me dispongo a caminar por el pasillo, Morgadas me reclama por última vez.

—Por cierto, Ossa, se me olvidó preguntarle por su redada en Gràcia, ¡espero que le fuera bien con la información que le proporcionamos!

Lo que faltaba. Hijo de puta. Me lo restriega por el morro. Aprieto los puños con tal fuerza que las uñas se me clavan en la carne; los nudillos golpean el respaldo del banco, un sordo sonido resuena en la iglesia. Quisiera golpear su rostro hasta desfigurarlo, pero logro mantener un mínimo equilibrio.

—Morgadas, le juro que antes o después volveré a meterlo en la cárcel. Ya lo conseguí una vez. Y sé que volveré a lograrlo.

Retrocedo por el pasillo lateral. La mirada del vigilante que está sentado algo más atrás denota a las claras unas intenciones poco favorables hacia mi persona. No me molesto en contestarle. Al atravesar la puerta, bajo el tímpano, choco con los hombros del otro hombre de Morgadas. Es un contacto fuerte, ninguno hemos cedido. Sí, hemos buscado el choque, es un desafío claro pero no debo ir más allá, no es ni el momento ni el lugar. Si no tuviera tanto que hacer… Ignoro la risa del hombre, seguro que no es casual, una provocación buscada, muy a gusto le partiría la cara y me lo llevaría a comisaría después de darle una buena tunda. Me apetece soltar la adrenalina que se me acumula a espuertas, pero no cederé a este impulso, tengo que pensar en el caso. Y lo hago según me encamino hacia el coche. Sí, todo parece señalar a Morgadas. Tiene los hombres, las posibilidades, quizás hasta una causa concreta, pero ¿y todas las extrañas experiencias vividas en estos días? No está claro. Y creo que Morgadas no me ha mentido. Habrá que dejar reposar esta información al menos unas horas. El tiempo siempre es un buen aliado. Y mientras, me queda una última visita que rendir, la última y definitiva. Es la hora de Zábel.

60

$\mathcal{H}$abrá inundaciones. Son ya seis horas de continuo diluvio. A lo lejos suenan las sirenas de ambulancias, de bomberos, de policía. Todo anda patas arriba; la gente corre a refugiarse. Coincide, además, la hora de salida de los colegios. Los barcelonesitos de buena familia colapsan, en su regreso al hogar, las calles de la zona alta. Me ha costado lo mío cruzar la ciudad, ni la sirena policial ha servido para abrirme paso en la maraña de automóviles atrapados por el caos que la mayor tormenta de la década vierte sobre la ciudad. Y no me queda otra alternativa, pues la carretera de acceso a la residencia está allá donde el cinturón de ronda se retuerce hacia el sur.

La residencia está arriba, en el alto Pedralbes, no demasiado lejos del domicilio de María. He pasado por delante de su casa un par de veces, llamé al timbre del portero automático, pero, de nuevo, no obtuve respuesta. El silencio continua.

Sigo mi camino. La residencia está subiendo la estribación más meridional del Tibidabo por la zona de universidades. La carretera da vueltas y vueltas, se interna en la montaña, es un lugar al que jamás había ido antes en mi vida, ni cuando me escapaba de clase y deambulaba de aquí para allá disfrutando del tiempo perdido con mi moto de entonces. Un camino perdido que nace de otro camino secundario, lejos de las construcciones que, alocadas, han crecido reproduciéndose por doquier en otras zonas del monte. Por fortuna salí ya ayer con el coche y con él sigo, mejor así: de las laderas cae un río de barro que atraviesa en varios puntos la carretera. Las ruedas de la custom podían haber patinado, incluso lo han hecho las del coche. Parece que la naturaleza conspira contra mí, como si no quisiera que llegara a mi destino.

Abandono el camino principal, a punto estuve de pasarme el desvío, es de por sí discreto y en estas condiciones meteorológicas más aún. Kilómetro y medio adelante llego, por fin, a la clínica. La carretera se acaba en una construcción solitaria, una vieja torre señorial de gran tamaño, cuatro plantas. ¿Quién sería el acaudalado millonario al que se le ocurrió construir su refugio veraniego en semejante lugar? Un gran jardín vallado la rodea. Solo alcanzo a ver la parte delantera entre la cortina de agua que pugna por ahogar la ciudad. Desciendo del coche. Me guarezco bajo un paraguas plegable, que según me aproximo al interfono abro. Una fuerte ráfaga de viento voltea el paraguas inutilizándolo: sus varillas no han podido soportar la inclemencia del viento. Tardan en contestar, tengo que insistir. Por fin se escucha una voz, crepitante. Las ráfagas del viento aúllan con fuerza, grito:

—Vengo a ver a sor Esperanza, me envía el padre Pallarés.

No sé si me habrá oído. Me retiro un metro, me estoy empapando. La puerta se desliza hacia atrás para permitirme el paso. Corro al interior del vehículo y me sacudo el agua que chorrea por mis cortos cabellos. Contemplo el lento retroceso de la hoja de acero de la puerta hasta detenerse en un ángulo de noventa grados respecto a su posición original. Respiro hondo. Tengo que entrar, pero ¡qué a gusto daría marcha atrás para regresar a la ciudad y perderme en sus callejones para siempre, olvidando todo esto! ¿O no? Me siento indeciso. Introduzco la marcha. Avanzo. Junto al edificio principal, la torre clásica, se adivina la sombra de otro edificio, más moderno, me recuerda a Martí Codolar: lo viejo y lo nuevo juntos, idéntica estructura. Aparco el coche frente a la entrada principal, la del edificio viejo. Me giro para observar como se cierra la puerta de acero. Los puntos de luz del jardín, unas antiguas farolas de forja, apenas iluminan con breves círculos de débil luminosidad su mismo entorno, de repente se apagan. Los truenos se suceden. A la luz de los relámpagos compruebo que la puerta se ha cerrado.

La luz del edificio sí se mantiene. Tendrán un generador,

una residencia debe tenerlo obligatoriamente, no puede exponerse al albur de los elementos, se debe garantizar la seguridad de sus internos. La puerta de acceso se abre. Sonrío a mi pesar. Una monja bajita asoma su menudo cuerpo, que proyecta una sombra hacia el jardín. La imagen causa un efecto gracioso, de película de terror de bajo presupuesto, y de tan ridícula me da fuerzas. Desciendo y corro los veinte metros bajo la lluvia. Llego bajo el porche, aquí me relajo. La monja me mira, inquisitiva. Los religiosos, cuando te observan así, tienen el don de desnudar tu alma, es una característica propia, parece que no puedes guardar secretos, que todo queda expuesto a la luz.

—Pase.

La voz de la mujer es, en cambio, sólida, fuerte, desmiente su tamaño: *al pot petit hi ha la bona confitura,*[2] como dice un refrán catalán. Entro en el edificio. La monja cierra la puerta y reclama la presencia de otra hermana.

—Hermana Lucía, traiga una toalla para nuestro visitante. Llévela al gabinete médico, está empapado. Y usted, sígame.

Lo hago. La estructura del edificio mantiene los detalles antiguos. Tampoco ha cedido a la modernidad. Ladrillo y azulejo, del estilo Jujol, hechos por encargo. Una obra de arte escondida. Pasamos a una sala pequeña, apenas un despacho, una sala de relax para los médicos que pasen consulta o realicen guardias en la residencia. Apenas hemos llegado cuando la hermana Lucía aparece con una gruesa toalla. Me la tiende. Se lo agradezco con un gesto. Me paso el paño por la cabeza, las manos, el cuello. Me quito la cazadora. La pistola, como es lógico, queda al descubierto.

—Demuéstreme su identidad, por favor.

El «por favor» es formal. El tono es defensivo, acerbo, no es cosa de la pistola. Se trata de una afectación al orden correcto de las cosas. El inspector Ossa es una intromisión en un mundo donde ella rige con mano, firme tomando siempre las decisiones adecuadas. La observo. Cada arruga es una afirmación de su carácter; cada palabra, un escueto resumen de su pensamiento. Es mayor, casi una anciana, y podría describirla ex-

2. En el tarro pequeño está la buena confitura.

ternamente, pero creo saber que será su personalidad lo verdaderamente interesante.

Extraigo mi identificación, abro la funda de piel: en un lado, la chapa de identificación; en el otro, el carné policial. La monja lo coge. No usa gafas, pero lo acerca bastante a sus pálidos ojos, será algo miope. Una vez que está convencida me lo devuelve. Ahora es ella quien me analiza. Habla, no guarda recato en su conversación.

—Si no le mandara el padre Pallarés, se habría quedado ahí fuera hasta que a las ranas les creciera pelo. No me gusta esto. No, definitivamente no me gusta. No entiendo por qué tiene que venir aquí, a estas horas, y aun menos a ver a Zábel. Ese hombre no está en sus cabales desde hace años. ¿Y pretende hablar con él? ¿Conversar? Ni nuestro bendito Señor Jesucristo lograría sacarle una sola frase coherente.

Sonrío. Una mujer dura, acostumbrada a ejercer el mando, dueña de su mundo, sin discusión. Sin duda, las novicias deben de temblar al conocerla. Será recta y hasta altiva, correcta si obedeces, nefasta como enemiga. Puño de hierro con guante de seda. Joya menuda, menuda joya.

—Sí, voy a hablar con él. Al menos lo intentaré.

—Debo decirle que como responsable del centro estaré presente en su charla.

—Imposible. Debemos estar solos.

—Eso no puede ser. Podría requerir alguna intervención terapéutica, nunca se sabe qué puede ocurrir con Zábel, tiene un largo historial de respuestas violentas, puede llegar a ser muy agresivo.

—Si no me equivoco, ese hombre estará a punto de cumplir los sesenta y cinco. Y lleva ingresado aquí cerca de treinta años. No pretendo menospreciar ni su buena voluntad ni sus consejos, pero le aseguro que, como policía que soy, poco daño podría causarme.

—No se confunda. No pienso en usted, pienso en él. Es él quien me preocupa. No deseo que nada lo altere, sus nervios son frágiles. Ya ha sufrido bastante en su vida para que un desconocido venga a desequilibrarlo aún más.

Blanco directo en la línea de flotación. Tocado, no dejemos que sea hundido. La mente de la monja está bien despejada, no cabe duda. Pero no quiero testigos de nuestra charla. Será demasiado increíble y aún más personal.

—Sor Esperanza, comprendo su inquietud. No me entretendré en mostrar buena voluntad y en proporcionarle garantías sobre mi comportamiento. No me conoce, es imposible ganar su confianza en tan breve plazo de tiempo. Sin embargo, ha sido el padre Pallarés quien me ha enviado. No lo olvide. Hay un motivo poderoso para ello. Muchas personas podrían sufrir si la conversación que debo mantener con Zábel no da sus frutos. Y no los dará si está usted presente. Además, voy a hacer dos cosas que espero la ayuden a decidir. Dejaré aquí mi arma. Y permitiré que otras personas, celadores y usted misma, claro está, permanezcan en un lugar cercano. Incluso podríamos estar en alguna sala donde hubiera cámaras, para que comprobara en todo momento el desarrollo del encuentro. Pero, de entrada, solos él y yo. No carguemos ambos con el dolor de terceros, de personas inocentes. No sería justo para ellos.

La monja duda. Todo esto suena razonable, es convincente. Pero aún no lo tiene claro.

—Lo que dice tiene sentido. Podría ser así. Las cámaras de control no transmiten el sonido, y me permitirían ver si nuestra presencia es necesaria. Es una buena idea. Pero sigo sin entender todo este embrollo.

—Usted confía en el padre Pallarés.

—Durante quince años ha sido el confesor, el padre espiritual de las hermanas de esta congregación.

—Sor Esperanza, no me hubiera mandado aquí de no tener un motivo poderoso. Deme este margen de confianza. No es mucho pedir. Dígame dónde puedo dejar esto.

Alargo el brazo con la pistola. La monja retrocede, asustada, como si el arma fuera una fuente de contaminación. Señala una mesa, con cajones.

—Déjela ahí dentro. Nadie entrará en este despacho. Estará segura.

—Bien.

Obedezco y deposité la Glock en el cajón. Después lo cierro.

—Sígame. Existe un salón común con cámaras, daré la orden de que trasladen allí a Zábel. Es tarde, prácticamente la

391

hora de apagar las luces. Eso no favorecerá su encuentro. La rutina es fundamental para los enfermos psiquiátricos: salirse de ella los altera muchísimo. Pero haremos lo que haya que hacer.
Sí, lo haremos. Es la escena decisiva. El momento ha llegado.

61

*L*os centros psiquiátricos, ya sean hospitales o residencias de corta, media o larga estancia, guardan todos ellos una similitud que los hace fácilmente reconocibles en cualquier lugar del mundo. Son inquietantes. De día algo menos, y por causas diferentes; de día los enfermos pululan por los pasillos, están en la sala de actividades, salen a los jardines, y sus locuras, tan tremendamente extrañas para el profano, son capaces de alterar los nervios del más templado, pero la presencia de los auxiliares, de celadores, de enfermeras, de médicos y ese continuo trajín de actividades confieren al centro un aire de hospital sin más, que casi lo convierte en pasable para el observador. Basta un ligero autoconvencimiento para asumir que lo que se ve como algo normal.

Pero de noche… ¡Ay, de noche! La cosa cambia por completo. Primero, el centro reduce su luz al mínimo, y son pocos los puntos iluminados que guardan los pasillos. Las salas están a oscuras, excepto donde se encuentre el retén de guardia. Un hospital que no acoja a enfermos mentales puede, de noche, a veces, ser algo levemente inquietante, pero un psiquiátrico es mucho más que eso. Da, directamente, miedo. Pero no es solo la soledad, o que el silencio se vea roto, en ocasiones, por los desgarradores gritos de angustia, o por los delirios de los enfermos, algo que ocurre con frecuencia. Es algo muy diferente, este primero es un temor basado en hechos físicos, en las voces, en los silencios, pero la noche aporta otra cualidad, mucho más insidiosa, propia de la enfermedad mental. Diríase que supura un malestar psíquico, un rastro solo detectable por los iniciados, gestado a lo largo de décadas y décadas de sufrimiento, por el paso de cientos de enfermos.

Es ese malestar el que parece afectarme según avanzamos por uno de los largos pasillos de la vieja torre hasta llegar a la conexión que la une con el centro nuevo. Es una pasarela que sí está iluminada, blanca y desvaída, pero es una blancura malsana que me recuerda a *HAL*. La fotografía de *2001* lograba que toda la claridad interior de las naves espaciales se tornara en deliberadamente oscura: un blanco roto, roto como la mente del ordenador supremo, roto como las mentes de los internos en la residencia.

La monja va en cabeza, y yo la sigo obediente. Un grueso manojo de llaves resuena a cada paso. Esta es otra característica propia de los centros psiquiátricos, cada trabajador tiene un manojo similar. Las puertas deben abrirse y cerrarse en todas y cada una de las entradas. Nadie debe poder escapar. Es imperativo proteger a los internos, dejarlos dentro del centro, por su propio bien. Resulta extraño, entonces, que estos estén siempre deseando escapar, fugarse de allí, no regresar jamás al interior de esos muros.

Sor Esperanza ha hablado antes de entrar en el pasillo de conexión por un *walkie* dando instrucciones precisas a sus celadores. Van a trasladar a Zábel a una de las salas de tamaño medio, donde los enfermos suelen realizar manualidades. Llegamos al extremo opuesto. Salen a la luz las llaves. La mujer, sin apenas mirarlas, selecciona una de ellas y la introduce en la cerradura. Accedemos al interior. Cierra tras de sí. Hay algo ominoso en este sencillo sonido, no es más un simple clic-clic-clic, pero está cargado de sensaciones funestas.

El edificio es relativamente nuevo y resulta aséptico. Lo ampliaron a finales de los sesenta. Mantiene la estética propia de la época. Todo está limpio, inmaculado, las paredes están recubiertas de azulejos hasta un metro y medio. Encima de la última fila se extiende una cenefa de cerámica que intenta mantener cierto criterio arquitectónico entre ambos edificios, otros elementos persiguen idéntico fin. Las puertas y las escaleras no fueron hechas al por mayor. Revelan el gusto del arquitecto, quizá fue parte del encargo que el edificio nuevo mantuviera esa estética antigua. Nada que ver con la vieja torre de la entrada, que en tiempos fue el único edificio que albergó la residencia. La ampliación supuso un traslado, y dejó todo el edificio viejo para consultas, oficinas y residencia de las hermanas. Todos los enfermos están aquí. Son tres plantas con diferentes áreas. No explicaré el plano del lugar, basta con saber que es grande, más de lo que parecía desde el exterior. Y que es aún más inquietante este nuevo que el viejo. La huella mental de tanto dolor, esa emanación de los enfermos, que sin duda ha dejado un rastro tras años en el edificio viejo, se ha trasladado aquí sin dificultad. Un médium, en el caso de que existan, diría que el sufrimiento puede palparse. Quizás una persona normal, sensible, pudiera decir lo mismo.

No ha habido reformas desde su construcción. Solo las de seguridad, aspersores contra incendios, cámaras de vigilancia, esos elementos que no se aprecian, salvo que los busques deliberadamente, quedan arriba, donde normalmente pocos miran. Yo sí los he visto. Estoy alerta. Me siento afectado por un estado de percepción alterado, siento los nervios a flor de piel, se me erizan la piel de la espalda casi a cada paso, no se trata de la importancia de la entrevista que va a celebrarse dentro de unos minutos. Es algo más. Algo diferente. Estas cámaras... Este lugar... La oscuridad apenas está rota por difusas luces de emergencia que, cada tres metros, quedan incrustadas en la pared, emiten una luz rojiza, antigua, desfasada. Camino detrás de la monja, le llevo casi medio cuerpo de altura, pero, de repente, me parece extrañamente peligrosa, como si ella no fuera ella, como si, al volverse, fuera a emerger un rostro diferente, indescriptible, con una mueca sonriente, una máscara de terror. La sensación es tan viva y poderosa que me llevo la mano atrás, pero la pistola no está ya en su lugar, reposa en el cajón del edificio antiguo. Estoy a punto de pararme y echar a correr. Se me acelera el corazón. No quisiera llegar a detenerme para contemplar a sor Esperanza mirándome con ese rostro desencajado que le presupongo.

Al final de pasillo extrae de nuevo el manojo de llaves, introduce otra, de nuevo a la primera, apenas sin necesidad de luz. Entramos en otro pasillo. No quiero mirar a la monja, evito el contacto visual; sin embargo, ella levanta la cabeza, me mira, curiosa, no puede haber notado nada. Su rostro sigue siendo adusto, severo, no ha cambiado, pero se detecta una nueva curiosidad, parece que también ella ha sentido una inquietud, puede que no en el ambiente, la habrá sentido en mí, y eso que caminaba a sus espaldas. Es perceptiva. Está claro. Cualquiera que trabaje en un lugar semejante debe tener una gran capacidad de aislarse del entorno, pero, como se debe permanecer en alerta constante, habrá quienes desarrollen estas habilidades empáticas más propias de animales que de seres racionales. Me habla. Bingo. Ha dado en el clavo.

—Me ha parecido sentir… ¿Se encuentra usted bien?

—Sí. Estoy bien. Pero algo inquieto.

—No se preocupe. Son estas viejas paredes, albergan demasiado dolor. Yo siempre digo que lo rezuman, igual que la humedad de las casas abandonadas. Dese unos minutos. Manténgase firme. Todo consiste en acostumbrarse.

Seguimos. Es otro largo pasillo. Al fondo se ve una cristalera, será el control de enfermería. La intranquilidad pugna denodadamente por manifestarse, peleo contra ella, logro mantenerla bajo mi dominio. Pero estos cuarenta metros me están pareciendo eternos. La monja me da conversación, debe de apiadarse de mí.

—Esta planta es la de actividades. Las habitaciones están en las dos plantas superiores. A la derecha queda el jardín, se puede salir por aquel extremo. A la izquierda están las salas de manualidades, un comedor, una sala de televisión para los más centrados. En la última sala le espera Zábel. Y, justo al lado, estaré yo.

Llegamos frente a la puerta. La monja susurra un suave «espere». Se asoma, da una breve orden. Dos celadores que rondan los cincuenta pero que mantienen una complexión fuerte abandonan la sala. Entran en el control, encienden la luz, activan diversos aparatos, esperan a sor Esperanza. Esta me da unos últimos consejos, realiza una pausa entre mensaje y mensaje para comprobar que la he entendido.

—Sea prudente. Hable tranquilo. Si se agita, entraremos. Cuide las formas. A Zábel no le gusta escuchar, le gusta hablar. Si le cede la iniciativa tendrá más posibilidades de que llegue a existir una conversación.

—Entendido.

—Podría ocurrir que se pusiera agresivo. Retroceda, no se quede a su alcance. Es mayor, pero sigue fuerte; de joven era un hombre muy duro, en estos años ha habido algunos incidentes serios; una vez dejó fuera de combate a un celador. Fue hace años. Era un tipo bastante inadecuado para este trabajo, su comportamiento con los enfermos no era el correcto, es posible que Zábel no hiciera sino defenderse. Acabamos por echarlo. Recuerde que es un enfermo. Siempre se ha arrepentido de estos comportamientos, pero no está en su mano evitarlos.

—Bien.

—Puede levantarse. No está atado. Puede caminar. Atienda a sus reacciones. No se fíe de una aparente normalidad. Espere lo inesperado. Pero dele un margen. Para acabar: si nota cualquier cosa extraña, un movimiento peculiar, una expresión extraña, quédese quieto, inmóvil.

El corazón se me acelera al escuchar esto. ¿Será posible que ella sepa?

—Un movimiento, ¿de quién? ¿Qué quiere decir?

La mirada de la monja es ahora pícara. Pasan unos segundos hasta que por fin contesta, y sonríe mientras se mesa la barbilla. Sus ojos parecen brillar, juguetones.

—De Zábel, claro, ¿de qué otro podría ser…? Bien. Voy al control. Cuando se lo indique, abra la puerta y entre caminando lentamente. En mitad de la sala hay una mesa. En uno de los lados estará sentado Zábel. En el otro verá una silla libre. Será su lugar.

Sor Esperanza entra en el control, cierra la puerta, se sienta frente a la cristalera; en la mesa debe de estar el monitor. Camino hacia la puerta, son dos pasos. Giro el picaporte y empujo con suavidad.

62

*L*a sala es rectangular, de unos diez por seis de planta. Está iluminada por fluorescentes dobles cubiertos por cajas de plástico. La luz es clara. La mesa está en el centro. Emilio Zábel está sentado, con los brazos apoyados sobre la mesa. Hay dos vasos de plástico sobre la mesa, contienen agua. Sigo junto a la puerta. Debería caminar hasta la mesa, pero no puedo evitar evaluar a mi antecesor, a mi antagonista, quizás a mi destino. En un primer vistazo evalúo su aspecto general, el cuerpo de Zábel. Solo alcanzo a verlo desde el estómago hacia arriba. Viste una bata camisa azul marino. Los brazos están al descubierto. En todo el centro la temperatura será de unos veintidós grados; los enfermos más incapacitados necesitan una temperatura elevada, la falta de movilidad les genera frío con facilidad. Los brazos están al descubierto desde debajo del deltoides. Es ancho de hombros. No es un alfeñique. Hay músculo. Y el pecho es amplio, poderoso, tiene envergadura, se marcan los pectorales. Debió de ser un tipo duro, de aspecto muy masculino, muy viril.

Más cerca. Camino despacio hacia la mesa. Ahora el rostro. La mandíbula, cuadrada. La nariz, rota hacia la derecha —el gancho que recibió años atrás debió de propinárselo un diestro—; el hueso está abombado en la zona del puente; formó un nudo que sigue allí. Los ojos son profundos, algo hundidos, y están rodeados de unas órbitas amplias. Las pestañas y las cejas son largas y espesas, es de esos mayores a los que, con los años, les crecen de esta peculiar manera. El cabello es cano, completamente blanco, casi artificialmente blanco, purísimo:

una voluminosa cascada de nieve de varios centímetros de largo. La cara está surcada de arrugas, a cincel, profundas, si fuera hombre de pueblo serían de trabajar al sol; aquí encerrado, deben de ser arrugas de pesar. El sufrimiento está marcado en ese rostro altivo, pero la sombra de la locura se adivina en su forma, no en su mirada, que parece neutra, ida. O acaso mi percepción sea interesada, por lo que se esconde en el fondo. Es un rostro elegante, el de un viejo *crooner* venido a menos, o el de un viejo jefe de familia, de esos que son respetados tanto por su herencia como por su presencia inmaculada.

Llego junto a la mesa. Levanto la silla con delicadeza, midiendo cada gesto, controlando mis músculos, sin precipitarme. Sigo los consejos de sor Esperanza, pero, desde el mismo momento en que crucé el umbral de la habitación he sabido, una nueva y fulminante certeza, que todas esas orientaciones solo serán parcialmente válidas. Me siento frente a él. Zábel sigue con su mirada vacua, las pupilas están dilatadas, como si su mente estuviera ausente en un mundo lejano de orden y felicidad.

Nos mantenemos en esta posición varios minutos. Apenas pestañea; cuando lo hace, es con largueza y lentitud, como si fuera a cerrar definitivamente los párpados y quedarse dormido allí mismo. Estoy a punto de decir algo, aunque con ello contravenga las órdenes de la monja. En ese momento, Zábel rompe su silencio con desconcertante celeridad, las pupilas se contraen, es rápido, como si de repente se hubiera despertado, como si hubiera regresado de un largo viaje para comprobar que está allí, acompañado, sentado en la mesa, frente a un desconocido.

—Dime quién eres.

La voz es grave, está rota, asustaría a un niño. Es la voz del que no habla apenas, surge como una erupción, es un estertor, brusca, rasposa; las cuerdas vocales están fuera de uso, toda afinación ha desaparecido. Vomita las palabras como un torrente, o muy alto el tono o muy bajo, no lo domina, como si hubiera olvidado el habla.

—Soy el inspector David Ossa.

Enarca una ceja, parece evaluar esta declaración; la medita, luego sonríe.

—Quizá tú seas el que espero. Pero no he preguntado tu nombre. He preguntado quién eres.

399

—No entiendo.

—La, la, la, la, lalalalá, ¡la!, pun, pun, pun, punpurupun, ¡pun! Mi visita es cortita, mi visita no comprende, mi visita está ausente, mi visita es tontita… Te lo preguntaré de otra manera. ¿Te acompaña la sombra a veces? ¿Te visita durante la noche? Si es así, hablaremos sobre ello. Si no, puedes irte por donde has venido.

La sombra. Ya lo entiendo. Quiere hablar, pero con su igual.

—Sí, la sombra me visita.

—¡Ah! Entonces, ¿quién eres?

—Soy quien investiga las cuatro muertes.

Mirada valorativa.

—¿Has llegado ya a las dos?

—Sí.

—Entonces, aún no sabrás que puede faltar una.

Silencio.

—Todavía no te lo ha dicho.

—Quizá lo hizo.

—Solo quizá.

—Sí.

—A veces resulta difícil saber qué te dice. Llega un momento en que uno duda sobre ello. La voz acaba por ser tan tuya, está tan dentro de ti, que cuesta distinguir si es un pensamiento o es ella.

—Sí.

—¿Solo sabes decir sí? Sí, sí, sí. Sí por aquí, sí por allá. Eres un poco pobre. Y más lo serás dentro de unos años, cuando no te quede nada dentro de la cabezota.

La mirada de Zábel sigue ausente, evita el contacto directo con la mía, me rehúye, como si a través de la mirada pudiera quedar en sus manos, como si fueran los ojos portadores de los pensamientos.

—Ossa. Inspector Ossa. Suena bien. Es curioso esto de los nombres. Siempre los escoge con cierta gracia. También la tenía Zábel. Cuando fui Emilio Zábel sonaba bien. Ahora que ya no soy nadie, no importa nada. ¿Tendrá esto algún sentido? Es una lástima que todo acabe por dejar de ser gracioso. O de ser triste. O de ser nada de nada.

—No le entiendo. Usted es Emilio Zábel.

—No me entiendes. Entiendes poco. Pero ya entenderás. Te diré una cosa: fui Emilio Zábel Mayordomo. Ahora ya no soy nada. De Emilio Zábel no queda nada, nada en absoluto.

—He venido precisamente a eso, a intentar entenderlo. Pensaba que quizás usted podría ayudarme.

—¿Por qué has pensado eso? ¿Por qué tendría yo que ayudarte?

—Quizá porque somos iguales.

—¡Iguales, iguales! ¡Diez iguales para hoy! Ese es el único «iguales» que conozco. Menuda idiotez, iguales. Tú y yo no nos parecemos en nada. Entérate tú solito de lo que te espera. No me das ninguna pena. Si no me la doy yo, ¿por qué me la vas a dar tú?

Hay desprecio en su voz. La conversación es difusa, mucho mayor en contenido de lo que esperaba, pero es errática, y no nos situamos en plano de igualdad. Debo intentar reconducirla o lo perderé. Parece sentir lo que dice. No está por la labor de ayudar. Debe de haber algún recurso que me permita recobrar tanto el hilo como la confianza. Me planteo dos posibilidades diferentes, o bien hablar de la sombra, o bien hacerlo del caso. Entonces llega una de mis certezas absolutas, mi voz lo dice bien claro:

«Que recuerde su momento, él también estuvo así, pregúntale por el otro».

—Usted no está siendo justo. Usted también vivió lo que yo estoy viviendo ahora. Hubo alguien que le ayudó. Y usted también me ayudará a mí.

Todo esto lo digo con frialdad, sin emoción, con la seguridad de estar acertando en un momento trascendental. La entonación resulta poderosa, puede ser un arma, lo es en este momento. Zábel se calla, parece evaluarme de otra manera. Regresa su mirada de sorprendida cautela. Se introduce el índice en la boca, lo desliza por los labios. Debe de ser un gesto antiguo, infantil: refleja su inseguridad.

—Cómo… ¿cómo sabes eso? No se lo he dicho a nadie. Ni siquiera al cura. ¡Nunca!

—Si usted tiene sus secretos, yo tengo los míos.

—¡No! ¡No me gusta! ¡Así no! ¡Tú no puedes venir y decir esas cosas! ¡El loco soy yo, no lo eres tú! ¡No todavía!

Ha golpeado con el puño la mesa: la madera tiembla ante el sordo impacto del puño. Me preocupa su reacción: si Zábel se altera, sor Esperanza puede entrar y retirarlo, llevárselo a su habitación, recluirlo para siempre. Eso supondría el final de la conversación, no debo permitirlo. Cedo con rapidez. Lo que para otro conversador sería una pista clara de mis intenciones, para Zábel no lo es, pues su locura le hará conocer las cosas ocultas, las extrañas, pero las más normales las ha olvidado. Ahora vive en un mundo diferente. Le doy, pues, la razón.

—Tiene razón. El loco es usted. Yo todavía no lo estoy.

—Sí. ¡Sí! Esto sí. Así sí me gusta. Yo, loco. Tú, futuro loco.

—¿Tiene que ser así, «futuro loco»? ¿No cabe otra salida?

Se ríe. Una risa larga. Pero es una risa dolorosa. Debe de hacer muchísimos años que no se ha reído y le surge de la garganta un sonido horrísono que vagamente podría asociarse a la palabra risa: es un gemido violento, es un estertor desorbitado, es la concreción de lo irracional. Se ríe largo rato, acaso un par de minutos; le caen lágrimas de los ojos. Sé que le ha hecho gracia. Para otro sería una reacción de puro dolor, pero estos sentimientos están cortocircuitados. Zábel es un hombre a la deriva. Quizá tenga razón y realmente haya dejado de existir largos años atrás. ¿Qué nos hace hombres más que la normalidad? ¿Qué son los pobres enfermos mentales sino caricaturas de hombres, pálidos reflejos de la perfección, sombras chinas filtradas por la sábana de sus personales locuras? Con el faldón del pijama se enjuga las mejillas. Las contracciones de su cintura se hacen más leves, poco a poco abandona ese estado.

—¿Salida? ¡Claro que la hay! Mira, Ossa, es bien sencilla. Agarras tu pistolita, te la metes en la boca y aprietas el gatillo bien fuerte, con suerte saldrán dos o tres balas antes de que tu cerebro reviente por completo, y así el dedo quede laxo y sin fuerzas para seguir apretando. No es un mal método, aunque tiene alguna desventaja.

—Me parece muy definitivo. Demasiado definitivo.

—Sí, definitivo es, pero también resulta algo sucio, malo para la señora de la limpieza, malo si no tiene el estómago bien puesto y unas pinzas para recoger los trocitos de cerebro des-

402

parramados. ¿Tendrás tu arma contigo, no, Ossa? Podrías enseñármela…, hace años que no veo una pistola, ni me acuerdo de cómo eran. Pero qué idiotez estoy diciendo, se nota que estoy como una regadera: la Malvada Bruja del Oeste no te habría dejado entrar aquí ni con una ramita de pino, no fuera a hurgarme la nariz con ella.

Sí, está loco. Muy loco, completamente loco. Su estado emocional es como el de un niño, absolutamente lábil: pasa de la alegría al llanto y de nuevo a la alegría en un suspiro. El tiempo es inexistente para los niños. A los adultos las emociones les duran horas, días, semanas: un lastre que modifica sus conductas. En este sentido, su estado es una bendición: lástima que no pueda disociarse del resto de los inconvenientes.

—Zábel, debe haber otra salida. Estoy convencido de ello.

—La hay.

Ahora ha vuelto a cambiar. Está serio, centrado, tranquilo, parece cuerdo por completo. En ese momento, podría ser, de nuevo, el veterano inspector Zábel tomando un café con un compañero, en cualquier bar, charlando y aconsejándole, como le corresponde hacer a los mayores con los jóvenes.

—Continúe.

—Tiene un precio.

—¿Cuál es?

—Te lo diré… más tarde.

—¿Por qué?

—Porque depende de otras cosas que debo saber de ti.

Lástima. Esto era de lo más interesante, y he estado cerca. Pero ¡ha resultado muy útil! He recibido una iluminación, pero de carácter racional, no ha sido mi voz, no ha sido una certeza, es algo diferente; el instinto me confirma esta idea, sí, tiene que ser así. La locura de Zábel es irracional, sí, pero tiene un ritmo, un sentido, un orden concreto. Lo he captado, era difícil lograrlo, pero es una de mis habilidades. Esta mente brillante ha actuado por sí sola, como siempre, recogiendo los datos según se acumulan. Zábel es quien quiera ser, quizá no sea nadie, como dice él, quizá sea él mismo, pero da igual, tal vez no esté loco, o quizá lo esté; lo importante es que podría tratarse de una escenificación perfecta, de una obra tantas veces repetida que roza la perfección, de una obra que acaba por suplantar la vida misma y convierte al actor en personaje real, y lleva al terreno de los tablones del teatro a todos sus espectadores. «Mucha mierda», dicen los actores en los estrenos. La obra de Zábel se estrenó treinta y tantos años atrás. Es un maestro en su texto; la suya es una interpretación sin igual.

—Le diré todo aquello que quiera saber. Pregúnteme.

—Sí, lo haré... Pero antes...

—¿Qué desea?

—Calla. Atiende.

Se incorpora, despacio, con las palmas de las manos apoyadas en la mesa. Vuelve la cabeza lentamente hacia un lado, luego hacia el otro, todo muy despacio, hasta quedar de pie frente a mí. Ahora que lo veo al completo, y desde una perspectiva inferior, me sorprende su potencia física, para ser un hombre de su edad y llevar tantos años encerrado en la residencia. Después, me mira, atento, controlando mis reacciones, como el científico que estudia un fenómeno concreto dispuesto en el microscopio.

—¿No lo notas?

404

No sé qué decir. ¿Una locura de Zábel? Es lo más probable. ¿O hay algo más? Zábel se lleva el índice a los labios y musita, quedo, demandando silencio.

—Chist. Ha vuelto. Mucha juerguecita, últimamente. Ya está bien de tanta cara. Su sitio está conmigo... ¿o quizá ya no?

Me contempla, ahora con curiosidad manifiesta.

—Me parece que no la percibes. ¿No te has dado cuenta de que no estamos solos? Búscala. Está ahí, a tu lado. Bien cerquita. Y si no la ves, fíjate en la temperatura.

Se me eriza la piel al escuchar esto. Puede ser el ambiente, tan tétrico, tan extraño. O quizá no. Hace más calor que cuando entré, sí. Y ¿qué hay ahí, a la derecha? Giro la cabeza bruscamente, pero no veo nada, solo una sensación de ausencia. Al otro lado, ahora, de golpe a la izquierda, lo mismo. Si hubo algo, ya no está. Si hay algo, me rehúye. Pero no puede ser, todo esto tiene que ser una estupidez; sí, es el ambiente, que influiría incluso en el más templado. Bebo agua, más que nada para ganar tiempo, para ordenar mis pensamientos.

—No la ves. Me he dado cuenta. Estás ciego. Aunque, ¿quizá yo también lo fui, tal y como tú lo estás ahora? Podría ser… Tampoco entonces la veía con facilidad… Pero ¿qué estoy diciendo? Tú has llegado. ¡Y eso quiere decir que todo ha vuelto a suceder! Ya me lo has dicho antes, ¿verdad?

—Sí. La cuatro y las dos sucedieron. Ya se lo dije.

—Entonces, entonces…

No puede acabar la frase. Zábel se vuelve a sentar y su rostro muda en una máscara de dolor, como si hubiera caído en la cuenta de algo terrible, algo que hubiera olvidado y, de repente, al recordarlo, llegara todo el sentimiento y lo arrasara todo a su paso. Se recobra, en parte. Formula una pregunta, y vuelca en ella la esperanza. La duda lo acompaña, debe saber, quiere saber, pero es consciente de que el dolor acompañará a la respuesta.

—¿Ha vuelto a pasar? ¿Otra vez? ¿Mi hijo? Si ha sido él, entonces… ¡Contesta!

Este es un momento complicado. Tenía que llegar a él. No puede retrasarse. Tengo que contestar.

—Sí. Fue él.

—¡¡Nooooo!!

Un grito profundo. Un hondo pesar. Una esperanza perdida. Una vida tirada a la basura. Todo eso pasa por el llanto desconsolado de Zábel. La razón ha vuelto a él apenas unos segundos, y solo ha traído consigo el dolor. Llora, y luego se levanta, da manotazos al aire, musita frases entrecortadas, incomprensibles, palabras sueltas. Apenas alcanzo a escuchar cosas como «mi niño». Se mueve por la sala, tambaleándose. Esto es el final: Zábel ha perdido el poco control que tenía. Sor Esperanza entrará de inmediato. La conversación acabará aquí.

405

63

*N*adie entra en la sala. En contra de lo previsto, sor Esperanza se mantiene al margen. No ha cumplido su palabra. No entiendo por qué no actúa tal y como dijo que lo haría. Zábel sigue dando bandazos, sumido en el llanto. Ahora se mueve menos. Acaba por sentarse en un rincón, más que sentarse ha caído, perdidas todas sus fuerzas. Como nadie entra en la sala, me levanto, no puedo permanecer insensible al dolor ajeno, y Zábel sufre, está claro que no finge, que el dolor se desborda en su interior. Me acerco a él y, en cuclillas, sin tocarlo (desconozco su reacción si lo hiciera), apenas a dos palmos de su rostro, le hablo.

—Emilio. Emilio, contésteme. Estoy aquí.

Gime y gime. El lloriqueo continúa, es el rostro huidizo del niño desconsolado el que ahora se muestra sobre el rostro ajado por el tiempo, bruñido por el pesar. La edad no es nada, la edad no existe, desde el nacimiento hasta la muerte no somos sino puros sentimientos envueltos en carne humana. Tiendo la mano hacia Zábel, lo hago despacio, como si estuviera frente a un animal herido cuya reacción imprevisible fuera dudosa, y en verdad lo puede ser. Cuando Zábel la ve, no, cuando la comprende —pues al principio, al ver la mano, no parece entender qué es—, retrocede asustado, como si esa mano fuera a pegarle, como si fuera el niño que en su corazón se siente y no el anciano enloquecido en que devino. Insisto, le hablo, debo hacerle volver. Uso mi voz: siempre he dominado las entonaciones, siempre he dominado a los grupos.

—Emilio, no se asuste, solo quiero ayudarle. Míreme, Emilio, soy yo, David Ossa, el inspector de policía, hemos estado hablando un buen rato.

Su mirada se centra. Paulatinamente Zábel deja de llorar, y parece acabar por reconocerme como su interlocutor. Sigo canturreando palabras encadenadas que hablan de cariño y de comprensión, palabras con las que quiero llegar a lo profundo, no al significado primero.

—Ossa… Sí, Ossa, le recuerdo, sí… Pero lo que ha dicho, ¡ay!, lo que me ha dicho…

—Emilio, déjeme ayudarle a levantarse.

Le tiendo la mano. Zábel, tras una leve duda, la estrecha entre la suya. Me incorporo y empleo mi cuerpo como palanca para atraer al anciano, que pesa lo suyo, por lo menos ochenta kilos. Cuando estamos de pie nos miramos, desatamos nuestras manos. Señalo la mesa.

—Estaremos mejor sentados, ¿no le parece?

Zábel asiente. Ahora parece un crío pequeño, lábil. Se deja conducir hasta la mesa, toma asiento. Le tiendo su vaso, el otro cayó al suelo con su reacción anterior. Zábel bebe. Tengo un pañuelo de papel en el bolsillo, se lo tiendo; él lo toma entre sus manos y lo observa detenidamente. Luego se enjuaga los ojos y las mejillas, y después se suena.

—Está mejor.

—Sí. Yo… Perdone.

—No se preocupe. No hay nada que perdonar.

—No, no es cierto, sí hay que perdonar, tiene usted que perdonarme.

—No ha hecho nada que necesite mi perdón.

—Se equivoca. Lo he hecho. Le he mentido.

—Está bien. Dígame en qué me ha mentido y así podré perdonarle.

—Yo… lo haré. Pero hábleme antes de mi hijo.

—¿Qué quiere saber?

—No conocí a mi hijo. Intenté que mi destino no fuera parte del suyo. Convencí al cura para que Eva, mi mujer, se alejara con el niño. Aposté todo a esa carta, pensaba que así evitaría su destino. ¡Qué equivocado estaba! Y ahora está muerto…, eso me lo dijo usted.

—Yo no se lo dije hasta que usted me lo preguntó.

—Es cierto. Pero tenía que ser así, no podía ser de otra manera. Entonces… murió. Y todo se ha cumplido.

Es increíble comprobar el brutal cambio experimentado por Zábel, de la locura inicial a la explosión de pena, y ahora, a la racionalidad que parece haber sobrevenido de manera natural. Con ella, otro cambio sutil. Del tuteo despectivo ha pasado a hablarme de usted, de idéntica manera que haría cualquier persona educada y cuerda con un desconocido al que acabara de conocer. Extraño. Refuerza mi idea de que esa locura era una máscara que había acabado por dominarle, parece que en este instante ha regresado a su ser verdadero, tanto tiempo perdido, escondido en su interior. Pero hay algo, en segundo plano, que me resulta todavía más extraño. Esa ausencia de la monja resulta incomprensible. Me preguntó dónde queda ahora tanta insistencia en preservar su seguridad. Da igual. Debo aprovechar el tiempo. No puedo perderlo ahora que estoy tan cerca la verdad.

—Sí. Murió.

—¿Lo hizo él?

—Lo hizo. El arma estaba junto a su cuerpo.

—¡No! No se equivoque, Ossa, a estas alturas ya tendría que saberlo. Él no lo hizo, nunca lo hacen ellos, solo son víctimas, como los otros. Cuando todo ocurre, no son las mismas personas, ¿lo entiende? ¡¡Dígame que lo entiende!!

—Emilio, le aseguro que lo entiendo perfectamente. No son ellos. Nunca lo son. Nunca lo fueron.

—¡Es cierto! No son ellos… ¿Tuvo una buena vida?

Parece más centrado, pero su conversación salta de un tema a otro con facilidad.

—Eso no puedo decírselo, no lo sé. Imagino que sí. Tenía un trabajo. Una mujer. Una casa. Supongo que su vida era normal, como la de tantos y tantos otros.

Considero que no vale la pena entrar en demasiados detalles, para qué hablarle de la drogas, de Morgadas. No vale la pena.

—Pobre hijo mío. Sé que se llamaba Ignacio, me lo dijo el cura, eso es todo lo que supe de él, hasta hoy. ¡Treinta y ocho años! Y ha venido usted para decirme que ha muerto. ¿Comprende mi dolor? ¿Comprende mi pena?

Empiezo a adivinar por dónde van los tiros. Treinta y ocho años recluido en la residencia, un loco cuerdo, asumiendo un castigo a todas luces excesivo. En esa lucha constante para intentar salvar al niño todavía nonato, asumió la peor de las condenas, y todo ello para descubrir, pasados tantos años, que todos sus esfuerzos resultaron vanos.

—Sí. Lo comprendo.

Zábel asiente, agradecido. Su mirada es elocuente, muestra un reconocimiento, necesitaba que alguien le comprendiera. Eso es importante, y creo que será la llave para obtener más de él, para encontrar todo aquello que realmente estoy buscando. Y así es. Zábel se ofrece. Por completo.

—Contestaré a todas sus preguntas.

Ha llegado el momento. No podía esperar que fuera así, realmente nadie hubiera podido saber cómo o qué iba a suceder en el transcurso de esta conversación, pero sabía que así tenía que suceder. Es la hora suprema. La hora de la verdad. Voy a averiguar todo lo que Zábel vivió y conoció. Me cuesta formular la primera pregunta, ¡tengo tantas que hacer! Por fin encuentro una, puede que no sea la más trascendente, pero debo seguir la conversación, no vaya esta a extinguirse por mi pasividad.

—Emilio, existe una relación entre los asesinatos y aquellos que los investigan. Sé que el caso Claramunt no fue el primero, usted mismo ha confirmado que habló con otra persona muchos años atrás, con alguien que lo guio en circunstancias idénticas a las mías. Sé que le mostró al padre Pallarés unos viejos recortes de prensa que relataban acontecimientos de los años treinta. Pero no sé nada más. Explíqueme, por favor, qué sabe de todo esto. Ayúdeme.

—Lo haré. Todo comenzó con el caso Claramunt, ¿usted lo conoce, verdad?

—Sí. Encontré y leí el expediente. Conozco el caso.

—El expediente. Lo recuerdo, entre las brumas del tiempo. Y recuerdo una carta… Al principio, cuando inicié la investigación, pensaba que se trataba de algún tipo de asesinato ocasionado por motivos personales, y que acabó en suicidio, claro, ¿quién podría pensar en otra cosa? Pero luego… las piezas no casaban, había flecos sueltos, aquello no tenía sentido. Y más tarde todo comenzó a complicarse cada vez más, cuando me sucedió lo extraño.

—Lo extraño, quiere decir cuando sufrió esas experiencias...

—Sí. Fue entonces cuando comenzó mi camino hacia la locura. Míreme, Ossa, yo estoy loco: he visto lo que nadie ve, he experimentado lo que nadie experimenta, precisamente en eso consiste la locura. Da igual que sea o no real, da igual que lo imagine, para los demás, que no pueden entenderte, para aquellos cuyo mundo es el de siempre, tan limitado a lo que es común a todos ellos, te conviertes en un loco. Quizá me comprenda, Ossa, usted estará viviendo algo similar.

¿Loco? No quiero estarlo. Lucharé para evitarlo con todas mis fuerzas. Da igual lo que viva o experimente, debo preservar mi cordura. No quiero acabar como Zábel.

—Así es. Continúe.

—Como es natural, al principio dudé de mí mismo. Nunca había creído en esas cosas, no era un hombre religioso, aquello que podía tocar era aquello en lo que creía. Dudar de mi racionalidad fue lo peor. Dicen que los locos no son conscientes de su estado, pero yo me daba cuenta de que me estaba volviendo loco, y esa era la peor de las torturas. Rehuí a mi mujer, nada hubo peor que eso: quería alejarme para protegerla, e intenté refugiarme en la investigación. Ese fue el peor de los errores, ya que así me hundí por completo en las visiones: según profundizaba en los extremos del caso, las visiones se acentuaban en número. Tanto fue así que tuve que buscar ayuda. Acudí al padre Pallarés. El cura tenía buena voluntad con nosotros, ofició nuestra boda, y era un buen hombre: la gente del barrio lo apreciaba mucho, confiábamos en él. Cuando se lo expliqué todo, bueno, noté que no me creía, como hubiera hecho cualquier otro. Así que tuve que demostrarle que todo era cierto.

Llegado a este momento quiero seguir creyendo en una explicación racional. Lo necesito fervientemente. Pero no puedo proporcionarle un resquicio de duda a Zábel. No dudaré de sus explicaciones aunque cada instante que pasa parece confirmar todos los extremos de esta historia rocambolesca que nos afecta a los dos.

—Pallarés me lo explicó.

—¿Sí? Bien. Ella, mi extraña acompañante, estaba conmigo, y yo se la mostré. Eso le convenció. Por completo.

Esta es la ocasión perfecta para hacerlo dudar, basta con invertir su versión de la historia.

—¿Eso cree? A mí me explicó que siempre albergó serias dudas sobre todo esto. Una luz que oscila, sillas apiladas que se mueven y caen. Él nunca llegó a experimentar esos fenómenos como nosotros lo hemos hecho.

—Recuerdo como si lo viera que el cura estuvo a punto de cagarse en la sotana.

—Quizás el paso de los años cimentó esta creencia suya.

Zábel me observa, se le achican los ojos al hacerlo, me señala con el índice de la mano izquierda.

—Ya entiendo… Tú no quieres creer. Eso es lo que te pasa. Por eso me preguntas estas cosas. No, no, chaval, no te equivoques, aquí se entra pero no se sale, ¡si lo sabré yo! Nada de lo que hagas evitará que suceda lo que debe suceder.

Sigo callado. Zábel ha vuelto al descarado tuteo del principio de la conversación. Malo. No debo dejarlo caer al pozo de la irracionalidad. Nada hay que añadir. Además, Zábel estará loco o no, pero su mente sigue funcionando con acierto. Ha dejado demasiadas pistas sobre sus deseos, por ocultos que pensara que estaban. Zábel se lanza ahora a una larga perorata. De sus labios nacen frases poderosas, se alegra según va hablando, le puede el instinto. Aquella voz rota se va modulando, sigue siendo ronca, pero se ha vuelto normal. Es la de un anciano que ha perdido su carácter inhumano.

—Se te ha comido la lengua el gato. ¿Sabes qué te digo? No importa. No, no me mires así, realmente no importa lo que ahora pienses. Cualquiera haría lo que tú: negar la evidencia. En el día a día, lo hacemos todos con cosas mucho más sencillas, con la envidia de los vecinos, con los cuernos de las parejas, con las traiciones de los hermanos, con la falta de amor de los padres. Esto nuestro, por ser más increíble, resulta aún menos censurable, es lógico que se deje pasar. ¡Ay, Ossa, Ossa, somos peleles y juegan con nosotros! ¡Y nada de lo que hagamos podrá cambiar el curso de este destino!

—No. No puede ser. Usted dijo que había una alternativa.

—¿Eso dije? ¿Seguro?

Parece sincero en su pregunta, se le desorbita la mirada.

—Sí, lo dijo.

—También dije que te había mentido, ¿no es cierto?

Persiste en el tuteo. ¿Cómo recobrar el usted? Debo intentarlo.

—Sí.

—Esa fue la mentira, Ossa, esa fue la mentira. Nadie puede escapar. No hay salida. Es un laberinto. Solo se puede entrar.

No puede ser, ¿me estará engañando? No, parece creer lo que está diciendo. Y eso mismo parecía hace un rato. Existe una incoherencia en este nuevo giro de la conversación. ¿Dónde..., dónde está la clave? ¡Tiene que haberla! ¿No será qué...? Sí. Es eso. Seguro.

—Ya lo entiendo. No puede engañarme, Emilio Zábel. Sí existe una salida. No me engañó al decirlo, al principio. No rehúya su papel. Tengo que saberlo.

Zábel niega con la cabeza, y añade a este movimiento el índice de la mano derecha, luego el de la izquierda, musita un suave «no, no, no». Acaba por parecer un pelele al que han dado cuerda. El efecto es cómico: todo en su cuerpo transmite incredulidad. No puedo soportarlo, no hay cálculo alguno en mi reacción, realmente he llegado al límite; el rostro de pelele es una máscara que disfraza una actitud con la que no puedo estar de acuerdo.

—¡Pare ya! Guarde estos numeritos para la monja, para el cura, para el resto de los zumbados que están encerrados aquí, tras estos muros, pero no me engañe. Hay una diferencia entre ellos y usted: ellos no tienen otro remedio, pero usted eligió entrar aquí y no asumir la alternativa. ¡Estoy harto, cansado de toda esta historia! ¡Estoy harto de usted! ¡Estoy harto de todo!

Zábel detiene el movimiento de sus índices y de su cabeza, lo hace despacio. Los últimos desplazamientos de los dedos parecen ir a cámara lenta, hasta que al final se detienen por completo. Me responde. Al principio habla bajito, pero el tono va aumentando. Es vehemente, también él desata sus sentimientos.

—Pero no, Ossa, ¡no debes decir eso! ¿Quién te crees que eres para venir hasta aquí y tratarme así? ¿Crees acaso que tenía muchas opciones? ¿No te basta con haberme explicado que todo mi sacrificio resultó inútil?

—¡¡No!! ¡No me basta! ¡No me basta en tanto en cuanto no sepa cuál es la alternativa!

El rostro de Zábel cambia de nuevo. Su gesto podría desarmar a todo un ejército. Esboza una suave sonrisa, se pronuncian sus arrugas, la mirada se torna limpia, clara, sincera. Ahora habla despacio, con claridad, en una entonación normal, transmitiendo toda la calidez del mundo en cada palabra.

—¿Realmente quieres saber cuál es?

—Sí. Quiero.

—Entonces, te lo diré. Sí, existe una manera de acabar con esta serie. Y su precio es tan grande que nunca podrás pagarlo. No lo hizo mi antecesor. No lo hice yo. Y tampoco podrás hacerlo tú.

—¿Cuál es el precio?

—Una vida.

—¿Qué vida?

—La que más podemos llegar a querer. La vida de nuestro hijo.

Al decir estas palabras, Zábel agacha la cabeza. Nuevas lágrimas empañan sus ojos, lucha contra ellas, intenta que no se desborden; recuerda el pañuelo y lo utiliza. Lo contemplo estupefacto, Ahora lo entiendo todo. Todas las piezas encajan, sea o no un delirio, una ilusión colectiva. Comprendo la magnitud del sacrificio, es mayor de lo imaginado. Sí, comprendo a Zábel, comprendo que no lo hiciera, pero ¿por qué ha de ser de esta manera? Tengo que saberlo todo.

—Pero ¿por qué?

—Porque esa es la única manera de pararlo todo.

—Explíqueme todo esto.

—Ossa, yo no sé por qué pasa todo esto. Solo conozco aquello que la sombra me dijo, al principio, cuando no la creía, y más tarde, después, a lo largo de todos estos amargos años, día tras día, y tampoco puedo fiarme por completo de ella. No sé quién me habla, ya se lo dije, no sé si soy yo mismo o es ella la que me susurra las ideas en el oído. La locura me rodea a todas horas, Ossa, ¡¿cómo saber lo que es cierto y lo que no?! Solo sé que existe una única manera de acabar con esto: la

413

misma que me dijo mi antecesor; la misma que ahora le comunico a mi sucesor, a usted. Aquel que investiga las muertes queda tocado por ellas. Es una suerte de contaminación permanente e inevitable. Y sobre él cae una maldición cruel: la de transmitir a la siguiente generación las flores del mal en la más cruel de las formas, en el cuerpo de su descendiente.

»En 1932, Antoni Claramunt, el futuro padre de Xavier Claramunt, fue el policía encargado de investigar la muerte de cuatro personas en el barrio de Guinardó. Fue una época convulsa. Recién llegada la República, las calles de media España se transformaron en un infierno donde los ajustes de cuentas y la violencia sectaria campaban a sus anchas. Nadie hizo mucho caso a Antoni. ¿Qué suponían cuatro muertos más en un barrio de mala muerte? Nada, nada en absoluto. Antoni fue mi antecesor. Lo localicé, tras ímprobos esfuerzos. Él también había elegido una vía de escape. La suya no fue la locura, no como tal, o quizá sí. Asumió un destino cruel y doloroso, se convirtió en alcohólico, un vagabundo al que acabé localizando en Valencia, huyendo del mundo, sumido en la niebla de olvido que solo proporciona el vino barato. Su cuerpo entero hablaba de decrepitud y de olvido. Extraje de su castigada memoria una historia de tristezas y dolores que ni su esforzada huida hacia la vacuidad pudo hacerle olvidar. Me contó todo aquello que vivió. Lo hizo con un brillo de estupefacción en su mirada, con el vehemente gesto alucinado del heroinómano recién drogado. Todo eso en una noche delirante, un negro antecedente de la que ahora vivimos usted y yo. Sí, me lo contó todo. También él encontró a su antecesor. A él tampoco le creyó nadie. Así fue.

»Yo investigué el caso Claramunt, en el que su hijo Xavier se convirtió en asesino involuntario, la víctima elegida por la sombra. A mí tampoco me creyó nadie. Intenté por todos los medios que todos aquellos en los que confiaba tanto que hubiera puesto mi vida en sus manos no conocieran esta historia. Ese fue mi gran error.

»Hoy, inspector Ossa, es usted quien se encarga de investigar esta nueva serie de crímenes. En el futuro, salvo que surja una circunstancia excepcional, será su hijo, sea cual sea su nombre, viva donde viva, haga lo que haga, quien los acabe ejecutando. Nada puede cambiar esto. Nadie escapa de la sombra.

414

Tendrá que vivir con ese infame destino dentro de usted, acompañándole siempre, con la certeza ineludible del sufrimiento de todos sus antecesores. Tendrá que vivir ensuciado para siempre, responsable futuro de aquello que ocurrirá. No habrá lugar donde esconderse, no encontrará refugio en lugar alguno. Ni la religión ni la locura, ni el alcohol ni las drogas, podrán evitar que, llegado el momento, sea usted el que acabe hablando con otro hombre que, dentro de treinta y ocho años, al investigar cuatro extraños asesinatos, acabe por encontrarlo a través de la vida de su hijo, ya muerto, asesino y suicida, culpable para el mundo. Las cartas están marcadas. Jugamos contra una sombra fullera. No podemos vencer. Nadie mataría a su hijo para evitar un posible mal futuro. Todos nosotros sabemos que esto será así, pero preferimos soñar que existirá una manera de evitarlo, confiamos en poder engañarla, pero solo logramos engañarnos a nosotros mismos.

La perorata de Zábel ha sido larga y rápida, ha acabado casi sin aliento. Ha vuelto al usted un buen rato atrás, por ello le confiero mayor credibilidad. Ha dicho su verdad. Y puede que esta sea la verdad. ¿Cómo saberlo? Todo parece indicar que así es.

Ya queda poco por saber. ¿Lo más importante? No, no lo es. Pero todo mi instinto me dice que formule ya la pregunta. Y lo hago.

—Emilio, dígame qué es la sombra.

—La sombra…

Sonríe, pero no hay cinismo en su sonrisa, solo la conmiseración de quien comprende y se siente cercano al estupefacto dolor de su interlocutor.

—¿Aún no lo sabe? Pensé que a estas alturas ya tendría alguna idea… Esa sombra es la sombra de la Muerte. A ella no podemos verla. Solo alcanzamos a ver su sombra, y aún con dificultad. Ese es nuestro don. Y esa es nuestra maldición.

—La Muerte…

Me levanto de la mesa. Emilio Zábel permanece sentado. Retrocedo despacio, caminando hacia atrás, sin quitar la mirada del viejo policía. Zábel está sumido en sus ensueños. En cuanto me ha comunicado su revelación final, ha pasado a un estado de ausencia similar a aquel que ya conocí a su llegada, con la mirada ausente, perdido en un mundo inalcanzable. Es como si al decirme la identidad de la sombra su misión hubiera concluido, y ya pudiera regresar a su mundo privado. No se precisan más palabras, sé que toda conversación ha finalizado. ¿Cómo juzgar toda esta escena? Imposible hacerlo ahora. Deberé intentar reflexionar sobre todo esto, pero la sensación de máscara domina mi primera conclusión. No debo dejarme llevar por las primeras impresiones, suelen ser engañosas, lo sé bien.

Giro el pomo y la puerta se abre. Salgo al pasillo y cierro al salir. En el control, la monja me observa. Los dos celadores salen y, tras pasar junto a mí, entran en la sala de la televisión. Llevarán a Zábel a su cuarto, es hora de descansar. La monja se aproxima pasados unos segundos.

—Ya le dije que no iba a sacarle nada.

Intento comprender el sentido de esta frase, es mejor esperar que manifestar ignorancia. De nuevo, hay algo que se me escapa. Sor Esperanza continúa con su explicación, y eso no hace esta sino aumentar mi confusión.

416

—Cinco minutos le han bastado para comprenderlo. Todavía me parecen demasiados.

¿Cinco minutos? Habré estado con el viejo Zábel por lo menos tres cuartos de hora. ¿Por qué dirá eso la monja? Consulto el reloj. Me fijé en la hora antes de entrar. Eran las siete y treinta y cinco. Y las agujas de mi reloj se han detenido precisamente en esa hora.

—Perdone, se me ha estropeado el reloj. ¿Qué hora tiene?

—Las ocho menos veinte.

—¿Seguro?

—Sí, seguro. Precisamente lo estaban comentando los celadores en el control. Acaban el turno a las ocho. Estaban contentos porque podrán salir a la hora, justo cuando lleguen los del turno nocturno.

—Bien, gracias, pondré mi reloj en hora.

¿Qué ha ocurrido? ¿Se rompió mi reloj? No comprendo nada. Caminamos por el pasillo recorriéndolo en sentido inverso. La monja sigue hablando.

—Lamento que haya venido hasta aquí con semejante tiempecito para nada. Ya se lo dije al padre Pallarés, esto carecía de sentido.

No puede ser. ¿Qué le ha sucedido al tiempo? Tendría que intentar averiguarlo, y no solo eso, intentar también saber qué es lo que la monja vio, o mejor dicho, lo que no vio. Démosle un poco de cuerda, a ver qué dice.

—Así que usted tenía razón. No quiso hablar. Y no hizo falta ni que entrara a protegerlo, como me advirtió antes de comenzar la entrevista.

—No, gracias al Señor. Bastante ha vivido este hombre. Su locura es demasiado extraña, retorcida, es de esas que oprimen y causan dolor a quien las vive. Figúrese que, algunas veces, dice que habla con la muerte. El pobre está realmente muy enfermo, sufre una esquizofrenia paranoide. Siento que tengo que protegerlo, lo sentí desde el primer día. Por fortuna no habrá sufrido nada durante su fallida conversación.

¿No ha sufrido nada? No puede reprimirse. Será difícil sonsacarle más. Es imposible sondear en profundidad sin ser directo. Pero quiero intentarlo.

—Sor Esperanza. Permítame que le pregunte qué es lo que ha visto usted desde el control.

—¿Por qué lo quiere saber?

Buena pregunta, pero la esperaba. La suspicaz mirada de la monja merece una respuesta adecuada, démosla:

—Porque la cámara estaba situada en la esquina interior izquierda del salón, y la perspectiva que pueda extraer de la mesa necesariamente debía ser lateral y trasera. No podía ver bien el rostro de Zábel. Desde el control no podían saber si me ha hablado o no lo ha hecho. Vernos, sí; lo otro, no.

La monja tarda en contestar unos segundos.

—Usted ha intentado hablar en varias ocasiones, pero él no le ha hecho caso. No le veía bien el rostro, es cierto. Lo veía sesgadamente, pero cuando Zábel habla, siempre mueve los brazos y las manos. Y no lo hizo en ningún momento. Estuvo quieto todo el rato. Por eso creo que no le dijo nada. ¿Me equivoco?

—No. No dijo nada. Apenas unas palabras. Incoherentes. Pero tenía que intentarlo. Gracias por permitírmelo.

Otro enigma. ¿Ha sucedido todo esto de verdad o lo he imaginado? ¿Soy yo el loco o lo es él? Hemos llegado al final del pasillo. Entramos en el edificio antiguo. Las llaves cantan

417

su metálica y sombría canción en cada cerradura que dejamos atrás. Siento alivio en cada paso. Recuerdo la primera vez que tuve que entrar en la cárcel Modelo: al penetrar los controles de seguridad, uno cada quince metros, sentía que cada paso lo alejaba del mundo real y me introducía en una desagradable pesadilla. Recuerdo el alivio experimentado al abandonarla. Este sentimiento es muy parecido.

En el salón recojo mi pistola. Compruebo el cargador, coloco el seguro, la cuelgo del cinturón. Sor Esperanza me acompaña hasta la salida.

—Le agradezco su ayuda.

—No me dé las gracias. De poco le ha servido, ¿no es así?

—Sí. Pero había que intentarlo.

No vale la pena añadir más. Abro la puerta. Fuera continúa la tormenta, quizás ha perdido algo de fuerza, pero sigue siendo poderosa. Barcelona seguirá largas horas bajo su furia. Me dispongo a correr hacia el coche cuando la moja detiene mi carrera con el simple movimiento de dejar reposar su diminuta mano sobre mi brazo.

—Inspector Ossa.

—Sí.

—Cuídese.

La monja ha pronunciado estas últimas palabras con una entonación especial. Toda mi atención se ha despertado ante el mensaje implícito que parece albergar. ¿Qué sabe esta mujer de todo esto? Podría jurar que mucho más de lo que se atreve a decir, y quizás hasta a pensar.

—Lo intentaré, sor Esperanza, lo intentaré.

Salgo al exterior. Avanzo entre la lluvia. No corro. Fuera sigue a oscuras: todavía no han arreglado la avería. La luz de la residencia escapa por la puerta de entrada, que la monja sostiene a propósito. Guiado por ella, alcanzo el coche. Lo abro y me siento en su interior. La puerta se cierra. La oscuridad cubre el aparcamiento con un manto. Siento que estoy perdido en la noche, que cae de repente sobre mí. No me queda tiempo. Ojalá pueda encontrar la salida.

Futuro

64

*T*odo ha terminado. Estoy sentado en el sofá de mi casa. El tercer día concedido por Rosell para que le pudiera demostrar mi versión de los hechos ha concluido. Pese a ser tarde he telefoneado a Joan, ya he tomado mi decisión. Después de una breve conversación he expresado mi fracaso. No hay nuevas pruebas. No hay nuevas pistas. Todo me ha llevado a un callejón sin salida. Nada de lo vivido tiene influencia alguna en el caso. Rosell tiene vía libre para cerrarlo a su gusto y conveniencia. La tranquilidad volverá a su despacho; los políticos dejarán de importunarlo; el alboroto entre la prensa cesará.

Mi declaración ha sorprendido a Joan, que lo manifiesta abiertamente. He sido hábil, disfracé mi verdadera intención envolviéndola en un manto de palabras acertadas y seguridades fingidas, pero revestidas de firme apariencia. Joan acaba convencido; las dudas iniciales quedan disipadas ante la elocuencia encendida de mi versión de los hechos, que es lo más firme y estable de los últimos días. Al finalizar la conversación, Joan está animado. Quedamos en vernos a la mañana siguiente en la comisaría, para cerrar los últimos folios del informe definitivo. Joan lo tiene casi acabado: un repaso mío para validarlo y lo presentaremos al comisario. El caso verá su final de la mejor manera posible. Todos contentos, todos satisfechos: bien está lo que bien acaba… y todo eso.

Sí, Joan está alegre, se ha quitado un peso de encima. Temía mucho por mí: su superior y amigo caminando sobre la frontera que lleva al lado oscuro. De momento las aguas han vuelto a su cauce. Tendrá que comprobarlo en los próximos días, pero de momento todo parece ir bien. Por mi parte, justo tras colgar Joan, quedo sumido en un estado de ánimo combativo.

Me da igual que todas las revelaciones de últimos días hayan sido una acumulación de certidumbres que parecen garantizar un destino completamente opuesto al que ha decidido para mí.

No me importa que todos y cada uno de los pasos tomados días atrás hayan constituido la total corroboración de los que tomaron mis antecesores, tal y como me confirmó Zábel.

Es indiferente que hasta esas hojas recién redactadas y que esperan su destino sobre la mesa auxiliar del salón vayan a engrosar el expediente 2.008/1/28 A-Pozales, exactamente las del expediente Claramunt.

Todo esto me da igual. Si he redactado estas hojas con la intención de incluirlas en el expediente mimetizando la acción de Zábel lo he hecho a conciencia, sabedor de que debe existir un equilibrio formal que hay que respetar. Las cosas requieren un orden concreto. Si quiero acabar con todo este asunto, guardar el equilibrio con tan pequeño gesto proporciona una irónica elegancia a mi determinación. Lo haré con inteligencia, cuando el caso esté cerrado y el expediente vaya de camino al archivo, unos meses después, cuando ya nadie vaya a abrirlo. Y si alguien lo hiciera, no podría pensar más que aquello se trata de una broma.

¿Por qué actúo así? ¿Qué me lleva a obrar de esta manera? ¿Puedo estar seguro de sí mismo? Después de todo lo vivido, nadie lo estaría. O me condeno a la locura por creer, o a la locura por no creer. Así debería ser para cualquiera, pero yo, el inspector David Ossa Planells, no soy cualquiera, soy único, diferente a los demás. He tomado una decisión firme e incuestionable: no acabaré como Zábel, encerrado en un psiquiátrico. Sí, he tomado mi decisión, y seré serio y consecuente con ella. No habrá drogas, no habrá alcohol, no huiré hacia ningún lugar. Lucharé contra la locura y la venceré. Nada de lo que acabo de vivir me va a afectar, cuento con un apoyo que jamás me ha fallado, cuento con esa voz que siempre estuvo conmigo, desde mi infancia; la voz que me libró de una muerte cierta cuando era niño; la voz que, a lo largo de los años, se ha revelado como fundamental en mi trabajo y que me ha guiado en los momentos más complicados, protegiéndome, mimándome. «Vive y confía», me dijo. A ella entrego mi destino, en ella cifro mis esperanzas. Sé que puedo hacerle caso, nunca me falló.

Y, además, hay otros elementos que parecen jugar a mi favor. Veámoslos tal y como yo los veo.

He experimentado fenómenos inusuales, es cierto. Pero también los he vivido antes. Toda mi vida ha estado marcada por situaciones fuera de lo corriente. ¿Por qué debería temer algo de estos? La sombra de la Muerte, eso dijo Zábel, me ha rondado. ¿Se trata, efectivamente, de la Muerte, o solo era una frase hecha, una locura más de un pobre enfermo que desea describir una realidad indescriptible? ¿Quién puede saberlo? Y sea la sombra lo que sea, en todas las ocasiones he podido burlarla gracias a mis dones personales; nada indica que esto no pueda repetirse. ¿Convivir con ella? Sí. Toda la conversación con Zábel pudo ser una fantasía, el vuelo de mi imaginación, impresionada por estos acontecimientos. Así lo confirma el hecho de que sor Esperanza no hubiera visto nada, que el tiempo no hubiera transcurrido como yo esperaba, que mi reloj marcara la misma hora al salir en la sala que al entrar en ella.

No tiene sentido continuar la investigación. Todo lo que pudiera averiguar, ya lo sé, y no tengo que intentar convencer a nadie de lo contrario. Guardaré silencio, no me equivocaré en este extremo, sabré controlar la espita de mis ansias. Difícilmente habrá, en el futuro, situaciones de mayor tensión que las vividas, y si mi resolución es firme, como lo es ahora, no se quebrantará con el paso del tiempo, quedará afianzada hasta el final.

Y, además, hay un último factor: el más importante de todos, clave para el futuro. Sonrío: no debo temer nada, no solo porque haya decidido no creer en toda esta historia, que intento contemplar desde una sana distancia; sonrío porque sin este factor último todo lo vivido por mis antecesores se convierte en inválido. Esta no es la clave de mi tranquilidad. La tranquilidad depende de uno mismo y yo he decidido conquistarla pase lo que pase y le pese a quien le pese. No, no es la clave, pero sí su confirmación total. Basta con evitar aquello que debe evitarse. Cortar la cadena del futuro. Es así de sencillo.

Υ

Con esta idea en la cabeza, excitado por la acumulación de vivencias y de pensamientos que se agolpan, decido ingerir el último Loracepán de mi botiquín. Debo hacerlo o no podré dormir, y nada deseo en el mundo más que esto, que perderme en el dulce embrujo del sueño: soñar, soñar, refugiarme en ensueños dorados donde las aventuras literarias de mi infancia queden reflejadas, y así el David de los sueños pueda vivir la placidez de la voluntaria irrealidad y disfrutar del goce imaginario de heroicidades sin límite. Mis ojos se cierran, comienzo a imaginarme a bordo de un velero, en pos de rumbos ignorados, surcando mares desconocidos, con la espada al cinto y un pañuelo en la cabeza, gobernando con mano firme el timón del esbelto navío que, no podía ser de otra manera, manejo con soltura…

El teléfono suena con insistencia. Da igual que no esté silenciado. La pastilla es poderosa, nada se puede contra ella; el teléfono podría sonar mil veces, pero no lo escucharía. David está sumergido en la profunda magia de su mundo privado. Tras la octava llamada salta el buzón de voz: «Este es el contestador del inspector Ossa. Deje su mensaje y un número de teléfono y me pondré en contacto con usted lo antes posible. Gracias».

La voz de María tarda unos segundos antes de obedecer al mandato de su deseo. Es una de esas vacilaciones que, sin existir, escritas en el viento, cualquiera puede apreciar. Sin embargo, al final habla, y las palabras se inscriben con un fuego que no quema en todo aquel que pueda escucharlas. Van cargadas de tristeza, van cargadas de alegría, van cargadas de desesperación, van cargadas de esperanza: «David, soy yo, perdona que te llame a esta hora, perdona que me haya ido de tu lado como lo he hecho, pero tenía tanto miedo. No espero que me perdones, pero sí que me comprendas. David, mi amor, lo siento tanto, pero tengo que hablar contigo, cuanto antes. Llámame cuando quieras, en cualquier momento, es urgente, no importa la hora ni el lugar ni el momento, hazlo. David, tú, yo, nosotros… Estoy embarazada».

Y

Por hoy, así termina. Con toda garantía destrozada. Con el eco de una esperanza truncada. ¿Ocurrirá de nuevo? ¿Quién puede saberlo? Queda toda una vida por delante. Y mil casos más por investigar.

San Sebastián, abril de 2008

El inspector David Ossa existe, aunque no con ese nombre. Para mi eterna sorpresa, algunas de sus extrañas capacidades son ciertas, las he experimentado en primera persona.

Explicar cuándo y cómo me las demostró bastaría, en sí mismo, para una nueva novela.

En el futuro, habrá tiempo para ello.

Este libro utiliza el tipo Aldus, que toma su nombre
del vanguardista impresor del Renacimiento
italiano Aldus Manutius. Hermann Zapf
diseñó el tipo Aldus para la imprenta
Stempel en 1954, como una réplica
más ligera y elegante del
popular tipo
Palatino

***
**
*

La voz de los muertos se acabó de imprimir
en un día de primavera de 2011,
en los talleres de Rodesa,
Villatuerta
(Navarra)

***
**
*